THE FALLEN EMPIRE

Phoenix Unbound

Tome 1

Grace Draven

THE FALLEN EMPIRE

Phoenix Unbound

Tome 1

Traduit de l'anglais (États-Unis)
par Eléonore Kempler

Chatterley

Titre original :
The Fallen Empire – Phoenix Unbound

Édition française publiée par :
© Éditions Chatterley,
un département d'Univers Poche, 2024
92, avenue de France, 75013 Paris – France

Dépôt légal : septembre 2024

Ce livre contient des scènes pouvant heurter la sensibilité d'un lectorat non averti.
Merci de bien vouloir prendre en considération les différents *trigger warnings* réunis dans la liste ci-dessous :

- violences sexuelles, physiques et psychologiques ;
- abus sexuel ;
- langage cru et explicite ;
- meurtres ;
- scènes à caractère sexuel explicite.

Phoenix Unbound *est dédié à la mémoire de Lora Gasway, avec tout mon amour. C'est grâce à toi que je suis Grace Draven. Merci.*

PREMIÈRE PARTIE

EMPIRE

CHAPITRE 1

Pour Gilene, le printemps n'était ni la saison des pluies ni celle des semailles : c'était la saison de la souffrance.

Auprès de sa mère, de sa sœur et de ses frères, elle attendait que la caravane de femmes enchaînées remonte laborieusement la rue du marché jusqu'à la place centrale de Beroe. Les marchands d'esclaves de l'Empire guidaient la file en pressant leur cargaison, aboyant des ordres rudes, faisant parfois claquer leurs fouets.

Gilene avait déjà fait ses adieux à sa famille. Chacun l'avait étreinte, l'œil sec, le visage sombre. Ce n'était pas leur première séparation et, pour le meilleur ou pour le pire, ce ne serait pas la dernière.

Son frère aîné, Nylan, lui serra l'épaule.

— Nous t'attendrons à l'endroit habituel, dit-il dans un murmure qu'elle seule pouvait entendre.

Gilene opina, et lui tapota la main. Elle eut un regard étonné quand sa mère se rapprocha un peu, lui effleurant la manche d'un air hésitant.

— Reviens-nous quand ce sera fini.

Gilene ravala sa réponse. Ce n'était jamais fini : pas pour elle. En dépit du geste de réconfort qu'elle venait d'esquisser, la mère de Gilene ne défendrait jamais sa fille. Cette dernière supporterait cette épreuve chaque année jusqu'à ce que l'âge et les cicatrices ne lui permettent plus d'utiliser correctement sa magie pour duper l'Empire, et une autre, alors, endosserait son fardeau. Son ressentiment émoussait sa peur. Rapidement, elle hocha la tête, puis elle tourna le dos à sa famille et se dirigea vers la file de captives.

La route poussiéreuse était bordée de villageois. Leurs regards, lorsqu'elle les dépassait, étaient pleins de peur, d'espoir. De honte, aussi. Néanmoins, certains avaient un air menaçant plutôt que compatissant.

« Oui, reviens-nous, semblaient-ils dire. Sinon gare. »

Par-dessus son épaule, ils avisaient les membres de sa famille, rassemblés pour assister à son départ.

Les chaînes n'étaient pas toujours en fer.

Certains villageois la touchaient, et leurs doigts frôlaient ses manches ou ses jupes comme des feuilles mortes. Gilene se dégagea d'un haussement d'épaules et rejoignit le groupe au bout de la route.

D'un ton hargneux, l'un des esclavagistes lui cria « À la file ! » et la poussa à la fin de la queue. Quelques captives la dévisagèrent, le regard vide ; d'autres pleuraient et s'essuyaient le nez sur leurs mains sales ; leurs chaînes s'entrechoquaient quand elles levaient les bras.

Un autre esclavagiste s'approcha d'elle, une paire de menottes à la main. Il les referma sur les poignets de la jeune femme avec un sourire qui dévoila ses dents noires, et l'attacha à la femme d'à côté.

— Joli bijou, dit-il avant de secouer les menottes pour lui montrer qu'il était impossible de les briser.

L'image de ce tortionnaire enveloppé de flammes et hurlant de douleur qui se forma dans son esprit faillit la faire sourire, mais elle conserva une expression neutre et laissa ses épaules s'affaisser d'un air de défaite. Des années auparavant, elle avait appris qu'une captive brisée n'attirait pas le fouet aussi souvent qu'une rebelle.

Beroe était le dernier arrêt sur la route des esclavagistes qui prélevaient le tribut vivant imposé par l'Empire krael à ses sujets pour la cérémonie annuelle des Rites du Printemps. Et Gilene était le dernier élément du tribut à les rejoindre avant qu'ils se dirigent vers Kraelag, la capitale. Sans broncher, elle s'adapta au rythme pesant de la file enchaînée. Quatre jours de marche redoutables l'attendaient. Quant à son ultime destination…

Leurs chaînes cliquetaient à chaque pas, et un marchand aboyait des ordres. Pour le reste, toutes les femmes demeuraient silencieuses, dans la crainte d'un coup de fouet cinglant.

Leur voyage fut aussi misérable que celui de l'année précédente, et de celle d'avant encore : une marche sans répit sous un soleil déjà cuisant, promesse d'un été brutal. Les nuits étaient fraîches, pourtant. Lorsque les vestiges de l'hiver arrivaient au crépuscule et s'insinuaient sous les vêtements et la peau comme une lame de couteau, les captives se blottissaient les unes contre les autres pour se tenir chaud.

La nuit précédant leur arrivée dans la capitale, Gilene se recroquevilla contre le dos de sa voisine de chaîne, une prostituée du nom de Pell, et ferma les yeux, bercée par les claquements de dents et les sanglots étouffés des autres prisonnières. Elle avait mal aux pieds, mais n'osait pas retirer ses sandales de peur d'arracher la peau de ses nombreuses ampoules.

Elle sentit la puanteur de la ville bien avant de l'apercevoir. Quand la grande capitale fortifiée de l'Empire krael apparut, quelques prisonnières poussèrent une exclamation de soulagement. Les marchands d'esclaves se mirent à rire, tirant assez fort sur les chaînes pour faire trébucher et chuter certaines des captives. Gilene aida Pell, tombée devant elle, avant que l'homme qui aimait le plus leur caresser les côtes de son fouet ne les rejoigne. Elle avait les doigts brûlants, ce qui lui valut un coup d'œil surpris de la prostituée avant que Gilene la lâche et recule aussi loin que le lui permettait la chaîne. Elle se força à ravaler sa fureur avant que les étincelles qui dansaient entre ses phalanges se changent en flammes.

Patience, s'admonesta-t-elle en silence.

Les esclavagistes dirigèrent les femmes sur une large route pavée qui menait aux portes colossales. Autour d'elles, l'espace s'étrécit, et elles se retrouvèrent bientôt entourées d'une foule compacte de gens, de chariots, d'animaux. Le bruit était assourdissant et les odeurs mêlées d'égouts et de corps mal lavés firent larmoyer Gilene. Elle leva les mains pour tenter de se boucher le nez, le cliquetis des chaînes se perdit au milieu de cette cacophonie de cris humains, de bêlements de bétail et de roues grinçantes, tandis que la masse affluait vers les portes.

Perchées en haut des deux tours qui flanquaient l'entrée, des sentinelles observaient négligemment les nouveaux arrivants – beaucoup étaient venus assister aux Rites du Printemps – qui se pressaient pour pénétrer dans la ville. Désinvoltes, ils lâchaient des ordures et d'autres déchets sur les pauvres gens qui passaient à leurs pieds ; la brise fétide emportait leurs rires sonores.

Au sommet d'une des tour, un garde se pencha et cria vers la foule.

— Alors, Dolsh ? De jolies fleurs, cette année ?

L'esclavagiste le plus proche de Gilene répondit en hurlant lui aussi :

— Toutes les poulettes rôties se ressemblent.

Des rires accueillirent sa réponse, ainsi que des sanglots étranglés. Gilene grommela entre ses dents. Tous les poulets rôtis se ressemblaient aussi. Elle voulait les brûler jusqu'au dernier, mais elle n'était qu'une femme au pouvoir limité – un pouvoir qu'elle allait drainer jusqu'à la lie simplement pour survivre à cette folie et protéger ses compatriotes de la souffrance.

À force de coups de fouet, de bousculades et de gifles, le groupe des femmes progressait dans les ruelles étroites qui s'écartaient de la route principale comme des brindilles sur une toile d'araignée. Au centre de la toile se dressait une colline artificielle, au sommet de laquelle trônait le palais impérial. Des temples, des manoirs et des thermes garnissaient ses flancs, et à ses pieds était tapie l'arène. Cet amphithéâtre, dont la seule fonction était de divertir les citoyens de Kraelag au moyen de combats brutaux, était connu sous le nom de Fosse, et c'est là que les esclavagistes menaient leur chargement.

Ils atteignirent l'enceinte de la Fosse, et une de ses entrées fermée d'une porte à barreaux, gardée par d'autres soldats. La lumière commençait à décroître lorsque la procession descendit des volées de marches glissantes, puis s'engouffra dans des passages mal éclairés par les torches. L'espace se réduisait, forçant tout le monde à marcher à la file. La procession serpenta dans le labyrinthe jusqu'à atteindre une salle basse de plafond, dans les catacombes de la ville.

Gilene prit une inspiration tremblante quand elle franchit le seuil, sachant ce qui les attendait ici. Tout juste sortis de la Fosse, couverts de sang, puant la sueur et la tripaille, les gladiateurs de l'Empire paressaient à l'autre bout de la salle et reluquaient les nouvelles venues.

Ils ne s'approchèrent pas, mais le poids de leurs regards lubriques pesait sur elle pendant qu'elle se pelotonnait auprès des autres femmes. Elle fit mine de ne pas les voir. Ces hommes avaient survécu aux jeux de la journée, et les victimes sacrificielles, qu'on appelait les Fleurs du Printemps, seraient leur récompense. Gilene était l'un de ces malheureux bourgeons. Ce soir, elle se livrerait à la débauche pour son village, avant de brûler pour lui demain.

La fille qui se trouvait de l'autre côté de Pell frissonna et se mit à psalmodier une prière désespérée dans une langue étrangère. Gilene se pencha devant sa voisine, saisit les chaînes des menottes de la suppliante et tira brièvement dessus. La pauvre sursauta, sa prière oubliée tandis qu'elle dévisageait Pell, puis Gilene, avec des yeux ronds.

— Silence, lui intima cette dernière à voix basse. Ne bouge pas. Ne dis rien. Certains désirent la beauté, d'autres la peur. Ne leur montre pas la tienne.

La femme opina, et se contenta de remuer les lèvres. Gilene la gratifia d'un bref sourire approbateur. Elle n'avait pas grand-chose d'autre à offrir, du moins ce soir.

Pell se pencha vers elle, chuchotant :

— Ses prières sont vaines. Elle est trop jolie, même sous toute cette crasse. Elle devrait prier pour que celui qui la choisira soit doux.

Ses paroles avaient le mérite de la franchise.

Gilene soupira.

— La douceur ne signifie rien quand on ne veut pas.

Elle regarda Pell, s'étonnant de son pragmatisme tranquille. Gilene avait déjà effectué cet horrible trajet à quatre reprises, elle savait à quoi s'attendre. La seule inconnue était le degré d'atrocité de l'épreuve.

— Et toi, Pell ? Pour quoi vas-tu prier ?

Le sourire de la prostituée accentua les rides autour de sa bouche et les pattes-d'oie aux coins de ses yeux soulignés de khôl.

— Voilà bien des années que je n'ai pas prié, ma fille. Je ne saurais même plus comment m'y prendre. Disons que je serai contente d'avoir un de ces étalons lavé de son sang et assez doué entre les draps pour me récompenser d'écarter les jambes gratuitement.

Gilene admira la bravade. Cette femme savait ce qui l'attendait à l'aube, mais elle gardait sa fierté. Son cynisme.

Pell allait ajouter quelque chose lorsqu'un homme râblé et musclé comme un taureau fit son entrée dans la salle. Vêtu d'une armure dépareillée, armé d'un fouet et d'une dague, il était impressionnant. Des tatouages bleus décoraient sa peau, couvrant comme des manches ses bras nus. Les marques s'enroulaient sur ses épaules et remontaient sur un cou épais avant de recouvrir son crâne chauve. Dans la file, certaines femmes se recroquevillèrent, et il sourit.

Hanimus, l'entraîneur principal des gladiateurs, présidait chaque année cet événement avec délectation. Comme Pell, Gilene ne priait pas, mais, si cela avait été le cas, elle aurait supplié les dieux de le faire mourir. Il représentait tout ce que l'Empire avait de pourri.

Remontant la file des femmes, il s'arrêtait parfois pour soulever le menton de l'une avec le manche de son fouet, ou caresser le sein d'une autre. Ses combattants criaient des encouragements et annonçaient par des exclamations vulgaires ce qu'ils entendaient faire subir à leurs récompenses.

— Une bonne récolte cette année, proclama Hanimus en connaisseur. Dommage que vous ne les ayez que pour une nuit, mes jolis.

Des grognements et des rires gras emplirent la pièce, étouffant les sanglots plus discrets.

— On va prendre racine avant d'avoir pu choisir ! protesta un lutteur impatient.

L'entraîneur plissa les yeux et se retourna pour décocher un regard noir à ses hommes. Ceux-ci se raidirent, au garde-à-vous.

— Vous attendrez votre tour, voilà tout. Azarion se bat encore. S'il vit, il choisira le premier, car c'est le Primus.

À point nommé, les vivats des spectateurs firent vibrer les murs de pierre des catacombes, et un nuage de poussière leur tomba sur la tête. La cloche mortuaire retentit – hommage au vainqueur, hymne funèbre du vaincu.

— Pour le bien que ça va lui faire, marmonna un autre. Sa Grandeur va le convoquer, comme d'habitude : elle le chevauche dès qu'elle peut.

Un chœur d'approbations lui répondit.

Hanimus haussa les épaules.

— Il choisira quand même le premier.

Gilene baissa la tête pour dissimuler sa colère. La plupart des femmes enchaînées avaient été séparées de leurs maris et de leurs enfants, de leurs parents, de leurs frères, de leurs sœurs. Elles n'avaient été amenées à Kraelag que pour y mourir. Pourquoi fallait-il qu'elles souffrent cet ultime avilissement ?

D'une certaine façon, pourtant, ils se ressemblaient, les villageoises condamnées et les gladiateurs asservis de l'arène. Ces combattants avaient été des fils, autrefois, des frères aimés, peut-être des époux et des pères. Ils n'étaient désormais que des pions livrés à des dieux indifférents, pour le divertissement de l'Empire ; aux yeux des dirigeants, leur mort avait plus de valeur que leur vie. Et cependant, Gilene n'arrivait pas à trouver en elle la moindre pitié pour ces hommes qui, d'ici peu, allaient les posséder.

Un silence plein d'attente s'abattit sur le groupe tandis que le chant triomphal de la foule se muait en un cri tonitruant.

— Azarion ! Azarion ! Azarion !

Hanimus frappa le manche de son fouet contre sa cuisse et sourit.

— Ah ! Je savais qu'il l'emporterait. Le margrave du Sud me doit une coquette somme.

Dans l'escalier menant aux catacombes, un bruit de pas retentit bientôt : le vainqueur du dernier combat et ses gardes. Du coin de l'œil, Gilene observa la porte, et son estomac se noua d'appréhension.

Comme les autres gladiateurs déjà revenus, Azarion serait vêtu d'une armure éclaboussée de sang. Mais, contrairement aux autres, sa présence emporterait tout l'air de la pièce. Elle se rappelait Azarion pour l'avoir déjà vu lors de ses précédents voyages à la capitale. Pire encore ! Azarion semblait se souvenir d'elle.

Des talons de bottes crissèrent sur la terre battue, et le Gladius Primus fit son apparition, se penchant pour ne pas heurter le linteau de la tête. Cet esclave, qui suscitait au sein du peuple une déférence d'ordinaire réservée aux rois, fut accueilli par les hochements de tête des autres hommes… et les exclamations étouffées des femmes.

Il avait peu changé depuis qu'elle l'avait vu l'année précédente. Grand et bien bâti, avec de larges épaules et de longs bras musclés, il faisait paraître les autres petits en comparaison. Il ne portait pas d'armes, mais elle ne doutait pas qu'il fût capable de tuer tout aussi facilement à mains nues.

Ses cheveux noirs étaient plus courts que dans son souvenir, des mèches trempées de sueur effleurant ses épaules. Prenant bien soin de ne pas croiser son regard, Gilene se contentait de l'observer du coin de l'œil.

Il était beau, avec les pommettes hautes, et il avait les yeux clairs, caractéristiques des clans nomades sillonnant la Stara Dragana. L'expression froide avec laquelle il jaugeait les occupants de la pièce conférait à ses prunelles vertes un air d'intransigeance. Gilene voûta les épaules et se recula aussi loin que le lui permettaient ses chaînes.

L'un des gladiateurs rompit le profond silence.

— C'était un bon combat, Azarion ?

Ce dernier lui jeta un coup d'œil avant de reporter son attention sur les femmes.

— Damiano s'est bien battu. Il est mort honorablement.

Gilene frissonna. Sa voix. Elle avait oublié sa voix. Grave et rauque, elle portait loin, avec une note de défi. Qui se serait risqué à moquer sa victoire, ou la mort de l'homme qu'il avait affronté ?

Hanimus lui tapota le bras.

— Nous t'attendions. Mieux vaut faire rapidement ton choix avant que Sa Grandeur te fasse appeler.

Azarion avança lentement le long de la file de captives, et le cœur de Gilene se serra. Il prenait le temps de dévisager chaque femme. À côté de Gilene, des chaînes cliquetèrent lorsque Pell secoua le sac de nœuds de sa chevelure et prit la pose pour mettre ses attributs en valeur.

S'efforçant de ne pas céder à la panique, Gilene serra ses jupes à deux mains. Sûrement, il ne la reconnaîtrait pas. Chaque fois, elle était revenue à la capitale avec un visage différent. Son don pour l'illusion était aussi affiné que celui du feu : les esclavagistes n'avaient jamais su qu'ils emmenaient la même femme de Beroe à Kraelag, année après année. Qui pouvait percer ce voile d'enchantement ? Certainement pas un esclave lutteur de la Stara Dragana…

Un goût de peur lui emplit la bouche lorsqu'un souvenir ressurgit. Le regard vert d'Azarion avait croisé le sien, un an plus tôt, et il avait plissé les yeux. Sans désir ni concupiscence, il l'avait dévisagée comme si ce n'était pas une jeune fille aux taches de rousseur et à la chevelure rousse frisée et emmêlée qui se tenait devant lui, mais une brune banale aux yeux marron : sa véritable nature.

— Ne me reconnais pas, murmura-t-elle.

Ce n'était pas une prière. Elle avait cessé de croire aux dieux depuis longtemps. Pourtant, elle répéta ces mots en elle-même, son cœur cognant dans sa poitrine quand il s'arrêta devant elle.

Ne me reconnais pas.

Cette année, elle avait le visage rond, des cheveux brun terne et une peau mate. Elle s'était bandé les seins et portait plusieurs couches pour dissimuler sa silhouette.

Ne me reconnais pas.

Sa prière qui n'en était pas une retentissait dans son crâne, et elle ravala un gémissement quand il lui souleva le menton du doigt.

— Regarde-moi.

Sa voix grave, si calme, sonnait comme l'ordre retentissant d'un général.

Elle avait baissé la tête.

— Regarde-moi, répéta-t-il sur le même ton.

Il referma les doigts sur sa mâchoire et appuya. Lentement, elle releva la tête, son cœur battait fort dans sa poitrine. Il rapprocha son visage, agrippant plus fermement son menton pour qu'elle reste immobile, une étincelle de triomphe brillant dans ses prunelles.

— Je te reconnais, chuchota-t-il.

CHAPITRE 2

Azarion jeta un coup d'œil par l'étroite ouverture grillagée de la porte de sa cellule. Il était impatient que les gardes lui amènent sa compagne de la soirée. Une décennie d'esclavage, de combats, de tueries, et il était enfin récompensé d'avoir tenu bon. Damiano avait beau être doué, il n'avait eu aucune chance face à lui dans la Fosse. L'empereur et l'impératrice avaient été déçus de la rapidité avec laquelle il avait défait son adversaire, mais la foule avait rugi d'approbation et scandé son nom dans un tonnerre d'applaudissements.

Après avoir adressé une prière silencieuse aux déesses pour son adversaire occis, il avait quitté la Fosse. L'odeur aigre et familière de fumier et d'animaux, de moisissure et d'eau stagnante, était presque écrasée par la puanteur des gardes qui le suivaient jusqu'à la salle commune où l'attendait Hanimus avec les malheureuses choisies cette année comme Fleurs du Printemps.

Ce ne fut qu'une fois qu'il eut repéré la grande créature banale dans la rangée de victimes abattues qu'il se rendit compte que son cœur battait la chamade. Il avait craint qu'elle n'apparaisse pas cette année. Il n'aurait pas dû s'inquiéter. Chaque fois, elle revenait à Kraelag pour affronter le bûcher. Un visage différent, un corps différent, la même persévérance obstinée.

Azarion ne savait pas pourquoi elle s'imposait encore et toujours ces Rites, ni pourquoi, contrairement aux autres, il voyait au travers de ses sortilèges. À cet instant, il s'en moquait. Elle était la clé de sa fuite.

Dans le couloir principal qui menait aux baraquements, des bruits de pas résonnèrent – l'un pesant, l'autre léger et hésitant. Le nouveau venu se fit connaître en aboyant :

— J'apporte la catin d'Azarion. Déverrouillez la porte.

La voix du garde posté près de la cellule était lourde de mépris :

— C'est elle ? Y a pas grand-chose à voir. La récolte de cette année n'avait rien de mieux à offrir ?

— Si, un tas de jolies donzelles ! Mais on ne sait jamais avec ces sauvages. J'ai entendu dire qu'ils baisaient leurs propres juments.

— Elles sont sans doute moins laides.

Les deux hommes échangèrent un rire de connivence. Azarion patienta, ignorant leurs insultes, les yeux rivés sur la lueur vacillante des torches.

Plus jeune, il se serait rué contre la porte, résolu à étriper les hommes qui les insultaient, son peuple et lui. Désormais, leurs paroles se réduisaient à un bourdonnement agaçant. L'ombre légère qui glissa le long du mur avant de se matérialiser sous la forme d'une jeune femme horrifiée l'intéressait bien davantage.

Mains jointes, épaules voûtées, tête baissée, elle attendait à côté de son escorte. Il se demanda combien de temps elle conserverait cette attitude une fois qu'il lui aurait dit ce qu'il avait à lui dire. S'écartant de la porte, il s'adossa au mur du fond, bras croisés. Le garde n'avait même plus besoin de lui demander de reculer. La scène s'était répétée tant de fois. Des clés tintèrent sur leur anneau métallique, et le verrou grinça jusqu'à céder dans un claquement. Le battant s'ouvrit, et deux gardes s'avancèrent. L'un pointait une arbalète sur le torse d'Azarion, l'autre tenait la femme par le bras.

Celui-ci lui lança un regard méchant.

— Je serais toi, je la culbuterais sans tarder, étalon. D'après la rumeur, Sa Grandeur te fera sans tarder appeler ce soir.

Il poussa la femme dans la cellule et claqua la porte derrière elle. Le garde à l'arbalète sourit derrière les barreaux et tourna le verrou avant de disparaître.

Azarion contempla sa nouvelle compagne de cellule, et vit ce qui avait échappé aux soldats : le chatoiement vacillant qui l'enveloppait, comme la pluie ruisselant à la surface d'un bouclier poli. Le charme clignota puis se brouilla, avant de se dissiper sous son examen attentif, pour dévoiler la véritable nature de la jeune femme.

Elle ne perdit pas de temps à jouer son rôle. Avec des gestes agiles, elle dénoua les lacets de son col montant et sa tunique s'ouvrit, dévoilant d'autres couches de tissu et, dessous, une chemise usée jusqu'à la trame. L'unique bougie de la cellule éclairait d'une lueur tremblotante sa peau cireuse et le léger renflement de ses seins au-dessus du linge qui les bandait lorsqu'elle fit glisser le vêtement de ses épaules.

Azarion s'écarta du mur, sombrement amusé par ses manières stoïques. Vu l'empressement et l'intérêt qu'elle montrait à coucher avec lui, elle aurait aussi bien pu lui vendre du grain pour les poules. Non qu'il s'attende à autre chose : elle n'était pas ici de son plein gré, et elle avait déjà vécu cela. Il reconnaissait cette attitude, il s'était comporté de la même façon dans des circonstances similaires : lorsque la lutte a pour seul effet de satisfaire le bourreau et d'aggraver la torture, on cesse de se battre et on apprend à supporter. Supporter, c'est survivre.

Il l'interrompit avant que la chemise glisse davantage.

— Ne prends pas cette peine, murmura-t-il. Tu as entendu le garde. L'impératrice m'enverra chercher bientôt, et ce n'est pas pour te baiser que je te veux.

Elle croisa son regard ; une réserve hostile brillait dans ses prunelles. Ah, c'était bien ce qu'il pensait. Elle était soupçonneuse, et elle avait peur de lui.

— Combien de fois as-tu brûlé lors des Rites du Printemps ?

Par nature, les gens détournent les yeux quand ils mentent. Mais cette femme-là ne cilla pas.

— Je ne comprends pas.

Elle avait une voix musicale, un accent presque aristocratique.

Il se rapprocha d'elle. Elle retint son souffle et se raidit, sans reculer pour autant. En dépit de leur aspect terne, ses cheveux étaient épais et doux entre les doigts d'Azarion quand il les dégagea de son cou.

— Tu as les cheveux noirs, les yeux bruns, et tu n'es pas aussi bien nourrie que le laissent croire tes vêtements.

Il se tenait assez près d'elle pour la sentir frémir. Avant qu'elle s'échappe, Azarion lui saisit le poignet et regarda sa main. Sous le voile de l'illusion, la paume était lisse et potelée – la main d'une fille de marchand dorlotée, peut-être. Mais, pour lui, elle était mince, calleuse, et maculée de taches d'une couleur caractéristique.

— Tes mains sont vertes, femme. Tachées par la sève de l'ortie longue. Je parierais une horde de juments poulinières que tu es une teinturière de Beroe.

Il n'avait jamais vu le village en vrai, mais tout le monde savait que c'était là qu'on fabriquait la populaire teinture verte qui servait à colorer les tapis et les vêtements des riches Kraeliens.

La femme laissa échapper un gémissement. Elle ferma les yeux, et le bras qu'il serrait se détendit brusquement. Il la lâcha et recula. Elle était à sa merci. Le moment était venu de négocier. Un tiraillement inconfortable se nicha sous ses côtes quand elle rouvrit les yeux et le dévisagea, lugubre.

— Comment peux-tu le voir ?

Sa voix était devenue monocorde.

Il haussa les épaules.

— Je ne sais pas : tu es la seule avec qui ça se produit. Voilà cinq ans que je t'observe. Chaque année, la même femme aux mille visages gravit le bûcher, brûle dans l'arène, et s'en va sans avoir été touchée par les flammes… et sans que personne ne s'en doute. Mon peuple dirait que tu es une *agacin* : un esprit de la déesse Agna incarné.

Un désespoir soudain l'envahit. Elle lui saisit le bras.

— S'il te plaît, je t'en supplie ! Aie pitié, ne dis rien. D'autres vies dépendent de cette duperie.

Il baissa les yeux sur la main qui l'agrippait, laissant le silence jouer en sa faveur. Ainsi qu'il l'avait espéré, elle était désarçonnée, à sa merci. Elle le lâcha et serra le poing.

— Je n'ai rien à t'offrir en échange de ton silence.

Elle avait fait cet aveu les dents serrées.

— Tu peux me rendre ma liberté.

Elle en restait bouche bée, haussant les sourcils avec incrédulité.

— Quoi ?

Une fois de plus, il la prenait de court.

— Tu changes les visages.

— Oui.

— Demain, après avoir brûlé, tu reviendras dans les catacombes sous les traits d'Hanimus et tu ouvriras la porte de ma cellule.

Elle émit un rire grinçant.

— Tu es fou. Nous serons découverts. Ils nous tueront tous les deux avant que tu puisses poser un pied hors de cette prison.

Il n'avait pas survécu à dix ans de sauvagerie dans l'arène pour mourir dans le noir aux mains de gardes pas plus futés que leur propre merde. La mort n'était pas une option. Pas maintenant. Mais elle n'avait pas besoin de le savoir.

— Plutôt crever que rester enfermé ici plus longtemps.

— Tu as de la chance, cingla-t-elle avant de baisser d'un ton. Moi, je n'ai pas ce choix : je ne peux pas mourir, pas encore. Beroe compte sur moi. Ce mensonge est vital. Trouve quelqu'un d'autre pour t'aider. J'en fais déjà bien assez.

L'amertume empoisonnait chacun de ses mots.

— Il n'y a personne d'autre. Tu feras ce que je te dis.

Il s'attendait à sa résistance : il s'y était préparé.

Les traits de la jeune femme se durcirent. Des pommettes finement ciselées apparurent et, bien qu'elle soit plus petite que lui, elle réussit à le regarder de haut comme s'il était une de ces flaques crasseuses qui constellaient le sol.

Un léger changement dans l'air fit dresser les poils sur sa nuque, et il leva la tête, les bras le long du corps. La femme ne faisait pas le poids face à lui. Toutefois, il ne put s'empêcher de frémir lorsqu'il la vit mettre ses paumes en coupe. Dans la cage de ses doigts, une flamme bleue brillait vivement.

C'était bel et bien une *agacin*, une prêtresse du feu, et elle le scrutait avec un dédain impérieux digne de la déesse qui l'avait dotée d'un tel pouvoir.

— Je ne suis pas seulement à l'épreuve du feu, gladiateur, déclara-t-elle, sa fureur aussi brûlante que la flamme qu'elle abritait. Je peux te réduire en cendres sur place.

Azarion éclata de rire. Ce n'était pas une martyre sans défense. Elle était aussi farouche et entêtée qu'une femme savatare. Sa passivité initiale n'était pas plus vraie que l'illusion de sa loucherie et de son corps dodu. L'admiration qu'il éprouvait pour elle s'accrut, de même que sa détermination. Elle l'aiderait, ou il la tuerait.

Sans se démonter face à la menace et aux flammes qui dansaient dans ses mains, il s'avança jusqu'à l'acculer contre le mur près de sa paillasse. Son souffle saccadé lui chauffa le cou quand il plaça un bras de chaque côté de sa tête et se pencha pour lui frôler l'oreille. La chaleur lui lécha les flancs, et l'avertit que des flammes brûlaient toujours au bout de ses doigts.

Aussi farouche qu'une Savatare, peut-être, mais elle n'était pas dotée de cet instinct aigu qui signalait un danger. D'aussi près, il pouvait lui briser la nuque avant qu'une seule flammèche le touche.

Sa bouche s'égara plus bas, jusqu'à son cou. Elle tressaillit quand il effleura de ses dents la longue veine sous la peau et sentit la pulsation de son sang sous ses lèvres.

— Un autre connaît ton secret et ne le gardera que tant que je serai en vie, murmura-t-il. Brûle-moi, et tu scelles ton destin ainsi que celui de Beroe.

Le cœur d'Azarion cognait aussi fort que celui de la femme. Allait-elle découvrir son mensonge et le mettre au pied du mur ?

La rage bouillonnait dans sa voix, qui s'était réduite à un grondement.

— Cela en vaudrait la peine, lâcha-t-elle.

Elle ne céderait pas facilement, il s'y était attendu. Après tout, elle endurait volontairement les Rites du Printemps chaque année depuis une demi-décennie. Des mèches de ses cheveux aussi fins que des fils de soie lui chatouillèrent le nez.

— Vraiment ? Il enfonça le clou. Veux-tu que Beroe devienne une nouvelle Midrigar ?

Midrigar. La cité qui, jadis, avait refusé de verser le tribut en femmes et en grains à l'Empire krael, et avait payé un prix terrible sa résistance. Même pour ceux qui se délectaient de la violence et du sang versé dans l'arène, la destruction de Midrigar était une abomination, et son nom n'était prononcé que du bout des lèvres.

L'espace d'un instant, la chaleur s'accrut, lui brûlant les flancs, avant de disparaître tout à fait. Un léger sanglot rompit le silence tandis que le gladiateur et la sorcière se tenaient face à face. Son visage à lui enfoui dans son cou à elle, dont les mains reposaient désormais sur ses côtes. On aurait pu croire qu'ils s'enlaçaient.

— Sale bâtard, murmura-t-elle, vaincue.

Azarion la garda prisonnière, résolu à obtenir sa coopération et satisfait de goûter sa peau.

— Qu'en dis-tu, *agacin* ? Aide-moi, et nul ne saura jamais que le village de Beroe s'est moqué de l'Empire.

Elle s'écarta de lui pour le regarder dans le blanc des yeux. Au fond de ses prunelles brillait une haine calculatrice.

— Que dois-je faire ?

Pour un peu, il en serait tombé à genoux. Le plan qu'il avait élaboré au cours de ces trois dernières années, plaçant cette *agacin* au cœur de tout, n'avait que de faibles chances de réussir, mais c'était mieux que rien. Sans le consentement de la sorcière, extorqué sous la menace, elles étaient nulles.

À présent, il ne disposait que de quelques instants avant que les gardes viennent le chercher. Tandis qu'il parlait, il la maintint plaquée contre le mur, caressant son épaule et son sein pour donner le change. Quiconque les observait penserait que le Gladius Primus lutinait sa banale compagne.

Elle l'écoutait d'une oreille attentive, parvenant tout juste à contenir sa colère.

— Ça ne marchera pas, marmonna-t-elle lorsqu'il eut terminé, avant de repousser sa main posée sur sa hanche.

— Ça marchera. Il lui attrapa la fesse pour l'attirer contre lui et enfouit son nez dans ses cheveux. Il le faut.

Un bruit de clés et un coup frappé à la porte signalèrent l'arrivée de visiteurs. Il restait dos tourné au battant, mais la fille, qui voyait la grille derrière son épaule, ne put s'empêcher de blêmir. Azarion se retourna avec désinvolture et découvrit un visage qui les observait méchamment.

— C'est fini, étalon. Si tu n'as pas encore culbuté cette catin, ça devra attendre. Sa Grandeur te réclame. Maintenant.

L'*agacin* recula dans un coin, aussi loin que possible du gladiateur et des gardes. Elle se hâta de rajuster sa tunique et de renouer les lacets.

La sentinelle lança un regard intrigué à Azarion.

— J'ai vu les offrandes de l'année. Tu aurais pu en choisir une bien mieux qu'elle.

Azarion ne répondit pas. Il ne parlait presque jamais aux gardes, et ceux-ci avaient appris depuis longtemps qu'il était dangereux de l'asticoter. Il concentra son attention sur le deuxième soldat, qui pointait son arbalète sur lui et tenait les menottes détestées.

Le premier lui fit signe d'avancer. Azarion demeura immobile tandis que le garde lui refermait autour du cou un lourd carcan de fer qui l'étranglait. Un anneau y était rivé, d'où pendait une chaîne raccourcie ; il dut se voûter quand on l'attacha aux maillons qui reliant les menottes de ses poignets et de ses chevilles. Ainsi enchaîné, il marcha à pas lents derrière son escorte et s'engagea dans le couloir, telle une bête de somme brisée. C'était ainsi que l'impératrice aimait le découvrir au moment où il pénétrait dans ses appartements.

Nulle coupe de vin drogué ne lui fut présentée, et il réprima un soupir. La soif de sang de l'impératrice, apparemment, n'était pas encore apaisée, même après une journée entière de massacres dans l'arène. Il se demanda qui il serait forcé d'affronter et de tuer pour son plaisir avant qu'elle couche avec lui.

Car il tuerait, encore et encore. Il touchait sa liberté du doigt, et il ferait tout pour rester en vie et réaliser son rêve. Il jeta un coup d'œil à l'*agacin* recroquevillée contre le mur. Elle le regardait, les yeux écarquillés. Effrayée. Hostile.

— Tu pourras encore profiter d'elle à ton retour, étalon, dit l'un des gardes. Enfin, si Sa Grandeur ne se met pas en tête de te castrer pour s'amuser.

Des éclats de rire accompagnèrent la boutade. Azarion ne leur prêta aucune attention. Il se concentra pour garder l'équilibre sur le sol glissant menant aux marches qui donnaient sur la rue.

Émergeant du labyrinthe souterrain, le trio déboucha dans une cour fermée. Les gardes le poussèrent vers un chariot. Il s'affala à l'arrière et fut rejoint par le soldat à l'arbalète, et par un autre, qui tenait une hache. Le cocher siffla et le chariot s'ébranla, s'enfonçant dans les ruelles.

La nuit était tombée sur Kraelag. Des lanternes éclairaient des enseignes signalant des tavernes et des bordels. Ivres de vin, appauvris par les tire-bourses, la foule des fêtards se déversait dans les rues. La semaine de célébration des Rites du Printemps n'était pas finie.

La colline qui dominait la ville étincelait de lumière : un phare dissimulant une corruption bien plus infâme que les pires tas d'ordures de Kraelag.

Le chariot montait toujours, laissant derrière lui les allées étroites pour rejoindre les larges avenues pavées, bordées de portes protégées par des gardes.

Derrière les hauts portails, les riches et nobles membres de l'Empire jouissaient des fruits de leur fortune. Plus on approchait du sommet et du palais qui le coiffait, plus les demeures devenaient vastes et luxueuses. Et plus il y avait de soldats pour les protéger.

Azarion trouvait tout cela… suffocant. En dépit de la largeur des rues, les imposants bâtiments semblaient le menacer, et cachaient parfois la lune. Les arbres plantés pour faire écran étaient taillés selon des formes défiant les lois de la nature. Tout comme les demeures et les temples, ils le dominaient de leur hauteur – un mur vert qui menaçait de s'effondrer sur lui.

Une décennie d'esclavage dans la capitale de l'Empire n'avait pas émoussé ses souvenirs de la steppe ouverte, avec ses herbes sauvages courbées sans fin par le vent. Le Ciel d'en Bas était une terre impitoyable, et les clans nomades qui la parcouraient n'avaient rien de paisible, mais elle lui manquait, furieusement. Chaque soir, il s'endormait en se rappelant ces paysages, et chaque matin il s'éveillait l'esprit embrumé de rêves. Si son plan réussissait, il chevaucherait de nouveau dans ses prairies, en homme libre.

La route s'aplanit enfin quand le chariot atteignit le sommet. Ils s'engagèrent dans une avenue pavée encore plus large que celle qui serpentait jusqu'au sommet. Le chemin vers le palais royal était lui aussi bordé d'arbres taillés.

La première fois qu'Azarion avait vu l'endroit, à son arrivée dans la capitale, il avait été assez ébahi pour en oublier momentanément sa rage. Jusqu'alors, il avait vécu au sein d'un monde de chariots et de tentes, où le plus grand refuge était la *qara* du chef du plus grand clan savatar. Or celle-ci était plus petite que la plus simple dépendance entourant le palais.

Le chariot s'arrêta devant une porte banale qui donnait sur un labyrinthe de couloirs. Azarion pouvait à présent trouver son chemin jusqu'aux appartements de l'impératrice les yeux bandés. On l'avait mené à elle d'innombrables fois, bien plus qu'il n'aurait souhaité.

Les gardes du palais prirent le relais et l'escortèrent jusqu'au sommet d'une volée de marches, puis dans des couloirs où se dressaient les statues des héros de l'Empire, le long de galeries aux murs encombrés de portraits des tyrans royaux, au pouvoir depuis des siècles.

De la musique et des rires leur parvenaient de derrière les portes, accompagnés de parfums écœurants, ou de la fumée âcre de l'encens.

Enfin, ils atteignirent une double porte sculptée et dorée à la feuille qui scintillait à la lueur des torches.

Contrairement aux gardes de l'arène, ceux du palais ne prêtaient aucune attention à Azarion. Il aurait pu être transparent. Deux d'entre eux, vêtus d'une armure intégrale et lourdement armés, se tenaient en faction devant les portes. L'un d'eux fit un signe de tête au soldat qui escortait Azarion, avant que son camarade et lui ouvrent les battants pour lui permettre d'entrer.

L'un des gardes poussa le gladiateur, assez fort pour le faire trébucher.

Il se redressa autant que le lui permettait la courte chaîne attachée à son cou et leva la tête pour regarder autour de lui. Les appartements de la femme la plus puissante de l'Empire étaient d'un luxe insensé.

Un plafond peint s'arrondissait au-dessus de lui pour former un dôme aux solives courbes, sculptées, peintes de couleurs vives et décorées à la feuille d'or. Les soieries et les velours importés du sud tapissaient les murs percés de fenêtres dotées de vitres véritables. D'autres tissus coûteux étaient jetés en travers de canapés tuftés. Le grand lit occupait un coin de la pièce. Des fourrures recouvraient le sol, voisinant avec des tapis de tisserands véliens lesquels, d'après la rumeur, laissaient s'écouler le sang de leurs doigts déchiquetés dans le nœud des fibres qu'ils tissaient.

Des coffres et des boîtes incrustés de pierres précieuses occupaient le reste de l'espace – le plus grand d'entre eux, de la taille d'un abreuvoir à chevaux, posé au pied du vaste lit.

Une telle opulence aurait fait saliver d'admiration n'importe quel marchand, mais elle avait depuis longtemps cessé d'éblouir Azarion, à l'exception d'une chose : suspendu aux solives par des chaînes, le squelette colossal d'un draga encerclait toute la pièce telle une spire d'os.

Tout l'Empire savait que l'arrière-arrière-grand-père de l'impératrice avait tué le dernier draga et ramené son cadavre à Kraelag, pour en offrir le sang et les os à l'empereur. Son exploit, et le don d'un tel trésor, lui avaient valu, ainsi qu'à sa famille, une place prépondérante au sein de la noblesse de l'Empire.

Azarion s'émerveillait encore de la taille de la créature, dont la majesté n'était en rien diminuée par la mort. Celle-ci montait en spirale jusqu'au centre du dôme avant de retomber dans un mouvement sinueux, son crâne énorme suspendu au-dessus d'un siège orné de sculptures placé sur une estrade.

Les orbites du draga, plus larges que les portes, tournaient leur regard aveugle vers lui, sa mâchoire béante remplie d'une forêt de dents longues comme des branches et plus acérées que des épées.

Une femme menue, sa silhouette rapetissée encore par la masse du squelette au-dessus d'elle, se prélassait dans le fauteuil, une jambe gainée de soie posée sur l'accoudoir. Son pied délicat couvert d'un chausson battait la mesure dans le vide tandis qu'Azarion s'approchait d'elle. En signe d'obéissance muette, il tomba à genoux devant l'estrade, l'observant entre les mèches qui lui tombaient devant les yeux.

Dalvila, souveraine de l'Empire krael, était une compagne bien digne de son empereur. Aussi cruelle, sans pitié et assoiffée de pouvoir que son époux, elle était encore plus redoutée par ses sujets.

Ce soir, elle portait une tunique ouverte et un pantalon de soie indigo. De délicates chaînes d'or entouraient son cou et se nichaient entre ses seins généreux, complètement nus. Des menottes d'or, qui moquaient les propres entraves de fer du gladiateur, lui bandaient les poignets, et les pierres précieuses serties dans le métal réfléchissaient la lueur des torches en éclats bleus, écarlates et verts.

Du khôl soulignait ses grands yeux, accentuant leur forme, et elle l'observait avec l'attention d'un serpent.

Lorsqu'elle se lécha la lèvre inférieure, tous les cheveux d'Azarion se dressèrent sur sa nuque.

L'expérience lui avait appris qu'un tel acte était annonciateur de douleur. Le fait qu'elle n'ait pas la langue fourchue ne laissait pas de le surprendre.

Les minuscules diamants entrelacés dans son chignon scintillèrent quand elle pencha la tête.

— Je crois que tu deviens meilleur tueur chaque fois que tu entres dans l'arène, Azarion. Soit l'entraînement et le temps ont amélioré tes capacités, soit tu aimes désormais répandre le sang autant que moi.

Il n'osa pas lui répondre. La seule fois où il avait parlé sans permission, la punition de cette transgression avait failli le tuer. Il avait pissé du sang pendant des jours.

Dalvila fit signe à l'une des servantes silencieuses qui se tenaient à côté de son siège. La femme se précipita au côté de l'impératrice, la tête basse et les épaules voûtées. Comme Azarion, elle tenait sa langue, attendant l'ordre de sa maîtresse.

— Que les gardes amènent l'autre étalon. Aujourd'hui les festivités étaient agréables, mais j'ai décidé que j'en voulais encore un peu.

Un sourire lascif étira ses lèvres.

Le gagnant sera récompensé, bien sûr.

La servante s'inclina et fila vers la porte. Azarion se demanda quel autre pauvre gars on avait tiré des catacombes pour divertir l'impératrice.

Dalvila fit un geste en direction des gardes.

— Ôtez-lui ses chaînes. Il ne peut pas se battre ni baiser correctement s'il est ficelé comme un porc.

Le gladiateur regarda au loin tandis que les soldats déverrouillaient ses fers et retiraient les chaînes. Il avait envie de se frotter la gorge et les poignets, mais demeura immobile, les mains serrées entre les genoux, la tête inclinée.

L'impératrice le scruta avec un intérêt reptilien.

Elle le révulsait au plus haut point, pourtant son pénis se raidit à la vue de son corps de femme et de son regard concupiscent.

Belle, veloutée et parfumée, Dalvila de Krael aurait pu faire bander un cadavre, et Azarion n'était pas insensible à ses charmes. Du reste, il ne pouvait pas l'être. Lui déplaire au lit, c'était risquer la mort.

Il revenait de chaque rencontre porté par l'euphorie d'avoir survécu ou couvert de sang, et sur le point de vomir de douleur après ses attentions. Qui savait ce que lui réservait cette nuit ?

Dans son esprit, une image surgit, celle d'une femme brune : la grande *agacin* au regard accusateur et à la fureur amère. Une femme couverte de la crasse des routes et des catacombes, pourtant bien plus propre que cette prédatrice vêtue de soie parfumée, perchée devant lui sur son trône improvisé à la manière d'une araignée.

D'un battement de paupière, il chassa le souvenir et l'espoir suscité par l'*agacin* réticente. Toute distraction pouvait lui être fatale, et il n'avait aucune intention de mourir ce soir, même si cela signifiait qu'il devait prendre la vie d'un autre pour le plaisir d'une reine dont chaque caresse faisait palpiter sa verge et lui démangeait la peau.

Dalvila posa un pied à terre et se leva. Elle le rejoignit en ondulant des hanches. De part et d'autre, les soldats se crispèrent. Elle lui effleura l'épaule du bout du doigt avant de descendre le long de son bras. L'odeur écœurante de fleurs, soulignée par le musc de l'excitation féminine, lui chatouilla les narines. Les seins ronds de l'impératrice se balancèrent, couverts d'un voile de sueur.

— Les jeux privés surpassent largement les jeux publics, susurra-t-elle.

À cet instant, les portes se rouvrirent pour livrer passage à un autre groupe de gardes, entourant un homme qui mesurait deux paumes de moins qu'Azarion, mais devait faire le double de son poids. Sans doute un lutteur venu de l'une des nombreuses écoles de gladiateurs, amené à la capitale pour le plaisir de l'impératrice.

Dalvila qualifiait ses amants gladiateurs d'étalons, et celui-ci était à la hauteur de ce surnom. Ses cheveux coupés ras se dressaient sur son crâne rond, et les veines de son cou épais palpitaient sous sa peau. Ses épaules musclées étaient contractées, de même que ses bras massifs, et il se déplaçait avec une démarche pataude qui, bien que disgracieuse, trahissait une force et une rapidité colossales.

— Charmant, déclara l'impératrice en battant des mains.

Son sourire ravi confinait à la cupidité. Elle enroula une mèche d'Azarion autour de son doigt.

— C'est l'heure de faire plaisir à ta maîtresse, étalon.

Sur un signe de tête, les gardes le remirent sur pied.

Le sang rugit dans ses veines et, dans sa poitrine, son cœur tambourina à un rythme nouveau. L'espace d'un instant, il croisa le regard de Dalvila. Son estomac se noua, comme toujours lorsqu'il plongeait dans ses yeux.

Les bardes avaient écrit et chanté des odes à la beauté de l'impératrice, y compris à ses prunelles bleutées, mais Azarion était certain que nul n'avait sondé leurs profondeurs. Derrière le bleu, il n'y avait… rien. Rien qu'un vide abyssal, comme si les déesses avaient créé un enfant et oublié de le doter d'une âme. Le gladiateur détourna la tête pour aviser son adversaire. La vue de ce dernier ne le faisait pas frissonner autant.

Il ôta les sandales qu'il avait enfilées dans sa cellule. Au contact du marbre froid, ses pieds se contractèrent. Il se débarrassa aussi de ses braies et sa tunique, pour ne garder que le pagne noué à sa taille. Il était désormais à égalité avec l'autre homme, quasi nu et désarmé. Il ne pouvait plus compter que sur sa force et son intelligence.

Les gardes les encerclèrent, l'épée tirée pour prévenir toute idée de fuite.

L'impératrice applaudit encore.

— Commencez !

Azarion s'accroupit, oubliant Dalvila, oubliant les gardes, oubliant, surtout, l'*agacin* qui l'attendait dans sa cellule. Tout ce qui lui importait à cet instant, c'était l'homme face à lui, animé de la même détermination à vendre chèrement sa peau.

Le gladiateur le chargea sans attendre. Sa stratégie était évidente. La force brute pour écraser son adversaire. La parade d'Azarion fut tout aussi simple : échapper aux mains qui cherchaient à le saisir et rester debout assez longtemps pour épuiser son adversaire, puis asséner le coup de grâce.

Il s'écarta en tournant sur lui-même, mais pas assez vite. Les épaules de l'homme le heurtèrent au niveau de la poitrine, ce qui le déséquilibra. Il chancela, mais resta debout, pivotant juste à temps pour recevoir un coup de tête de plein fouet. Le choc le mit à terre et lui coupa le souffle ; son adversaire lui tomba dessus, referma ses mains autour de son cou et se mit à serrer.

Ni aussi lourd, ni aussi musclé que lui, Azarion fit levier avec ses longues jambes pour se dégager, en passant une par-dessus l'épaule de son agresseur pour la caler sous sa gorge, poussant de toutes ses forces jusqu'à ce que l'homme soit forcé de relâcher sa prise suffocante.

Ils reprirent leur affrontement, se débattant et s'agrippant dans un enchevêtrement de membres luisant de sueur. Une nouvelle fois, l'homme visa le cou d'Azarion. Ce dernier l'esquiva encore, et répéta ce geste à plusieurs reprises. Son plan fonctionnait… jusqu'au moment où l'impératrice ajouta un défi inattendu. Le claquement d'un fouet résonna près de son oreille avant qu'une vive douleur lui vrille le dos telle une ligne brûlante. Il s'écarta pour se jeter directement dans l'étreinte mortelle du gladiateur.

Le lutteur poussa une exclamation de triomphe, avant de crier de surprise quand le fouet lui caressa l'arrière des cuisses, le mettant à genoux alors qu'il serrait encore la gorge d'Azarion.

— Vous m'ennuyez, grommela l'impératrice, avant de frapper de nouveau, touchant cette fois Azarion en travers de l'épaule.

Il aperçut son visage, rose de fureur, des postillons constellant ses lèvres charnues.

Le gladiateur se recroquevilla autour d'Azarion, essayant de l'étouffer. Le Primus se démena et parvint à libérer un bras. Serrant le poing, il frappa son adversaire sur le côté de la tête, assez fort pour que celui-ci chancelle. Cela ne suffit pas à le déloger, et Azarion frappa encore, cette fois en pleine face.

On entendit un craquement d'os, et l'homme recula brusquement tandis que du sang jaillissait de son nez et de sa lèvre fendue. Il donna un coup de poing, qui atteignit Azarion sous la mâchoire.

Les deux hommes s'entre-déchiraient, échangeant des coups et se jetant l'un contre l'autre comme deux bêtes en rut. L'impératrice suivait leurs mouvements, jetait des encouragements ou des jurons, faisait claquer son fouet au hasard.

Dans l'arène de fortune, le sol en marbre était poisseux de sueur, de sang et de salive. Fatigué par une journée à se battre dans la Fosse pour sa survie, Azarion sentit ses muscles réclamer du repos. Il tituba après un coup brutal et perçut un froissement sur son flanc gauche. La douleur qui s'ensuivit changea le souffle dans sa poitrine en déluge de feu. S'il ne mettait pas tout de suite un terme à ce combat, il allait perdre.

Un élan de puissance, nourri par le désespoir, aiguillonné par la souffrance, traversa son corps usé. Il se dégagea de la prise de son adversaire, se glissa derrière lui et, d'une jambe, le saisit à la gorge. Sa posture et la force de sa cuisse neutralisaient les efforts du lutteur pour se libérer.

Azarion affermit sa prise, serrant jusqu'à avoir l'impression que les veines de sa cuisse allaient exploser. Il regarda son captif se débattre et tenter de l'attraper par les coudes – en vain. L'homme écarquilla les yeux alors même que son visage suant prenait une teinte rouge brique, puis violette, enfin il ouvrit et referma la bouche dans un effort futile pour respirer.

L'impératrice baissa son fouet et se rapprocha, le regard avide tandis qu'elle regardait Azarion étouffer son adversaire.

Il la dévisagea en retour, alors même que les gesticulations du combattant s'affaiblissaient. Pour finir, il cessa de bouger et s'écroula, sans vie.

Pendant quelques instants, Azarion garda sa prise fermée, puis Dalvila eut un sourire approbateur.

— Bien joué, mon favori ! Il semblerait que tu sois le gagnant de la soirée.

Elle lui fit signe de se relever.

Deux soldats dégagèrent le gladiateur mort d'entre ses jambes et traînèrent le cadavre hors de la chambre, pendant que deux autres aidaient Azarion à redresser. Au moment où ils le lâchèrent, il tomba, agrippant une de ses cuisses prise d'une crampe atroce. La douleur était aussi vive que celle qui lui avait lacéré le flanc, et il grogna, dents serrées, sans se soucier de la colère de Dalvila, qu'il n'avait pas dû manquer de susciter par son incapacité à lui obéir.

— Amenez-le au lit et déshabillez-le, ordonna l'impératrice.

Les gardes le remirent une fois de plus debout ; leurs gestes n'étaient ni doux ni indulgents. La douleur au niveau des côtes avait repris le dessus. Il s'en était fêlé une, c'était certain. Dans le meilleur des cas. Dégageant un bras de l'étreinte de l'un des soldats, il le cala contre son torse tandis qu'il titubait jusqu'à l'énorme lit.

Il s'écroula dans des draps de soie. À chaque inspiration, il avait l'impression qu'on le poignardait. Il ne bougea pas quand on lui arracha son pagne d'un geste brusque, le laissant nu. L'odeur du parfum mêlée à celle du sang envahissait les courtines, soulignée par les exhalaisons de cire crachées par les bougies toutes proches.

Dalvila monta à quatre pattes sur le lit, nue sous la ceinture. Elle l'enfourcha sans attendre, ses jambes minces largement écartées pour accueillir sa verge. Dans la pénombre, ses yeux semblaient noirs, et ses narines étaient dilatées comme les naseaux d'un cheval sauvage.

Elle plaqua une main sur son torse et éclata d'un rire ravi lorsqu'il laissa échapper un sifflement douloureux.

— Tu as été au bout pour moi, ce soir, étalon.

Sa main délicate s'empara de son pénis.

— Continue de la sorte, et tu vivras peut-être jusqu'au matin.

La douleur lui donnait le vertige ; pourtant, dans la paume de l'impératrice, son érection se dressa, prête à plonger dans son intimité brûlante. Il avait retenu la leçon.

Elle caressa la verge engorgée puis, lasse de ses propres préliminaires, elle se leva, se plaça au-dessus de lui, et s'assit brusquement, le prenant jusqu'à la garde.

Azarion se cambra et poussa un grognement, tant sous le coup de la douleur que sous celui de la chevauchée passionnée de l'impératrice. Chaque halètement était une torture, chaque mouvement lui déchirait le torse jusqu'à exploser dans son crâne, au point qu'il crut qu'il allait cracher des flammes. Les étoiles noires qui jaillissaient dans son champ de vision étaient autant dues à sa blessure qu'au choc soudain de la jouissance.

Aux prises avec son propre orgasme, Dalvila s'agitait violemment au-dessus de lui et, de ses ongles, gravait des croissants de lune ensanglantés sur ses clavicules.

Le pénis du guerrier glissa hors d'elle quand elle se laissa tomber sur les draps froissés. Son souffle saccadé faisait écho à celui d'Azarion.

— Sortez-le d'ici, ordonna-t-elle aux gardes qui patientaient. Il a ruiné les draps et j'ai besoin d'un bain.

Ils exécutèrent ses ordres sans attendre et, une fois de plus, Azarion fut traîné hors du lit, puis dans le couloir devant la chambre royale. Les gardes attendirent sans patience qu'il se rhabille, jambes flageolantes, avant de lui remettre ses fers pour traverser le palais.

Tandis que le chariot le ramenait aux catacombes, il suivit des yeux la lune, en partie dissimulée par une traînée de nuages. Les cahots du trajet l'entraînèrent dans de nouveaux abîmes de douleur alors qu'il s'efforçait de rester assis, aussi droit que possible. S'affaisser voulait dire souffrir, et il ne lui restait plus assez de volonté pour ne pas hurler son désespoir dans la nuit silencieuse.

Jamais il n'avait été aussi heureux de retrouver la funeste réalité des catacombes, et la cage qui lui tenait lieu de maison depuis dix ans. Quand les gardes le poussèrent à l'intérieur, la vue de l'*agacin* aux yeux enfoncés, accroupie dans un coin, raviva son espérance.

Elle était les vastes prairies du Ciel d'en Bas, les troupeaux de chevaux qui broutaient sous le soleil, les femmes savatares qui chantaient en fabriquant le feutre, le claquement des drapeaux du clan au sommet des tentes des *atamans*. Elle était la liberté incarnée et, à cet instant, la plus belle chose qu'il ait jamais vue.

CHAPITRE 3

Gilene s'agrippa aux barreaux de la cage pour garder l'équilibre et scruta les gradins de l'arène tandis que le chariot progressait sur le sable inégal. Ivres de vin, de chaleur printanière et à la suite d'une journée de combats acharnés et brutaux, les spectateurs en réclamaient davantage, impatients d'assister à l'immolation qui clôturait les Rites du Printemps. Certaines captives, cramponnées aux barres, observaient la scène avec horreur. D'autres étaient blotties les unes contre les autres, et se cachaient le visage.

À côté d'elle, Pell replaça une mèche de cheveux poisseux derrière son oreille et lissa sa robe comme si elle s'apprêtait à rencontrer un client.

— Si l'un de tes dieux inutiles a envie de s'en donner la peine, puisse-t-il avoir pitié de nous et nous accorder une mort rapide.

Les dieux n'ont rien à voir là-dedans.

Gilene ne formula pas cette remarque acerbe à voix haute. Elle toucha rapidement la main de la prostituée.

— Ce sera le cas.

Pell la dévisagea avec un mélange de doute et de stupéfaction.

— Tu y crois tant que ça ?

Le rire cassant de Gilene était dépourvu d'humour. Le chariot qui les transportait roula tant bien que mal jusqu'au bûcher fait de petit bois sec, des carcasses d'animaux tués dans les combats de l'arène et de cadavres de gladiateurs. Un grand poteau de bois entouré d'une corde épaisse se dressait en son centre : l'ultime destination de ces femmes sacrifiées aux dieux en échange de leur bonne volonté à l'égard de l'Empire.

Elle ne croyait à aucune divinité qui aurait tiré gloire de cette boucherie insensée, et ne pensait pas non plus que ces dieux comprenaient le concept de miséricorde. Mais elle avait foi en elle-même, et en son talent à manipuler le feu. D'une voix assurée, elle répondit à Pell :

— Oui, absolument.

Elles n'ajoutèrent rien, car les acclamations devenaient assourdissantes. Le chariot s'immobilisa au pied du bûcher. La puanteur du sang, de la peur et de la mort lui emplit les narines.

Des gardes encerclèrent la cage. Sous leurs casques, leurs traits ridés par le soleil étaient lubriques et cruels. L'un d'eux déverrouilla la porte et tendit le bras. Gilene fut la première à tomber du chariot. La foule éclata de rire. Un autre soldat la remit debout et la poussa vers le bûcher. Les cris effrayés des femmes qui se débattaient et les insultes des gardes l'accompagnèrent tandis qu'elle enjambait les cadavres empilés autour du pilier. Des mouches bourdonnaient autour de sa tête, aussi bruyantes que les hurlements exubérants des spectateurs.

Le soldat qui l'avait poussée l'attacha au mât avec une corde qu'il serra étroitement pour qu'elle ne s'échappe pas lorsque les flammes lui lécheraient les pieds.

— J'ai entendu dire que le Primus t'a choisie hier.

Une note de stupéfaction perçait dans sa voix.

— Bizarre, vu ta tête.

Il haussa les épaules et la laissa réfléchir à ses propos.

Azarion l'avait choisie dans un but bien précis, pas pour son apparence. Elle ne pensait pas que son projet de fuite réussirait, mais elle n'avait d'autre choix que de se faire sa complice. Sa menace de révéler sa duperie l'y avait obligée. L'expression du gladiateur pendant leurs négociations, avait-elle noté, était déterminée. Lorsque les gardes étaient venus pour le livrer à sa royale maîtresse, la haine avait projeté une ombre sur son beau visage et éteint la couleur de ses yeux, devenus gris silex ; Gilene s'était demandé si c'était cette expression qu'affrontaient ses concurrents dans la Fosse.

Elle s'était reculée dans un coin quand on avait ouvert la porte et que trois gardes étaient entrés dans la cellule. Ils avaient menotté les pieds et les poings d'Azarion, puis attaché ces entraves à un carcan autour de son cou, forçant le gladiateur à se courber d'un air soumis. Azarion était sorti d'un pas traînant plutôt qu'à grandes enjambées.

Il avait quitté la cellule couvert de fers, et l'avait regagnée avec le même attirail, mais empestant le parfum et le sexe. Aux petites heures de la nuit, la faible lueur des catacombes avait révélé une légère boiterie et des épaules contractées, trahissant sa douleur et non sa fierté.

Gilene s'était éveillée d'un sommeil agité au premier grincement de la porte, et avait regardé Hanimus accompagner Azarion dans la cellule et lui ôter ses chaînes.

Il contemplait sombrement son champion, et les tatouages de ses joues se contorsionnaient en des formes macabres.

— Pas de combat demain, avec ces blessures. Tu tomberais dès la première mêlée.

Il prit un seau d'eau et un linge des mains de l'un des gardes puis les posa aux pieds du gladiateur.

— Demande à ta pute de t'aider à te laver.

Il secoua la tête et soupira d'un air dégoûté.

— Je ne vois pas de fracture, mais, si la douleur est insupportable, dis au garde qu'on apporte les sangsues.

Gilene faillit penser que Hanimus éprouvait une forme de respect pour son meilleur lutteur, jusqu'à ce qu'elle l'entende murmurer en quittant la cellule :

— Connasse idiote. Elle va finir par le tuer, et je vais perdre une fortune.

Le silence revint dans la pièce après le départ des gardes, à l'exception du souffle saccadé d'Azarion.

— Femme, es-tu réveillée ?

Elle s'était blottie dans la couverture en lambeaux qu'il lui avait laissée.

— Oui.

— Aide-moi avec ma chemise.

En dépit de sa douceur, sa voix était impérieuse. Mais il y avait de la fatigue, dans sa voix, et les accents d'une douleur endurée stoïquement.

Il dénoua les lacets et réprima un grognement quand Gilene dégagea la chemise de ses larges épaules. Des croûtes s'arrachèrent, et elle grimaça. Le dos de l'homme était lacéré de coups de fouet, et les traces disparaissaient dans son pantalon.

Elle jeta la chemise tachée de sang au sol et s'écarta pour examiner les blessures. Sur un fond d'anciennes cicatrices, les nouvelles étaient bien visibles, luisant de l'éclat noir-rouge du sang sombre qui traçait de longs sillons jusqu'à tacher ses braies. Surmontant sa réticence, Gilene frôla ses blessures du bout des doigts. Il avait dû sentir l'effleurement, car de la chair de poule apparut sur sa peau tannée.

— C'est l'impératrice qui t'a fait ça ?

Il parlait au mur.

— Oui, entre autres choses. Il faudra nettoyer les plaies et me bander le torse. Je dois aussi avoir une ou deux côtes de fêlées.

Il retira son pantalon, puis s'arrêta pour s'appuyer à la paroi et inspirer doucement. Du sang séché dessinait des motifs sur ses cuisses. D'autres marques de fouet ornaient ses fesses.

Les goûts charnels particuliers de l'impératrice Dalvila alimentaient les ragots et les rires à travers tout l'Empire. Mais Gilene ne pensait plus aux cancans. Rien ne prêtait à rire, là-dedans. Dans quelle arène Azarion affrontait-il son plus mortel ennemi ?

L'eau tiède, dès le premier rinçage, avait viré à l'écarlate. Le guerrier demeura silencieux pendant qu'elle nettoyait la peau déchiquetée de son dos et lavait le sang de ses jambes. Il n'y avait pas de cataplasme pour empêcher l'infection. Cela faisait des années qu'il se battait dans la Fosse ; elle soupçonnait qu'il avait souffert bien pire que cela. Une vague de compassion monta en elle, qu'elle essaya de réprimer. Il avait de la chance de tenir encore debout. Vu son état, il était clair que l'impératrice aimait distribuer les coups de fouet autant qu'elle aimait baiser.

Azarion l'aida à déchirer la couverture mitée en bandelettes, ne s'arrêtant qu'une fois pour se tenir le flanc et prendre une inspiration profonde. Ses narines se dilataient.

Ses lèvres étaient blanchies, et de la sueur perlait à son front.

Gilene lui posa une main sur le bras.

— Veux-tu que je réclame les sangsues ?

Il secoua la tête.

— Non merci. J'ai eu ma dose de caresses impériales pour la soirée.

Sur la chair de son flanc gauche, un hématome s'assombrissait. Azarion ménageait ce côté-là, veillant à ne pas faire des mouvements trop amples.

Gilene prit une bande de tissu.

— Tu vas avoir mal, mais il faut lever le bras plus haut pour que je serre suffisamment les bandages.

Il suivit ses instructions, laissant échapper un grognement léger quand elle noua étroitement la première bandelette. Elle avait beau lui en vouloir, elle ne souhaitait pas se montrer cruelle.

— Pardonne-moi, dit-elle. C'est nécessaire.

Il accepta ses excuses avec un murmure, se soumettant docilement à ses soins jusqu'à ce qu'elle ait fini de le panser. Gilene scruta son œuvre. Vu ce qu'elle avait sous la main, le résultat était plus qu'honorable, d'autant qu'elle n'était pas guérisseuse.

Azarion tapota le bandage de fortune avec précaution et hocha la tête d'un air approbateur.

— C'est bien.

Qu'il vive ou meure, je m'en moque, se répétait-elle. Une petite voix intérieure lui chuchota qu'elle mentait.

— Mesure temporaire pour diminuer la douleur. Si tu le portes trop longtemps, tu risques une maladie des poumons.

Il la scruta plus attentivement.

— Es-tu guérisseuse en plus d'être teinturière ?

Il ne mentionna pas sa capacité à manipuler le feu.

— J'ai déjà vu une blessure semblable sur un homme de notre village. J'ai vu faire notre guérisseuse.

— Tu peux prendre le lit, lâcha-t-il. Dors. Je respirerai mieux assis.

Jusqu'ici, elle avait évité sa paillasse pour s'asseoir par terre. Depuis son arrivée dans sa cellule, il n'avait manifesté aucune envie de coucher avec elle. Toujours méfiante, elle avait accepté son offre et s'était étendue sur le lit, veillant à le garder dans son champ de vision. Le sommeil était un luxe qu'elle ne pouvait se permettre. Les catacombes étaient un lieu dangereux, son compagnon de cellule, en dépit de ses blessures et de ses promesses répétées de ne pas lui faire de mal, restait une menace. Elle s'endormit pourtant dès que sa tête toucha le matelas bourré de paille, et la dernière image qu'elle vit fut Azarion, assis le dos droit contre le mur près d'elle.

Elle s'était réveillée réconfortée par une chaleur inconnue, et chatouillée par les vibrations d'une voix qui lui murmurait à l'oreille. Un corps pesant était appuyé sur son dos, de longues jambes entremêlées aux siennes. La panique s'empara d'elle, dissipant les restes de sommeil pendant qu'elle se retournait pour se libérer. Un bras musclé se crispa autour de son ventre, et les jambes se contractèrent, qui la maintenaient immobile.

— Ne bouge pas, ordonna Azarion d'un ton bourru sans lâcher prise. Les gardes viennent te chercher, et ton illusion s'est dissipée.

Contrairement à la magie du feu, que Gilene pouvait invoquer à volonté, l'illusion exigeait une véritable incantation. La jeune femme prononça les mots que son mentor lui avait appris pour raviver l'illusion, en espérant ne pas s'être trompée. Les voix des gardes résonnaient au loin, qui ordonnaient aux gladiateurs de se lever pour le petit-déjeuner et récupéraient les tributs sacrificiels dans certaines cellules.

Son estomac se noua, et elle ravala des larmes douloureuses. Elle haïssait l'Empire. Elle haïssait le pouvoir, la débauche, le mépris désinvolte qu'il montrait pour ses citoyens et ses vassaux. Année après année, elle s'était rendue à la capitale, avait subi les humiliations, brûlé dans la Fosse, et était rentrée chez elle, l'âme et le corps couverts de cicatrices. Elle remua, et Azarion la relâcha juste assez pour qu'elle puisse changer de côté et croiser son regard. L'esclave guerrier et elle partageaient une vérité : il infligeait la mort par l'épée et la hache, et elle, par le feu. Ni l'un ni l'autre ne maîtrisait son destin.

Comme s'il avait entendu ses pensées, Azarion lâcha sa taille pour lui caresser la mâchoire. Son teint était d'une pâleur maladive, et elle se demanda à quel point il souffrait, allongé à côté d'elle dans une position qui, à n'en pas douter, lui faisait mal aux côtes.

— Nous sommes d'accord ? demanda-t-il.

Ce n'étaient pas des paroles encourageantes ni aimables. Gilene écarta sa main.

— Ai-je le choix ?

— Non.

— Alors nous sommes d'accord.

Le regard du gladiateur se réchauffa.

— Je sais pourquoi Beroe t'a envoyée, *agacin*. Même au-delà du feu.

Avec précaution, il se leva de la paillasse. Cette remarque énigmatique l'étonna. L'homme grogna doucement et, la tête baissée, pressa une main contre son flanc, avant de se mettre debout.

Le doute et la compassion s'étaient éveillés en elle. Même avec son aide, elle ne le pensait pas en état de fuir

Kraelag. Le fait qu'il ait survécu aux rigueurs de la Fosse aussi longtemps témoignait de son habileté au combat. Néanmoins, des côtes fêlées auraient affaibli le guerrier le plus endurci, et les mouvements d'Azarion n'avaient plus cette grâce désinvolte de la veille. S'il devait se battre pour sortir de la ville, il était mort.

Quand les gardes ouvrirent la porte, les épaules d'Azarion s'affaissèrent, et il se traîna dans l'un des recoins de sa cellule, ses gestes aussi hésitants et lents que ceux d'une vieille femme. Étonnée, Gilene nota son bref coup d'œil d'avertissement. Il avait beau être blessé, cette démonstration de faiblesse n'était qu'un artifice.

Elle ne regarda pas en arrière lorsqu'ils la tirèrent de la cellule pour rejoindre les autres condamnées dans un cachot plus proche de la Fosse.

Elles avaient passé la journée dans cette prison étouffante, étourdie par les applaudissements et les huées de la foule, les hurlements des animaux blessés, agonisants, et le fracas des épées sur les boucliers lors des duels à mort de gladiateurs.

Désormais, alors que la foule massée sur les sièges de l'amphithéâtre réclamait leur sang, les femmes pleuraient et priaient des dieux indifférents.

Loin au-dessus du peuple, sous l'auvent de leur balcon, l'empereur et l'impératrice étaient couchés sur des lits de repos, à l'ombre, servis par une petite armée de domestiques. Ils étaient trop loin pour que Gilene distingue leurs expressions, mais elle vit l'empereur lever et baisser la main, pour donner le signal de l'ultime Rite de Printemps : l'immolation des femmes.

Les gardes jetèrent leurs torches allumées sur le bûcher et quittèrent l'arène en hâte.

Chaque année, ce cauchemar se déroulait de la même manière. Le signal, les torches lancées sur le petit bois, le rugissement approbateur de la foule, les suppliques des femmes se débattant pour défaire leurs liens.

Des larmes coulèrent sur les joues de Gilene. Elle trouva refuge en elle-même – cet appel du feu qui coulait dans son esprit.

Le feu de la sorcière, disaient les villageois. Une magie ancienne mêlée à la chair et au sang d'une unique fille de Beroe. Nul n'en connaissait l'origine ni ne savait pourquoi, à chaque génération, une femme et une seule en héritait, au sein de ce petit village, mais les aînés avaient conservé jalousement ce secret et trompaient l'Empire depuis des décennies.

Gilene appela le feu de la sorcière à se joindre aux flammes qui consumaient la matière autour d'elle. Elle inspira la fumée âcre du bois calciné et des cadavres en train de brûler. Sourde aux lamentations des victimes et aux applaudissements des spectateurs, elle se concentra sur la rivière interne de magie, en captura les flammes et les fit grossir pour former une créature affamée qui mordait et griffait la cage de sa volonté. La fumée et la chaleur tournoyaient autour d'elle. Gilene les ignora, liée à l'élan de pouvoir.

Elle hurla quand le feu jaillit au pied du pilier, puis s'éleva dans le ciel en une colonne de flammes blanches. Il retomba en pluie sur le sol, obéissant à son ordre silencieux, brûlant instantanément tout en lui et autour de lui. Les sacrifiées, le pilier auquel elles étaient attachées, les morts sur lesquels elles se tenaient… l'ensemble, en un éclair, fut réduit en cendres. Des flammes léchèrent les pare-feu de pierre qui entouraient la Fosse et protégeaient les spectateurs installés dans les sièges les plus bas.

Nombre d'entre eux prirent cependant la fuite, convaincus que le mur ne contiendrait pas la vague de feu infernal qui s'attaquait à sa surface.

Seule Gilene demeurait intacte au cœur du brasier, désormais revêtue d'une autre illusion. Libre, elle sauta de la plateforme incendiée et se précipita dans le feu, simple flamme aux yeux de la foule exubérante. Les âmes des mortes voletèrent autour d'elle. Elle crut apercevoir les traits vaporeux de Pell avant que le vent brûlant généré par l'incendie ne dissipe l'apparition.

Le pouvoir s'écoulait d'elle comme l'huile d'une lampe brisée. Lorsqu'elle atteignit l'une des entrées désertes des catacombes, elle tituba, pliée en deux par l'envie de vomir. L'intérieur frais lui offrit un répit, et elle s'adossa à un mur, se dépouillant de son déguisement.

Son épreuve, toutefois, n'était pas terminée. Gilene épongea la sueur et les larmes de son visage avant de se redresser. Le feu exigeait un prix extrêmement élevé en échange de sa servilité. Il ne lui restait guère de temps avant que ce prix la laisse sans défense. Elle modifia l'illusion qui transformait son apparence et descendit dans le souterrain. Les groupes de gardes l'ignorèrent, ne manifestant aucun intérêt pour ce vieil esclave qui accomplissait ses tâches quotidiennes dans l'ombre.

Azarion occupait la dernière cellule à l'extrémité de l'un des longs couloirs partant de la principale salle souterraine. Une fois encore, Gilene prononça une incantation et devint le haïssable Hanimus.

Les contours de son champ de vision devenaient flous. Elle s'appuya de la main sur un pillier pour rester droite et se concentra sur l'illusion. Prendre l'aspect de l'entraîneur en chef se révélait la tâche la plus difficile qu'elle ait eue à accomplir.

Un soldat solitaire surveillait le couloir. Quand il aperçut Gilene se diriger vers lui d'un pas lourd sous les traits d'Hanimus, il abandonna sa posture indolente et se mit au garde-à-vous. La chance était encore avec elle quand, d'un geste, elle lui réclama ses clés. Sans protester, il les lâcha dans sa paume tendue.

Depuis l'étroite ouverture de la porte de sa cellule, Azarion l'observait. Gilene déverrouilla le battant et l'ouvrit, parvenant juste à s'écarter lorsque le gladiateur se rua dehors. Le garde n'eut pas le temps de crier avant qu'il lui brise la nuque. Il s'affala au sol sans un bruit. Les années passées à voyager jusqu'à la capitale de Krael et à assister aux cruautés ordinaires avaient considérablement endurci Gilene, mais elle sentit tout de même son estomac se retourner en entendant les os craquer.

Indifférent, Azarion débarrassa le soldat de son plastron, de son casque et de ses armes, et jeta le cadavre dans la cellule. Il attrapa les clés que Gilene lui lança en hochant la tête pour la remercier.

Les torches découpaient sur son beau visage un relief saisissant, le transformant en masque squelettique rendu plus macabre encore par ses yeux verts aux lueurs bestiales. Gladiateur, combattant de la Fosse, il avait probablement versé assez de sang pour remplir une dizaine de baignoires.

Un élancement soudain le saisit, comme des aiguilles transperçant sa cuisse et sa hanche droites, ainsi que le bas de son dos, comme un avertissement des douleurs à venir. Gilene vacilla et abandonna son illusion dans un gémissement.

— Femme ?

Azarion la regardait, étonné.

Elle l'ignora, déterminée à fuir la ville avant que le prix de sa magie la mette à genoux. Elle reprit l'apparence du vieil esclave et tourna le dos à Azarion.

— J'ai respecté notre accord, gladiateur, lança-t-elle par-dessus son épaule.

— Quel est ton nom ?

L'air frais et la perspective d'une liberté retrouvée lui donnaient des ailes.

— Oublié, murmura-t-elle en le quittant précipitamment.

Elle sentait qu'il la suivait des yeux tandis qu'elle retournait sur ses pas. Un feu invisible lui léchait la jambe et le dos, ralentissant sa marche ; elle gémit. Elle mit fin à son illusion au moment précis où elle sortit des catacombes. Quand elle rejoignit le flot de piétons dans les rues étroites, elle boitait.

Le salut prit la forme de ses deux frères et d'un chariot tiré par un poney, qui l'attendait aux Portes Terribles toutes proches. Le visage de Nylan se crispa en une grimace inquiète dès qu'il l'aperçut. Elle touchait au but, plutôt. Chaque année, elle s'écroulait dans ses bras et pleurait sur son épaule pendant que, aidé de leur cadet Luvis, il l'installait dans le chariot pour rentrer à la maison. Cette année ne serait pas différente.

Malade de douleur, elle se rua vers ses frères et entendit à peine le claquement tonitruant des sabots suivi des hurlements paniqués de la foule dans son dos. L'expression horrifiée de Nylan et le cri de « Gilene, attention ! » poussé par Luvis la firent se retourner.

Le temps s'arrêta. La poussière de la route était suspendue dans l'air. Des piétons s'étaient plaqués contre les murs des échoppes ou s'étaient juchés sur les pas-de-porte étroits. Un soldat chargeait au grand galop, les sabots de sa monture claquant à un rythme effréné tandis qu'il réduisait la distance entre eux. Gilene aperçut les yeux du cavalier, verts et durs comme du verre dépoli. Familiers.

— Non, murmura-t-elle avant de tourner les talons dans une tentative futile de lui échapper.

Trop tard. Le bras tendu, il se pencha sur sa selle. Une force terrifiante la souleva de terre, l'étranglant presque avec le col de sa propre chemise quand le tissu se tendit. Elle atterrit sur le ventre, en travers de cuisses musclées. L'air quitta violemment ses poumons, mais ce n'était rien comparé à la brutale décharge de douleur qui lui brûla le dos et la cuisse. Réduite à n'émettre que des grognements, elle se tortilla et s'arc-bouta contre son ravisseur.

Son environnement se mit à osciller dans tous les sens quand le cheval renâcla en réaction à la résistance qu'elle montrait, et Azarion lutta pour en reprendre le contrôle. Des jurons grommelés, les cris de ses frères qui s'estompaient, les hennissements de protestation de leur monture se fondirent en une cacophonie hallucinée tandis que Gilene se débattait en vain dans le giron du gladiateur.

Un brusque craquement douloureux résonna sur le côté de sa tête. Sa vision devint noire, et ce fut le néant.

CHAPITRE 4

Sur les genoux d'Azarion, l'*agacin* captive tressautait comme une truite hors de l'eau. Ces mouvements désordonnés rendaient rétive la monture, volée dans les écuries de la cavalerie, et elle se rebellait contre la poigne de son cavalier. Une main sur le dos de la sorcière, l'autre tenant les rênes, Azarion dirigeait le cheval pour qu'il franchisse l'étroit méandre d'un petit affluent du fleuve Holstet dévalant la montagne. Derrière lui, à travers la poussière soulevée par le vent et les rayons aveuglants du soleil couchant, Kraelag miroitait. Le guerrier demeurait à l'affût, guettant des voix, les aboiements des chiens de chasse, le claquement d'une corde d'arc, qui sait ? Mais rien.

Le répit, il le savait, n'était que temporaire. Il avait dévalé les rues encombrées et franchi les portes principales de la ville sans susciter le moindre cri d'alarme. Quelques uns des soldats qu'il avait dépassés s'étaient même esclaffés et l'avaient encouragé à la vue de la femme inconsciente affalée devant lui en travers de la selle. Nul ne pouvait se douter que le Gladius Primus, esclave hors de prix et jouet préféré de l'impératrice, venait de s'échapper de prison. Vêtu de l'uniforme militaire de l'Empire, il n'était qu'un simple soldat prêt à culbuter une femme dont il s'était entiché dans la meule de foin la plus proche – qu'elle soit consentante ou non.

À présent, il devait mettre le plus de distance possible entre la capitale et lui avant que quelqu'un donne l'alerte et qu'un contingent de pisteurs se lance à sa poursuite. Ils ne le tueraient pas, il le savait : ils se contenteraient de le ramener à la Fosse et dans les bras de l'impératrice.

Au nord-est du cours d'eau s'étalaient les terres agricoles de Krael, plaines fertiles nourries du limon apporté par le fleuve. Après deux jours de chevauchée rapide, il atteindrait la lisière du territoire appartenant à la capitale ; de là, il commencerait une traversée dangereuse, celle des terres vassales des Nunaris, et gagnerait les steppes du Ciel d'en Bas. Avec un peu de chance, il parviendrait à ne pas se faire prendre et à empêcher la sorcière de prendre la fuite ou de le brûler vif dès qu'il aurait le dos tourné.

— Protège-moi, Agna, Mère du Feu, pria-t-il. Sois ma force.

Pour une fois, les divertissements brutaux qu'affectionnaient tant les Kraeliens jouaient en sa faveur. Tout le monde se moquait d'un garde mort gisant dans les catacombes, et les sentinelles d'Azarion supposeraient que le favori de Sa Grandeur avait été, une fois encore, appelé auprès d'elle. Il avait jusqu'aux petites heures de la nuit. La traque ne commencerait pas avant que les célébrations et les fêtes de rue s'achèvent. Avec un peu de chance, même, si Hanimus était occupé à trousser une putain, ou trop soûl pour remarquer qu'aucun soldat du palais n'avait ramené son meilleur gladiateur dans sa cellule, rien ne se passerait avant l'aube.

Être pris vivant n'était pas envisageable. Il avait appris à trancher des gorges bien avant que son cousin le vende comme esclave, et il avait perdu le compte des hommes qui s'étaient étouffés dans leur propre sang après qu'il leur avait donné un coup de couteau dans l'arène : il se noierait dans le sien plutôt que de laisser les chasseurs kraeliens le ramener à sa cellule.

Il n'était pas monté à cheval depuis des années, et il se sentait maladroit en selle. Les dagues invisibles qui s'enfonçaient dans son flanc n'arrangeaient pas les choses. Les bandages de l'*agacin* soulageaient en partie son inconfort, mais chaque martèlement de sabots lui faisait l'effet d'un coup de poing. Il serra les dents et fit de son mieux pour ignorer la douleur. Il avait trois choses à accomplir : rester en selle, tenir l'*agacin*, et leur trouver un refuge assez éloigné de la capitale pour qu'il puisse se reposer quelques heures avant de reprendre la route.

Le soleil s'était couché depuis longtemps et le ciel nocturne était plein d'étoiles quand le cheval fatigué finit par arriver au sommet d'une petite colline, et se mit au pas. La sorcière avait repris conscience, mais juste assez pour gémir doucement. Elle n'ouvrit pas les paupières. Azarion lui jeta un coup d'œil inquiet. Dans ses efforts pour l'empêcher de leur faire vider les étriers à tous les deux, il lui avait accidentellement donné un coup de genou à la tête, assez fort pour l'étourdir. Pas bien longtemps, toutefois. Sa torpeur était causée par autre chose.

— *Agacin.*

Il lui tapota doucement le dos. Elle gémit de nouveau, sans se réveiller. Il était tenté d'arrêter leur monture et de la soulever pour mieux l'examiner. Peut-être était-elle malade. Lorsqu'elle avait ouvert la porte de sa cellule, sous le masque d'illusion, son visage était pâle comme la mort. Des ombres dessinaient des croissants de lune sous ses yeux, et ses lèvres avaient perdu le peu de couleur qui leur restait. Il serra les rênes pour arrêter le cheval au moment où un son lui parvint et lui glaça le sang : les aboiements d'une meute.

Sa fuite avait été découverte.

Il enfonça les talons dans les flancs de sa monture, qui bondit et se mit à galoper vers la masse d'une forêt, qui se dessinait au loin.

Ils chevauchèrent à toute allure, poursuivis par l'écho des chiens et des cornes. Le cheval gravit vaillamment une pente douce ; sur l'autre versant apparut une ligne de conifères.

Azarion ralentit leur folle chevauchée une fois qu'ils eurent atteint la corniche, autant pour ménager leur monture fatiguée que pour se repérer. Ils ne pouvaient pas rester longtemps. La lumière de la lune tombait en diagonale sur les arbres et projetait des ombres sur eux.

Au bas de la côte, où les arbres s'écartaient de part et d'autre d'un sentier envahi de végétation, les vestiges d'une ville se devinaient dans la pénombre. On ne distinguait aucune flamme de lampe à huile ni de bougie, et le silence était palpable – un murmure impatient qui souillait la brise.

Pas un chant d'oiseau nocturne, pas un bourdonnement d'insecte. Pas même un coassement.

Azarion scruta la ville plongée dans le noir, et se demanda que faire. Il tombait presque de sommeil, un bras engourdi à force de retenir la sorcière, de l'empêcher de glisser. Le cheval, lui, était épuisé par le rythme effréné de la course, et la charge des deux cavaliers. Ses flancs enflaient et se creusaient comme des soufflets de forge.

Azarion pouvait pousser le cheval jusqu'à ce qu'il s'effondre sous lui. Cela mettrait davantage de distance entre lui et ses poursuivants, mais il n'aurait alors plus de monture et serait forcé d'abandonner l'*agacin* pour fuir à pied. Blessé comme il l'était, ses chances de se cacher ou de distancer les pisteurs étaient nulles. En contrebas se trouvait la ville abandonnée qui leur offrirait un toit et une cachette, le temps, au moins, que le cheval se repose.

Azarion, toutefois, hésitait, et un sentiment de malaise lui parcourait l'échine. Même poussés par le devoir, la promesse d'une récompense ou la peur de l'impératrice, les chasseurs seraient sûrement réticents à les suivre dans cet endroit. Qui serait assez fou pour chercher refuge au sein de la cité hantée de Midrigar ?

La sorcière elle-même n'avait cédé à ses exigences que lorsqu'il l'avait menacée de voir son village subir le même sort si les dirigeants de l'Empire découvraient la supercherie.

Midrigar s'étendait devant eux drapée dans son silence surnaturel, à la fois repoussante et attirante. Se cacher derrière ses remparts leur garantissait d'être à l'abri des pisteurs impériaux, mais qui sait, de l'autre côté des portes fracassées, ce qui attendait le voyageur inconscient ?

Il tapota les flancs du cheval pour l'encourager à descendre avant de le guider jusqu'à la poterne ouest. Pour un homme indemne et sans entraves, cela relevait de la routine. Mais pour quelqu'un qui, comme lui, avait les côtes fêlées, portait ses propres affaires ainsi que le poids mort d'une femme inconsciente, la distance paraissait interminable. Il n'avait pas le choix. Il avait besoin du cheval, et il avait besoin de Midrigar.

À l'abri des conifères, il trouva un emplacement pour faire paître sa monture. Celle-ci l'ignora joyeusement pour manger et se montra docile tandis qu'il se laissait glisser de son dos et s'appuyait un moment à la selle pour respirer. Le bain de sang dans l'arène, puis le combat dans la chambre de l'impératrice et les ébats dans son lit l'avaient littéralement vidé. La douleur qui lui tenaillait le flanc, aussi pénible soit-elle, lui rappelait à chaque souffle qu'il n'était pas encore mort.

La nuit, désormais, était tout à fait installée, l'air s'était rafraîchi, portant encore les vestiges de l'hiver. Azarion frissonna en nouant les rênes autour de la branche d'un jeune sapin. Il dégagea les fontes des anneaux de la selle et les laissa tomber au sol avant de soulever l'*agacin* pour l'allonger doucement sur l'herbe. Il laissa l'animal harnaché au cas où il devrait abandonner Midrigar et s'enfuir à bride abattue.

La sorcière, qui avait roulé sur le flanc, s'était recroquevillée sur elle-même. Il s'agenouilla à côté d'elle, scrutant ses traits pâles sous la lune. Un bleu marquait sa pommette, la zone autour de son œil était enflée. Dans ses efforts pour les maintenir tous deux en selle, il l'avait frappée involontairement. Il ne lui reprochait pas d'avoir voulu se libérer. À sa place, il aurait fait la même chose, voire davantage.

Eût-elle été savatare qu'elle aurait cherché la première occasion de lui planter un couteau entre les omoplates ou de le faire griller. Quand bien même : il avait bien lu, dans son regard, sa détermination et la haine qu'elle lui vouait. Une fois qu'elle serait revenue à elle, il devrait rester sur ses gardes. L'adversaire le plus mortel n'était pas toujours le plus farouche et il soupçonnait que, comme lui, cette femme ferait tout son possible pour recouvrer sa liberté.

Il lui caressa la joue et la trouva chaude. La fièvre. Elle ouvrit brusquement les yeux et s'écarta de lui. Le mouvement lui fit pousser un cri, et elle s'agrippa la jambe en se tortillant par terre.

Surpris, Azarion lui couvrit la bouche de sa paume et l'immobilisa.

— Chut, *agacin*, murmura-t-il.

Il ne pensait pas les pisteurs en mesure de les entendre, mais ils se rapprochaient à chaque instant. Inutile de les aider à localiser leur proie.

Avait-elle été blessée pendant leur fuite de Kraelag ? Il se rappela l'avoir vue dans la rue, marchant résolument à travers la foule vers un chariot et un homme qui lui faisait signe. Azarion n'avait pas remarqué sur le coup, mais à présent qu'il y repensait, elle boitait.

— *Agacin*, répéta-t-il. Peux-tu te lever ?

Ils ne pouvaient pas rester ici. Le refuge douteux qu'offrait Midrigar était leur meilleur espoir, et il fallait que la prêtresse du feu marche sans aide.

— Réveille-toi, *agacin*.

Il lui secoua l'épaule, sans résultat. Il se souvint d'un deuxième homme près du chariot, l'air aussi horrifié que l'autre lorsqu'ils l'avaient vu foncer vers la sorcière. Il avait crié un nom qui avait poussé celle-ci à se tourner vers son poursuivant. Gilene.

— Gilene, murmura-t-il en la secouant plus fort.

Elle le dévisagea d'un air confus. À mesure que la conscience lui revenait, et avec, les souvenirs, elle écarquilla les yeux. Elle tenta difficilement de s'asseoir. L'herbe et les feuilles mortes bruissèrent quand elle s'écarta de lui pour s'accroupir. Pendant un moment, elle avait oublié ses blessures.

Azarion demeura immobile, attendant qu'elle s'apaise. Il gardait un œil méfiant sur ses mains, guettant le signal d'une flamme qui lui embraserait les paumes.

— Sale bâtard, cracha-t-elle. J'aurais dû savoir qu'il ne fallait pas se fier à la parole d'un combattant de la Fosse.

Elle se toucha la joue.

— Tu m'as frappée.

Il se leva. Pas elle. Le pli de sa bouche, nota-t-il, trahissait autant la douleur que la fureur.

— Où sont tes autres blessures ?

— Au visage, où tu m'as frappée.

Azarion soupira ; sa patience s'étiolait.

— C'était un accident. Gilene…

— Ne m'appelle pas ainsi.

— N'est-ce pas ton nom ?

— Non.

— Alors comment t'appelles-tu ? lui demanda-t-il pour la seconde fois depuis leur rencontre.

Son silence obstiné lui fit comprendre qu'il n'était pas près d'obtenir cette information. Il haussa les épaules. À moins que ce nom possède des pouvoirs magiques et puisse les transporter directement au Ciel d'en Bas, peu lui importait.

— *Agacin*, reprit-il.

À son ton menaçant, elle se figea.

— Dis-moi si tu peux marcher. Si ce n'est pas le cas, je devrais te porter, mais nous ne pouvons pas rester là.

— Je n'irai nulle part avec toi.

Elle roula pour se mettre à quatre pattes, empoignant l'herbe, la tête basse. Il la comprenait ; sa propre douleur lui donnait le vertige. Les soins qu'il était en mesure de lui prodiguer, toutefois, devraient attendre. Il se pencha et la souleva dans ses bras.

Elle se débattit, se cambrant. Il fit tout son possible pour la retenir pendant qu'elle se démenait pour lui échapper.

— Mon dos, dit-elle entre deux halètements. Mon dos me brûle.

Si quelqu'un d'autre avait dit ces mots, Azarion ne les aurait pas pris au pied de la lettre, mais il s'agissait d'une prêtresse du feu. Il la reposa au sol, et chercha des flammes qui auraient pu lui lécher la colonne vertébrale.

Elle chancela et, quand elle s'agrippa à lui pour reprendre pied, il vit que ses mains tremblaient.

— Aie pitié, je t'en supplie. Ne me touche pas.

Il scruta son visage pâle. S'il n'avait pas eu besoin d'elle pour reconquérir sa place au sein de son peuple, il l'aurait abandonnée ici. Ses blessures, ajoutée aux siennes, le mettaient en danger, le ralentissaient. À l'heure qu'il était, ils auraient dû se trouver dans Midrigar et pas ici, en lisière de forêt, cheminant avec peine. Ils formaient un duo pathétique : deux êtres à demi morts qui échouaient à se reposer parmi les défunts.

— Qu'est-ce qui te fait le plus mal ? Ta jambe ou ton dos ?

Entre ses larmes, elle l'observa en clignant des yeux.

— Mon dos.

— Très bien.

Il s'accroupit, ignorant les aiguilles qui lui transperçaient le flanc et les croûtes dans son dos qui s'arrachaient. L'*agacin* poussa un cri de douleur quand il la fit basculer sur son épaule, grognant sous son poids, même s'il la portait sur son côté indemne.

Elle s'agrippa à sa tunique.

— Repose-moi ! Je vais être malade !

— Alors sois malade, et qu'on en finisse.

Il se baissa encore pour ramasser les fontes. Celles-ci contenaient une gourde d'eau et des rations de voyage permettant de tenir une demi-journée à deux. La jeune femme se contorsionna dans ses bras, ce qui le poussa à resserrer son étreinte.

— Ne bouge pas, lui intima-t-il de son ton le plus menaçant.

Elle cessa de lutter.

Des taches noires dansaient dans le champ de vision d'Azarion, qui craignit de s'évanouir avant de faire le premier pas vers la porte ouest. Cela passa, et il se dirigea vers la ville morte.

— Où m'emmènes-tu ?

Il ne répondit pas. Parler, marcher, respirer lui faisait mal. Il se passerait de mots. Elle se tut, les mains toujours serrées dans sa tunique. Elle ne vomit pas, et il remercia la Mère du Feu.

Lorsqu'ils atteignirent la porte, il crut que son torse s'était fendu en deux et que ses poumons avaient pris feu. En dépit du froid de la nuit, sa peau était moite et de la sueur lui coulait dans les yeux. L'*agacin*, grande et mince, pesait le poids d'une enclume sur son épaule. Il s'arrêta et l'inclina jusqu'à ce qu'elle touche terre.

— Nous y sommes. Tu devras finir le trajet à pied, annonça-t-il, haletant, s'efforçant de rester conscient.

D'une main tremblante, elle s'appuya aux vestiges de la porte.

— Quel est cet endroit ?

Elle le découvrirait bien assez tôt, aussi ne prit-il pas la peine de mentir.

— Midrigar.

L'*agacin* tressaillit comme si on l'avait mordue. Ses yeux écarquillés brillaient presque dans le noir.

— Tu irais t'abriter dans un tombeau ?

— Nous y serons à l'abri de l'Empire.

Il lui agrippa le coude.

— Ne me défie pas, tu m'entends ? Tu as plus à craindre de moi que d'un esprit encore coincé entre ces murs.

Il s'attendait à davantage de résistance de sa part et fut surpris lorsqu'elle se contenta de demeurer à côté de lui, tendue comme un arc. Son expression était bien plus parlante que les injures dont elle aurait pu l'agonir. La haine qu'il lui inspirait surpassait largement sa terreur de Midrigar.

— J'espère que ce qui attend là-dedans te dévorera.

— Alors, prie pour qu'il me trouve plus à son goût que toi, car tu y seras avec moi.

Il la traîna derrière lui, enjambant les débris qui bloquaient en partie l'entrée.

L'*agacin* se rapprocha légèrement, frissonnant assez fort pour qu'il entende ses dents claquer. Il se retourna et, d'un doigt, lui fit signe de garder le silence. Les poils de ses bras étaient dressés. À Midrigar, les morts ne dormaient pas ; ils écoutaient, et ils entendaient.

S'il fallait en croire le paysage de ruines qui s'étendait devant eux, la sorcière du feu et lui étaient les seules âmes vivantes de la cité. Le silence drapait ses remparts écroulés tel un linceul. Il entendrait les pisteurs de Kraelag bien avant qu'ils atteignent les portes. Pour l'heure, le silence régnait, seulement interrompu par une rafale de vent de froid qui, à l'occasion, venait s'insinuer dans les ouvertures du mur.

Peu à peu, la ville se dévoilait dans un fatras à demi éclairé par les rayons de la lune, à demi obscurci par les ombres de la nuit. Des traces de flammes remontaient sur les façades des bâtiments sans toit, témoins des incendies qui avaient dû ravager Midrigar lorsque l'Empire avait choisi de la punir de sa rébellion. Même à présent, alors que la puanteur des cadavres brûlés s'était dissipée depuis longtemps et que les cendres s'étaient à jamais dissipées, Azarion croyait sentir l'âcre odeur de la fumée.

Il tira et porta la sorcière au travers d'une cour qui menait à un temple, l'oreille aux aguets, au cas où leurs poursuivants se rapprocheraient. Le vent apporta un unique hurlement. Un loup ? Azarion n'osait l'espérer. À la mélodie funèbre des rafales, la sorcière ajouta sa propre voix – un gémissement de douleur et de détresse.

Le gladiateur avait proféré les mêmes sons plus d'une fois après avoir été blessé dans l'arène. Il fredonnait pour ne pas hurler au rythme du flux et du reflux de la souffrance.

Lorsque l'*agacin* tomba sur un genou, il s'arrêta devant les marches du temple. Il s'accroupit et lui souleva le menton du pouce pour mieux l'observer : elle avait les traits tirés. Des sillons encadraient sa bouche contractée et lui plissaient le front. Le fredonnement persistait.

Elle s'écarta quand il rapprocha les doigts de son dos. Il ne distinguait pas de sang sur ses vêtements, aucune trace d'attaque, pas de marque de brûlure due à la conflagration qu'elle avait invoquée dans l'arène.

— Qu'est-ce qui te fait souffrir ?

Ses prunelles l'avalèrent tout entier dans un regard aussi noir que l'ombre qui s'avançait sur les marches du temple. Elle respirait difficilement, ses mots étaient saccadés.

— Je brûle. Je brûle.

Il sourcilla. Ne lui avait-elle pas dit être insensible au feu ?

Elle ne réagit pas lorsqu'il l'aida à se relever et la fit pivoter, dos à lui. Elle geignit discrètement quand il saisit l'ourlet de sa tunique pour la soulever. Le fredonnement reprit et monta dans les aigus tandis qu'il remontait le vêtement au-dessus de sa taille, de ses côtes, et plus haut. Il découvrit une peau rouge et couverte de cloques, dont une partie recouvrait d'anciennes cicatrices de brûlures, avant qu'elle s'écarte d'un bond.

— Ça suffit, dit-elle d'une voix tremblante.

Elle observa les ruines de la ville avant d'aviser Azarion.

— On ne devrait pas être là, reprit-elle dans un murmure chevrotant.

Les sens du gladiateur étaient en alerte. Dans cette cité morte, ils n'étaient pas seuls. Il le sentait.

— Nous n'avons pas le choix, répondit-il d'un ton aussi bas que le sien.

Il tenta de la distraire.

— Je croyais que tu ne pouvais pas brûler dans le feu.

Elle contracta la mâchoire pour retenir un gémissement douloureux. En vain. Il crut qu'elle ne répondrait pas jusqu'à ce qu'elle inspire avec précaution.

— Ce n'est pas le feu qui me brûle ; c'est la magie que j'utilise pour l'invoquer. Elle a un prix.

— Et tu le paies chaque fois que tu l'invoques ?

Elle opina, et il lui toucha le bras, pauvre geste de réconfort. Elle s'écarta.

— Viens, dit-il. Nous allons nous abriter là-bas.

Il indiqua un pan du portique intact.

Elle ne protesta pas, ni ne résista à la légère poussée de l'homme sur l'épaule, choisissant de boitiller juste derrière lui pendant qu'ils se frayaient un étroit chemin parmi les décombres de l'escalier craquelé menant au portique.

Les étoiles brillaient au-dessus d'eux, et la sensation pesante d'être observé ne faisait que s'intensifier. Azarion gardait une main sur le manche de son couteau, et un œil sur leur environnement. Les ombres projetées par les bâtiments délabrés étaient étranges : au lieu de marquer le sol à angle droit, elles semblaient onduler – leurs bords indéfinis et toujours en mouvement, comme si elles étaient en vie.

Il tendit la main dans son dos pour saisir les doigts glacés de l'*agacin*.

— En haut des marches.

Elle s'arrêta, claquant des dents de peur, de douleur ou des deux, et scruta l'abîme noir du porche du temple. Nulle lumière ne perçait cette obscurité.

— Je n'entre pas là-dedans, balbutia-t-elle.

Il avait beau être blessé, elle n'était pas physiquement de taille face à lui. S'il choisissait de la forcer à se mettre à l'abri dans le temple, il devrait la porter pour gravir les marches et passer sous le porche. Même dans la situation critique qui était la leur, il n'était pas désespéré à ce point. Plus il observait cette obscurité insondable, plus il était certain que quelque chose soutenait son regard. Dans l'attente.

— Personne ne va entrer, répondit-il. Nous allons nous reposer dehors, contre ce mur.

Il indiqua un point éloigné du porche, mais toujours sous l'avant-toit du temple. L'angle profond d'un recoin et un pilier massif offraient une modeste protection contre la brise froide et un semblant de cachette contre ceux qui viendraient à leur recherche. Ils auraient froid et seraient mal installés, mais ils ne gèleraient pas.

Elle opina et dégagea sa main pour croiser les bras, dans une futile tentative de se réchauffer.

— Monte par l'autre côté. Je refuse d'approcher de cette porte.

Si quelque chose décidait de sortir du temple pour les attaquer, emprunter l'escalier à un autre endroit ne ferait guère de différence, mais il obéit et l'aida à gravir les marches de pierre craquelées et noircies par le feu jusqu'à atteindre l'emplacement qu'il avait choisi pour se reposer.

— Va te blottir dans le coin, lui ordonna-t-il. Je vais m'asseoir devant toi et bloquer le vent.

La sorcière lui lança un regard étonné avant de se diriger d'un pas chancelant vers l'endroit qu'il lui avait indiqué. Elle s'installa par terre et s'allongea sur le flanc en serrant les lèvres.

Azarion la regarda se pelotonner en position semi-fœtale. Les blessures de son dos lui arrachèrent un geignement de protestation quand elle se courba trop, si bien qu'elle se redressa en grognant. Elle ferma les yeux, ses cils noirs ressortant sur ses joues pâles, et frissonna.

Il fouilla dans l'une des fontes et en tira un manteau. Taillé dans une laine rêche au tissage grossier qui puait la sueur et le vin aigre, le vêtement faisait partie de l'équipement réglementaire de tout soldat kraelien, qu'on lui remettait avec une gourde d'eau, une assiette en étain et un couteau. Azarion jeta la cape sur la silhouette tremblante de l'*agacin*. Elle rouvrit les paupières. Étonnée de sa sollicitude, elle saisit le manteau, le nez plissé à cause de l'odeur, et le resserra autour d'elle. Son remerciement hésitant le surprit. Il s'assit à côté d'elle et s'adossa au mur de marbre.

— Repose-toi, *agacin*.

— Peu probable, marmonna-t-elle. Même les morts ne reposent pas à Midrigar.

Il sourit, soulagé que, l'espace d'un instant, ils soient d'accord sur quelque chose. Il jeta un coup d'œil à la cape qui la couvrait. Il devrait peut-être en déchirer une bandelette et la bâillonner avec pour l'empêcher d'avertir les pisteurs s'ils choisissaient de les suivre dans la ville. Il pria pour que leurs poursuivants ne soient pas aussi imprudents qu'il était désespéré.

Son attention revint à la cité en ruines. Tout le monde connaissait l'histoire de Midrigar. Ville autrefois prospère et vassale de l'Empire, elle s'était rebellée quand Krael avait exigé la fille du régent comme Fleur du Printemps. L'homme avait refusé, déclenchant une révolte chez les citoyens qui en voulaient déjà à l'Empire d'avoir envoyé leurs femmes et leurs filles brûler dans la Fosse.

La colère de l'empereur s'était révélée sans limites, et le souverain avait fait un exemple de Midrigar, s'assurant qu'aucune autre ville ne se risquerait à souffrir le même sort. Les scribes consignaient l'histoire de la chute de Midrigar, et les conteurs la chuchotaient en tremblant – le massacre total de sa population, de la plus vieille mégère au nouveau-né. Un fleuve de sang avait rougi les rues, et les bâtiments avaient brûlé pendant des jours, avec des flammes si hautes qu'on les avait vues jusqu'aux îles de Lohar, au sud, et à l'ouest également, jusqu'au port fluvial de Dulvaden.

Même après que les soldats kraeliens avaient massacré tout et tout le monde, jusqu'au dernier rat, l'Empire ne s'était pas arrêté. L'empereur avait envoyé ses sorciers avec leurs sortilèges et leurs malédictions pour que, même dans la mort, les âmes de Midrigar soient punies pendant des siècles de leur rébellion. Pas étonnant que la sorcière se soit montrée si hostile quand il l'avait menacée. La perspective de voir Beroe subir le même destin tragique que Midrigar si elle refusait de l'aider était insupportable. Sur le coup, bien sûr, il avait pensé ce qu'il disait. Mais désormais, en voyant les vestiges de la cité détruite et en respirant le désespoir porté par chaque rafale de vent froid qui lui soufflait dessus, Azarion doutait de pouvoir mettre une menace aussi abominable à exécution. La cruauté de Sa Grandeur, les horreurs de la Fosse avaient failli avoir raison de son âme, en faisant le reflet de la corruption de l'Empire, mais son cœur ne s'était pas assez endurci. Condamner une autre ville et sa population à un sort aussi terrible était une abomination.

Il jeta un nouveau coup d'œil à l'*agacin*. Bien qu'elle ait affirmé que nul ne dormait à Midrigar, la jeune femme y parvenait, blottie sous la cape. Seuls le sommet de sa tête et un bout de son front étaient visibles. Elle tremblait toujours de froid, mais Azarion n'entendait plus ses dents claquer.

Il avait, quant à lui, la chair de poule, car les vêtements qu'il portait n'offraient guère de protection contre le froid de la nuit. Il ignora ce désagrément. Les éléments l'importunaient rarement. En tant que gladiateur de l'Empire, il était parfois allé dans d'autres villes, il s'y était battu pour le plaisir des clients fortunés d'Hanimus. Lui et les autres avaient voyagé dans des chariots rustiques ou à pied sous le soleil brûlant, la pluie battante et, parfois, les rafales de neige. Hanimus pensait que de telles épreuves endurcissaient ses gladiateurs. Azarion sourit malgré lui. L'entraîneur en chef avait peut-être vu juste, mais le gladiateur aurait aimé que sa compagne ait la force d'invoquer au moins un petit feu de camp.

Qu'avait-elle dit de sa magie ? « Elle a un prix. » Les blessures étaient une chose, mais elle n'avait pas tenté de s'enfuir en le brûlant : elle ne lui avait pas même fait une cloque sur le doigt. Avait-elle utilisé tout son pouvoir ? Si c'était le cas, ce dernier reviendrait-il tôt ou tard ? Cette pensée le mit mal à l'aise. Il avait besoin de ses capacités. Sans elles, il aurait du mal à réclamer ce qui lui revenait de droit.

Il soupira, et tira la deuxième fonte à lui. À l'intérieur, il découvrit une gourde pleine et pria pour qu'elle contienne de l'eau plutôt que le mauvais vin qui empuantissait le manteau. Il déboucha la flasque et renifla. De l'eau. Elle était saumâtre, mais froide et apaisante sur ses lèvres et sa gorge sèches.

— J'en voudrais un peu, s'il te plaît.

La voix de l'*agacin* était rauque. Azarion se retourna, veillant à ne pas trop tirer sur son flanc gauche, et lui tendit la gourde. Les doigts de la jeune femme, froids un peu plus tôt, étaient brûlants quand ils frôlèrent les siens. Elle saisit la flasque et la porta à ses lèvres pour une rapide gorgée, avant de la lui rendre.

Azarion prit un air préoccupé, certain que les taches de couleur sur ses joues n'étaient pas là avant. Elle l'observa avec des yeux vitreux.

— Quoi ?

Elle se recula quand il tendit le bras, faisant de grands efforts pour éviter qu'il la touche, sans y parvenir. Il posa une paume sur son front puis sur sa joue indemne.

— Tu devrais boire encore. Tu as de la fièvre.

Elle repoussa la gourde qu'il lui tendait de nouveau.

— Ça passera. Ça passe toujours.

La magie et son prix.

— Et les brûlures ?

Un haussement d'épaules.

— Elles guériront et laisseront leur marque.

La sorcière plissa des yeux trop brillants.

— Pourquoi m'as-tu emmenée ? Je ne te suis plus d'aucune utilité, à présent. En fait, je suis un fardeau.

Il resserra les pans de la cape autour d'elle.

— Tu as encore plus de valeur pour moi maintenant. Tu es une *agacin*, et les *agacins* sont vénérées par mon peuple.

— Quel est le rapport ?

« Agna, fais que la perte de sa magie ne soit que temporaire », implora-t-il en silence. Et, à voix haute, il répondit :

— J'ai besoin d'une *agacin* pour réclamer mon dû. J'ai besoin de toi.

Son regard plein de colère était aussi brûlant que sa fièvre.

— Espèce de porc, cracha-t-elle avant de tirer le manteau au-dessus de sa tête pour ne plus le voir.

Il ne l'entendit plus et, bientôt, son souffle se ralentit et devint plus profond tandis qu'elle replongeait dans le sommeil. L'heure suivante s'écoula dans un silence dense. Azarion tendait l'oreille. Il n'entendait plus la meute. Il priait pour que ses poursuivants soient partis dans la direction opposée, égarés par l'odorat défaillant d'un chien ou par la terreur instinctive que Midrigar leur inspirait. Peut-être étaient-ils à l'abri de l'Empire pour un temps, mais ils n'étaient pas pour autant tirés d'affaire. La sensation agaçante d'être observé ne refluait pas, même si elle s'était en partie calmée, soit parce que l'intérêt de ce qui les espionnait s'était émoussé, soit parce que, à cause de l'épuisement, il était moins attentif. Mais ses sens se réveillèrent de nouveau lorsque quelque chose remua dans l'ombre du bâtiment situé de l'autre côté de l'avenue jonchée d'ossements.

Azarion se redressa contre le mur et dégaina le couteau à sa ceinture. Volée au garde qu'il avait tué dans les catacombes, il représentait une piètre arme, mais cela valait mieux que rien.

Quelque chose, de nouveau, ondula dans l'obscurité avant qu'un ruban de vapeur s'étire hors d'une colonne brisée pour flotter au-dessus des pavés. Azarion possédait un talent étonnant et assez neuf pour voir au travers des illusions, mais ce qui se déplaçait en l'air devant lui n'était pas un masque posé sur un visage. Ce n'était pas non plus la brume. La nuit était froide et claire, et l'air assez sec pour piquer les poumons à chaque inspiration. La brume ne se déplaçait pas de cette façon. Aussi intangible qu'un nuage, la forme dessinait le vague contour d'une personne, et ses bords se solidifièrent jusqu'à ce que le gladiateur distingue la silhouette fantomatique d'un homme.

Il portait des vêtements d'un autre âge et l'observait, le visage coupé en deux par une épée ou une hache. L'aspect grotesque de la figure n'enlevait rien à l'intensité du regard borgne qui pesait sur Azarion. Une lamentation lugubre, distincte du vent funèbre, monta dans la rue, et bientôt le spectre fut rejoint par d'autres. Une foule d'autres.

Des hommes, des femmes et des enfants, jeunes et vieux, qui se déversaient par les portes et les fenêtres et se coulaient hors des murs carbonisés. Bientôt, leur lamentation se mua en gémissements sourds à l'intensité fluctuante, et les oreilles d'Azarion se mirent à bourdonner. Il se leva, leur cachant l'*agacin* fiévreuse. Nul ne s'approchait encore d'eux, mais la masse des spectres enflait, ils se répandaient dans les rues pour encercler le temple où les deux fugitifs s'abritaient.

— Je te l'avais dit, chuchota la sorcière dans le dos du gladiateur. C'est un tombeau, et nous le profanons.

Azarion n'osait pas détourner les yeux de la foule fantomatique.

— Ils n'ont rien fait pour l'instant. À part m'assourdir de leurs plaintes.

— Pas seulement des plaintes.

Le ton de la jeune femme se raffermit.

— Tu ne le sens pas ? Ils appellent quelque chose. Ils conjurent quelque chose de venir.

Ses paroles, davantage que les esprits mouvants et leurs cris pitoyables, glacèrent l'échine de l'homme. Il ne lui demanda pas d'explication. Ceux qui maniaient la magie, quelle qu'elle soit, possédaient un instinct pour l'étrange et le surnaturel que n'avaient pas les autres. Sa mère chamane, lorsqu'elle effectuait ses rituels, percevait souvent des choses mystiques et bizarres. Si la sorcière affirmait qu'il y avait plus, en cette manifestation, que le simple chagrin de morts en souffrance, il la croyait.

Se penchant pour vider les fontes, il n'y trouva que des rations, des ustensiles, une aiguille en os et du fil. Enfin, un petit paquet tomba, qu'il ouvrit rapidement. Il poussa une exclamation de triomphe lorsque des fragments de charbon servant à allumer un feu s'éparpillèrent sur le sol.

— Qu'est-ce que tu fais ?

Les yeux écarquillés de l'*agacin* étaient brillants de fièvre, son regard était effrayé.

— Je trace un cercle de protection. Ma mère me l'a appris.

Il se mit au travail et, à l'aide du charbon, dessina un cercle autour de lui et de la sorcière. Les mots sacrés et puissants que, dans leur enfance, on leur avait enseignés à sa sœur et à lui, tombèrent de ses lèvres, et le rond de suie qu'il avait tracé se mit à scintiller légèrement dans le noir.

— Ça vient, dit-elle, son avertissement presque étouffé par les gémissements des fantômes qui, peu à peu, se muaient en cris assourdissants.

Azarion scruta le cercle à la recherche de trous. Ses mains tremblaient lorsqu'il combla les espaces vides. Il ne pouvait y avoir de faille, sans quoi la chose que les esprits avaient invoquée franchirait leur maigre protection.

Dans l'attente de l'horreur qui approchait, la horde de spectres pulsait d'une sorte d'excitation vorace. Leurs gémissements cessèrent si brusquement qu'Azarion sursauta. Les prisonniers fantomatiques de Midrigar s'effilochaient comme le brouillard avant l'aube, l'armée vaporeuse qui avait envahi les rues se dissipait en filets de fumée, s'enfonçant dans les pavés et dans les murs ou s'enfuyant, aussi vifs que des papillons de nuit pourchassés par des chauves-souris. En quelques instants, la cité s'était vidée, ne laissant que le silence suffocant qui les avait accueillis à la porte.

Sérénité factice.

Il n'y eut pas longtemps à attendre. Azarion avait remarqué une étrange déformation dans les pierres qui bordaient l'un des bâtiments en face du temple où il s'était réfugié avec l'*agacin*. Tout d'abord, il lui sembla que la maçonnerie suintait par endroits, comme si l'éclat de la lune était assez brûlant pour faire fondre le mortier. Il plissa les yeux pour mieux voir. Une créature translucide, toute de mouvements fluides, descendait lentement la structure tel un crabe à longues pattes.

Longue comme trois hommes, dotée de deux bras et deux jambes, elle dévala la surface du bâtiment et atteignit la rue. De longs doigts – sept à chaque main – se détachèrent du mur et s'étirèrent au-dessus des pavés. La chose n'avait pas de visage. À la place ? Le contour mouvant d'un crâne posé sur un cou et des épaules dont la forme ondulait, s'écroulait puis se reformait comme si elle était faite de glace fondue.

Libérée du mur, elle s'accroupit, se balançant d'un côté et de l'autre, la tête levée pour renifler l'air. Azarion n'osait respirer. Derrière lui, la sorcière observait un silence de mort.

Soudain, la créature pivota, toujours accroupie, tournant sa tête sans visage vers le gladiateur. Ses membres grêles se recroquevillèrent avant de s'écarter d'un coup lorsqu'elle fondit sur eux, avalant la distance en bonds désordonnés.

Par-dessus son épaule, Azarion dit :

— *Agacin*, si tu possèdes le feu, c'est le moment de t'en servir.

La créature progressait toujours – ses membres ondulaient comme un ver lorsqu'elle traversa l'avenue et gravit les marches du temple. Azarion eut la chair de poule quand la chose agita la tête avec des soubresauts. Quoi qu'elle soit, elle n'était pas de ce monde.

Il recula encore à l'intérieur du cercle protecteur, veillant à ne pas effacer la fragile barrière de charbon. Des doigts arachnéens cherchaient à l'attraper. Des étincelles bleues jaillirent sur les mains du prédateur éthéré quand celui-ci toucha un mur invisible. Il tressaillit et émit un bourdonnement aigu qui ressemblait à celui d'un nid de guêpes qu'on aurait dérangé. Azarion jeta un coup d'œil au cercle dessiné, et découvrit qu'il brillait désormais d'un éclat jaune vif.

La chose allait et venait, agitée d'une fureur qui animait chaque fibre de son corps déformé. Le gladiateur se rappelait les félins en cage que l'Empire importait pour les combats de la Fosse. Si on lui avait donné le choix, il aurait préféré affronter une horde de ces animaux plutôt qu'un seul des monstres qu'il avait sous les yeux.

Brusquement, la créature se jeta contre la paroi invisible générée par le charbon et les incantations savatares. Une pluie d'étincelles éclaira de nouveau l'obscurité, suivie, encore, du même bourdonnement furieux. Des doigts noueux griffèrent la barrière magique, la créature cherchant désespérément à attraper les proies qu'elle voyait si bien sans pouvoir les atteindre.

Azarion jeta un coup d'œil à sa compagne. Elle s'était levée, ses yeux écarquillés brillaient de terreur.

— Je nous tuerai tous les deux avant de laisser cette chose nous emporter, *agacin*.

Elle pâlit encore, se cramponnant à sa couverture comme s'il s'agissait d'un bouclier.

— Non, chuchota-t-elle, avisant tour à tour le monstre et le gladiateur. S'il te plaît. Personne ne devrait mourir ici.

Elle avait raison. Son âme se révulsait aussi à l'idée de rejoindre les morts emprisonnés.

Brutalement, la créature mit un terme à ses efforts frénétiques pour briser le mur ensorcelé. Sur le cou étroit, la tête pivota lentement. Le visage lisse s'ouvrit à l'endroit où aurait dû se trouver une bouche, créant une lésion d'où une langue charnue, rouge comme de la viande hachée, sortit pour goûter l'air.

— Que fait-elle ? murmura l'*agacin*.

Azarion observa la bête. Quelque chose avait attiré son attention et, comme un serpent, elle cherchait l'odeur d'une autre proie dans l'air.

Le silence surnaturel de Midrigar imprégnait ses murs et ses bâtiments, mais, au-delà, le monde des vivants parlait et chuchotait encore, hululait et gazouillait, froissait ses plumes et battait des ailes. Et hurlait.

Les attaques de la créature contre le mur magique avaient peut-être donné la chair de poule à Azarion, mais elles ne lui avaient pas noué l'estomac comme les aboiements de la meute le faisaient à cet instant.

Le bruit portait dans la nuit, de plus en plus sonore et furieux à mesure que les traqueurs se rapprochaient de la ville. Azarion jeta un nouveau coup d'œil à sa captive. Elle plissa les yeux à son tour quand elle entendit les chiens approcher, ainsi que les chevaux.

Les étoiles jetaient une lueur éthérée sur la peau blafarde de la créature, soulignant le mouvement de la chair les os lorsqu'elle s'accroupit. Son crâne sans visage continua à tourner, la longue langue épaisse, à goûter. Encore et encore.

Des voix se joignirent au chœur de jappements et de sabots. Les aboiements se muèrent en gémissements réticents, et en cris de douleur après le claquement d'un fouet.

Des hennissements, des renâclements se firent entendre. Le vacarme venait de l'extérieur de la porte nord. Azarion imagina le chaos, une horde d'animaux et de pisteurs rassemblés devant la cité maudite, les bêtes faisant preuve de davantage de bon sens que leurs maîtres en refusant d'aller plus loin.

La créature continua à se balancer bizarrement. Elle paraissait hésiter – allait-elle pourchasser ces nouvelles proies inconscientes du danger qui les guettait, ou rester avec celles qu'elle avait acculées, mais ne pouvait encore atteindre ?

Une légère inspiration le poussa à se retourner, à prendre Gilene dans ses bras et à plaquer une main sur la bouche.

— Non, ordonna-t-il.

Par-dessus sa paume, elle lui décocha un regard noir. Contre sa peau calleuse, ce cri d'alarme n'était qu'une vibration chaude. Elle ne se laissa pas décourager, et inspira de nouveau par le nez pour réessayer.

Azarion la secoua, si bien qu'elle lui toussa dans la main et y laissa des postillons. Il inclina la tête jusqu'à ce que leurs nez se frôlent.

— Ces hommes et leurs chiens sont ici pour me capturer, pas pour te sauver. Est-ce que tu comprends la différence ?

Elle était désespérée, et les gens désespérés agissent de façon idiote. L'erreur colossale qu'il avait commise en choisissant Midrigar comme refuge en était la preuve.

La sorcière était raide dans ses bras, et il sentait le souffle qui sortait de ses narines sur le dos de sa main, mais son regard se fit songeur. Elle tourna les yeux vers l'endroit où la créature hésitait toujours. La chose allongea un bras déformé pour griffer d'un air désinvolte le mur magique, créant des étincelles.

— Est-ce que tu comprends ? répéta Azarion.

Elle opina lentement, et il écarta la main.

— Si tu mens…

Sa menace restait suspendue, comme un sous-entendu.

— Je ne vais pas crier, murmura-t-elle.

— Tu me donnes ta parole ?

— Non, mais je comprends.

Pour le moment, c'était tout ce qu'il attendait d'elle.

Une voix retentit dans l'air froid, où perçaient la colère et la frustration.

— Qu'est-ce qu'ils ont, ces foutus cabots ?

Une autre lui répondit :

— C'est Midrigar, capitaine. Ils savent que c'est hanté. Les chevaux aussi. Vous ne leur ferez pas passer la porte.

— Alors on y va sans eux. Chargez vos arbalètes. Dès que vous voyez le gladiateur, tirez pour blesser, pas pour tuer. Sa Grandeur le veut vivant.

— Aucune pitié, renchérit une voix.

— Ce n'est pas notre problème, rétorqua le capitaine. Et si vous faites les poltrons et que vous refusez d'avancer comme les chiens et les chevaux, c'est moi qui tirerai, et ce sera pour tuer. En avant !

D'autres bruits provenant de la porte nord parvinrent aux oreilles d'Azarion : des claquements de bottes, des jurons, des prières tandis que les traqueurs entraient à pied dans Midrigar.

Tel un ver sur un hameçon, la langue du monstre se tortilla et passa sur son crâne, comme impatiente de se régaler. Une dernière fois, la créature frappa le mur invisible, avant de s'engager à grandes enjambées dans l'avenue jonchée de débris en direction des envahisseurs.

Azarion la regarda rapetisser puis disparaître avant de lâcher l'*agacin*. Celle-ci frissonna et jeta la couverture. D'un coup de pied, le gladiateur écarta les sacoches. Il n'avait pas besoin de ce poids supplémentaire. Il était déjà assez handicapé par ses propres blessures ainsi que par celles de la sorcière. Il garda le couteau. Une lame était peut-être inutile contre un chasseur surnaturel, mais contre un adversaire humain, c'était autre chose.

Le gladiateur guettait le chant des fantômes ou le vrombissement déformé annonçant l'approche du monstre, mais il n'entendait rien, hormis les voix des hommes qui se rapprochaient toujours de leur cachette.

Un étrange claquement retentit à ses oreilles quand il franchit le cercle de charbon. L'*agacin* demeura bouche bée lorsqu'il lui tendit la main, lui faisant signe de le suivre.

— Comment as-tu fait ça ?

Stupéfaite, elle regarda le cercle, puis Azarion.

— C'est un sort simple. Il nous protège des démons et des esprits qui tentent d'entrer et les enferme s'ils tentent de sortir. Nous ne sommes ni l'un ni l'autre, nous pouvons donc entrer ou sortir à notre guise.

Il replia les doigts en signe d'invite.

— Viens. Ne traînons pas.

— Et si cette chose revient ?

Elle montrait la direction prise par la créature.

Azarion se sentait coupable – et stupide. Il n'avait vu en Midrigar qu'un mémorial tragique, un témoin de la brutalité de l'Empire, une ville morte peuplée de fantômes inoffensifs. Comme il s'était trompé !

L'*agacin* l'avait accusé de trouver refuge dans un tombeau, et il avait écarté ses craintes. Il ne redoutait pas les fantômes. Le Ciel d'en Bas était constellé de tumulus dans lesquels son peuple s'abritait parfois avec ses troupeaux quand les orages frappaient, cohabitant à l'occasion avec une ombre attardée.

Mais Midrigar n'était ni un tumulus ni une nécropole ; c'était bien davantage. Quelque chose d'infiniment plus sombre et malveillant. À la fois prison et portail, la cité enfermait ses morts et permettait à des choses comme ce prédateur sans visage de venir et de trouver un terrain de chasse différent de celui qu'il arpentait dans un « ailleurs » inconnu.

— Oh, elle reviendra, dit-il à voix basse.

Sa déclaration donna des ailes à la sorcière. Elle le dépassa en hâte, et s'arrêta brièvement pour secouer la tête quand elle franchit la barrière invisible du sortilège.

Azarion la rattrapa.

— On rejoint la porte par laquelle on est entrés. On ne s'arrête pas, on n'appelle pas à l'aide.

Là-bas, les pisteurs se lançaient toujours des ordres, leurs voix comme dispersés en un arc de cercle de plus en plus large au gré de leurs recherches. L'attaque n'avait pas encore eu lieu, mais ce n'était qu'une question de temps.

Comme si le monstre avait lu dans ses pensées, un cri retentissant perça le silence, accompagné du vrombissement caractéristique. La sorcière blêmit, les yeux écarquillés. Azarion la poussa sans douceur.

— Cours.

Elle se cambra pour s'écarter. Était-ce à cause de son geste ou en réaction à son ordre ? Toujours est-il qu'elle dévala les marches et se précipita dans la rue en direction de la porte. Il lui emboîta le pas, jetant, de temps à autre, un coup d'œil en arrière de temps pour vérifier qu'ils n'étaient pas suivis.

Le vent charria d'autres cris, rendus inhumains par une torture indescriptible. Au loin, les chiens s'étaient tus.

Ils passèrent devant la grande entrée du temple en ruines, plongé dans son obscurité impénétrable. Les modulations d'un dernier hurlement atteignirent une fréquence insupportable… avant de s'éteindre. Azarion allongea le pas, saisit la main de la sorcière et la souleva presque de terre en courant.

Le vrombissement revint, un bruit plus humide et saturé, quelque part sur leur gauche. Le chasseur s'en prenait maintenant à eux. Azarion oublia la douleur de ses côtes fêlées et la brûlure de ses poumons.

La porte ! La porte était toute proche et la créature qui avalait la distance entre eux plus proche encore. De sa main libre, il saisit son couteau. De l'autre côté de cette porte, des survivants armés pouvaient très bien se tenir à l'affût avec leurs flèches et leurs chiens. Leurs chances de les vaincre seraient alors nulles, mais, à tout prendre, mieux valait cela que mourir sous les griffes du monstre de Midrigar.

Le vrombissement gargouillant lui envahit les oreilles. Les cheveux de l'*agacin* volaient dans son dos comme une bannière tandis qu'ils franchissaient la porte à toute vitesse pour se précipiter vers la nouvelle menace qui les attendrait à la lisière des arbres. Dans leur dos, la créature poussa un cri de fureur, mais ne les suivit pas. Azarion continua à courir vers la forêt avec la sorcière, sans se retourner.

Soudain, une silhouette émergea de l'ombre d'un bosquet. Un pisteur kraelien, aux traits déformés par l'horreur, leva son arbalète et visa Azarion. La sorcière poussa une exclamation et se dégagea de sa prise.

Le gladiateur ne s'arrêta pas, n'hésita pas, lança son couteau. La lame toucha l'homme à la poitrine, assez méchamment pour le faire reculer d'un pas et s'écrouler par terre. L'arbalète chargée tomba dans l'herbe à côté de lui.

Azarion ralentit et contourna le corps avant de revenir sur ses pas. De ses yeux aveugles, le mort contemplait la voûte des arbres. Le gladiateur arracha son couteau et essuya la lame sur l'herbe avant de le rengainer. Il récupéra l'arbalète et le carquois plein de carreaux, puis sonda l'obscurité, à la recherche d'un autre pisteur kraelien. Il n'y en avait pas. Il tourna son attention vers l'*agacin*.

Elle n'était pas allée bien loin. À genoux, les yeux clos, elle s'était appuyée contre le tronc d'un jeune arbre.

Derrière les remparts de Midrigar, les cris stridents de l'abomination s'étaient tus, et Azarion remercia en silence la divinité qui l'écoutait. La créature était enfermée là-bas, comme les morts qui l'avaient invoquée.

Il rejoignit la sorcière en boitant. À présent qu'ils avaient cessé de courir, et que leur sécurité était assurée, du moins pour un temps, la douleur à son flanc lui coupait le souffle.

Il s'accroupit devant l'*agacin,* et elle rouvrit des yeux assombris, reflétant la lune et la fièvre. Elle se passa la langue sur la lèvre inférieure. Sa gorge gracieuse se contracta lorsqu'elle déglutit.

— Et si j'étais tombée ou que je n'avais pas pu suivre le rythme ?

Du bout du doigt, il suivit un creux formé par les plis de sa jupe.

— Je t'aurais portée.

Elle continua de l'observer sans rien dire, puis referma les yeux et s'écroula contre l'arbre. Azarion la rattrapa avant qu'elle ne s'affale. Il l'allongea avec douceur sur le flanc et s'assit à côté d'elle. La sueur lui coulait jusque dans les yeux et, à cause de l'air froid, de la vapeur montait de sa peau. Il s'épongea le visage avec l'ourlet de sa tunique et pressa une main contre ses côtes pour soulager la douleur lancinante.

La sécurité est une chose fugace, mais, pour le moment, ils étaient hors de portée des horreurs rôdant dans Midrigar, et pas loin de l'endroit où il avait attaché le cheval. Azarion observa la sorcière et décida de la laisser tranquille. En vérité, il n'avait pas le choix. S'il tentait de la soulever, il allait s'écrouler. Priant Agna de protéger sa servante, il partit récupérer sa monture.

L'infortune ne le lâchait pas : le cheval avait disparu, ne laissant derrière lui qu'une paire de rênes rompues, qui pendaient à une branche comme du lierre. Quelque chose avait dû effrayer l'animal, qui s'était libéré en rompant ses attaches. L'herbe écrasée et les traces de sabots créaient un demi-cercle au pied de l'arbre. Azarion soupçonnait que le hurlement affreux de la créature, ainsi que les cris des hommes massacrés, avaient porté loin dans la forêt. Le cheval avait dû les entendre.

Sa disparition le laissait sans ressources ni provisions. Quelque part de l'autre côté de Midrigar, une meute de chiens de chasse rôdaient encore, attendant le retour de leurs maîtres.

Néanmoins, l'Empire ne l'avait pas encore repris, il avait échappé à une chose qui avait anéanti ceux qui le traquaient, et il avait un couteau, ainsi qu'une arbalète et des munitions. Non loin un ruisseau fournirait de l'eau, et un cavalier finirait bien par passer sur la route commerciale toute proche. Bientôt, il pourrait remplacer la monture perdue. Ce n'était qu'une question de patience.

Pour l'heure, il allait se reposer. La fatigue lui faisait voir double, et la douleur lui soulevait l'estomac. L'*agacin* était allongée à côté de lui, avec sa respiration régulière. Il aurait aimé pouvoir s'étendre près d'elle, mais la position aurait été trop inconfortable. Avec précaution, il l'installa dans son giron et s'adossa à l'arbre. Ses paupières tombaient. Chaque bleu, chaque entaille infligée par l'impératrice et chaque gladiateur qu'il avait tué pour la divertir le faisaient souffrir. La forêt qui l'entourait devint floue. Il cligna plusieurs fois des yeux pour rester éveillé et finit par s'abandonner à un sommeil épuisé.

Des voix et le braiment d'une mule le réveillèrent brusquement. Il se redressa et se frotta les yeux. La lumière matinale traversait le jeune feuillage et mouchetait les traits de l'*agacin* endormie. Elle avait les pommettes très rouges, les lèvres sèches et craquelées : autant de signes que la fièvre ravageait toujours son corps.

Les voix devinrent plus fortes. Bientôt, le grincement des roues, le tintement des cloches et le claquement régulier des sabots se joignirent au vacarme de la mule. Des voyageurs sur cette route commerciale, exactement comme il l'avait espéré. Une caravane, même, à en juger par le vacarme.

Dissimulé par les arbres, il resta où il était jusqu'à ce que le convoi apparaisse. Sept chariots tirés par des chevaux, des bœufs et une mule unique. Les fourgons peints de couleurs vives et les guirlandes de clochettes ornant leurs flancs indiquaient que c'était là un groupe de marchands libres. Ils n'étaient pas liés par les règles et les lois imposées par la Guilde, et vendaient leurs marchandises sur les routes qui partaient du Serpent d'Or, sans l'approbation ni la protection d'une quelconque organisation. La plupart des cités bordant l'arrière-pays de Krael achetaient leurs produits auprès des marchands libres.

La Guilde leur interdisait de travailler sur le Serpent d'Or, qui suivait les frontières de l'Empire et s'étirait jusque sur les territoires d'Usepei et Ardin, mais cela n'empêchait pas les commerçants les plus rusés de mettre la main sur des articles aussi bon marché et répandus que les poteries, ou aussi rares et onéreux que la soie violette. Certaines transactions se résumaient à du troc, mais nul ne dénonçait les marchands aux garnisons occupant les régions reculées et, si c'était le cas, les commandants desdites garnisons fermaient les yeux, estimant que les bénéfices primaient de beaucoup sur les infractions commises.

L'équipage qui conduisait les chariots ou marchait à côté formait un groupe hétéroclite – un mélange d'hommes, de femmes et de quelques enfants. Les adultes étaient lourdement armés et, bien que leurs vêtements dépenaillés ne plaident pas en faveur d'une réelle prospérité, ils paraissaient bien nourris et assez propres ; ni lui ni l'*agacin*, en cet instant, ne pouvait en dire autant.

Plus brûlante qu'un bûcher, la sorcière s'agita sur ses genoux. Elle avait besoin d'une aide qu'il ne pouvait pas lui fournir, et elle était trop précieuse pour qu'il l'abandonne. Il lui devait tant ! Se montrer – lui aussi bien que la jeune femme – aux marchands était son seul choix.

Avec précaution, il l'écarta de lui et l'installa sur l'herbe avant de se lever dans un craquement d'articulations. L'arbalète et ses munitions devraient rester avec elle. Émerger des arbres une arme à la main pouvait lui valoir une mort rapide. Il garda son couteau dans son fourreau, se redressa, et se plaça sur la route, devant le chariot de tête.

Avant que les roues ne s'arrêtent, il se retrouva dans la ligne de mire non pas d'une, mais de six arbalètes, dont les carreaux encochés visaient différentes parties de son corps.

— Aidez-nous, dit-il.

Puis il attendit.

Un homme vêtu de plusieurs couches de laine usée et de morceaux de soie coûteuse apparut derrière le premier véhicule et s'approcha de lui tranquillement, tenant avec désinvolture une courte lance. Ses cheveux grisonnants étaient coupés sur la nuque et, autour de son cou, des perles de pacotille étincelaient au soleil. Son regard gris, aussi inexpressif que de l'acier brut et tout aussi dur, s'arrêta sur Azarion.

— Que t'est-il arrivé ?

La sorcière l'avait traité de menteur. À cet instant précis, il espéra de toutes ses forces être à la hauteur de cette première insulte. Dans le cas contraire, il serait criblé de flèches avant d'avoir pu faire un pas.

— Des voleurs s'en sont pris à ma femme et à moi. On voyageait vers les marchés de Silfer pour vendre nos teintures, et ils nous ont attaqués. Ils ont tout pris, y compris le cheval.

Agna soit louée, l'*agacin* avait les mains vertes à force de teindre à l'ortie longue. Cela, davantage que ses mots, devrait les convaincre qu'il disait la vérité.

L'air soupçonneux, le chef de la caravane plissa les yeux. Ce n'était pas un homme qui laissait la compassion l'emporter sur la prudence.

— Pourquoi t'ont-ils laissé la vie sauve ?

Il jeta un coup d'œil par-dessus l'épaule d'Azarion en direction de la forêt.

— Et je ne vois pas de femme.

Le gladiateur haussa les épaules.

— Elle est blessée. Je l'ai laissée juste derrière les arbres. Là-bas.

Du menton, il indiqua l'endroit où la sorcière était cachée.

— Je ne sais pas pourquoi ils nous ont laissés en vie. Ils n'ont pas donné leurs raisons. Tous les meurtriers ne sont pas des voleurs ; tous les voleurs ne sont pas des meurtriers.

Derrière le meneur, les marchands opinaient et murmuraient. Manifestement, il avait touché juste.

Mais le chef demeurait sceptique. Il baissa les yeux.

— Tu portes toujours une lame. Quel genre de voleur laisse une lame à celui qu'il vole ?

— Un mauvais voleur. Ou peut-être quelqu'un qui pense qu'un simple couteau ne vaut pas la peine de mourir. Je m'en suis servi pour nous défendre. J'ai aussi une arbalète qui est tombée de l'une de leurs selles. Je l'ai laissée auprès de ma femme.

— Amène-nous cette femme. Seulement la femme.

Ils attendirent sur la route jusqu'au retour d'Azarion. L'*agacin* inconsciente pesait lourd dans ses bras fatigués. Il répugnait à abandonner l'arme, mais, dans la situation où il se trouvait, l'art de la négociation l'emportait sur le reste.

À la sorcière, le meneur jeta un regard dur.

— Est-ce que ta femme est malade ?

La relation que le gladiateur avait réussi à établir avec les marchands ne tenait qu'à un fil, il le savait. La peur de la peste écrasait tout le reste, même dans le cœur le plus tendre. Les doigts s'étaient crispés sur la détente des arbalètes. Son pouls s'emballa.

— Blessée, affirma-t-il. L'un des voleurs l'a poussée dans le chaudron d'eau qu'elle faisait bouillir pour notre dîner. Il s'est renversé sur elle. Elle a été brûlée, et ses blessures ont déclenché la fièvre. Est-ce que vous pouvez l'aider ? répéta-t-il.

Les marques de brûlures de l'*agacin* paraissaient bien pires que si elle s'était ébouillantée, mais dire à ces gens qu'il avait avec lui une sorcière du feu blessée par ses propres enchantements le conduirait à une mort certaine.

Une jeune femme sortit du deuxième chariot. Plus petite que l'*agacin*, avec des cheveux plus clairs et des traits plus aimables, elle avait les yeux d'une couleur identique à ceux du chef de la caravane, mais également chaleureux et vaguement mélancoliques.

— Laisse-moi l'aider, mon oncle.

Elle se plaça à côté de lui et se hissa sur la pointe des pieds pour lui parler à l'oreille.

Il sourcilla, répondit quelque chose, secoua la tête, puis finit par soupirer et lever les yeux au ciel. Il avisa Azarion.

— Vous pouvez voyager avec nous jusqu'à Wellspring Holt, mais je vais prendre ton couteau en guise de paiement pour la nourriture et les soins à ta femme, ainsi que l'arbalète.

D'un geste, il fit signe à l'un de ses hommes d'aller chercher l'arme qu'Azarion avait laissée dans la forêt.

Docile, le gladiateur se tourna pour qu'un autre marchand puisse retirer le couteau de sa ceinture. Il était désormais sans défense. Il changea l'*agacin* de position dans ses bras.

— C'est un bon couteau, assura-t-il à son nouvel hôte.

L'homme prit la lame, la souleva dans sa paume pour en jauger l'équilibre, la tourna et la retourna pour en inspecter le fil.

— En effet. J'en ferai bon usage.

Il héla sa nièce, ainsi qu'une femme plus âgée qui s'était jointe à eux pendant les négociations.

— Installe ta femme dans la roulotte d'Asil. Halani, ici présente, peut veiller sur elle. Toi, tu devras marcher comme nous autres.

Azarion hocha la tête. Il en était capable, en fait, et même reconnaissant. Rester assis lui faisait mal. S'allonger était une souffrance, courir, un exercice de torture. La douleur due à ses côtes fêlées se dissiperait peut-être enfin si on ne lui demandait que de marcher.

— Mille mercis.

La fille du nom d'Halani lui demanda de la suivre. Son oncle et la femme plus âgée – qui, supposait-il, était Asil – l'encadrèrent.

Asil lui offrit un sourire doux et vide.

— Comment t'appelles-tu ?

Elle avait une voix jeune, qui contrastait avec ses traits âgés.

— Valdan de Pran.

Le mensonge tomba aussi facilement de ses lèvres que tous les précédents. Bientôt, s'il continuait ainsi, il ne serait plus capable de faire la différence entre ses inventions et la vérité. Mais il ne le regrettait pas. Son véritable nom risquait éventuellement d'être reconnu. C'était un nom assez répandu chez les Savatars, et pas tant que cela dans l'Empire, de plus la notoriété du Gladius Primus Azarion était grande parmi la populace qui assistait aux combats de la Fosse.

Contrairement à Asil, le chef de la caravane ne sourit pas, et détailla le gladiateur de la tête aux pieds.

— Tu ressembles aux nomades du Ciel d'en Bas.

Azarion faillit trébucher en entendant l'expression savatare utilisée pour décrire la Stara Dragana. Cela faisait longtemps que quelqu'un de sa connaissance ne l'avait pas appelée « le Ciel d'en Bas ». Le mal du pays, soutenu par un nouvel espoir, le submergea. Il serra davantage l'*agacin*.

— Ma mère appartenait au clan Nunari, mon père était un soldat kraelien.

Halani, qui marchait devant eux, demanda par-dessus son épaule :

— Et ta femme ? Quel est son nom ?

Azarion contempla le visage rougi de la sorcière, se rappelant une fois encore l'homme qui se tenait près du chariot à Kraelag et qui criait un nom pendant qu'il galopait vers elle. Elle lui avait répondu avec rage lorsqu'il l'avait utilisé, refusant de reconnaître que c'était le sien.

— Gilene, dit-il. Elle s'appelle Gilene.

Pour la première fois depuis qu'il s'était libéré des chaînes de l'Empire, il fut certain de dire la vérité.

CHAPITRE 5

Quand elle reprit conscience, Gilene pensa que quelqu'un lui avait fait avaler un bol de sable pendant son sommeil. Le fond de sa gorge lui faisait mal dès qu'elle déglutissait, et sa langue paraissait collée à son palais. Elle tenta de se lécher la lèvre inférieure, puis entrouvrit la paupière, ne distinguant que des formes et des couleurs floues. Une silhouette faite de rouge, de jaune et de noir, s'avança vers elle.

— Soif, gémit-elle d'une voix enrouée.

Avec douceur, une main lui souleva la nuque, assez pour qu'elle puisse boire dans une tasse tenue devant sa bouche.

— Bois, dit une voix de femme. Lentement, sinon tu vas être malade.

Gilene obéit et réprima le besoin d'avaler à grands traits lorsque de l'eau fraîche lui emplit la bouche et glissa dans sa gorge. Elle marmonna une protestation quand son infirmière écarta la tasse, et tendit une main tremblante.

— Encore.

Une main lui caressa les cheveux. La voix lénifiante se fit de nouveau entendre.

— Attends un peu. Laisse ton estomac s'habituer. Repose-toi pour le moment.

On reposa sa tête sur un oreiller moelleux, ses épaules bordées d'une couverture qui sentait le laurier plutôt que la sueur rance. Malgré ses battements de paupières, sa vision demeurait floue. Une autre forme se joignit à la première.

— Elle a de beaux cheveux, dit une autre voix.

— Oui, maman. Maintenant, laisse-la tranquille. Elle est blessée, et a besoin de se reposer.

Une paume fraîche serra brièvement la main de Gilene.

— Dors. Quand tu te réveilleras, ton homme sera auprès de toi.

Gilene sourcilla, confuse. Un homme ? Quel homme ? La maladie magique transformait son esprit en bourbier. Elle n'avait pas d'homme. Nul ne voulait d'une sorcière du feu rendue stérile par la magie et vouée à « mourir » chaque année, condamnée à l'oubli une fois que sa malheureuse remplaçante endosserait le rôle de sauveuse de Beroe. Le ventre noué de ressentiment, elle s'endormit bercée par une femme qui fredonnait.

Elle se réveilla – quelques heures, minutes ou journées plus tard, elle n'aurait su le dire – à la lueur d'une lampe à huile, sous l'arrondi d'une peinture représentant un ciel nocturne.

Elle scruta l'horizon fermé, prenant le temps de noter les coffres et les tonneaux soigneusement empilés contre des murs de planches lasurés de bleu et d'ambre. Des bruits de voix lui parvenaient. Des hommes et des femmes qui parlaient et chantaient, des enfants qui riaient, le tout accompagné par les bêlements et les braiments du bétail. Son lit remuait sous elle, à la façon d'un berceau. Où donc était-elle ?

— Tu es réveillée.

Une voix grave et familière fit remonter une foule de souvenirs dans son esprit : le sol de la Fosse consumé par le feu ; les esprits des femmes sacrifiées qui partaient ; le trajet douloureux et chancelant vers ses frères qui l'attendaient avec leur chariot : et, par-dessus tout, le gladiateur qui avait extorqué sa coopération et, en échange, l'avait enlevée.

Gilene tourna les yeux vers la large silhouette assise en tailleur auprès d'elle. Azarion. Elle se rappellerait son nom jusqu'au jour de sa mort, et sans affection. Ses yeux verts reflétaient la lueur de la lampe, et son expression assombrie soulignait ses pommettes hautes. Sa mâchoire était ombrée de barbe. Elle tenta de s'asseoir, mais les couvertures calées autour d'elle lui paraissaient plus lourdes que des souches, ses muscles plus faibles que ceux d'une vieille sur son lit de mort.

Azarion posa trois doigts sur son épaule et, sans effort, la recoucha.

— Halani prétend que ta température a baissé, mais que tu dois encore te reposer. Le cataplasme qu'elle a appliqué sur ton dos et ta jambe a fait des merveilles. Sans cela, tu serais encore prise de fièvre et allongée sur le côté.

Les pensées de Gilene se bousculèrent. Elle avait tant de questions et, en guise de réponses, rien que des souvenirs brouillés par la fièvre. Elle demeura immobile, guettant la douleur des brûlures, mais ne sentit rien hormis un rembourrage supplémentaire contre son dos. À tâtons, elle découvrit le bandage autour de sa cuisse, et comprit également que, sous les couvertures, elle était nue comme un nouveau-né.

Sans un mot, elle accepta la gourde que lui tendit Azarion, avala une gorgée avec précaution, et la lui rendit.

— Où suis-je ?

— Dans la roulotte d'un marchand libre. La nièce et la sœur du chef de la caravane ont pris soin de toi.

Gilene se remémora les deux voix de femmes – l'une calme et apaisante, l'autre juvénile et douce.

— Combien de temps ai-je été malade ?

— Trois jours de fièvre.

Elle poussa une exclamation et, une fois de plus, tenta de se redresser, mais retomba sur le dos, tous ses muscles engourdis. Azarion se rembrunit, mais ne la toucha pas.

— Ne bouge pas. Tu aggraverais ton état.

Elle se passa une main sur la joue, et fit la grimace. Le coup de genou d'Azarion. Sa peau était moite, son crâne la démangeait. Ses souvenirs s'agitaient comme des papillons dans son esprit – fragiles, fugaces. La douleur dans son dos, elle qui suppliait son ravisseur, l'odeur de désespoir qui tapissait Midrigar la maudite, et l'obscurité vivante tapie derrière le seuil du temple en ruines, à les observer gravir les marches du portique. Elle frissonna.

— Comment avons-nous fui Midrigar ?

Elle se remémora la chose invoquée par les morts, la panique qui l'avait envahie pendant qu'Azarion cherchait frénétiquement de quoi tracer un cercle de protection autour d'eux.

Les traits du gladiateur se tendirent, et elle discerna un éclat de franche horreur dans ses prunelles.

— Par le sacrifice d'un groupe de traqueurs et une course jusqu'à la porte.

Il détourna brièvement les yeux.

— Tu avais raison. Midrigar n'est un sanctuaire pour personne. Il y rôde davantage que des morts.

Elle le dévisagea avec des yeux ronds, surprise qu'il soit prêt à reconnaître son erreur. Cela sonnait même vaguement comme une excuse. En tirer de la fierté ne les ferait avancer en rien, aussi se contenta-t-elle de hocher la tête avant de lui poser d'autres questions.

— Comment avons-nous fini chez les marchands ?

Lorsqu'il lui raconta l'histoire, ce fut à elle de se rembrunir.

— Donc, ces gens savent qui tu es ?

L'air détendu d'Azarion disparut, remplacé par son attitude implacable. Ses yeux s'assombrirent, son regard était plus dur que l'émeraude.

— Ils savent que je suis Valdan de Pran, que je voyage avec ma femme, Gilene, pour vendre des teintures aux marchés de Silfer. Nous avons été attaqués et dépouillés sur la route. Tu as été brûlée quand le chaudron d'eau que tu faisais bouillir s'est renversé sur toi au cours de la bagarre.

Quand elle ouvrit la bouche pour protester, il montra les dents.

— La fièvre t'a embrumé la mémoire, mon épouse. J'ai troqué mon couteau et une arbalète en échange de l'aide de ces gens.

La jeune femme frémit. D'autres souvenirs terrifiants ressurgirent : la chose qui hurlait dans leur direction depuis la porte, le pisteur esseulé qui levait son arbalète pour leur tirer dessus, sa mort rapide administrée par le couteau d'Azarion.

— Nous serons à proximité de Wellspring Holt d'ici demain soir, reprit Azarion.

Wellspring Holt… Enfant, elle avait visité cette ville avec sa famille pour assister au mariage estival d'un cousin éloigné. Il lui serait facile de retrouver son chemin pour rentrer à Beroe. Il ne lui restait qu'à échapper au gladiateur. Elle le scruta ; sa colère l'emportait sur sa léthargie.

— Qu'est-ce qui me retient de leur raconter que tu es un esclave du nom d'Azarion qui s'est enfui de la Fosse ?

Il haussa les épaules, geste désinvolte que démentait son regard perçant.

— Rien, hormis un éventuel sens des responsabilités. Si tu le leur dis, tu les condamnes à mort : je serai forcé de les tuer tous jusqu'au dernier pour qu'ils ne me revendent pas à l'Empire. Cela inclut la femme qui t'a soignée et sa mère, qui ressemble à une enfant à l'esprit lent.

Si le pouvoir qu'elle manipulait n'avait pas été asséché dans la Fosse, la sorcière l'aurait brûlé vif et se serait souciée des réparations de la roulotte *ensuite*.

— Qu'est-ce que l'Empire a fait de nous, pour que soyons prêts à tuer des innocents sans hésiter ?

Nouveau haussement d'épaules.

— Des survivants.

La rage de Gilene avait consumé le peu de force qu'il lui restait. Ses paupières s'alourdirent tandis qu'elle luttait pour rester éveillée et négocier avec son ravisseur.

— Me laisseras-tu partir une fois que nous aurons atteint Wellspring Holt ?

— Non.

Elle refusait de laisser ce salaud de Savatar la voir pleurer.

— Pourquoi ? C'est très bien, que ton peuple révère les sorcières du feu, mais je refuse d'être enlevée et vénérée. Je veux seulement rentrer chez moi.

Azarion se pencha et posa un doigt sur ses lèvres.

— Chut, ordonna-t-il d'un ton qui ne souffrait aucune contestation.

À présent, il l'étudiait d'un œil curieux.

— Pourquoi ne m'as-tu pas brûlé pour t'enfuir ?

Le silence rebelle de Gilene ne le découragea pas.

— Parce que tu ne le peux pas, reprit-il, répondant à sa propre question. Du moins pour l'instant. Tu es comme une lampe qui aurait brûlé toute son huile. Tu as besoin de temps pour te remplir et pour guérir.

Azarion était un serpent détestable et un menteur, un voleur et un boucher, mais il n'était vraiment pas idiot. Gilene bouillonnait. Elle remonta la couverture sur son visage pour ne plus le voir.

— Va-t'en, murmura-t-elle.

Elle attendit qu'il ajoute quelque chose, mais il demeura silencieux et obtempéra. La roulotte tangua quand il se leva, et grinça sur ses haubans lorsqu'il sortit d'un bond.

Il avait laissé la porte ouverte. Depuis son amas de couvertures, Gilene jeta un coup d'œil au-dehors. Le soleil éclairait le chambranle d'une lumière dorée. Dehors, le timbre grave d'Azarion résonna, ainsi que la voix douce d'une femme – celle que Gilene associait à des mains fines et des soins apaisants.

Une ombre emplit un instant l'ouverture, puis la roulotte tangua de nouveau, cette fois sous le pas d'une femme vêtue de jupes poussiéreuses, au sourire rassurant. Gilene devina qu'elles avaient à peu près le même âge. Ses cheveux bruns étaient attachés en une tresse compliquée passée sur une épaule et qui tombait jusqu'à la hanche, nouée à son extrémité par un ruban orné de perles. Elle prit la place d'Azarion à côté du lit.

— Ton mari a dit que tu étais réveillée. Comment te sens-tu ?

La femme avait des yeux gris, aussi veloutés que les ailes d'une colombe, aussi sombres que les prières d'un moine devant un cercueil.

Gilene ravala son envie de dire la vérité. Elle passa sa langue sur ses lèvres sèches, regrettant de ne pas avoir bu davantage à la gourde qu'Azarion lui avait donnée.

— Beaucoup mieux. Es-tu Halani ?

L'intéressée opina.

— Il m'a dit que tu m'avais soignée. Merci.

Le sourire de la marchande s'élargit.

— Ma mère, Asil, m'a aidée aussi, même si elle ne sait pas faire grand-chose. J'ai posé des cataplasmes sur ton dos pour apaiser la douleur et accélérer la cicatrisation, et j'ai fait de même sur ta jambe. Je ne suis pas une grande guérisseuse, mais cela devrait t'aider.

Elle ne s'accordait pas beaucoup de crédit, songea Gilene. La douleur de son dos et de sa cuisse avait presque disparu, seul un élancement lui rappelait que la magie du feu se retournait contre son utilisateur.

— C'est merveilleux. Je n'ai presque plus mal. Merci beaucoup.

Azarion l'avait condamnée au silence. Il était hors de question qu'elle révèle la véritable identité du gladiateur à ces gens, ne serait-ce que pour épargner Halani, dont la bonté avait apaisé ses souffrances. Celle-ci posa une main sur son front.

— Ta peau est toujours fraîche. Plus de fièvre. Te sens-tu assez bien pour manger ?

L'estomac de Gilene se mit à gronder, et toutes deux s'esclaffèrent. Halani se leva.

— Je reviens avec du bouillon et un peu de pain.

À son retour, le parfum des herbes emplit l'espace restreint de la roulotte. Sur un coffre, elle posa un plateau avec un bol de bouillon chaud et un morceau de pain. Elle aida Gilene à s'asseoir et lui glissa un oreiller derrière le dos.

— Si tu es trop faible, je peux te faire manger.

Avec des gestes aussi assurés que possible, la jeune femme prit le bol et la cuillère que lui tendait Halani.

— Je peux me débrouiller.

Elle détestait ce que lui coûtait la magie, autant que la raison pour laquelle elle y avait recours. Aussi faible qu'un bébé des jours durant, et tout aussi vulnérable, elle devait compter sur l'aide de sa famille. Quand cette aide venait d'inconnus, c'était pire encore. Elle mangerait sa soupe toute seule, même si cela devait la tuer à moitié.

La première gorgée la surprit.

— C'est délicieux. Est-ce toi qui l'as préparée ?

Halani éclata de rire.

— J'aimerais être aussi douée avec une marmite. Non, c'est l'œuvre de Marata, le cuisinier de la caravane. Il était autrefois à la tête des cuisines dans le domaine d'un noble kraelien. Si mon oncle ne devait garder qu'une personne, ce serait Marata.

— Ton oncle est le chef de la caravane ?

Dehors, des clochettes tintèrent – symbole de ceux qui refusaient de se joindre à la Guilde des Marchands et d'obéir à ses lois strictes.

Halani lissa les couvertures au pied de Gilene avant de lui tendre une serviette.

— Oui. Quand les routes sont assez sûres et qu'il n'y a pas de guerre, notre caravane traverse la majeure partie de l'arrière-pays. Nous tirons nos meilleurs profits des garnisons.

Elle se rembrunit.

— Je suis navrée d'apprendre que les voleurs ont emporté votre cheval et vos marchandises. Ton mari a dit qu'ils avaient même volé vos pots de teinture.

Gilene faillit s'étrangler avec son bouillon. Azarion, ou Valdan – quel que soit le nom qu'il s'était choisi –, savait confectionner un mensonge mieux qu'une araignée ne tissait sa toile. Et elle était contrainte de donner crédit à son imposture. Elle s'essuya les lèvres sur la serviette.

— Tout peut être remplacé. Nous avons de la chance d'être en vie.

C'était au moins une vérité durement apprise. Entre les Rites de Printemps et le prédateur de Midrigar, il était incroyable que l'un et l'autre soient encore en vie.

Elle rendit son bol désormais vide à la guérisseuse, qui opina.

— En effet. Certains voleurs se moquent de tuer leurs victimes. Tu as de la chance que ton mari ait su se battre.

Une note mélancolique perça dans sa voix.

— C'est un bel homme, qui a visiblement beaucoup d'affection pour toi. Voilà un trésor que nul ne peut voler.

Heureusement, Gilene n'eut pas à répondre – sauvée par l'arrivée d'une femme plus âgée qu'Halani, mais aux traits semblables. La roulotte parut un peu plus exiguë tandis qu'elle restait à l'entrée en souriant, les yeux brillants d'une curiosité enfantine.

Halani la montra du doigt.

— Voici ma mère, Asil. Maman, voici Gilene, la femme de Valdan.

Asil fit un salut de la main, et Gilene eut de nouveau l'impression de se trouver en face d'une enfant au visage d'adulte. Azarion lui avait dit qu'elle était simple d'esprit. Sa voix était celle d'une fillette, flûtée et agréable.

— Hamod te demande à l'avant, Hali. Il veut te parler.

Halani soupira.

— Hamod est mon oncle, expliqua-t-elle à Gilene. Je reviens vite. Maman, peux-tu aider Gilene si elle en a besoin pendant mon absence ?

Dès que Halani eut quitté la roulotte, Asil se rapprocha, et son sourire se fit suppliant.

— Je peux te tresser les cheveux ? Ils sont si doux.

Gilene se demanda ce qui était arrivé à cette femme pour qu'elle devienne l'enfant, et que sa fille devienne le parent. Il y avait chez Asil quelque chose d'engageant, un naturel dans le rapport à l'autre que la plupart des gens perdaient vers neuf ou dix ans.

Les cheveux de la jeune femme semblaient collés à son crâne, ils avaient besoin d'un bon nettoyage et d'un démêlage soigneux. Gilene accueillit volontiers la demande d'Asil.

— Bien sûr. Mais je n'ai pas de peigne.

Sa compagne plongea la main dans une poche de son tablier coloré et en tira un précieux peigne.

— Moi si, exulta-t-elle tandis que son sourire s'élargissait. Je te promets que je ferai doucement.

Elle remonta les oreillers derrière Gilene, lui cala la couverture sous les bras, et entreprit de défaire les nœuds qui s'étaient formés dans sa chevelure. Asil œuvrait avec enthousiasme. Elle régalait Gilene d'anecdotes sur la caravane et ses membres très soudés lorsque sa fille revint.

La considérant, Halani soupira.

— Tu es une vraie pipelette, maman. Quelles bêtises as-tu racontées à Gilene en mon absence ?

Asil s'esclaffa avec une telle joie que les larmes montèrent aux yeux de Gilene. Depuis quand n'avait-elle pas entendu quelqu'un rire aussi franchement ?

— Tout est vrai, Hali. Tu sais que je ne mens pas. Tu te souviens, quand les braies de Supan sont tombées à ses chevilles pendant qu'il courtisait cette fille, à Silfer ?

Encore des rires, auxquels les deux autres femmes se joignirent.

— Nous sommes parfois ridicules, dit Halani, mais cela donne matière à de bonnes histoires.

La convalescente dissimula une grimace lorsque le peigne accrocha un nœud particulièrement résistant.

— J'aime les histoires d'Asil. Elles parlent de la famille et de l'amour qu'il y a entre vous.

Elle songeait à sa propre famille. Le sens du devoir était là, et le dévouement, nés tous deux de la culpabilité, et guère plus.

Elle se demanda ce que faisaient sa mère, ses frères et sa sœur en ce moment. Le village tout entier, elle le savait, devait être en proie à la panique. Quelqu'un avait enlevé leur sorcière du feu, la seule personne sur laquelle, chaque année, ils s'appuyaient pour protéger les autres femmes du village des Rites du Printemps ! Elle essaya de penser à autre chose. Ces noires pensées n'avaient pas leur place, ici. Pas avec ces deux femmes qui ne la connaissaient que comme Gilene, épouse de Valdan.

— Je raconte des histoires drôles, mais Hali est la meilleure conteuse, vanta Asil. Chaque soir après le repas, si elle n'est pas malade et si nous ne sommes pas trop fatigués.

— Ou si vous n'en avez pas assez.

Asil eut l'air indignée.

— Personne n'en a jamais assez de tes histoires, Hali !

Halani se pencha pour embrasser sa mère sur le crâne.

— Si tu le dis, maman.

Elle se redressa et fit un clin d'œil à Gilene.

— Quand elle aura fini de te peigner, nous pourrons t'aider à t'habiller et à descendre de la roulotte pour prendre l'air. Cela te fera du bien, de marcher un peu.

Gilene sauta sur l'occasion. Elle voulait désespérément voir le ciel.

— Oh, oui ! Je crois que je vais assez bien.

Halani se pencha sur un panier coincé entre un coffre et l'une des arches de la roulotte.

— J'ai lavé tes vêtements pendant ta convalescence.

Du panier, elle tira une tunique bien rangée et la secoua pour la déplier.

— Nous sommes près d'un ruisseau, nous allons camper ici cette nuit. Valdan dit qu'il t'accompagnera pour que tu puisses te baigner. Tu peux porter cette tunique en attendant, et emporter tes vêtements pour t'habiller quand tu auras fini.

L'idée d'un bain enthousiasmait Gilene. Déjà, il lui semblait entendre le murmure du ruisseau. Toutefois, elle hésitait. S'y rendre seule était bien trop dangereux, lui criait sa raison, même pour une femme en bonne santé et capable de courir, ce qu'elle n'était pas pour le moment. L'idée d'Azarion jouant les chiens de garde, cependant, lui semblait tout aussi menaçante.

— Je ne veux pas embêter… mon mari.

Le mot lui piqua la langue. Elle avait fait de son mieux pour dissimuler son dégoût. L'expression surprise d'Halani lui indiqua qu'elle n'avait peut-être pas réussi.

— Je suis certaine que cela ne le dérangera pas, et mieux vaudrait qu'il t'accompagne, franchement. Nous ne sommes pas loin de la route commerciale, et c'est à peu près sûr, mais à peu près seulement.

Argumenter ne ferait qu'éveiller des soupçons. Gilene lâcha prise et laissa Asil continuer à la coiffer tout en discutant avec les deux femmes. Quand Azarion vint la chercher, ses cheveux étaient magnifiquement peignés, et elle portait la tunique que lui avait passée Halani. Quelqu'un avait épousseté ses chaussures et avait même raccommodé un trou là où son petit orteil avait percé le cuir usé. Dehors, la température était celle d'un début de printemps froid, et elle frissonna en songeant à l'eau glacée du ruisseau.

Malgré tout, elle inspira l'air frais avec reconnaissance. Le lit de la roulotte était bien plus confortable que le sol dur d'un temple en ruines dans une ville hantée, mais ses muscles avaient grand besoin de mouvement et ses poumons de l'odeur verte de la forêt environnante. Des chariots peints de couleurs vives formaient un cercle sous le jeune feuillage d'un bosquet de chênes et, entre les arbres et les roulottes, elle repéra le ruban de route poussiéreuse qui marquait le passage de la caravane.

Des membres curieux du groupe vinrent se présenter, qui pour lui offrir des vœux de rétablissement, qui pour simplement l'observer un moment, ou hocher la tête avant de reprendre sa tâche. Hamod, l'homme qu'Halani avait appelé son oncle et Asil son frère, était l'un de ceux dont le regard gris était le plus pénétrant. Il opina du chef et s'éloigna. En un sens, il lui rappelait Azarion.

Le gladiateur arriva à son tour, et la détailla des pieds à la tête :

— Tu vas mieux, femme.

Le mot était tombé aisément de ses lèvres. Il salua rapidement Halani et Asil.

— Avec ces deux-là, tu es entre de bonnes mains.

Asil gloussa et rougit. La guérisseuse s'inclina avant d'entraîner sa mère.

— Tu peux garder le pain de savon s'il en reste, Gilene, lança-t-elle par-dessus son épaule.

Gilene serra ses vêtements propres et le savon contre sa poitrine puis tourna vers Azarion un regard aussi neutre que possible.

— Vu le nombre de mensonges que tu débites, comment te souviens-tu de la vérité ?

Elle devrait s'abstenir de le provoquer. Il n'avait pas encore été violent avec elle, il s'était contenté de menacer de s'en prendre aux autres si elle ne coopérait pas, mais c'était déjà bien assez terrible. Il était largement capable de la tuer, cela ne lui demanderait pas un grand effort, elle n'avait pas envie de mourir. Elle ne *pouvait* pas mourir. Du moins pas maintenant.

Le gladiateur ignora sa remarque.

— Je m'en souviens parce qu'il le faut. Il y a toujours un grain de vérité enfoui dans un mensonge.

Prenant la direction du ruisseau mentionné par Halani, il lui fit signe de marcher à côté de lui.

— Je ne suis pas, n'ai jamais été et ne serai jamais ta femme, siffla-t-elle en lui emboîtant le pas.

Son grognement exaspéré fit monter de ses narines un nuage de vapeur qui se dissipa dans l'air froid.

— Pour ces gens, si.

Il tourna les yeux vers elle.

— Comment vont tes brûlures ?

La question faillit la faire trébucher. S'agissait-il d'une inquiétude réelle, ou avait-il un intérêt particulier à lui poser cette question ? Il était si imprévisible. Froid, menaçant – et puis soudain attentionné.

— En voie de guérison, répondit-elle.

Elle nota la façon dont il marchait, le rythme concentré de sa respiration.

— Et tes côtes ?

Il haussa les épaules avec indifférence, ce qui l'agaça.

— Douloureuses, mais je survivrai. J'ai connu pire.

Sur ce point, elle le croyait, même si quelque chose dans sa voix l'incita à mieux l'observer – un éclat d'émotion inhabituel.

Il lui saisit la main et ne la lâcha pas, même quand elle tenta de se dégager.

— La moitié de la caravane nous regarde. Fais au moins comme si tu m'appréciais.

— Je ne t'apprécie pas, et je ne suis pas aussi bonne menteuse que tu sembles l'être.

— Ah bon ? Va dire ça à l'Empire, Fleur du Printemps.

La bouche d'Azarion trembla lorsqu'elle émit un grondement, alors même qu'elle laissait ses doigts se détendre dans la paume du gladiateur, le maudissant à voix basse.

Ils arrivèrent au ruisseau. Azarion la lâcha et Gilene faillit perdre l'équilibre et tomber dans l'eau. Elle refusa le bras qu'il lui tendait et serra plus fort ses vêtements pliés. L'eau recouvrit ses chaussures et mouilla le cuir, ce qui lui glaça les pieds. Le besoin de se laver l'emportait sur le désir de rester au chaud, mais ce serait, au mieux, un bain déplaisant.

Elle lança un regard noir à Azarion, qui s'assit sur une pierre plate au bord du ruisseau. Contrairement à elle, il était propre. Ses doux cheveux épais frôlaient ses épaules. La peau sombre de son visage et de ses bras brillait d'un éclat brun. Même les bleus et les coupures qui marbraient encore sa chair ne suffisaient à diminuer sa beauté. Sans se soucier des éclaboussures du ruisseau, il leva son visage vers le soleil, les yeux presque fermés dans la lumière dorée qui perçait entre les nuages.

Si elle ne l'avait pas autant méprisé, elle aurait pu apprécier sa beauté.

Il lui jeta un coup d'œil.

— Tu vas te baigner, ou tu vas rester plantée là toute la journée à me reluquer ?

Si elle n'avait pas eu besoin du savon, elle le lui aurait jeté au visage.

— Tourne-toi. Je refuse que tu me regardes me baigner.

— Tu ne possèdes rien que je n'ai déjà vu cent fois, répondit-il. Et tu auras peut-être besoin de mon aide.

— J'ai besoin que tu me libères pour que je puisse rentrer à Beroe.

Il se releva et la rejoignit.

— Tu l'as déjà dit. Souvent.

Il tapota son épaule gauche.

— Appuie-toi sur moi. Je vais t'aider à retirer ta tunique.

Elle détestait le reconnaître, mais elle avait besoin de son assistance. Après trois jours au lit, elle ne tenait pas encore très bien sur ses jambes, et elle se fatiguait rapidement. Le trajet jusqu'au ruisseau, bien que court, avait épuisé l'énergie qu'il lui restait, et les vêtements qu'elle tenait ressemblaient davantage à une brassée de cailloux qu'à des jupes et à une tunique. Azarion la débarrassa de son fardeau, la laissant garder le savon, et déposa la tenue propre sur le rocher qu'il avait abandonné.

— Lève les bras, ordonna-t-il. Je vais passer cette tunique par la tête.

Elle obéit, et son dos se contracta à mesure qu'elle levait les bras – là où la magie l'avait marquée. Mais ce n'était pas une douleur. Plutôt une sensation de tiraillement. Les cataplasmes d'Halani avaient produit leur effet.

Elle mit de côté ce qu'il lui restait de pudeur lorsqu'elle remarqua l'absence d'intérêt d'Azarion pour son corps dénudé. Il soutenait plutôt son regard.

— Tu es peut-être en train de guérir, et je suis peut-être blessé, mais je peux toujours courir pour te ramener ici si tu tentes de t'échapper. Et je t'attacherai à moi si nécessaire.

Oubliant le froid, et sa nudité, Gilene s'apprêtait à lui cracher au visage.

— Fais-le, et je te cracherai dessus à mon tour.

— Pour convaincre les autres que je t'apprécie, on repassera, grommela-t-elle. Que vont-ils penser s'ils me voient liée à toi ?

— Que tu es une mégère infidèle qui mérite d'être battue une fois que j'aurai abandonné ma fierté et avoué que je t'ai surprise en train d'essayer de retrouver ton amant. Allez, lave-toi. On ne va pas rester ici toute la journée. Et garde tes chaussures. Il y a peut-être des cailloux tranchants dans l'eau.

La tentation de se pencher pour saisir une poignée des cailloux en question et les lui jeter au visage était presque irrésistible. Elle y résista pourtant, s'avança dans l'eau, qui lui arrivait à mi-mollet, puis s'assit dans le courant glacial. Ses dents claquaient si fort qu'elle commençait à avoir mal à la tête tandis qu'elle se savonnait le corps et les cheveux, frottant de toutes ses forces. Quand elle eut terminé, elle avait les orteils et les mains engourdis, les seins douloureux. Il ne restait rien du savon.

Elle tenta de se relever seule, mais vit soudain qu'Azarion l'avait rejointe dans l'eau, ses mains placées sous ses épaules et ses genoux pour la porter jusqu'au rocher chauffé par le soleil. Il attendit qu'elle se sèche, puis l'aida à s'habiller. Elle s'efforça de ne pas trop penser au contact apaisant de sa peau. Dans ses chaussures mouillées, elle avait toujours froid aux pieds, et ses cheveux trempés avaient laissé une trace humide dans son dos, mais elle se réchauffa bientôt en enfilant ses vêtements.

— Tes brûlures ont l'air d'aller beaucoup mieux, remarqua Azarion. Elles ne devraient pas laisser de cicatrices comme les précédentes. Est-ce qu'elles étaient dues à la magie, elles aussi ?

Elle répugnait à lui donner davantage d'informations. Moins il en savait sur elle, mieux cela serait.

— Oui.

Au moins, il ne semblait pas dégoûté par ses marques. Contrairement à beaucoup de ceux qui les avaient vues, comme s'il fallait la blâmer pour quelque chose.

— Halani ne m'a pas interrogée sur mes autres cicatrices. T'a-t-elle posé des questions ?

Il eut un geste de dénégation.

— Ne sois pas surprise : ces gens ont la curiosité prudente. Moins ils t'en demandent, moins *tu* leur en demanderas.

Sur le chemin du camp, il poursuivait son interrogatoire.

— Est-ce que tu te sens assez bien pour quitter la roulotte et dormir dehors ?

Même si cela n'avait pas été le cas, elle aurait suivi son exemple et menti. Halani et Asil avaient abandonné leur foyer pour elle. Gilene ne savait pas si elles dormaient dans d'autres roulottes avec des parents ou des amis, ou si elles couchaient à la belle étoile, mais il était temps qu'elles récupèrent leur chez-elles. Son dos et sa jambe ne l'élançaient plus et bien, qu'elle soit fatiguée par la maladie qui s'éternisait, elle n'avait plus besoin de dormir dans leur lit.

— Halani et Asil se sont montrées bien assez aimables, et voir le ciel la nuit me manque. Je peux éventuellement leur demander une paillasse et une couverture. Ce serait agréable de dormir à la belle étoile.

Azarion avait l'air ravi. Elle se renfrogna.

— Tu pourras dormir dehors avec moi, dit-il. Hamod m'a donné une paillasse et plusieurs couvertures pour notre usage.

Il haussa un sourcil.

— Crois-moi, j'ai acheté l'hospitalité de ces marchands avec le couteau qui a servi contre le pisteur kraelien. Halani et Asil sont des femmes bien, mais ne va pas croire qu'il en va de même pour tous les autres. Hamod, notamment. Tu seras plus en sécurité près de moi, et vu que tu es ma femme, ils ne s'attendent pas à autre chose.

Son raisonnement était aussi exaspérant que ses menaces.

— Le mal que je connais plutôt que celui que j'ignore ?

Il opina.

— Quelque chose comme ça.

Le chef de la caravane les retrouva en lisière du campement. L'endroit était animé ; il bruissait des préparatifs de la nuit, du repas que l'on cuisinait, des remontrances à la demi-douzaine d'enfants surexcités qui cavalaient à la poursuite des chiens de la caravane ou de leurs camarades. Hamod s'avança vers Gilene. Son regard n'était pas moins pénétrant que la fois précédente.

— Ma nièce t'a bien soignée, maîtresse ?

Plus loin, Gilene reconnut Halani, qui parlait à un homme robuste en train de couper des oignons sur une table de fortune dressée sous un chêne.

— Tout à fait. Tu as de la chance de l'avoir. C'est une guérisseuse très douée. Je vous remercie tous les deux pour votre aide.

Hamod hocha la tête.

— Ton mari m'a donné un bon couteau en échange. C'était juste.

Il se tourna vers Azarion.

— Notre cuisinier va faire bon usage du gibier que tu as attrapé. Nous mangerons bien ce soir.

Gilene le regarda partir avant d'aviser le gladiateur.

— Tu chasses pour eux ?

Azarion ne quittait pas Hamod des yeux.

— Enfant, j'ai appris à poser des pièges. C'est un savoir utile dans la Stara Dragana, et apprécié quand on trouve refuge chez les autres.

Gilene avait d'abord pensé que son ravisseur n'était doué que pour le combat dans la Fosse. Il était facile d'oublier que, comme la sienne, sa vie ne se résumait pas à ce que les exigences de l'Empire lui avaient fait subir. Cette idée ne suscitait en elle aucune affection particulière, mais, pour la première fois, elle se demandait à quoi il ressemblait avant d'être réduit en esclavage.

Les marchands, qui s'étaient aperçus qu'ils restaient à la périphérie du camp, les accueillirent rapidement dans le cercle. Avec l'aide d'Halani et Asil, Gilene apprit les noms de tous les membres de la caravane. Le lendemain matin – et elle le regrettait –, elle en aurait probablement oublié la moitié. La température baissait, à mesure que l'après-midi avançait, et une femme lui apporta un châle tandis qu'une autre lui proposa une paire de souliers le temps que les siens sèchent. Elle protesta devant l'insistance d'Halani pour qu'elle s'asseye sur une couverture non loin de l'un des feux, et ne céda que lorsque celle-ci lui remit deux paniers à demi terminés.

— Sais-tu tresser l'osier ?

Gilene s'en empara comme s'il s'agissait de sacs de pièces d'or.

— Dans mon sommeil s'il le faut.

Elle ne se vantait pas. Tout comme Azarion avec ses pièges, elle avait appris la vannerie à peine sortie des jupes de sa mère. Ses doigts agiles faisaient ployer les branches de mûrier débarrassées de leurs épines, et elle humait avec approbation la vapeur odorante qui montait des deux marmites suspendues au-dessus d'un feu tout proche. Derrière elle, Asil s'assit pour défaire les quelques nœuds qui s'étaient formés dans ses cheveux pendant qu'elle les lavait, avant de les attacher en une simple tresse.

Le feu éclairait le camp d'une lueur vacillante, projetant des ombres sur les troncs. Gilene était assise dos à la route, face à la forêt. La lumière toujours changeante exposa brièvement la forme massive de… quelque chose, niché plus loin sous les arbres. Elle se retourna, avisant Asil par-dessus son épaule :

— Sais-tu ce qu'il y a là-bas ?

Elle indiquait la silhouette immobile.

La femme continuait de lisser sa tresse.

— Hamod dit que c'est une tombe. Je ne me souviens pas l'avoir vue l'an dernier quand nous avons voyagé par ici. Halani et lui sont allés voir.

Gilene ne les avait pas vus partir, mais, lorsqu'elle regarda Azarion, elle remarqua qu'il scrutait les bois dans la direction du tumulus, le front légèrement plissé.

Il fallait laisser les tombeaux tranquilles : ne pas les explorer. Après la terreur éprouvée à Midrigar, elle s'était promis de les éviter autant que possible.

Elle reporta son attention sur le panier, n'écoutant Asil que d'une oreille, dont le babil incessant la berçait : qui avait perdu une dent dans la caravane, ce qu'ils avaient mangé la semaine précédente, etc. De temps à autre, toutefois, elle ne pouvait s'empêcher de jeter un coup d'œil au tumulus, et à Azarion, qui paraissait lui aussi en alerte.

À leur retour au campement, Hamod arborait une expression satisfaite alors que Halani était renfrognée. Avaient-ils découvert la tombe d'un chef de village ?

Poser la question aurait été risqué, et Gilene la garda pour elle, notant qu'Azarion, de son côté, gardait le silence. Elle retourna à son tressage. Elle avait fini le premier panier, et était sur le point de terminer l'autre au moment où Marata, le robuste cuistot, les appela pour dîner.

Ils dînèrent assis en cercle plutôt que regroupés par familles, dégustant le ragoût, où avait mijoté le lapin attrapé par Azarion et les oignons et les panais sauvages ramassés par des femmes de la caravane et leurs enfants. Ils buvaient de la bière épaisse, tirée d'un tonneau posé sur une plateforme à l'arrière de l'un des chariots, ou bien de l'eau, apportée dans des seaux depuis le ruisseau voisin.

Installée à côté d'Azarion, Gilene faisait de son mieux pour se comporter comme si la proximité physique et la façon qu'il avait de frôler son genou ou son épaule étaient, entre eux, chose naturelle. Elle ne parlait pas avec lui, cependant, préférant écouter les plaisanteries qu'il échangeait avec les autres hommes et, à l'occasion, le rire venait à ses lèvres lorsque quelqu'un lançait une grivoiserie.

De l'autre côté du feu, Halani, assise auprès d'Asil, touillait le contenu de son bol sans grand enthousiasme. Ses traits ne s'éclairèrent qu'après le repas, lorsque certains se tournèrent vers elle.

— Raconte-nous une histoire, Halani ! s'écria un des hommes assis sur les marches de sa roulotte.

Un autre se joignit à lui.

— Oui ! Raconte comment Kansi Yuv a tué le dernier draga pour le donner à l'empereur !

Halani, qui rangeait les bols tout juste lavés dans un coffre près de l'un des chariots, se redressa en marmonnant.

— Je vous ai déjà raconté cette histoire des centaines de fois ! Vous ne voudriez pas plutôt entendre le conte des sirènes de Latchep ? Ou celui de Soriya, qui a attrapé un éclair dans son panier et l'a donné aux hommes pour qu'ils en fassent du feu ?

Un chœur de « Non ! » résonna au-dessus du campement, suivi d'une voix qui cria :

— Le draga ! Nous voulons le draga !

Le cri fut repris par les autres, qui le scandèrent jusqu'à ce qu'Halani s'asseye sur une bûche qu'on avait tirée près du feu.

— Très bien, dit-elle.

Elle lissa ses jupes et se pencha en avant. Le rire contenu d'Azarion chatouilla l'oreille de Gilene tandis que l'assistance imitait le mouvement de la conteuse.

— Golnar était le dernier grand draga à assiéger les territoires de l'Empire, à voler bétail et trésors. Avec le feu qui sortait de ses naseaux, il brûlait les villages, et ses ailes étaient si larges que, lorsqu'il était en vol, elles cachaient le soleil.

L'auditoire retint son souffle lorsque Halani marqua une pause. Gilene fit de même, bien qu'elle connaisse l'histoire.

— Beaucoup avaient tenté de tuer Golnar. Mais le draga était vieux et sage, et bien trop intelligent. S'il ne les tuait pas, il usait de sa magie pour s'enfuir dans sa caverne, avec ses trésors plus vastes que toutes les richesses du monde réunies.

Elle leva les bras et les écarta largement pour étreindre un monde imaginaire.

— Et cependant, un homme avait compris que, si le draga avait beaucoup de forces, il avait une faiblesse : son goût pour les trésors. Le grand héros Kansi Yuv demanda à l'empereur de faire fondre une statue. En or, elle représentait une femme magnifique.

Dans la foule, plusieurs voix intervinrent.

— La Fille du Soleil.

Halani fronça les sourcils.

— Qui est censé raconter cette histoire ?

Le groupe se tut, et la conteuse reprit.

— Kansi Yuv avait prévu de se servir de la statue pour attirer Golnar dans un piège et le tuer, puis d'offrir son trophée à l'empereur pour en tirer honneur et gloire.

L'assistance était fascinée. Des sifflets et des exclamations ponctuaient chaque parole ou presque.

— Avec ses hommes, ils cachèrent des balistes armées de lances dans un ravin trop étroit pour que le draga y descende en piqué afin d'emporter son butin. Au fond, ils placèrent la statue d'or.

— La Fille du Soleil ! s'écria un enfant.

Halani opina.

— Nommée ainsi parce que son or brillait comme le soleil. Kansi Yuv et ses hommes patientèrent quatre jours dans le ravin. Enfin, une grande ombre passa au-dessus d'eux.

Elle se leva et écarta les bras, oscillant de gauche à droite pour imiter le vol.

— Lorsqu'ils levèrent les yeux, ils virent le draga.

Elle se faufila dans la foule, mimant l'envol, captivant les siens. On aurait dit qu'elle volait réellement au-dessus d'eux.

— Golnar atterrit au bord du ravin et observa la Fille du Soleil, soupçonneux.

Elle s'interrompit brusquement.

— Souvenez-vous : comment est le draga ?

Plusieurs voix répondirent.

— Malin !

— Intelligent !

— Sage !

Elle claqua des doigts pour insister sur ce point.

— Exactement. Golnar savait que c'était étrange – sans doute un piège. Pourtant, il restait là, à observer. Pourquoi ?

Gilene répondit.

— Parce que les dragas sont cupides.

Asil renchérit.

— Et ils aiment les trésors.

Halani approuva.

— Et le draga ne pouvait résister à la Fille du Soleil. Au lieu d'aller se mettre à l'abri, il replia les ailes et descendit dans le ravin. Kansi Yuv fit préparer les balistes. Golnar était énorme, sa gueule pleine de dents acérées aurait pu couper un bœuf en deux d'un seul claquement de mâchoire !

La foule poussa une exclamation apeurée.

— Ses yeux étaient aussi rouges que les rubis dans les cheveux de la Fille du Soleil.

Elle marcha à pas de loup au milieu de l'assistance.

— Chacun restait silencieux tandis que le draga s'approchait de la Fille du Soleil, ses grandes pattes faisaient trembler la terre à chaque pas. Il tendit les serres pour l'attraper et s'enfuir. Et savez-vous ce qui se passa ensuite ?

L'un des enfants bondit sur les genoux de son père, brandissant une épée de bois.

— Kansi Yuv tirer sur le draga !

— Oui ! La grande lance s'enfonça dans la poitrine du draga pour lui percer le cœur. Golnar rugit et cracha du feu. Il tenta d'ouvrir les ailes pour s'envoler, mais il était trop à l'étroit De sa patte griffue, il essayait d'ôter la lance dans sa poitrine, mais la pointe s'était fichée trop profondément. Il tomba par terre, mort, alors qu'il tentait encore d'attraper la Fille du Soleil.

Gilene relâcha son souffle et jeta un coup d'œil à Azarion. Contrairement aux autres, il n'avait pas l'air captivé. Renfermé, plutôt. Elle aurait passé des journées entières à scruter ses yeux verts énigmatiques, sans jamais apprendre même la chose la plus anodine à son sujet. Elle tourna son attention vers Halani.

— Kansi Yuv et ses hommes attendirent, et s'assurèrent que le draga était mort avant de quitter leurs cachettes. Lorsqu'ils eurent la certitude que le monstre ne vivait plus, ils employèrent des cordes et des poulies pour hisser son corps hors du ravin afin de le découper avec des haches et des épées, et de le rapporter à la capitale. C'était un cadeau magnifique pour l'empereur. Le règne de terreur de Golnar avait pris fin.

Des applaudissements enthousiastes retentirent.

— Une autre, une autre ! réclama la foule qui tapait dans ses mains.

— Pas ce soir.

Halani n'était pas affectée par les cris de déception.

— Demain est un autre jour, et il y aura une autre histoire.

Elle avisa Hamod, qui s'était placé dans la lumière.

— Il est tard. Une longue journée de voyage nous attend demain. Finissez vos corvées et allez dormir.

Nul ne contesta les ordres du chef et, bientôt, le groupe se dispersa, qui dans sa roulotte, qui sur les paillasses disposées par terre sous les arbres.

Gilene alla retrouver Halani.

— Tu es une conteuse-née. À certains égards, j'ai toujours trouvé le Conte du Draga et de la Fille du Soleil assez tragique.

Halani tourna vers elle son joli visage. Elle était épuisée, comme ce qu'elle avait raconté l'avait vidée de son énergie.

— Je déteste cette histoire. Mais tout le monde l'apprécie. Parfois, en période de vaches maigres, quand les opportunités de commercer se font rare pour les marchands libres, nous allons en ville et je gagne notre pitance en racontant des fables dans les tavernes, ou sur les places, s'il fait beau. Celle du Draga et de la Fille du Soleil est toujours celle qui nous rapporte le plus d'argent.

— Alors tu es… une barde ?

L'autre eut un geste de dénégation.

— Je ne joue d'aucun instrument, et je suis incapable de faire des rimes.

— Ta voix est ton instrument, fit valoir Gilene. Ces gens étaient fascinés, bien qu'ils connaissent l'histoire par cœur.

Les yeux d'Halani se voilèrent de cette mélancolie qu'elle avait remarquée lors de leur première rencontre.

— Merci.

Elle avisa un point derrière Gilene, et pinça les lèvres.

— Mon oncle m'appelle. Tu peux encore dormir dans la roulotte cette nuit.

Gilene se retourna et fit qu'Hamod les observait non loin. Elle revint à son interlocutrice.

— Grâce à tes cataplasmes, je vais nettement mieux. Je peux dormir dehors avec… Valdan, maintenant.

Distraite, Halani lui adressa un salut rapide.

— Bonne nuit, alors, dit-elle avant de rejoindre son oncle.

— Bonne nuit, répondit Gilene.

Elle retrouva Azarion près d'une paillasse, sous l'un des gros chênes. Fait de couvertures et de fourrures empilées, le lit de fortune semblait confortable, assez grand et chaud pour qu'ils y dorment ensemble sans se disputer les édredons.

Azarion ôta ses chaussures et se glissa sous les draps tout habillé. Il se coucha sur le dos, un bras replié sous sa tête en guise d'oreiller. Il scruta Gilene, qui se tenait au pied de leur lit.

— Tes côtes ne te font plus mal ? demanda-t-elle.

Quelques jours plus tôt, il avait été incapable de dormir allongé. Des semaines étaient nécessaire pour se remettre de côtes fêlées, pourtant il était étendu là, l'air tranquille, sans souffrir.

— N'aie pas l'air si dépitée, répondit-il, les yeux plissés, puis se redressant d'un coup. J'ai toujours mal, mais Halani a utilisé un baume pour résorber les hématomes, il a fait disparaître l'essentiel de la douleur.

Gilene se tourna vers Halani, qui discutait avec son oncle et trois autres personnes. Ils parlaient trop bas pour que Gilene et Azarion les entende d'où ils se trouvaient, mais visiblement, la jeune femme protestait, cependant qu'Hamod et les autres semblaient enthousiastes.

La marchande possédait deux dons notables : celui de la narration, et celui de la guérison. Des cataplasmes aux herbes et à la cire d'abeille ? Gilene soupçonnait qu'il y avait autre chose.

— Tu ne peux pas rester plantée là toute la nuit, femme. Viens te coucher.

Le ton taquin d'Azarion interrompit ses réflexions.

— Ne m'appelle pas comme ça.

— Gilene, alors.

— Non plus.

Elle s'assit à côté de son prétendu mari et retira les souliers qu'on lui avait prêtés, se demandant si quelqu'un se poserait des questions si on retrouvait Valdan mort étouffé le lendemain matin. Mais ce plan ne fonctionnerait jamais. Elle serait incapable de faire semblant de pleurer, de jouer les veuves endeuillées.

Comme lui, elle se glissa dans le lit tout habillée, et tenta de réprimer un soupir ravi : le corps massif d'Azarion avait réchauffé la literie. Elle s'allongea sur le flanc, dos tourné à son compagnon, et remonta les couvertures jusqu'au menton.

— Est-ce que tu as aimé l'histoire de Kansi Yuv et du draga racontée par Halani ? demanda-t-il.

Elle se retourna pour lui faire face.

— J'ai aimé la façon dont elle l'a racontée, même si je trouve que la fin est triste.

Pourquoi poursuivait-elle cette discussion ?

Des ridules apparurent aux coins des yeux du gladiateur, comme s'il avait perçu ses pensées et les trouvait amusantes.

— On dit que les dragas étaient autrefois nombreux, et ne sont devenus destructeurs qu'une fois que l'Empire s'est mis à les chasser pour en faire des trophées et en retirer de la gloire. Le draga de la Fille du Soleil était le dernier de son espèce.

C'était précisément l'élément de l'histoire qu'elle trouvait tragique.

— Ce devait être un sacré spectacle quand il était vivant, dit-elle.

— C'est *toujours* un sacré spectacle. Le squelette de Golnar décore la chambre de l'impératrice. Il fait au moins deux fois le tour de la pièce.

Elle poussa une exclamation. Il avait vu les ossements du draga ? Une part d'elle-même ne le croyait qu'à moitié. Ces créatures tenaient davantage du mythe que du fait historique… jusqu'à maintenant. Ce qui rendait l'histoire plus triste encore.

Les flammes mourantes du feu de camp projetaient des ombres qui creusaient le visage d'Azarion et assombrissaient son regard clair.

— Tu as dit à Halani que tu dormirais avec moi ?

— Oui, même si elle m'a offert sa roulotte pour une nuit supplémentaire.

— Si tu tentes de t'évader…

La trêve fragile qui avait existé entre eux venait de prendre fin. Gilene lui montra les dents.

— Si je promets de ne pas répéter plusieurs fois par jour à quel point tu me dégoûtes, peux-tu faire de même et cesser de me menacer ? J'ai tout à fait conscience d'être une simple femme et toi un grand guerrier capable de me rattraper à tout instant.

Il ne se moqua pas d'elle. Son expression était devenue grave.

— Je te ramènerai à Beroe quand je n'aurai plus besoin de toi, *agacin*, déclara-t-il avec une ferveur étrange.

À ces mots, le cœur de la jeune femme bondit, brûlant de le croire sans pour autant l'oser. Son ton fit remonter un vague souvenir. Elle lui avait posé une question dans la forêt près de Midrigar, et il lui avait répondu avec la même exaltation.

Et si j'étais tombée ou que je n'avais pas pu te suivre ?

Je t'aurais portée.

Cet échange s'était-il vraiment produit, ou n'était-ce qu'une illusion due à la fièvre ? Son cœur voulait croire à la première hypothèse, croire que cet homme n'était pas que menaces, violence et détermination implacable. Son esprit moqua son cœur, et elle se rembrunit.

— Pourquoi te croirais-je alors que tu as si souvent menti ?

Azarion tendit la main comme pour la toucher, mais s'arrêta lorsqu'elle recula.

— Parce que sur ce point, je ne mens pas.

Sa déclaration n'avait pas plus de substance qu'une volute de fumée. Quand bien même ce serait le cas, il existait de nombreuses façons alarmantes de l'interpréter.

— Alors, la question demeure : lorsque tu n'auras plus besoin de moi, me rendras-tu aux miens morte ? Ou vivante ?

CHAPITRE 6

Ils restèrent avec les marchands jusqu'à ce que les chariots fassent leur entrée sur la place du marché carrée de Wellspring Holt. Cette ville prospère, peuplée de fermiers qui vendaient surtout leurs récoltes et leur bétail, accueillait volontiers la caravane avec ses articles obtenus auprès des garnisons de l'arrière-pays, où les marchands libres se retrouvaient et s'échangeaient épices et teintures, laine et fil de soie, bijoux de cuivre et poteries peintes. Tout ceci était troqué contre l'argent des mines savatares, protégées par le légendaire Voile de Feu.

Ils étaient arrivés le jour du marché hebdomadaire, et une foule dense encombrait les rues. Les échoppes bordaient l'avenue principale et s'étendaient jusque dans les rues adjacentes à la place, tels les rayons d'une roue. À en juger par les saluts retentissants qui ponctuaient leur route, et le large groupe de curieux entourant les chariots, Hamod et les siens étaient populaires à Wellspring Holt.

Azarion marchait à côté des roulottes, avec Gilene. Il lui tenait la main et quiconque leur jetait un coup d'œil voyait un couple amoureux. Nul ne voyait qu'elle avait serré son poing dans la paume du gladiateur, ni que ses ongles lui gravaient des croissants de lune dans la peau.

— Tu ferais mieux d'arrêter ça, lui glissa-t-il à l'oreille. Je ne te laisserai pas marcher librement. Pas dans cette foule.

Elle pesta et enfonça les ongles davantage.

La lâcher aurait été idiot, le gladiateur le savait ; elle aurait détalé sur-le-champ. Quand elle ne lui décochait pas des regards assassins, elle scrutait la foule, s'arrêtait pour regarder les différentes portes de la ville, les ruelles disparaissent dans l'enchevêtrement des maisons loin de la place centrale. Elle observait, elle évaluait, elle notait, dans l'attente de l'instant propice.

Allongeant le pas, il l'entraîna à sa suite tandis qu'ils se frayaient un chemin à coups d'épaule pour rejoindre le chariot de tête. Hamod était assis à la place du passager, et saluait les vendeurs pendant que son cocher, une femme du nom d'Ona, guidait les bœufs de trait.

Depuis son perchoir, le chef de la caravane jeta un coup d'œil au couple – ses traits austères presque joyeux, pour une fois.

— Valdan, vous pourrez dormir avec nous une nuit de plus.

Azarion secoua la tête. Les marchands libres s'étaient montrés généreux avec Gilene et lui. Le couteau et l'arbalète qu'Hamod avait prélevés avaient payé les soins d'Halani, mais guère plus. Azarion s'était assuré que ses dons de chasseur et son aide couvrent la différence, afin qu'ils puissent tous deux se remettre de leurs blessures et s'éloigner de l'Empire. Ils n'avaient pas croisé d'autres pisteurs, au cours de leur voyage. Peut-être la chance leur avait-elle souri. Ou la bénédiction d'Agna. Ou, plus sûrement, le désir d'Hamod de ne pas se faire remarquer. Sans doute, il avait ses propres secrets.

— Grand merci, mais nous allons loger chez un cousin.

Comme tous les autres, ce mensonge lui était venu naturellement.

— Gilene et moi vous sommes reconnaissants de votre aide. Puisse le couteau rester aiguisé et l'arbalète viser juste.

Hamod et Ona levèrent la main pour les saluer. Gilene traîna les pieds lorsque Azarion l'éloigna du chariot pour s'enfoncer dans la foule.

— Je veux dire au revoir à Halani et Asil !

Depuis une rue adjacente, une troupe de soldats kraeliens se dirigeait vers la place. Azarion se voûta et baissa la tête. Sa barbe d'une semaine lui couvrait à demi le visage, mais il était grand – plus grand que la plupart des gens d'ici –, et on remarquait toujours les hommes de haute stature.

— Tu as fait tes adieux hier, murmura-t-il avant de tirer la sorcière sur le seuil d'une porte.

La troupe se rapprochait. Azarion pressa la jeune femme et se plaça de sorte à tourner presque entièrement le dos à la rue tandis que Gilene était de face. Il prit son visage de Gilene entre ses mains, nota son expression stupéfaite, ses yeux écarquillés, ses lèvres entrouvertes… et il l'embrassa.

En matière de baiser, celui-ci était raté : rien de plus que des lèvres pressées sur d'autres lèvres. Du coin de l'œil, Azarion observait les soldats. Il y eut quelques rires amusés, mais dans l'ensemble le couple enlacé fut ignoré, et la troupe s'éloigna sur la place, gagnant la porte principale.

Dès qu'ils eurent disparu, Azarion relâcha la jeune femme, et évita la gifle que cette dernière avait tenté de lui flanquer.

— Je me moque que des soldats kraeliens patrouillent dans les rues. Ne refais jamais ça, dit-elle, ses mots presque brouillés par la fureur qui grondait dans sa voix.

S'il avait encore eu son couteau, elle aurait sans doute cherché à s'en servir contre lui.

D'un œil méfiant, il considéra ses mains.

— Femme, ta valeur à mes yeux ne se situe ni sur tes lèvres, ni entre tes jambes.

À ces mots, la rage de l'intéressée s'atténua légèrement.

— Nous devons quitter Wellspring Holt avec deux chevaux et des provisions pour une journée. Des chevaux sans le marquage de l'armée. Il doit bien y avoir une écurie dans le coin qui dispose de ce genre de montures.

Un autre feu alluma le regard de Gilene : celui du calcul.

— Prends un cheval et suis ta voie. Je me fiche que l'Empire te rattrape ou pas. Tu atteindras la Stara Dragana beaucoup plus vite si tu es seul.

Il secoua la tête, l'amusement se mêlant à l'exaspération.

— Tu as assez de valeur pour que je fasse cet effort et supporte ce délai, *agacin*.

— Si tu es pris parce que tu es trop lent, tous ces projets que tu fomentes ne serviront à rien.

— Nous ne serons pas pris.

Elle esquissa un sourire narquois.

— *Je* ne serai pas prise. Ce n'est pas moi qui fuis l'Empire.

Comme la menace de tuer les membres de la caravane ne tenait plus à présent qu'ils les avaient quittés, et puisque ses brûlures étaient guéries et qu'elle se sentait mieux, elle recommençait à le défier, et plus vivement encore. Il se renfrogna.

— Le penses-tu vraiment ? Plus que les autres, tu connais l'Empire, sa propension légendaire à la compassion. Que croiront-ils ? Que, sur un coup de tête, leur Gladius Primus a décidé d'emmener une femme avec lui dans sa fuite ? Ils croiront que tu m'as aidé. Je leur *dirai* que tu m'as aidé.

À ces mots, elle pâlit, et l'étincelle de rébellion qui brillait dans ses yeux s'éteignit. Ses épaules s'affaissèrent, et elle s'adossa à la portion de mur la plus proche de la porte close.

— Laisse-moi partir.

— Pas encore.

Cette trêve extrêmement fragile conclue, ils quittèrent leur abri. Azarion ne lâchait pas le bras de Gilene, tandis qu'ils se frayaient un chemin dans la multitude, mais elle ne lui opposait plus aucune résistance. Elle avait la tête baissée, les épaules basses. La caravane d'Hamod avait disparu.

Une ville de la taille de Wellspring Holt disposait nécessairement d'une écurie publique, un endroit où les voyageurs pouvaient laisser leurs chevaux quelques heures ou une nuit le temps de faire des visites, des emplettes ou de conclure des affaires. L'endroit offrait différents services à des tarifs graduels, depuis le simple poteau auquel attacher sa monture jusqu'au pansage complet par toute une équipe de palefreniers.

Il repéra un groupe d'une demi-douzaine de cavaliers – des savants et des moines plutôt que des soldats –, et les suivit pendant qu'ils parcouraient la ville à une allure tranquille. Gilene demeurait silencieuse, même quand Azarion les fit accélérer pour ne pas perdre la troupe de vue. Il s'arrêta dès qu'il aperçut l'écurie, au coin d'une taverne animée.

Des chevaux piaffaient, attachés à des piquets ou installés dans des stalles, selon les moyens de leurs propriétaires. Des palefreniers allaient et venaient entre les bêtes qu'ils soignaient, certains portaient de l'eau, d'autres du foin ou du fourrage, d'autres encore des selles et des harnachements, ou des accessoires de pansage.

De là où il se trouvait, Azarion distinguait nettement certains animaux, qui n'étaient pas marqués du sceau militaire. Son regard s'arrêta sur deux montures qui paraissaient robustes et rapides.

Il traîna, contourna la cour, feignant de s'intéresser aux étals des échoppes. Toujours, son regard revenait à la cour d'écurie : l'entrée dans un coin, les deux sorties à l'opposé l'une de l'autre et la porte par laquelle les palefreniers entraient, où les trois gardes payés pour s'assurer que personne ne s'enfuyait avec les chevaux avaient établi leur poste.

Voler deux montures en plein jour était passible de pendaison en place publique ou d'un coup de lance dans le ventre. Le faire de nuit n'était pas moins dangereux, mais offrait une chance légèrement meilleure de réussite. Il attendrait jusqu'au soir et, d'ici là, fouillerait les échoppes de la partie plus calme de la ville, loin des bordels où les troupes kraeliennes allaient passer l'après-midi. Sans avoir les talents d'un voleur à la tire, il était assez vif pour dérober de la nourriture aux marchands occupés par d'autres clients.

La densité de la foule jouait en sa faveur, notamment pour le dissimuler tandis qu'il chapardait des fruits, un petit sac de flocons d'avoine pour cuisiner un repas sur la route, un morceau de fromage emballé dans du tissu. Il glissa les fruits dans une besace volée derrière l'étal d'un fromager et cacha les flocons d'avoine et le fromage dans les poches du tablier de Gilene. La désapprobation de la jeune femme faisait comme un nuage noir au-dessus de sa tête, mais elle ne protesta pas lorsqu'il remplit ses poches avec les provisions.

Ils revenaient vers l'écurie quand un cri d'alarme retentit non loin. Un chariot, surchargé et déséquilibré par des caisses remplies de sacs de grains, pencha dans un grincement terrible puis se renversa dans la rue. Des hurlements retentirent, et la foule recula, les passants les plus proches reculant pour ne pas se faire écraser. Certains perdirent l'équilibre et tombèrent, piétinés par leurs voisins. Dans cette mêlée où chacun poussait et tirait, Azarion lâcha Gilene.

La foule l'engloutit immédiatement, la dissimulant derrière les bras et les coudes qui s'agitaient et le nuage étouffant de poussière de grains alors que les sacs transportés par le chariot avaient éclaté. Même en sachant qu'elle ne répondrait pas, quand bien même elle l'aurait entendu par-dessus ce vacarme, Azarion cria son nom :

— Gilene !

Il se fraya un chemin vers l'endroit où il pensait l'avoir vue, écartant comme un fétu de paille quiconque se dressait sur son chemin. Elle était grande, mais légère. Si elle perdait pied et tombait, elle était morte. Il chercha sa chevelure sombre au milieu des autres.

Un mouvement attira son regard, et il l'aperçut qui se dégageait de la foule, observant les alentours. Leurs regards se croisèrent. Elle écarquilla les yeux, souleva ses jupes et fila vers le centre de la ville, aussi rapide qu'une biche traquée, et aussi désespérée.

Les années passées dans la Fosse avantageaient le gladiateur. Sa force brute était un atout pour écarter les quidams, que leurs tentatives frénétiques pour s'emparer du grain répandu changeaient en une entité dotée d'une multitude de bras aux doigts avides. Contrairement à Gilene, une fois dégagé, il ne s'arrêta pas. Il l'avait perdue ; cela ne le ralentit pas.

Ses côtes tout juste guéries se rappelaient à lui à chaque inspiration, mais il ne cessa pas de courir, évitant le flot des quidams qui se dirigeaient vers la source de l'agitation, curieux de savoir ce qui l'avait causée.

Il regarda sous des chariots chargés, sonda du regard les perrons plongés dans l'ombre, déboula même dans deux tavernes, évitant les légumes jetés par une servante d'auberge outragée lorsqu'il traversa la cuisine et sortit par la porte de derrière.

Un mendiant, accroupi à un coin de rue, se pissa dessus de terreur lorsque Azarion s'arrêta au-dessus de lui.

— As-tu vu une femme…

Il décrivit Gilene, insistant sur sa taille ainsi que sur l'hématome qui pâlissait sur sa joue. C'était de cela, davantage que des vêtements banals qu'elle portait ou de ses traits, dont les gens se souviendraient. Au moins, ses illusions ne lui seraient d'aucun secours. Tout comme sa capacité à générer du feu, son potentiel magique était encore loin de s'être régénéré. Même si Azarion pouvait discerner ses sortilèges, les autres en étaient incapables.

D'un doigt tremblant, le mendiant indiqua une ruelle bordée de cordes à linge encombrées, et Azarion s'élança dans la pénombre, tout en évitant les vêtements et couvertures mouillés qui claquaient et gouttaient dans la rue. Il discerna un mouvement devant lui – la tension d'une corde à linge tirée ou traînée quand quelqu'un passa dessous –, et accéléra. L'éclair d'une jupe qui tournait au coin d'une rue l'entraîna dans une voie plus large. Une impasse et, à son extrémité, sa proie.

Elle lui tournait le dos, pour l'instant, et était entourée sur trois côtés par des bâtiments penchés en briques crues. Elle se retourna pour revenir sur ses pas, et s'arrêta brusquement en l'apercevant.

Azarion ralentit l'allure.

— C'est terminé, Gilene. Fini de fuir.

Elle ouvrit les mains et leva les bras, paumes tournées vers lui. Rentrant en elle-même, elle avait fermé les yeux.

Azarion s'immobilisa, prêt à fuir si, par malheur, elle parvenait à rassembler assez de magie pour invoquer le feu. Il ne doutait pas que, le cas échéant, elle ferait de son mieux pour le rôtir comme un cochon.

Des larmes coulèrent sur ses joues en sillons argentés alors qu'elle se concentrait en vain. Rien n'apparut au bout de ses doigts, pas même une flammèche, et elle finit par abandonner, laissant ses bras retomber. Elle recula jusqu'à ce que son dos heurte le mur. Quand il se campa devant elle, Gilene refusa de le regarder.

— Tu n'as pas le droit de m'emmener, dit-elle d'un ton monocorde.

— Non, répondit-il. Mais j'ai besoin de toi.

— Mon village a besoin de moi, et il est plus important que toi.

Qu'elle dise vrai ou pas, il n'avait aucune intention d'argumenter plus longtemps. Ce n'était pas un endroit où il faisait bon traîner, ni pour lui ni pour elle. Azarion la souleva dans ses bras, et quitta au pas de course le piège de l'impasse. Il n'avait aucun réconfort à lui offrir, rien que la promesse répétée, à laquelle elle ne croyait pas, qu'il la ramènerait chez elle saine et sauve dès qu'il n'aurait plus besoin d'elle.

Contre son torse, elle murmura quelque chose. Il se pencha.

— Qu'as-tu dit ?

Sa voix était assourdie, chevrotante, mais pas moins virulente malgré sa douceur.

— Je te maudis. Puisses-tu souffrir et t'efforcer de réussir sans jamais y parvenir.

Un léger frisson le parcourut. En matière de malédictions, celle-ci était dépourvue du côté dramatique que donnaient habituellement la mention de tortures diverses et d'une mort épique. Mais ce manque d'extravagance était largement compensé par sa durée et sa précision.

Il soupira.

— Mieux vaudrait pour toi que je réussisse, *agacin*. Sans quoi je ne pourrai jamais te ramener chez toi.

Ils ne dirent plus un mot, jusqu'à ce que le gladiateur trouve une alcôve non loin de l'écurie, à bonne distance du marché encombré. Une fontaine glougloutait, toute proche, et il but dans ses mains en coupe. Gilene l'imita, avalant à longs traits.

Elle le suivit dans l'alcôve plongée dans l'ombre et s'assit, trop fatiguée, en cet instant, pour l'affronter. Elle pencha la tête en arrière jusqu'à toucher le mur, et ferma les yeux. Ses mains encore mouillées reposaient dans son giron. De la femme maussade et effrayée, il ne restait nulle trace. Pendant ce moment de calme, Azarion pouvait presque se raconter qu'elle était sa compagne – profitant du soleil et de sa compagnie.

C'était un rêve agréable, mais fugace. Il venait de la pourchasser dans la moitié de Wellspring Holt et, si sa magie avait répondu à l'appel, elle l'aurait réduit en cendres. Leur trêve durerait-elle assez longtemps pour leur permettre au moins de quitter la ville ?

Il l'observa rapidement, nota son cou gracieux, la clavicule qui dessinait une ligne droite sous la peau avant de s'incurver pour souligner le creux de sa gorge. Il l'avait vue nue pendant son bain, frissonnante, ses longues jambes repliées si près de son torse qu'elle aurait pu appuyer la joue sur son genou.

Oui, il avait vu et enlacé nombre de femmes, prostituées pour certaines, nobles kraeliennes pour la plupart, qui désiraient un gladiateur tout juste sorti de la Fosse, encore couvert de sang. Gilene ne se distinguait en rien de ces femmes, hormis par sa taille et les cicatrices infligées par sa magie. Si elle n'avait pas été *agacin*, il n'aurait sans doute même pas jeté un regard.

Mais à présent, avec le soleil qui baignait son visage levé, ses paupières fermées qui dissimulaient la haine dans ses yeux chaque fois qu'elle le regardait, il la trouvait presque jolie. Poussée par un étrange mélange d'amertume et de dévouement, elle tenait autant à rentrer à Beroe que lui au Ciel d'en Bas. Dommage que leurs buts entrent en conflit, et que l'endroit que chacun souhaitait ardemment retrouver soit à l'opposé de l'autre.

Elle remua une jambe pour trouver une posture plus confortable, et le morceau de fromage qu'il avait volé auparavant glissa de sa poche. Il sauva le fromage de la poussière et le remit à sa place, surpris et ravi qu'en dépit de la course-poursuite, elle l'ait gardé sur elle ainsi, peut-être, que le sac de flocons d'avoine. Avant de dire au revoir à Hamod et aux siens, Gilene et lui avaient bien mangé. Leur prochain repas devrait attendre.

— Nous mangerons ce soir en chevauchant, annonça-t-il. L'écurie abrite deux chevaux qui nous aideront à mettre plusieurs lieues entre Wellspring Holt et nous avant que quelqu'un s'aperçoive de leur disparition.

Gilene tourna légèrement la tête, son visage exprimait un jugement sans pitié.

— Tu mens. Tu voles. N'as-tu pas honte de toutes ces choses que tu as prises ? Le cheval de l'un. Les provisions de l'autre. La fille ou la sœur d'un troisième ?

Il balaya la saillie. La survie n'avait que faire de la honte.

— Il y a dix ans, mon cousin m'a volé ce qui me revient de droit et m'a privé de ma liberté en me vendant à l'Empire. Crois-moi, je sais ce que l'on ressent quand on perd quelque chose de valeur.

La curiosité se mit à briller dans les prunelles de Gilene. Elle se redressa, se tourna vers lui.

— Tu as survécu dans la Fosse pendant dix ans. Tu dois être très doué pour le massacre.

— Très.

Ce n'était pas une vantardise. Il avait versé assez de sang dans l'arène pour faire flotter un bateau.

Une ride apparut entre les sourcils de la jeune femme lorsqu'elle songea à quelque chose.

— Comment se fait-il que je ne t'aie vu que lors de ces trois dernières années au moment de choisir les femmes ?

Sa question était légitime, et il n'avait rien à cacher sur ce point.

— Jusqu'alors, je n'avais aucun intérêt à prendre part à ce cérémoniel.

Parfois, il n'en avait même pas eu l'occasion. L'impératrice l'avait longtemps favorisé, s'était délecté à l'humilier, que ce soit par le combat, le viol, ou les faux espoirs.

Même s'il n'avait rien pu faire pour aider les Fleurs du Printemps ou infléchir leur destin, il compatissait à leur situation. L'Empire n'épargnait personne, ni homme ni femme.

La question de Gilene le ramena au présent.

— Qu'est-ce qui t'a fait changer d'avis ?

— Toi.

Il s'autorisa un petit sourire en notant son air surpris.

— Je t'ai vue pour la première fois quand les gardes me conduisaient à Sa Grandeur. J'ai cru d'abord que ton illusion était un effet de la lumière, ou la conséquence d'un coup reçu à la tête dans la Fosse. Je n'y ai plus songé, mais, l'année suivante, je m'en suis souvenu et je me suis promis d'être attentif à l'arrivée des Fleurs. Les effets de lumière ne sont pas si prévisibles, je crois, pas plus que les visions causées par les coups à la tête. Hanimus m'a fait une faveur la deuxième et la troisième année, en me permettant d'assister à l'immolation. Au début, je n'en revenais pas : une *agacin* qui maniait le feu sous le nez de l'Empire et eux, tous aveugles devant ta supercherie.

Elle pinça les lèvres.

— Tu t'es mis à élaborer un plan.

Il opina.

— Et nous voici.

Il lui avait dit qu'il avait encore besoin d'elle pour retrouver sa position au sein de son clan, mais il ne lui avait jamais expliqué le pourquoi du comment. Si elle le questionnait, il lui répondrait, aussi déplaisantes ses explications soient-elles. Personne n'aimait être utilisé.

Autour d'eux, les rues étaient tranquilles. Quelques personnes s'aventuraient dans ces avenues plus isolées, mais personne ne paraissait remarquer le couple abrité dans l'alcôve. Azarion, toutefois, gardait l'œil ouvert, guettant des soldats kraeliens, un passant trop curieux…

— Pourquoi ton peuple vénère-t-il les sorcières du feu ? demanda Gilene.

— Les *agacins* sont l'incarnation d'Agna. C'est la déesse que nous vénérons, la plus sacrée de tous les dieux honorés par les Savatars.

— Je ne connais pas cette Agna, et je ne la vénère pas.

Il haussa les épaules.

— Peu importe. Tu es l'une de ses servantes. Elle a choisi de t'accorder sa bénédiction et le don du feu.

Gilene eut un rire de dérision.

— C'est comme ça que tu l'appelles ? Une bénédiction ? Elle peut se la garder.

Azarion se crispa. L'ingratitude irrévérencieuse de la jeune femme frôlait le blasphème. Il espéra qu'Agna n'entendait pas ces paroles.

Le ton de ses réponses soulignait le ressentiment que Gilene éprouvait à devoir jouer la Fleur du Printemps. Au cours de leurs brèves négociations, il avait vite appris qu'elle détestait ce rôle, endossé chaque année. Qui l'aurait apprécié ? Pourtant, elle persistait à le jouer, et avait même fait de son mieux pour lui échapper afin de rentrer à Beroe et recommencer dans un an.

— Pourquoi acceptes-tu ce fardeau ?

Le regard de la jeune femme devint distant.

— Parce qu'il le faut. C'est devenu mon devoir le jour où la sorcière qui me précédait s'est révélée trop affaiblie pour assister aux Rites. Parfois, on fait ce que l'on déteste pour que les autres n'y soient pas forcés : par amour, culpabilité ou sous la pression du chantage.

Elle s'interrompit, le dévisageant d'un air désapprobateur.

— À Beroe, aucune autre femme n'est insensible au feu. Il serait injuste et lâche de ma part de les laisser brûler alors que je peux prendre leur place et y survivre.

Le fait que je sois prête à l'accepter ne veut pas dire que je dois aimer ça.

Ses actes prenaient plus de sens, à présent. Il admira sa bravoure, son sens de l'engagement. Elle se soumettait à une épreuve que peu seraient prêts à endurer, encore moins plusieurs fois.

— Est-ce que ta famille sait ce que tu ressens ? Et Beroe ?

Son sourire sardonique était dépourvu d'humour.

— Bien sûr qu'ils le savent, et cela n'a aucune importance. Je ne suis pas la première sorcière du feu née à Beroe, et je ne serai pas la dernière. Les aînés protègent le village.

Ses traits pincés se contractèrent davantage.

— Par tous les moyens.

Un terrible héritage, une allusion menaçante…

— La sorcière qui t'a précédée : c'est elle qui t'a appris à invoquer le feu et créer des illusions ?

Gilene se frotta les yeux.

— Oui. Tout comme je l'enseignerai à la fille qui me succédera.

Elle lui lança un regard acéré.

— Comprends-tu pourquoi je dois rentrer chez moi ? Si je ne suis pas à Beroe d'ici le printemps prochain, les marchands d'esclaves emmèneront une autre femme pour brûler lors des Rites, et elle mourra. Les anciens puniront ma famille si je ne rentre pas, ils donneront ma sœur ou l'une de mes nièces à l'Empire.

Sa captive était prisonnière de son lieu de naissance, liée par les chaînes de l'amour familial et de la menace. À présent, il regrettait presque de l'avoir enlevée.

— Je te ramènerai à Beroe avant que cela arrive.

Elle plaqua les mains sur ses cuisses et gronda de frustration.

— Mais par les dieux, n'entends-tu pas ce que je te dis ? Je ne peux pas t'accompagner dans la Stara Dragana !

— Baisse d'un ton.

Elle lui lança regard furieux, mais resta silencieuse.

— Je t'ai entendue, et je comprends pourquoi tu dois rentrer, mais cela ne change rien au fait que tu dois m'accompagner.

Il ignora son exclamation de colère.

— Mon père est chef de clan, reprit-il. *Ataman*. En tant que fils unique de l'*ataman*, son statut devait me revenir à sa mort. Lorsqu'il est tombé malade, mon cousin a lancé ses amis contre moi. Ils m'ont battu jusqu'à ce que je perde conscience, et m'ont vendu à des marchands d'esclaves kraeliens. Tout ça pour ne pas avoir à me défier pour revendiquer le pouvoir si mon père ne survivait pas. J'ai l'intention de réclamer mon héritage et, pour ce faire, il me faut une *agacin* à mes côtés. Les Savatars reconnaissent la tanistrie comme loi de succession : la légitimité d'un successeur fondé sur sa victoire au combat. Si mon cousin n'était pas aussi lâche, il m'aurait défié pour obtenir le droit de diriger notre clan. Après ma disparition, il n'avait besoin que de l'approbation des *atamans* et des *agacins* du clan pour devenir *ataman*. Toutefois, si je reviens avec une *agacin* qui soutient mes revendications pour récupérer mon statut, ils seront forcés de m'autoriser à défier mon cousin, parce que Agna aura donné sa bénédiction. Je peux exiger le droit de me battre pour reprendre le pouvoir.

Elle s'écarta de lui et tourna la tête pour ne pas le voir.

— Je ne veux pas participer à cette lutte entre ton parent et toi.

D'un doigt sous le menton, il la força à le regarder.

— Aide-moi à regagner mon rang d'*ataman*, et je te jure sur les esprits de mes ancêtres que je te ramènerai à Beroe avant l'arrivée des esclavagistes au printemps prochain.

Tout son corps et son visage trahissaient son incrédulité.

— Et pourquoi tiendrais-tu parole une fois que tu auras obtenu ce que tu veux ?

— Parce que, en dépit de ce que tu as l'air de croire, j'ai de l'honneur.

Un rire acerbe accueillit cette déclaration. Qui se tut aussi vite qu'il avait surgi.

— Ai-je vraiment le choix ?

— Si tu veux revoir Beroe ? Non.

Elle secoua la tête.

— Pour une fois, tu es honnête. Ton cas n'est pas désespéré.

Il ravala un cri de joie. Il y avait une note d'acceptation dans sa voix.

— M'aideras-tu ?

— Attendu que je n'ai pas le choix, oui.

— Ai-je ta parole que tu n'essaieras plus de t'enfuir ?

— Absolument pas.

Il n'attendait pas de promesse, et sa réponse ne le surprit pas.

— Alors nous savons à quoi nous en tenir l'un et l'autre.

Il se réadossa au mur et sentit les violents battements de son cœur se calmer un peu.

— Tu es une femme courageuse, dit-il. Amère, mais courageuse.

Elle ne releva pas.

— Que feras-tu à ton cousin quand tu le reverras ?

Dix années de rage réprimée menacèrent d'exploser en lui. Il la repoussa, la renferma dans cet espace froid et mort qui l'avait maintenu si longtemps en vie.

— Je le tuerai, et j'embrocherai sa tête au bout d'une pique à l'entrée de ma tente.

Lorsqu'elle pencha la tête et haussa les épaules, il lui lança un coup d'œil interrogateur.

— Cela me paraît juste, dit-elle.

Cette fois-ci, Azarion ne prit pas la peine de dissimuler son sourire.

— Tu n'as peut-être pas l'air d'une Savatare, *agacin*, mais, parfois, tu réfléchis comme elles.

CHAPITRE 7

Voler des chevaux était plus facile que Gilene l'avait imaginé. Soit Azarion était aussi bon voleur que gladiateur, soit les sentinelles et les palefreniers ivres payés pour surveiller l'écurie et prendre soin des animaux avaient absorbé assez de vin et de bière pour noyer une armée. C'était peut-être les deux, car, à présent, elle quittait Wellspring Holt sur le dos d'une jument alezane qui ne lui appartenait pas, en direction d'un avenir inconnu.

Azarion chevauchait à côté d'elle sur une jument baie à boulets blancs. Tandis que Gilene devait user de toute sa concentration pour rester en selle sans tomber, lui montait avec aisance. Les Savatars étaient connus dans le monde entier pour être d'excellents cavaliers et, visiblement, dix années de combats dans la Fosse n'avaient pas suffi à lui faire perdre ce don.

Un baluchon contenant la nourriture volée plus tôt au marché, ainsi que les rations et les restes laissés par les palefreniers ivres, était attaché à l'arrière de sa selle. Le gladiateur était armé d'une arbalète, d'un carquois rempli de carreaux et de deux couteaux, qui avaient appartenu à l'une des sentinelles.

Gilene ne lui demanda pas si celle-ci était morte ou simplement inconsciente, et Azarion se garda bien d'aborder le sujet.

Toute la nuit, ils galopèrent vers le nord-est. À l'aube, ils avaient franchi les territoires couverts de forêts appartenant à Krael, avant d'émerger sur un terrain plus ouvert, où des arbres se dressaient, majestueusement solitaires ou regroupés en petits bosquets. Dans les vastes étendues, des herbes hautes frôlaient le ventre des juments qui galopaient vers la ligne lointaine des monts Gamir.

Azarion montra une succession de monticules qui s'étirait à l'est sous le soleil levant.

— Nous allons nous arrêter là et nous abriter dans l'un des tumulus pour reposer les chevaux et dormir pendant la journée.

— Encore une tombe ? grommela-t-elle. D'où te vient ce désir de dormir au milieu des morts ?

Elle se couvrit la bouche pour réprimer un bâillement. Elle était endolorie, irritable, et pas du tout prête à passer des heures dans un tombeau, en dépit de son envie de dormir.

— L'un de ces tumulus sera assez grand pour nous abriter même avec les montures. Nous serons au chaud, protégés du vent, avec un toit sur la tête.

Du menton, il indiqua le soleil.

— L'aube est rouge sang. Il va y avoir des orages. On pourra attendre qu'ils passent jusqu'à la nuit.

Son raisonnement était logique. Néanmoins, elle se rappelait qu'ils avaient une dispute similaire avant qu'ils franchissent la porte brisée de Midrigar. Comparé à ce qui rôdait là-bas, se retrouver au milieu d'une tempête déchaînée paraissait presque anodin.

Son expression avait dû trahir en partie ses réflexions, car Azarion rapprocha sa jument de la sienne.

— Ce sont de vieux tumulus, nettoyés de leurs esprits et de tout ce qui a de la valeur ici-bas. Ils ont été érigés pour honorer les morts, pas pour les emprisonner. Midrigar est une abomination. Les tumulus ne sont que des lieux de repos, surtout pour les morts… parfois pour les vivants.

— Les tumulus abritent parfois des esprits, rétorqua-t-elle.

— C'est vrai. Mais pas ceux-là. Une souris ou une colonie de chauves-souris, peut-être, si les pilleurs de tombes se sont ménagé une entrée par le toit.

La jeune femme se tut. Refermés sur les rênes, ses doigts lui paraissaient gelés, et les deux châles qu'Halani lui avait donnés au moment des adieux la protégeaient mal du froid. Elle était épuisée, loin de chez elle, au côté d'un inconnu qui la gardait auprès de lui pour un projet auquel elle ne voulait pas prendre part. Ils avaient fui une créature démoniaque au milieu d'une cité maudite et trouvé refuge chez des marchands ambulants vendant des produits d'origine douteuse. L'idée de dormir toute la journée dans un tumulus auprès des os des morts ne lui paraissait plus si étrange. Elle espérait seulement que sa crainte d'un esprit rôdeur ne se matérialiserait pas.

Azarion prit son silence pour accord et tira sur la bride de sa monture pour la remettre en route. Ils étaient parvenus au sommet d'une colline, au moment où le bas du soleil se détachait de l'horizon pour répandre sa lumière matinale sur une marée d'herbes hautes à plumet pâle. la sorcière poussa une exclamation.

— Avons-nous atteint la Stara Dragana ?

Azarion lui accorda un coup d'œil, mais son attention restait concentrée sur les tumulus.

— Sa frontière ouest. Cette portion appartient aux Nunaris, vassaux de l'Empire. La ville d'Uzatsii se trouve à environ une lieue d'ici.

Les herbes s'écartaient sur un sentier de berger menant aux trois collines couvertes d'un tapis de verdure printanière. Conçue de la main de l'homme, et non par la nature, celle du milieu formait le tumulus le plus vaste. Dans un mur de pierres, une ouverture rectangulaire avait été ouverte. Une stèle haute comme deux hommes montait la garde à sa droite et, lorsque Gilene s'approcha, elle distingua des pictogrammes sculptés dans la pierre. Obscurs, énigmatiques, ils décoraient la stèle de haut en bas. Elle ne pouvait que deviner leur signification, et pria pour qu'il ne s'agisse pas de malédictions destinées à repousser les intrus.

Azarion arrêta son cheval devant la stèle et lui fit signe de faire de même. Il descendit pour y regarder de plus près. Gilene patienta un moment en silence, avant que la curiosité l'emporte.

— Qu'est-ce que ça dit ?

Du doigt, il frôla les contours des gravures.

— Ça raconte une histoire. Il s'agit du plus récent tumulus des trois, érigé pour un chef nunari appelé Gisrin, et pour sa famille. D'après les inscriptions, c'était un grand guerrier qui a abattu un millier d'hommes et engendré vingt-sept fils avec cinq épouses.

Il sourit en entendant Gilene grogner.

— Gardien des troupeaux les plus rapides – béni par Agna, la Grande Jument.

Gilene s'agita sur sa selle.

— Tout ça est très impressionnant, mais est-ce qu'il maudit quiconque entrerait dans son tumulus ?

Elle voulait se soustraire au froid, mais elle n'était pas prête à affronter un esprit défendant une tombe pour ça.

Azarion opina.

— Oui. D'après la pierre, si nous entrons, nous deviendrons chauves, nous serons couverts d'abcès et nos pénis tomberont.

Ses prunelles se mirent à pétiller d'amusement.

— Non que ce dernier point doive t'inquiéter.

Un rire manqua lui échapper. Elle le déguisa en toux, refusant de laisser son ravisseur penser que sa remarque l'avait amusée. Ils restaient des ennemis, liés par une trêve de raison. Les amis riaient ensemble. Azarion et elle n'étaient pas amis.

— Viens, dit-il en lui faisant signe de descendre de sa monture. Guide ton cheval derrière le mien. Ce tumulus est imposant, le plafond sera assez haut pour que les chevaux puissent y entrer.

Il flatta l'encolure de sa jument et jeta un coup d'œil ironique à sa compagne.

— Ces animaux ont de l'instinct. Le danger, ils le sentiront bien avant nous.

La sorcière opina. Épuisée par des heures de chevauchée, elle faillit tomber en mettant pied à terre, mais repoussa la main que lui tendait Azarion.

— Passe devant, fit-elle en prenant les rênes de sa jument.

Les animaux ne bronchèrent pas quand ils franchirent la haute entrée du tombeau. Assez large pour qu'elle entre au côté de sa jument, la porte était encadrée par des pierres entassées et des poteaux de bouleau solidement enfoncés dans la terre. Devant l'ouverture, un creux marquait l'endroit où on l'avait autrefois calé une pierre pour sceller l'entrée. Des restes de cailloux brisés étaient empilés à la base du monticule.

Une fois dans le tombeau, Gilene, qui s'attendait à une profonde, et fut stupéfaite de découvrir une chambre funéraire au haut plafond, éclairée en teintes de gris de plus en plus claires. La source de cette lumière anémique ? Un trou creusé près du sommet de la voûte, juste assez large permettre à un homme de passer. Les pilleurs de tombes avaient visité les lieux à de nombreuses reprises, entrant par le haut et par la porte.

Le claquement des sabots résonnait légèrement dans le tumulus alors qu'ils gagnaient le centre de la chambre. Gilene s'arrêta, et la jument l'imita tandis qu'elle sondait l'obscurité près des murs incurvés et des marches de terre tassée qui montaient jusqu'au toit, soutenus à intervalles réguliers par une charpente en bois de bouleau.

Les marches du bas ? Un désastreux mélange de poteries brisées, de couvertures pourries et de vestiges de harnachement. Parmi les détritus, Gilene aperçut des os humains et animaux. Certains squelettes étaient intacts, à demi enfouis dans l'ocre jaune et rouge. À côté, un crâne de cheval avec ses grandes orbites vides montait la garde. D'autres squelettes n'avaient pas eu autant de chance. En cherchant des objets de valeur, les pilleurs avaient mis à mal la posture soigneusement choisie par la famille pour ses défunts. Des crânes humains reposaient au milieu des côtes de mouton et des mâchoires de chien.

Gilene frissonna et s'appuya à sa jument. Elle se demanda ce que ce Gisrin mort depuis longtemps penserait d'une telle profanation. Elle espéra que, où que son esprit réside à présent, il avait depuis longtemps abandonné ces considérations matérielles. Le tumulus était un endroit macabre, mais il n'émanait pas de lui cette aura de malveillance suffocante qui drapait Midrigar. Ici, les ombres n'étaient que des ombres.

Azarion guida sa monture vers l'un des côtés du tumulus, dégageant d'un coup de pied les os et les tessons de poterie.

— Amène ta jument près de la mienne. Elles resteront tranquilles, et pourront paître ce soir avant de repartir.

Comme ils n'avaient que peu d'affaires, il ne leur fallut pas longtemps pour s'installer. Gilene nettoya avec soin les débris de l'endroit choisi pour dormir, murmurant des excuses aux fantômes qui se seraient attardés en ce lieu tandis qu'elle déposait les ossements sur la première marche.

Le gladiateur utilisa les épaisses couvertures des chevaux en guise de paillasse et les plaça côte à côte. Il soupira devant l'air consterné de sa compagne.

— J'ai eu plein d'occasions de soulever tes jupes, *agacin*. Tu les as même soulevées pour moi dans ma cellule.

Elle rougit à cette évocation.

— Si j'avais voulu te culbuter, ce serait déjà fait. Tout ce que je veux, c'est me reposer au chaud. Je sais que toi aussi. Dormir est la meilleure façon d'y parvenir.

Le souvenir de la chaleur corporelle d'Azarion l'influença certainement. En dépit de ses efforts pour ne pas s'endormir et maintenir de la distance entre eux quand ils partageaient un lit dans le camp des marchands, elle se réveillait le matin blottie sous des couvertures d'emprunt et calée contre le torse et l'abdomen de son compagnon, son bras lourd passé autour de sa taille. Il ne dormait que d'un œil et, dès qu'il la sentait s'éveiller, s'écartait pour se glisser hors des couvertures et rejoindre le feu commun allumé par l'un des marchands. Elle avait été plus lente à le suivre, heureuse d'absorber la chaleur agréable et, l'espace de quelques instants, de faire comme si elle sa femme et non sa captive.

Leur situation était désormais bien plus modeste : des tapis de selle en guise de literie et ses châles pour repousser la fraîcheur. Les murs de terre du tumulus les protégeaient en partie du froid et du vent, mais un courant d'air s'insinuait toujours par l'entrée ou par le trou du toit en sifflant. Les affirmations du gladiateur concernant son désintérêt pour elle étaient à la fois un réconfort et, bizarrement, une insulte.

Gilene choisit de ne pas réfléchir trop longtemps sur ce dernier point et se glissa sur la paillasse de fortune pour se coucher sur le flanc, dos tourné à son compagnon. Son estomac gronda. Elle avait faim, mais elle était fatiguée, aussi. Intérieurement, elle ordonna à son ventre de se calmer.

Azarion l'enveloppa et la cala contre lui. La jeune femme réprima un grognement. Cette chaleur était bienvenue, mais elle ne se détendit pas. Déjà, ses paupières pesaient plus lourd que des pierres. Le bruit des juments tout près l'apaisait comme une berceuse, et son coros se détendit, s'enfonçant davantage dans l'épais tapis de selle.

La voix grave d'Azarion la ranima un peu.

— Le soleil réchauffera bientôt le tumulus. Je ne vais pas allumer de feu. Tout le monde pourrait voir la fumée monter du sommet à des lieues à la ronde.

Elle resserra les mains autour de ses châles et les cala sous son menton.

— Crois-tu que l'Empire te traquerait si loin ?

Contre son dos, il haussa les épaules.

— Estiment-ils que je vaux le prix mis sur ma tête ? Je n'en sais rien. L'Empire n'enverra peut-être pas ses soldats si loin dans la steppe juste pour moi, mais les Nunaris, eux, n'hésitent pas à capturer des étrangers et à les revendre comme esclaves. C'est à eux que mon cousin m'a vendu, et c'est à Uzatsii que j'ai été mis aux enchères.

Sa torpeur avait disparu. Elle se retourna.

— S'ils nous attrapent, ils nous vendront tous les deux.

Cette perspective la fit frissonner. Son sort était déjà sombre, son destin, scellé à l'instant où sa magie s'était manifestée, mais elle n'avait jamais souffert l'humiliation d'une vente aux enchères, ou l'infamie de l'esclavage.

Azarion battit des cils.

— Ou ils te garderont si l'un de leurs guerriers se prend d'affection pour toi.

Cela la fit trembler davantage, et il serra plus fort le bras autour de sa taille pour la calmer. Elle imaginait la Stara Dragana, ses étendues plates tapissées d'herbes à plumet, et ses rares bouquets d'arbres rabougris ondoyant jusqu'aux lointaines montagnes de l'Est.

— Tant d'espace ouvert.

Elle parlait dans un souffle.

— Et aucune cachette.

— Il existe d'autres cités de tumulus comme celle-ci sur le chemin, disposées en ligne ; elles forment comme une route. Pour l'essentiel, les gens évitent les maisons des morts, ils les considèrent comme sacrées. Nous continuerons à agir comme nous le faisons : nous voyagerons de nuit et nous nous abriterons dans une tombe pendant la journée, jusqu'à atteindre le territoire savatar.

Derrière l'épaule d'Azarion, Gilene avisa les murs échelonnés, avec leurs squelettes et leurs objets funéraires. Des os entassés, comme de la balle de grain sur une aire de battage.

— Jamais je n'aurais imaginé compter autant sur les morts pour ma sécurité.

Elle reprit sa position initiale, s'interrogeant sur les caprices du destin qui l'avaient placée ici, dans une tombe, au côté d'un homme à la fois brutal et doux, désespéré et pourtant inébranlable.

Visiblement, il n'avait rien à lui rétorquer, ou il s'était endormi. Gilene ne se retourna pas pour s'en assurer, et choisit plutôt de se couvrir la tête de ses châles pour se réchauffer les oreilles. Derrière elle, Azarion était large, chaud comme un feu de cheminée. Sa magie lui manqua. Elle reviendrait avec le temps – elle revenait toujours, cette chose maudite pour elle, et qu'Azarion qualifiait de bénédiction.

Elle dormit et rêva, non de l'Empire, mais de sa sœur qui se tenait à son côté pendant qu'elles faisaient bouillir l'ortie longue dans des chaudrons de cuivre pour en extraire la teinture verte que Beroe vendait à la Guilde des Marchands, laquelle la troquait sur le Serpent d'Or ou l'envoyait par bateau depuis Manoret. Ilada dit quelque chose que Gilene n'entendit pas et se mit à rire, agitant ses mains tachées de vert pour souligner son propos. Soudain, des esclavagistes kraeliens apparurent derrière elle pour la menotter. Gilene cria et s'agrippa aux jupes de sa sœur, tirant sans cesse – en vain. Elle appela Ilada, et celle-ci se retourna, les yeux écarquillés, mais l'air calme.

— C'est mon destin de brûler, Gilene, dit-elle avant de partir avec les marchands d'esclaves vers un soleil d'un rouge sang aveuglant.

Gilene se réveilla en sursaut, avec un cri étranglé. Elle cligna des yeux, avisant les chevaux, les marches circulaires et les ossements. Tant d'ossements ! Quelque chose pesait sur sa hanche, et elle baissa les yeux pour découvrir une main brunie par le soleil plaquée contre son abdomen. Elle tenta de se dégager, sans succès.

— Chut, *agacin*. Ne bouge pas. Ne fais pas de bruit. Il peut y avoir quelqu'un dehors.

Azarion. Toujours présent, à côté d'elle. Azarion et son implacable détermination. Il l'emmenait toujours plus loin de son village. Toujours plus loin d'Ilada et toutes les autres femmes de Beroe.

— J'aimerais tant être chez moi, murmura-t-elle.

Elle le sentit remuer ses longues jambes, puis presser son visage contre sa tête.

— Nous sommes trop loin de ton village pour simplement te renvoyer à l'ouest, sur ton cheval. Tu te ferais prendre par les Nunaris en un rien de temps.

Elle renifla.

— Tu vas causer la mort de quelqu'un que j'aime.

Il se crispa derrière elle, et son ton redevint inflexible.

— J'ai causé la mort de beaucoup de gens que d'autres aimaient, *agacin*. Je peux en endosser une de plus.

Gilene ferma les yeux et se força à refouler les larmes, revoyant Ilada et ses traits étrangement calmes tandis que les marchands d'esclaves l'emmenaient brûler comme Fleur du Printemps.

Ce qui restait de son sommeil quand elle avait ouvert les paupières fut réduit en cendres par la colère qui bouillonnait dans ses veines. Elle se trouvait dans une très mauvaise passe, avec un espoir étique, fondé sur une promesse faite par un homme en qui elle n'avait pas confiance. Seule dans la steppe, elle serait bien plus exposée aux multiples dangers. Pour le moment, son meilleur espoir de regagner Beroe résidait dans son ravisseur.

Ni l'un ni l'autre ne parla quand ils abandonnèrent leur lit, lui pour quitter le tumulus et en explorer les abords immédiats, elle pour répondre aux besoins de son corps. Sa jument la salua d'un hennissement au passage, et Gilene s'arrêta le temps de flatter l'encolure des deux animaux. La lumière du jour déclinant qui se déversait par le trou du toit leur dorait la croupe. Non loin de là, une flaque d'eau de pluie s'était créée dans un creux du sol de terre battue, nourrie par d'innombrables averses.

Azarion lui avait dit qu'ils auraient de la pluie dans la journée, et sa prédiction s'était révélée juste. Elle avait dormi si profondément qu'elle n'avait pas entendu l'orage passer, bien que l'air du tumulus soit plus frais.

Elle était en train de disposer leurs maigres provisions lorsque Azarion revint. Son beau visage était encore plus sombre que d'habitude.

— Des feux de camp à l'ouest. Probablement une patrouille nunarie ou un groupe d'éclaireurs.

La sensation de faim qui lui creusait l'estomac fit place à un sentiment de peur.

— Tu en es sûr ?

Il secoua la tête quand elle lui tendit une pomme.

— Suffisamment pour que nous ne nous attardions pas. Mange et fais les bagages. Je vais sortir les chevaux pour qu'ils paissent rapidement. Je voulais partir au crépuscule, mais ce feu de camp change les choses. Il y a un autre groupe de tumulus pas loin d'ici. Nous allons chevaucher vite et nous y cacher.

Elle se leva, son appétit disparu.

— Et s'ils nous cherchent ?

La nourriture fut rangée dans la besace, et elle examina l'endroit où ils avaient dormi pour s'assurer qu'il ne restait nulle trace de leur présence.

Azarion jeta les couvertures sur le dos des juments, sangla les selles et attacha les têtières.

— C'est probablement le cas. La pluie a brouillé ou effacé nos traces, ce qui est une bonne chose, mais les Nunaris sont de bons pisteurs.

Elle le suivit quand il guida les chevaux hors du tumulus. Le soleil de fin d'après-midi baignait la steppe d'une lumière dorée, et le vent était fort et mordant. En silence, Azarion désigna l'ouest. Gilene repéra de la fumée ainsi que la lueur lointaine de feux de camp.

— Es-tu certain qu'on devrait attendre que les juments paissent ? demanda-t-elle dans un murmure.

Il attacha à sa selle la besace qu'elle lui tendait tandis que les animaux se penchaient pour brouter l'armoise argentée poussant au milieu des herbes hautes.

— Nous n'avons guère le choix. Elles renâcleront tout du long si elles ont trop faim. À la façon dont tu montes, je vois bien que tu n'as pas l'habitude d'être en selle. Une lutte entre la jument et toi ? C'est la jument qui gagne. Laisse-la manger. Nous rattraperons ce temps une fois en route.

À l'est, elle ne vit rien d'autre que la steppe, encore et toujours, parsemée de quelques arbres. Quel que soit le tumulus vers lequel ils allaient se diriger, elle ne le distinguait pas.

Azarion se pencha par-dessus son épaule et indiqua l'un des plus importants bosquets.

— Là-bas, derrière ces arbres, se trouve le groupe de tumulus. Prie pour que les Nunaris ne nous pistent pas jusque-là.

Gilene ne priait jamais.

— Je croyais que tu avais dit que la plupart des gens évitaient les tombes.

Il eut l'un de ces gestes de désinvolture qu'elle trouvait si agaçants.

— Ces hommes ont un but. Ils les exploreront.

Elle frissonna.

— Dehors, nous sommes des cibles. Dans les tumulus nous sommes des prisonniers.

Il opina.

— Oui, mais ils ne nous trouveront pas désarmés.

Il tapota les deux couteaux attachés à sa ceinture et leva son arbalète.

— Cela ferait de bons cadeaux pour les Savatars, et les rendrait plus enclins à nous accueillir.

— Tu veux dire qu'il y a un risque qu'ils n'accueillent pas à bras ouverts et avec joie un fils disparu depuis longtemps ?

L'ombre d'un sourire passa sur les lèvres du gladiateur, mais si son regard demeura sombre alors qu'il surveillait les feux.

— Tu as la langue bien acérée.

— Je suis surprise que tu ne l'aies pas encore coupée.

L'expression d'Azarion devint plus sévère. Il prit les rênes et fit sortir les juments de leur pâture par des claquements de dents.

— Tu es en sécurité avec moi, *agacin*.

Elle le laissa la hisser en selle. Ses cuisses protestèrent de douleur, mais elle serra les dents. Les rênes étaient lourdes dans ses mains, l'allure de sa jument impitoyable tandis qu'ils galopaient vers le prochain tumulus.

Plus loin de chez elle à chaque claquement de sabots.

CHAPITRE 8

Ils galopèrent toute la nuit, laissant se reposer les chevaux lors de brèves périodes de trot. Par endroits, le terrain était un vrai bourbier, que la pluie abondante de la journée avait rendu spongieux, et ils se frayaient alors un chemin à un train d'escargot pour trouver un emplacement plus sec. Azarion ne lâcha pas un instant Gilene du regard. Il avait vu la peur dans ses yeux lorsqu'ils avaient remballé leurs affaires avant de partir. Cette expression trahissait davantage que la crainte des Nunaris : elle s'était réveillée en larmes, appelant quelqu'un avec angoisse. Un rêve funeste l'avait secouée.

La culpabilité qui l'aiguillonnait depuis leur fuite de Midrigar le laissait à présent en paix. Il comprenait sa fureur, sa résistance, et même sa haine. Elle l'avait aidé quand il en avait le plus besoin, même si elle avait agi sous la contrainte. On ne remboursait pas quelqu'un qui vous avait sauvé la vie en l'enlevant, mais ce n'était pas parce qu'il avait fui la Fosse qu'il n'avait plus besoin d'elle. C'était même tout le contraire, et tant qu'il pourrait l'empêcher de lui échapper ou de lui planter une dague dans le dos, il composerait avec son hostilité.

Pour le moment, elle était avachie sur sa selle, les rênes en mains, aussi épuisée et à bout de nerfs que lui. Il n'avait pas plus confiance en elle qu'elle en lui, mais il l'admirait. Elle était persévérante ; elle planifiait et négociait sans relâche, quelles que soient les circonstances. Elle était peut-être calme, mais elle n'était pas encore conquise. Du peu qu'il connaissait de son caractère, il soupçonnait qu'elle ne le serait jamais.

L'obscurité se retirait lentement de la steppe quand ils atteignirent les arbres entremêlés dissimulant d'autres tumulus. Ils s'arrêtèrent le temps d'abreuver les chevaux et de remplir leur gourde à un torrent créé par la pluie qui avait ruisselé dans le petit bois. D'une main, Azarion tenait les rênes de son cheval, de l'autre, l'arbalète chargée. Pour l'heure, les seuls bruits qu'il entendait étaient les pépiements d'oiseaux et le froissement de petites créatures qui se réveillaient et partaient chercher leur pitance du jour.

Ces tombes étaient plus petites que celles qu'ils avaient quittées, mais il y en avait sept au lieu de trois, disposées en arc de cercle. Chacune était desservie par un sentier de terre tassée menant à une porte basse. Au centre du demi-cercle se trouvait un autel en ruines aux pierres noircies – ultimes vestiges des offrandes brûlées.

Ils attachèrent les juments dans une pâture étroite, entre deux tombeaux. Les accès étaient trop bas pour que les montures puissent entrer, et même eux seraient contraints de s'accroupir pour ne pas se cogner aux linteaux de bois.

Laisser les chevaux dehors posait de nombreux problèmes, mais il n'y avait rien à y faire. Si les Nunaris les découvraient, ils devraient entrer dans le tumulus à genoux, un par un. Le défendre serait aisé… tant que personne ne passait par le toit ou ne tentait de les enfumer.

La tombe que le gladiateur choisit pour Gilene était bâtie sur le même modèle que celle qu'ils avaient quittée. Sur le seuil, la sorcière tergiversa, se penchant à contrecœur pour jeter un coup d'œil à l'intérieur.

— Tu es certain que c'est sans risque ? Et si un esprit se cache là-dedans ? Ce n'est pas parce qu'il n'y en avait pas dans le précédent…

Elle avait raison. Il dégaina ses couteaux, et la dépassa en deux enjambées. Dans son dos, il l'entendit inspirer avec force tandis qu'il se courbait pour pénétrer dans le tumulus obscur.

Sa mère chamane leur avait enseigné, à sa sœur et lui, la valeur des cercles de protection contre les démons et l'efficacité du fer contre les esprits. Si l'un d'entre eux traînait par ici, il le saurait bien vite, et lui ferait passer l'envie de les attaquer.

L'agacement tendit les traits pâles de Gilene quand il émergea.

— C'est vide, annonça-t-il allègrement. Tu peux entrer.

— Inutile de me flanquer une peur bleue pour prouver que tu as raison, rétorqua-t-elle d'un ton sec.

Azarion pencha la tête, surpris. Avait-elle eu peur pour lui… ou en général ? La première hypothèse lui semblait frivole. Il haussa les épaules.

— Tu n'en aurais pas exigé moins de ma part. Viens. Entrons.

Ils déposèrent leurs maigres effets à l'intérieur, juste à côté de la porte, hors de vue de quiconque jetterait un coup d'œil dans le tombeau. Il y avait assez d'animaux sauvages sur ces terres – marmottes, écureuils terrestres – pour qu'il en attrape un facilement, mais il n'osait pas allumer de feu pour se réchauffer, et encore moins pour rôtir de la viande ou faire bouillir de l'eau dans l'un des pots d'argile encore intacts, disposés près de leurs défunts propriétaires. Ils devraient faire avec les rations de voyage qu'il avait volées. Son estomac gronda, et le ventre de Gilene l'imita lorsqu'elle vint se placer à son côté devant l'entrée du tumulus.

Azarion sortit une pomme de l'un des sacs, la coupa en deux pour qu'ils la partagent, lui passa la gourde d'eau froide.

— Mange et bois à satiété. Ce n'est pas grand-chose, mais nous ne pouvons pas faire mieux. La fumée est un signal, ainsi que tu l'as constaté quand nous avons repéré les Nunaris.

Pendant quelques instants, elle grignota pensivement sa demi-pomme.

— Crois-tu qu'ils nous retrouveront ?

— Difficile à dire. Nous avons parcouru une bonne distance depuis hier soir, et il est encore bien tôt. Ceux dont nous avons vu les feux commencent tout juste à lever le camp et à s'occuper de leurs montures.

— Et nos chevaux ? Leurs empreintes sont faciles à suivre, non ?

Ses yeux aux paupières alourdies de sommeil brillaient d'inquiétude.

— Il y a beaucoup de troupeaux par ici, tout comme en territoire savatar. Pas un recoin de cette steppe qui n'ait été piétiné par un cheval, avec ou sans cavalier. Si les Nunaris me cherchent, ils traquent un homme seul. Deux pistes jumelles les déconcerteront un peu, même si cela ne les arrêtera pas.

Il avala sa ration en vitesse. Son estomac grondait toujours, même si ses crampes d'estomac n'étaient plus aussi vives. Dès qu'ils seraient plus près des terres savatares, il attraperait du gibier et les rassasierait tous les deux. Sa compagne finit son repas, but à la gourde et s'assit tout près de l'entrée. Elle appuya la tête contre la paroi et ferma les yeux.

— Je ne pensais pas que les marchands me manqueraient autant, dit-elle. Halani et Asil avaient une roulotte bien confortable.

Azarion s'esclaffa.

— Même si je suis certain qu'il me détrousserait et m'étriperait à la moindre occasion, Hamod veille sur les siens.

Il se retourna pour observer l'intérieur du tumulus.

— Je les soupçonne de connaître la valeur de chaque objet funéraire encore présent ici.

Gilene sourcilla.

— Crois-tu qu'ils soient aussi pilleurs de tombes ?

— Je ne crois pas, je le sais. Les perles de bois et les poteries ne rapportent pas grand-chose sur les marchés – pas assez, du moins, pour qu'affronter un esprit en colère vaille la peine. Les marchands ont l'œil pour les objets funéraires qui rapportent beaucoup d'argent.

La jeune femme avait pris un air songeur.

— Je les trouvais étonnamment prospères, pour des marchands privés du soutien de la Guilde.

— Tout le monde sait que les marchands libres sont des crève-la-faim. Sans la Guilde, ils ne peuvent pas conclure la moindre affaire sur le Serpent et, pour vendre, il faut des marchandises. Pour qui sait bien négocier, le tombeau d'un homme riche peut rapporter de quoi nourrir une caravane pendant un mois.

— C'est logique. Hamod et sa compagnie étaient bien nourris, leurs chariots et leur bétail en bon état et en bonne santé. Une bande de marchands affamés n'aurait pas eu les moyens de nous aider, même s'ils l'avaient voulu.

— Tu désapprouves ?

Il la savait aigrie. Apparemment, elle était aussi prompte à juger les gens. Elle soupira.

— Non, dit-elle.

Sa réponse le surprit.

— On fait ce qu'il faut pour survivre, et les morts ne se soucient plus de ces choses-là. Est-ce si grave, si l'épouse d'un chef de clan morte depuis longtemps n'a plus ses boucles d'oreilles préférées ?

Il réprima un sourire ; il ne voulait pas qu'elle pense qu'il se moquait d'elle.

— Ce nouveau tumulus que nous avons aperçu pendant que nous campions avec Hamod et sa caravane… demanda-t-elle. Crois-tu qu'ils l'aient pillé ?

Le souvenir de l'expression avare d'Hamod et de celle, renfrognée, d'Halani, lui revint. Il y avait eu des échanges à voix basse et des rendez-vous dans l'obscurité – l'éclat terni de la lune sur une pelle en métal…

— Je parierais un bon cheval dessus, répondit-il.

— C'est étrange.

Azarion prit un air interrogatif, et elle s'expliqua :

— Je me rappelle le visage d'Halani quand nous avons vu la tombe. Elle semblait éprouver la même chose que moi lorsque les marchands d'esclaves viennent réclamer le tribut de Beroe.

Il ne lui demanda pas de détails. C'était inutile. « J'en fais déjà bien assez », lui avait-elle dit dans sa cellule, d'une voix pleine d'acrimonie. Que répondre à cela ?

— As-tu encore mal au dos ? À la jambe ?

Gilena plaqua une paume sur sa cuisse, avec un air de soulagement mêlé d'admiration.

— Je me remets encore du prix de l'usage de la magie, mais jamais je ne me suis rétablie aussi vite. Les dons de guérisseuse d'Halani sont supérieurs à beaucoup.

Elle jeta un coup d'œil au flanc d'Azarion.

— Je vois qu'ils ont été efficaces sur toi aussi. Ces côtes fêlées devraient encore te faire souffrir.

Le cataplasme qu'Halani avait appliqué sur son sternum n'était censé agir que sur les hématomes, pourtant son pouvoir était allé plus loin que la peau et les muscles endoloris. Il aurait juré avoir senti ses os se ressouder. Et Gilene avait raison. Il aurait dû encore souffrir le martyre à chaque inspiration. Chevaucher aurait dû être une torture et dormir sur le dos une gageure. Or seul un tiraillement lui rappelait désormais ses blessures.

— Je connais mal les guérisseurs et leurs façons d'opérer, reprit-il. Mais cette marchande connaît son affaire. Si Hamod décidait de cesser de piller des tombes et de mettre un terme à ses autres activités, il pourrait vendre les onguents de sa nièce et nourrir tous les siens.

Le silence retomba entre eux, et Azarion tourna son attention vers la steppe, guettant le martèlement des sabots. Pour le moment, les seuls bruits étaient le murmure de l'herbe courbée par le vent, et le bourdonnement plein de vie des insectes, parfois interrompu par un chant d'oiseau.

— Explique-moi une chose, demanda Gilene. L'impératrice est connue dans tout l'Empire pour sa cruauté, mais tu étais un esclave de prix. Hanimus a dit que tu étais celui qu'elle préférait, alors pourquoi t'infliger de tels châtiments ?

La question de la jeune femme, posée d'un ton adouci par la compassion, lui noua les tripes.

Au fil des ans, Dalvila avait fait bien plus que rosser Azarion. Il avait subi les pires dégradations. Le carnage dans la Fosse, avec sa foule assoiffée de sang réclamant toujours à grands cris davantage de massacres, était doux comparé à la brutalité de la femme que tout l'Empire craignait. Les six dernières années de sa captivité avaient été les plus éprouvantes, et c'est à l'impératrice qu'il devait cette horreur. La seule chose qui l'avait retenu de la tuer, pendant tout ce temps, était sa détermination absolue à recouvrer sa liberté. La tuer signifiait mourir lui-même, et il n'était pas prêt à mourir. Pas encore.

— L'impératrice aime la souffrance, répondit-il lentement sans se détourner de la steppe baignée de soleil. Parfois, la souffrance de ceux avec lesquels elle couche, et parfois la sienne propre. Mais, par-dessus tout, elle aime l'humiliation, le risque, la mort et le sang.

Il coula un regard vers Gilene. La chambre funéraire était trop sombre pour déceler les subtilités de son expression, mais Azarion crut apercevoir un soupçon de compassion dans ses prunelles.

— Elle n'est pas si différente de ses sujets, dans ce cas.

Il renifla, amusé par cette remarque pince-sans-rire. Elle voyait certainement les choses sous cet angle parce qu'elle avait survécu aux Rites du Printemps.

— Non, en effet.

— Tu dois la haïr.

Étrangement, le terme paraissait trop faible pour ce qu'il éprouvait à l'égard de l'impératrice.

— Tout à fait.

— Je les hais tous, moi. Si l'Empire krael était balayé de la surface de cette terre, je ne verserais pas une larme.

Comment le lui reprocher ? Comme le jour déclinait, Gilene s'affaissa sur le côté, les yeux clos, la bouche à demi ouverte pour laisser échapper un léger ronflement.

Azarion l'observa un moment et nota la peau lisse, la courbe de sa pommette, la forme de sa bouche. Adoucis par le sommeil, ses traits perdaient l'amertume pincée qui y semblait gravée lorsqu'elle était réveillée. Elle était mince, avec de longues jambes, des courbes à peine marquées et des cicatrices mémorables. Une volonté que l'Empire n'avait pas encore brisée, aussi, et qui resterait sans doute à jamais indomptée.

Il la laissa dans le tumulus pour aller voir les chevaux et surveiller la nécropole. Pour l'instant, il n'avait rien entendu, mais il avait saisi une odeur ténue de fumée. Le temps était trop humide et la saison trop peu avancée, pour qu'il s'agisse d'un feu de prairie. Un feu de camp, donc. Si les Nunaris restaient où ils étaient, ils devraient prendre une décision. Quitter le tombeau à la nuit tombée, au risque d'être vus ou entendus, ou rester ici un jour de plus, quitte à perdre l'avantage de la distance précédemment gagnée. Aucune de ces options ne lui plaisait.

L'*agacin* dormait encore quand il revint monter la garde à la porte, et il prit un moment pour l'allonger sur le flanc et draper son dos dans l'un de ses châles. Le soleil qui cognait sur le seuil et les heures sans sommeil lui donnaient envie de dormir. Il songea à son foyer, à sa famille. Aux troupeaux de chevaux qui s'égaillaient à perte de vue, aux femmes savatares vêtues de leurs longues tuniques et de leurs pantalons bouffants qui dansaient au son de la flûte et de la guimbarde. Il était si près du Ciel d'en Bas, désormais, qu'il pouvait presque en goûter la saveur sur sa langue.

À la tombée de la nuit, une vibration monta du sol pour lui picoter les pieds au travers de ses chaussures, bientôt rejointe par des claquements de sabots et des éclats de voix lointains.

Gilene se redressa d'un bond lorsqu'il lui secoua l'épaule. Il posa un doigt sur les lèvres. Dans l'obscurité, le blanc de ses yeux brillait comme des croissants de lune.

— Chut, murmura-t-il. Debout. Ils arrivent.

Elle se leva en hâte et ramassa son châle pour le lancer au pied du mur adjacent, où le reste de leur équipement était dissimulé. Azarion la rejoignit de l'autre côté et la cala contre lui. Pour les voir, leurs visiteurs devraient pénétrer dans le tombeau, et non pas seulement s'accroupir sur le seuil.

Les voix devenaient plus fortes, les bruits de sabots aussi. Le gladiateur tira son long couteau du fourreau et attendit.

Bien qu'il ne puisse voir les cavaliers depuis sa cachette dans la tombe, il entendait leurs voix. Trois intonations différentes. Peut-être y avait-il d'autres hommes silencieux, mais si la chance était de leur côté, il n'aurait qu'un trio à affronter.

Les voix changèrent et montèrent dans les aigus d'excitation lorsque les Nunaris découvrirent les deux juments attachées entre les tumulus. Un inquiétant silence s'ensuivit. À présent, ils étaient en chasse.

Azarion imagina la scène : une lente et précautionneuse descente de cheval, des signaux silencieux pour communiquer ordres et instructions… Si c'était lui qui coordonnait la traque, il laisserait au moins un homme à l'extérieur, arc tendu et flèche encochée, au cas où la proie jaillirait du tombeau, prête à se battre.

Gilene et lui patientèrent dans l'obscurité, respirant à peine tandis que les Nunaris visitaient chaque tombe, gardant visiblement celle où ils s'étaient réfugiés pour la fin. Azarion prit ce temps pour repousser Gilene un peu plus loin de lui, ce qui lui laissait la place de se mouvoir. Tous ses sens étaient concentrés sur les bruits extérieurs : un pied posé avec soin, un hennissement, un frottement de tissu – leurs poursuivants se rapprochaient.

Le premier homme à entrer arriva par le côté où son ombre ne serait pas projetée sur les pierres empilées. Azarion sentit sa présence grâce à l'odeur âcre de sueur et d'oignon sauvage. Le nouveau venu s'attarda sur le seuil, assez près pour que ses yeux s'habituent à l'obscurité, assez loin pour reculer d'un bond si quelqu'un ou quelque chose tentait de se saisir de lui pour l'entraîner à l'intérieur.

Depuis la porte, une petite torche allumée fut jetée au centre du tumulus. Elle roula avant de s'immobiliser, ses flammes éclairant les niveaux inférieurs des plateformes funéraires et les trois murs voûtés d'en face. Dans leur cachette près de l'entrée, Gilene recula encore.

Épée dégainée, l'éclaireur franchit le seuil en rampant. La lueur de la torche se refléta sur la lame, ce qui permit au gladiateur de bien voir l'arme. L'homme venait d'entrer et se tournait vers droite, s'éloignant d'eux, quand Azarion l'attrapa par le dos de sa tunique, le tira dans le noir et lui trancha la gorge d'un coup net.

Il serra le corps qui tressautait tandis que du sang coulait à gros bouillon sur le torse de sa victime. Après quelques gargouillis, cette dernière s'effondra sur lui.

Azarion fit glisser doucement le Nunari au sol et dégagea le petit bouclier de son bras. Davantage rondache qu'aspis, celui-ci n'offrait guère de protection contre les flèches, mais pourrait servir lors d'un affrontement à l'épée.

Le gladiateur rengaina sa lame et récupéra le glaive dans la poussière, où il était tombé avec un bruit sourd.

Dehors, le silence persista jusqu'à ce qu'une autre personne approche de l'entrée, suivie d'une troisième, puis d'une quatrième. Azarion refit ses calculs. Soit l'archer aux aguets avait défié un ordre et avait rejoint ses compagnons près de la porte, soit les Nunaris qui fouillaient les tumulus étaient plus de trois.

Il avait tué le premier dans une embuscade. Il tuerait ceux-là au combat. Les trois pénétrèrent dans le tombeau, un à un, d'un pas prudent. Ils repérèrent le corps de leur camarade dès qu'ils se redressèrent.

Azarion surgit de l'obscurité, et ce fut le chaos. Les éclaireurs étaient de bons guerriers, mais ils n'étaient pas de taille face à un gladiateur de la Fosse.

Il élimina l'un des hommes d'un coup sous les côtes lui perçant le cœur, et il était en train d'en tuer un autre lorsqu'un hurlement retentit. Il se retourna, la lame trempée de sang, pour découvrir que le dernier à être entré titubait vers lui, une main plaquée sur son visage balafré. Azarion l'acheva rapidement, avant de se précipiter vers Gilene, paniqué.

Elle ne se trouvait plus dans la pénombre, mais au centre du tombeau, le poing fermé sur quelque chose qui faisait couler du sang entre ses doigts. Ses yeux écarquillés brillaient de terreur. Ils s'arrondirent encore, et elle laissa échapper un mot d'une voix haletante, indiquant d'un doigt tremblant une forme au fond du tumulus.

— Un esprit.

Son souffle se changea en buée dans la tombe soudain glaciale.

Azarion se retourna, et se retrouva face à face avec un visage tout droit sorti d'un cauchemar. Une chose tordue, mouchetée, descendait les marches de terre en rampant, dispersant les os et les objets funéraires sur son passage. Elle fonçait sur eux, sa bouche pleine de crocs ouverte comme un gouffre, tandis que s'échappait d'elle un hurlement surnaturel.

Azarion agrippa la jeune femme, et l'entraîna à toute allure vers l'entrée du tombeau. D'un bond, il franchit les quelques marches, soulevant l'*agacin* de terre. Il parvint à lever la rondache juste avant qu'une flèche ne frappe sa surface métallique, et rebondisse. Libéré du tumulus et de l'esprit hurleur, il lâcha le bras de Gilene et chargea l'archer solitaire qui tentait frénétiquement d'encocher une seconde flèche.

Azarion se jeta sur l'homme juste au moment où la flèche quittait l'arc. Les deux adversaires roulèrent dans l'herbe, enchevêtrés. Un coup de poing l'atteignit à la tempe, et sa vision se brouilla, avant qu'il réussisse à agripper son adversaire sous le menton et derrière la tête. Faisant contrepoids avec son corps, il brisa la nuque de l'éclaireur d'un coup sec. Il se releva immédiatement, craignant que la dernière flèche ait touché Gilene.

Celle-ci se tenait, indemne, près de l'endroit où le projectile s'était fiché en terre, tout près de son pied, et regardait l'esprit hurleur qui, depuis le seuil du tombeau, cherchait à les attraper. Autour de sa tête, sa chevelure formait un halo ébouriffé de mèches hirsutes et, dans son poing, elle serrait toujours l'objet qui lui couvrait les doigts de sang, laissant tomber parfois une goutte écarlate.

Lorsqu'il fut certain qu'elle allait bien et que l'esprit ne pouvait pas sortir du tumulus, le gladiateur fouilla rapidement le reste de la nécropole à la recherche d'autres ennemis. Seuls leurs chevaux demeuraient dans le périmètre, les oreilles plaquées en arrière, terrifiés par les cris du gardien funèbre.

La fureur du combat animait encore Azarion. Il secoua la tête pour s'en débarrasser. Il devait rester alerte, lucide. Ces Nunaris venaient du camp dont il avait repéré les feux. Les cinq éclaireurs étaient morts, mais cela signifiait que d'autres allaient bientôt se mettre à leur recherche.

Il retrouva l'*agacin* encore plus loin du tumulus, mais elle surveillait toujours l'esprit prisonnier du seuil. La créature soutenait son regard. Elle avait cessé de hurler et claquait à présent des mâchoires, avide de chair. Le regard effrayé de Gilene se fixa sur Azarion.

— Est-ce qu'elle peut…

Au son de sa voix, l'esprit poussa un gémissement affamé.

— Non. Son rôle est de protéger le tombeau et son caractère sacré.

L'expression de la jeune femme exprimait la stupéfaction.

— Son caractère sacré ? Cette tombe a été pillée à plusieurs reprises, et je suis certaine que d'autres que nous y ont dormi. Il n'y reste certainement rien de sacré.

Il avisa l'esprit, qui le regardait avec des yeux écarlates brûlants de malveillance.

— Différents actes sont susceptibles de réveiller les esprits. Parfois, c'est le pillage. Je crois que cette fois, c'était le sang versé. J'ai profané le tombeau quand j'y ai répandu le sang nunari.

Gilene le dévisagea un moment avant de se diriger vers l'archer mort. Elle s'agenouilla près de lui.

— Moi aussi, j'ai versé du sang là-dedans, dit-elle.

Elle se redressa et revint vers Azarion, ouvrant la main pour lui montrer ce qu'elle serrait dans son poing ensanglanté : un tesson de poterie. Ses bords noircis étaient, par endroits, aussi aiguisés qu'un couteau.

— Le dernier homme à entrer dans le tumulus m'a vue.

Elle tritura la surface du tesson et les lignes brisées des dessins gravés dans l'argile.

— Pour le moment, je suis captive. Je refuse de devenir esclave.

Azarion l'observa avec un respect nouveau. À un moment donné, durant leur séjour dans le tombeau, elle avait découvert le tesson, avait vu en lui une arme potentielle, et l'avait caché.

— Je t'ai sous-estimée, *agacin*. Tu es aussi dangereuse sans le feu qu'avec.

Elle lâcha le tesson et l'écarta d'un coup de pied avant de s'essuyer la main sur ses jupes.

— Si tu me répètes que c'est une bénédiction, je trouverai un moyen de te donner en pâture à cet esprit.

Il voulait bien la croire.

— Quand le feu reviendra-t-il ?

Elle haussa les épaules et, de sa main couverte de sang, remit une mèche égarée derrière son oreille.

— En général, cela prend des semaines, même si ce fut plus long après ma première fois.

Elle pencha la tête.

— Tu me crois, quand je te dis que je ne peux pas encore m'en servir ?

Il opina.

— Pourquoi ?

Gilene manipulait son pouvoir avec talent ; il l'avait constaté et, si elle avait encore quoi que ce soit à invoquer, cet instant lui en aurait fourni l'occasion parfaite.

Il la poussa vers l'endroit où leurs chevaux s'étaient blottis, au côté de ceux des Nunaris morts.

— Parce que si ton pouvoir était totalement revenu, tu serais juchée sur l'un de ces chevaux, en train de rentrer chez toi. Le tombeau était autant un piège qu'un refuge. Tu aurais pu nous y brûler, les hommes que j'ai tués et moi-même – et en sortir indemne.

Elle s'immobilisa, l'air sombre.

— Je n'aime pas être aussi prévisible. Je ne suis pas non plus une meurtrière.

S'il fallait en juger par le tesson de poterie et l'état du Nunari auquel elle s'était attaqué avec, elle était tout sauf prévisible.

— Tu n'es pas une meurtrière, mais tu es aussi déterminée que moi à survivre.

L'expression amère revint, ainsi que l'ombre du chagrin.

— Voilà principalement pourquoi je hais l'Empire, dit-elle : parce qu'ils ont fait de nous les gens que nous méprisons.

Le vent souleva ses jupes en lambeaux dévoilant ses longues jambes, et courba l'herbe à ses pieds. La lune nimbait sa chevelure d'argent et ces yeux noirs, si noirs, l'observaient, lugubres et désespérés.

CHAPITRE 9

Après cinq jours supplémentaires de chevauchée et des heures sans sommeil passées à guetter de nouveaux poursuivants éventuels, ils arrivèrent au sommet d'un coteau, qui dominait une prairie d'herbe à plumet courbée par le vent. Au loin, une ligne jaune orange scintillait.

Azarion la montra du doigt.

— C'est là que nous allons.

Gilene le dévisagea avec de petits yeux épuisés.

— Sauront-ils qui tu es à ton retour ?

Dix ans, c'était une longue séparation, et le garçon s'était mué en un homme que, pressentait-elle, aucun membre de son clan ne reconnaîtrait.

— Peut-être.

Il parlait à voix basse, pensif.

— Ou peut-être pas. Peu importe. Le Ciel d'en Bas est la terre de mon esprit. Ma place est ici.

Elle se détourna. Elle l'enviait, et elle enviait l'amour évident qu'il portait à sa terre. Gilene était née et avait grandi à Beroe. C'était le village dans lequel elle vivait, mais rien ne semblait l'y rattacher, exceptée obligation, héritée avec son histoire, de protéger les citoyens et, pardessus tout, sa famille. Son don pour la magie avait un coût, un coût terrible. Elle pouvait pleurer les femmes qui mouraient dans la Fosse chaque année, supporter une nuit avec un gladiateur dont la vie ne tenait qu'à un fil, elle pouvait persévérer, malgré la douleur qu'engendrait l'usage trop intense de son pouvoir magique. Mais savoir que Beroe attendait d'elle qu'elle transmette ses connaissances et son fardeau à une autre fille maudite par la magie du feu la tuait.

Azarion s'était libéré des entraves dont l'Empire l'avait accablé. Gilene avait beau avoir été l'une des nombreuses victimes de l'Empire, jamais elle n'avait été l'une de ses esclaves. Mais elle appartenait à Beroe, et les chaînes de la culpabilité l'entraveraient jusqu'à sa mort.

— Je te maudirai peut-être de m'avoir traînée ici, mais jamais je n'oublierai cet endroit chuchota-t-elle. Jamais je ne t'oublierai.

Elle croisa le regard de son compagnon et admira la façon dont le soleil levant le parait de couleurs matinales : le bronze et l'or, des traces de rouge vif, et les dernières notes d'un mauve nocturne. Ses yeux étincelaient d'un millier de secrets.

— Alors tu m'auras rendu immortel, *agacin*.

Il esquissa un sourire.

— Au moins pour un instant.

Ils continuèrent à se dévisager tandis que, sous ses côtes, l'estomac de Gilene faisait des bonds. Elle s'ébroua pour dissiper cette sensation et émit un claquement de langue pour remettre son cheval en route vers l'horizon lumineux.

— Allons-y. On dirait bien qu'il nous reste un jour de chevauchée encore, et j'en ai plus qu'assez d'être en selle.

Le paysage changeait, s'élevait progressivement. Les plumets des herbes hautes s'éclaircissaient, passant du grège au blanc de neige, et elles poussaient désormais en touffes éparpillées, au milieu d'une steppe d'armoise douce qui avait foncé, passant d'un vert argenté à un bleu cendré.

Le filet de lumière orange vers lequel ils avançaient s'élargit et s'aviva à mesure qu'ils se rapprochaient. Bientôt, Gilene poussa une exclamation, stupéfaite. Azarion s'avança à son côté, la dépassa un peu, et leurs montures s'immobilisèrent devant un colossal mur de flammes.

Il s'élevait haut, bien trop haut pour qu'un cheval puisse le franchir. Les flammes ne crépitaient pas ; elles rugissaient, montaient en ondulant comme si la terre elle-même avait capturé une tranche de soleil et l'avait arrimée au sol, où elle luttait et se tendait pour se libérer et retourner à son point d'origine.

— Le Voile de Feu.

En grandissant, Gilene avait entendu des contes sur le Voile ; jamais de sa vie elle n'aurait cru le voir de ses propres yeux. Si elle parvenait à rentrer un jour à Beroe, elle aurait une sacrée histoire à raconter à sa famille.

Dressé par des jeteurs de sorts nomades il y a plusieurs générations afin de protéger la Stara Dragana d'une invasion de l'Empire krael à l'ouest, le Voile de Feu offrait un pendant aux lointains monts Gamir de l'est, protégeant les clans savatars qui revendiquaient cette partie de la steppe.

Azarion contempla la muraille interminable et flambante qui s'étendait de chaque côté, aussi loin que portait le regard.

— De l'autre côté se trouve la terre des Savatars, le Ciel d'en Bas. Malgré tout son pouvoir, l'Empire n'a toujours pas trouvé comment abattre le Voile.

Une nuance de vénération tremblait dans sa voix.

Un désir ardent animait son visage. Gilene sentit son estomac se nouer. Si elle avait été son amie et non sa prisonnière, elle l'aurait félicité. Au lieu de quoi, elle reprit sa contemplation du Voile.

— Est-ce pour cela que vos sorcières du feu ont tant d'importance à vos yeux ? Sont-ce elles qui ont érigé et maintenu le Voile ?

Azarion esquissa un sourire en coin.

— C'est l'une des raisons, et elle est importante. Agna est la déesse du feu, de la naissance et de la mort, des chevaux. Nous l'appelons la Mère de Tout, la Grande Jument. Elle a offert le feu aux hommes pour qu'ils se réchauffent pendant l'hiver du monde.

Il l'examina, comme s'il craignait qu'elle se moque de lui. Elle n'en fit rien et, au bout d'un moment, il reprit.

— Les *agacins* sont sacrées pour les Savatars. Même si tu ne vénères pas Agna, tu es l'une de ses servantes.

— Et revendiquer l'appui de l'une de ces servantes te donne du pouvoir. Ne trouveront-ils rien à redire au fait que je sois ta captive ?

Le cheval d'Azarion, qui semblait craindre le Voile, même à cette distance, piétinait devant le sien. Le gladiateur secoua la tête, et sourit davantage.

— Mon peuple verra cela comme un sauvetage. Je nous ai libérés tous les deux des griffes de l'Empire.

Gilene sourcilla.

— Pas étonnant que tu aies juré de ne pas me faire de mal.

Elle ne savait rien des Savatars, mais la nature de ces croyances la soulageait, et l'importance qu'ils accordaient à leurs sorcières. Azarion refusait de la libérer, mais, jusqu'à présent, il ne l'avait pas blessée physiquement. Elle se toucha la joue. Pas exprès, en tout cas.

L'expression du gladiateur devint froide.

— Je vaux mieux que ceux qui se proclamaient mes maîtres.

Elle l'avait insulté ; elle en éprouva du regret. Oh, et puis quelle importance ? Il l'avait arrachée contre son gré à tout ce qu'elle connaissait et, bien qu'il ait promis de la ramener à Beroe, elle ne le croyait pas vraiment.

L'écho d'un martèlement de sabots la fit sursauter. Elle se retourna, prête à faire face à des cavaliers nunaris. Mais, derrière eux, la steppe était déserte.

Azarion, lui, scrutait avec intensité les flammes.

— Une patrouille savatare, dit-il. Ils longent le Voile. Krael ne peut le franchir avec ses armées, mais des espions et des traîtres peuvent passer.

Gilene observa le Voile, et discerna enfin les contours flous des cavaliers qui se dirigeaient vers eux.

— Le feu offre une barrière évidente, mais il peut être vaincu, n'est-ce pas ? Un mur protecteur, des chariots capables de résister assez longtemps aux flammes pour franchir le Voile et déposer des soldats kraeliens en territoire savatar…

— Ils ont essayé tout cela. Les chariots passent, mais une fois de l'autre côté les hommes qu'ils transportent sont transformés en combustible. Ces flammes n'ont pas été créées par un briquet et de l'amadou : il s'agit d'un feu divin, semblable à celui que tu lances. L'eau ne l'éteint pas, et quiconque le touche brûle instantanément, quelle que soit sa protection.

Elle déglutit et fit reculer encore sa monture. Gilene se savait insensible aux flammes créées par l'homme, et au feu qu'elle invoquait chaque année dans la Fosse, mais en allait-il de même ici ?

— Comment comptes-tu passer ? Comment comptes-tu faire passer ton cheval ?

De l'autre côté, les ombres des cavaliers se faisaient plus nettes à mesure qu'ils se rapprochaient du Voile.

Azarion les observa, le front plissé par la réflexion.

— Les *agacins* qui ont élevé le Voile ont compris le besoin de protéger sans piéger. Le feu laisse passer les animaux, de même que ceux qui portent la marque de la bénédiction d'Agna. *Je* suis marqué.

Il écarta le col de sa tunique pour lui montrer la petite étoile rayonnante gravée dans sa chair, juste sous la clavicule. Gilene l'avait déjà remarquée, dans sa cellule, lorsqu'elle l'avait aidé à bander ses côtes, mais elle l'avait prise pour une cicatrice. Azarion remit sa tunique en place.

— Pour son premier anniversaire, au jour où son nom lui est donné, chaque Savatar reçoit la marque d'Agna, appliquée par une *agacin,* afin d'être protégé du feu du Voile. Vu que tu es l'une de ses servantes, tu es déjà protégée du feu d'Agna par sa bénédiction. Tu n'as pas besoin de marque.

Il paraissait si convaincu.

— Et si ma sorcellerie ne vient pas d'Agna ? Je brûlerai dans ses flammes.

Il secoua la tête.

— Non.

Il manœuvra sa monture pour que les deux juments se trouvent côte à côte, et appuya sa jambe contre la sienne.

— Il faut me croire, *agacin*. Je ne peux pas te laisser de ce côté du Voile, et je ne peux rester ici non plus. Si j'avais cru tu allais brûler, j'aurais trouvé un autre moyen.

Encore une fois, un sourire brièvement sur ses lèvres.

— Réduite en cendres, tu ne me serais pas d'une grande utilité.

— Je traverse seule ou tu me portes ? Je n'ai pas d'alternative, n'est-ce pas ? Je peux mourir par le feu, quel que soit mon choix.

— Tu ne brûleras pas.

— Quelle foi en ta déesse et ses bénédictions… répondit-elle d'un ton méprisant.

Le Voile se mit simultanément à rugir et chuchoter – son feu crépita, ses flammes se firent aveuglantes.

— Je chevaucherai, dit-elle. Au moins, si je meurs, je le ferai en sachant que c'est moi qui l'ai choisi.

— Nous allons bander les yeux des juments et les guider. Elles renâcleront moins si elles ne voient pas les flammes.

— Et la patrouille de l'autre côté ? Est-ce que ces gens sont amicaux, ou est-ce qu'ils nous passeront par le fil de l'épée à l'instant où nous sortirons ?

Avoir survécu à la Fosse, à Midrigar, aux pisteurs nunaris et à un esprit enragé pour finalement mourir à la pointe d'une épée savatare ? Il y aurait eu de quoi rire si la situation n'était pas si effrayante.

— Tout dépendra de qui ils sont.

Azarion paraissait tout à fait détaché.

La sorcière ferma brièvement les yeux.

— Je vais mourir…

Ils préparèrent les chevaux, utilisant les châles de Gilene pour leur couvrir les yeux. Azarion garda en main les rênes des deux montures. Sans lâcher du regard les cavaliers qui patientaient de l'autre côté, la jeune femme se tenait près de lui.

Les yeux verts du gladiateur étincelaient. Son visage avait été bruni par le soleil. Excitation, triomphe, confiance… Toutes ces choses que Gilene n'éprouvait pas. Son estomac se contractait en une danse terrifiée, dont elle connaissait parfaitement les pas.

— Nous traverserons ensemble, *agacin*.

Elle se renfrogna.

— Si je meurs par ta faute, je te hanterai jusqu'à la fin de tes jours. Tu ne connaîtras pas la paix.

Il ne rit pas de sa menace : il lui offrit un bref salut de la tête et une expression solennelle.

— Voilà longtemps que je n'ai pas connu la paix.

Il indiqua le Voile.

— Viens. L'heure est venue.

CHAPITRE 10

Leur traversée du Voile s'effectua au ralenti, Azarion tenait les rênes de leurs deux montures d'une main. Gilene suivait, sa paume pressée contre le dos du gladiateur tandis que les flammes les avalaient. Il entendait son souffle saccadé. Elle passerait le Voile sans incident, il en était convaincu. Mais elle ne l'était pas.

— Est-ce qu'on pourrait aller plus vite ?

Sa voix tremblait.

Il aurait aimé leur faire passer le Voile à toute allure, mais il risquait d'effrayer les chevaux déjà nerveux.

— Avance, *agacin*, et ne regarde pas les flammes. Nous aurons bientôt fini.

La peur de la jeune femme n'était pas, à ses yeux, sans objet. Enfant, lui et les autres garçons du clan avaient patrouillé à cheval à côté des adultes pour apprendre leur futur rôle d'hommes et de guerriers. Ils avaient franchi le Voile plusieurs fois – pour ne plus avoir peur, pour apprendre à leurs chevaux à franchir l'obstacle sans crainte, aussi. Mais la peur était toujours là. Peu importait le nombre de passages ; la première apparition de la bête rugissante et crépitante lui nouait toujours les tripes.

— Ne devrais-tu pas tenir ton épée plutôt que les rênes ? demanda-t-elle, ses mots à peine audibles.

Il ouvrait toujours la voie.

— Seulement si mon désir est de me faire transpercer de flèches à l'instant où nous atteindrons l'autre côté.

Le mur enflammé les dominait de toute sa hauteur, et les aveuglait, mais nulle chaleur, étonnamment, ne s'en dégageait. Un piège pour les imprudents ou les ignorants.

— Au moins quatre archers savatars nous observent, reprit Azarion, l'arc bandé et la flèche encochée. S'ils me voient brandir du métal, ils nous tueront dès que nous émergerons.

— Rappelle-toi mes paroles : mon esprit te hantera jusqu'à la fin de tes jours.

La magie et le feu tournoyèrent et se mirent à pulser ; des flammes léchaient leurs vêtements, leur peau et leurs cheveux, mais rien ne brûlait. Dans le dos du gladiateur, Gilene poussa une exclamation, émerveillée par l'éclat qui les enveloppait.

Le grand feu, invoqué par des *agacins* mortes depuis longtemps et nourri par celles qui, génération après génération, leur avaient succédé dansait follement autour d'eux.

— Je ne brûle pas ! s'écria la jeune femme, soulagée.

Le feu brûlait sur eux et tout autour encore. La peau d'Azarion le picotait : un bourdonnement sourd, intérieur, comme si la magie alimentant le feu-dieu chantait pour son sang plutôt que pour ses oreilles. Cette sensation était semblable à ce qu'il avait éprouvé dans la pénombre du tumulus, en s'allongeant près de Gilene endormie. Sa magie palpitait pareillement, mais beaucoup moins de force, et il était certain d'en avoir senti la présence près de la sombre Halani lorsqu'ils avaient voyagé avec la caravane de marchands libres. Il lui arrivait même de la percevoir autour de sa mère.

Une réflexion lui traversa l'esprit. Les autres ressentaient-ils la même chose ? Ou bien ce don lui était-il propre, comme sa capacité inexpliquée à voir au travers des illusions ?

Les chevaux aux yeux bandés suivaient Azarion qui tirait sur leurs rênes, agitant les oreilles de droite, de gauche et en arrière comme s'ils guettaient un prédateur. Ils ne renâclaient pas, cependant et, bientôt, leur petit groupe sortit du Voile, indemne et préservé du feu.

Azarion se crispa lorsqu'il entendit le craquement de la selle d'un cavalier tout proche. Les quatre archers qui les attendaient de ce côté du Voile étaient tournés vers lui, l'arc bandé, ainsi qu'il l'avait annoncé.

Ils portaient des tenues semblables à celles des Nunaris : une tunique matelassée à manches longues en laine et bordée de fourrure, des braies de laine serrées au bas des jambes par des bottes de cuir aux lacets enroulés autour du mollet et noués à la cheville. Leur armure de cuir recouvrait leurs vêtements, et tous arboraient soit un bonnet, soit un casque. Leurs épées et leurs couteaux étaient toujours au fourreau, mais les flèches encochées et pointées sur Azarion et Gilene représentaient une menace suffisante.

Trois des quatre hommes étaient jeunes, leur barbe était encore modeste. Le quatrième était plus vieux, d'un âge assez proche, sans doute, de celui d'Azarion, et ce fut lui qui fit avancer son cheval. Azarion ne reconnaissait personne, ce qui était un soulagement en soi. Que se serait-il passé si l'un d'eux avait été l'un des hommes de main de son cousin ?

— Qui êtes-vous ?

L'homme s'exprimait en savatar, son regard soupçonneux passant d'Azarion à Gilene, évaluant l'armement d'Azarion et son harnachement typiquement nunari. Derrière lui, Gilene demeurait silencieuse. Elle n'avait plus la main enfouie dans sa tunique, et elle l'avait laissé la distancer. Intérieurement, il la félicita. Elle lui avait offert l'espace nécessaire pour mettre en place une défense rapide.

— Azarion, répondit-il dans la même langue. Fils d'Iruadis Ataman et de Saruke. Clan du faucon crécerelle.

Le Savatar plissa les yeux, et raffermit sa prise sur l'arc.

— Iruadis Ataman est mort il y a six ans. Son fils est mort avant lui. Tu es un menteur et un espion.

Les quatre arcs se dressèrent. Les archers s'apprêtaient à tirer. Le discret, mais fervent « Ô dieux » de Gilene répondit à la prière silencieuse qu'il adressait à Agna pour les délivrer.

Soudain, un tonnerre de sabots retentit, et une voix brusque s'éleva :

— Halte ! Ne le tuez pas tout de suite.

Un homme vêtu comme ses camarades, mais portant une épée au lieu d'un arc, trotta jusqu'à Azarion sur une jument brune. Ses cheveux gris, noués en un savant chignon, étaient assortis à sa barbe, et il scrutait les nouveaux venus d'un regard dur, inexpressif. Sa barbe était ornée de minuscules perles attachées aux extrémités des tresses pendant de son menton, et la ceinture rouge nouée autour de sa taille mince portait la marque des *tirbodh* savatars – des capitaines d'archers.

L'estomac du gladiateur se noua. Il connaissait cet homme. Des souvenirs d'enfance lui revinrent, des souvenirs de jours meilleurs, faits d'hématomes, de sagesse pragmatique et d'infinie patience.

— Tu portes des vêtements kraeliens et des armes nunaries, dit-il, mais tu as traversé le Voile. Montre-moi ta marque.

Azarion lâcha les rênes et écarta le col de sa tunique pour dévoiler son épaule. Le regard du *tirbodh* se durcit.

— Tu es marqué par Agna – un espion, probablement. Toi et ta compagne. Où est sa marque ?

Gilene se blottit contre le gladiateur, tentant de se faire aussi petite que possible.

— Elle n'en a pas, elle n'en a pas besoin.

Le capitaine eut l'air surpris.

— Vraiment ? Tu as l'air savatar ; pas elle. Pourtant, elle a franchi le feu. Si cela ne piquait pas ma curiosité, vous seriez tous les deux déjà morts.

L'archer le plus proche prit la parole.

— Il dit s'appeler Azarion, fils d'Iruadis Ataman.

À cette révélation, le *tirbodh* se raidit sur sa selle. Son visage buriné pâlit un instant, et les petites perles de sa barbe cliquetèrent. Lorsqu'il se remit à parler, il cracha presque les mots entre ses dents.

— Iruadis Ataman n'avait qu'un seul enfant, un fils du nom dont tu te réclames.

Azarion secoua la tête.

— Non. Il en avait trois. Un autre fils avant moi, mort tout petit, et une fille plus jeune que moi, du nom de Tamura. Tu sais que je dis la vérité, Masad.

Tous tressaillirent lorsqu'il appela le *tirbodh* par son nom.

— Tu as aidé ma mère à la mettre au monde dans un pâturage quand elle a mené les chèvres trop loin du camp pour revenir à temps réclamer l'aide d'une sage-femme.

Les yeux de Masad se mirent à briller, et il contracta la mâchoire.

— Débarrasse-toi de tes armes, et jette-les à terre. Puis assieds-toi.

Il désigna Gilene.

— Elle aussi.

L'ordre implacable était clairement une menace : refusez, et vous mourrez. Azarion dégagea son avant-bras des lanières de son bouclier et le jeta au sol.

— Qu'est-ce qu'il a dit ?

Gilene avait beau parler à mi-voix, son malaise était palpable.

L'homme détacha ses fourreaux, lâcha son épée et ses deux couteaux à côté du bouclier.

— Il veut qu'on s'asseye, *agacin*. On obéit. Nos vies en dépendent.

Il se laissa tomber par terre, et lui fit signe de faire de même.

Sur son cheval, Masad les observait.

— La dernière fois que j'ai vu Azarion, il était aussi grand que toi, mais il n'avait ni cette carrure ni ces muscles. Ta barbe peut cacher n'importe quel visage.

Du doigt, il montra l'un des couteaux abandonnés.

— Dis à ta femme de te raser pour que je puisse voir ce que cachent ces poils.

Azarion se figea. Gilene ne voulait pas être ici, mais elle ne pouvait pas partir. Était-il censé lui tendre un couteau et lui présenter sa gorge ? Elle les regardait, les yeux écarquillés.

— Quoi ? Qu'est-ce qu'il a dit ?

— Il veut que tu prennes l'un de ces couteaux et que tu me rases pour qu'il puisse mieux voir mon visage.

Elle ouvrit la bouche, recula un peu. Une lueur étrange éclaira le noir de ses pupilles, puis son regard passa d'Azarion aux Savatars qui patientaient. Elle se leva, et marcha vers les couteaux jetés dans l'herbe, gardant un œil méfiant sur les cavaliers. Elle se pencha pour ramasser l'une des lames et choisit sans hésiter la plus aiguisée.

Elle revint, l'arme au poing, s'accroupit devant lui. Le soleil se refléta sur l'acier lorsqu'elle leva la lame et le rapprocha de son visage. Azarion retenait son souffle.

— Si tentant, murmura-t-elle.

— Si… imprudent, répondit-il sur le même ton, sans détourner son regard du sien.

— Fais-moi confiance.

Ces mots, prononcés par elle et non par lui, cette fois, lui firent l'effet d'un coup de poing dans l'estomac. Soudain, Azarion comprit l'impuissance et la vulnérabilité que l'on éprouvait lorsque l'on remettait sa vie entre les mains d'un étranger qui se considérait votre maître. Il avait refusé de considérer le point de vue de Gilene, bien trop concentré sur ses objectifs pour comprendre qu'elle ne croyait pas à ses assurances. La confiance se gagnait, elle ne s'accordait pas gratuitement.

Son instinct le pressait de lui arracher le couteau et de remettre de l'espace entre eux. Il resta assis sans bouger, cependant, tandis qu'elle coupait l'épaisse barbe avec précaution et raclait les poils épars jusqu'à ce qu'il n'en reste rien. Le contact de ses doigts le picotait : une chose légère, habile, différente. Lorsqu'elle eut fini, il se rappela qu'il fallait respirer.

Ayant terminé, la jeune femme déposa soigneusement le couteau dans l'herbe devant elle, pour signaler aux Savatars qui les observaient, qu'elle ne constituait pas une menace. Une demi-douzaine de regards le scrutaient : celui, pensif, de Gilene, ceux, curieux, des archers, et celui, stupéfait, de Masad.

— Tu es le fils de ta mère, souffla le *tirbodh* d'un ton incrédule. Agna miséricordieuse, je t'ai cru mort durant toutes ces années.

Il descendit de sa monture, s'approcha d'Azarion toujours assis et lui tendit la main. Celui-ci s'en saisit et fut hissé sur ses pieds, puis étreint avec une force qui réveilla la douleur de ses côtes tout juste guéries.

Les autres archers, étonnés, abaissèrent lentement leurs arcs. Masad lâcha Azarion, ses traits burinés plissés par un sourire.

— De retour d'entre les morts. C'est une bonne journée. Une bonne journée ! Où étais-tu donc passé ?

Le sourire disparut dès qu'Azarion lui répondit.

— Réduit en esclavage par l'Empire.

Il jeta un coup d'œil aux archers qui écoutaient derrière leur capitaine. Ce n'était pas le moment de dévoiler des détails.

— J'ai beaucoup à raconter.

Masad opina, comprenant le message implicite.

— Et nous beaucoup à entendre.

Il tourna son attention vers Gilene.

— Qui est ta femme ?

Azarion fit signe à l'intéressée de le rejoindre. Elle le rejoignit docilement, convaincue, de toute évidence, qu'il s'agissait pour l'heure du choix le plus sûr.

— Elle s'appelle Gilene de Be…

Il faillit dire « Beroe », mais l'expression alarmée qui passa rapidement sur le visage de sa compagne quand elle comprit ce qu'il allait dire l'arrêta.

— Krael, corrigea-t-il. C'est une *agacin*. Bénie par Agna, mais sans notre marque. Comme tu l'as vu, le Voile l'a épargnée.

Gilene pâlit quand tous les regards, jusqu'alors rivés sur Azarion, se tournèrent soudain vers elle.

— Qu'est-ce que tu viens de leur dire ?

— Que tu es une *agacin*.

Il avisa Masad.

— Parle en langue commerciale, qu'elle puisse comprendre.

L'homme eut l'air intrigué, puis haussa les épaules.

— Vous êtes tous les deux bénis, dit-il dans la langue comprise par quiconque vivait à proximité de l'Empire krael et du Serpent d'Or. Venez. Vous avez fait un long voyage et traversé le territoire nunari pour nous rejoindre. Le camp n'est pas loin, et beaucoup, Azarion, seront heureux de te revoir.

Masad ordonna à ses hommes de mettre pied à terre et les présenta par leur nom au nouveau venu. Celui-ci se rappelait les trois plus jeunes lorsqu'ils étaient enfants – de jeunes adultes, aujourd'hui. Mais il ne reconnut pas l'archer qui devait avoir son âge, un homme qui, d'après Masad, avait rejoint le clan du faucon crécerelle en épousant une de ses femmes.

Désormais assuré que cette patrouille ne présentait pas de danger, le gladiateur ramassa et ceignit son épée au fourreau, puis récupéra ses couteaux. Gilene ôta ses châles des yeux des chevaux, les secoua, et s'en enveloppa. Elle se tenait près de sa jument, visiblement tendue.

— Et maintenant ?

Il lui fit signe de se remettre en selle.

— Reste près de moi et tiens ta langue. Tu en apprendras beaucoup en écoutant. Je vais m'assurer que Masad parle en langue commerciale afin que tu comprennes.

— Alors ils ne prévoient pas de nous tuer ?

Elle parlait d'un ton plus ferme.

— La mort n'est pas pour tout de suite, non.

Du menton, il désigna le *tirbodh*.

— Voici Masad. C'est le frère de ma mère, l'homme qui m'a formé pour devenir un guerrier savatar. Le campement de mon clan n'est pas loin. Il va nous y conduire.

Elle saisit les rênes et les serra, si bien que sa monture recula d'un pas.

— Alors nous n'en sommes qu'au début de nos épreuves.

Une part de lui, celle qui désirait revoir sa famille encore en vie et se confronter à un vieil ennemi en face à face, aurait aimé récuser son affirmation, mais il n'en fit rien. Si Gilene n'avait pas été une *agacin*, les Savatars l'auraient ignorée, car c'était une étrangère, et kraelienne de surcroît. Même son statut de servante d'Agna ne lui garantissait ni leur amitié ni leur acceptation immédiate.

Il sauta en selle et guida son cheval au côté de celui de son oncle. Masad ordonna à ses hommes de partir devant. Après avoir appris la mort de son père, Azarion redoutait la réponse à sa question suivante.

— Ma mère et Tamura sont-elles toujours en vie ?

Son oncle eut un petit rire.

— Ta mère et ta sœur vont bien. Saruke dirige le clan depuis son tapis préféré.

Une ombre chagrine passa sur ses traits.

— Ton père aurait été si heureux de te revoir.

Il pinça les lèvres.

— Karsas est l'*ataman* du clan du faucon crécerelle depuis la mort d'Iruadis.

Il observait son neveu.

— Tu n'es pas surpris.

Le geste désinvolte d'Azarion démentait la fureur qui se déversait dans ses veines.

— Je l'aurais été si tu avais nommé quelqu'un d'autre.

Son cousin avait comploté longtemps pour s'emparer du titre de chef du clan, quand bien même cela signifiait le voler à l'héritier légitime.

Masad tourna son attention vers Gilene. De nouveau, il parlait en langue commerciale :

— Tu peux vraiment manipuler le feu ?

Elle hocha la tête.

— Oui.

Il l'observa encore un peu avant d'aviser son compagnon.

— Le Conseil du Feu demandera qu'elle le prouve. La voir traverser le Voile donnera du crédit à votre histoire, mais elles exigeront davantage. Le Conseil des Atamans voudra également te parler.

Azarion avait attendu ce moment dix ans durant.

— Je veux leur parler aussi.

Son cousin Karsas siégeait comme chef du clan du faucon crécerelle ; sans légitimité. Azarion voulait obtenir justice. Tuer un membre de sa famille en combat rituel était accepté chez les Savatars, mais pas le vendre à des marchands d'esclaves. Karsas s'était lâchement débarrassé de son rival.

Masad se rapprocha de lui, sa voix à peine plus forte qu'un murmure.

— Même avec une *agacin* à ton côté, tu devras affronter Karsas en combat rituel pour devenir le chef.

Azarion l'espérait bien. L'occasion de défier son cousin au combat était le rêve sombre qui l'avait maintenu en vie tout le temps qu'il avait été gladiateur.

Les quatre autres archers chevauchant devant eux, mais toujours assez près pour entendre tout ce qui se disait à voix haute, Azarion ne pressa pas son oncle pour obtenir des détails sur Karsas et sa façon de gouverner. Même si Masad avait été son professeur au temps de l'enfance et, à bien des égards, un second père pour lui, il était farouchement loyal au clan. Karsas était l'*ataman* de son clan ; Masad était donc loyal à Karsas. Azarion ne voulait pas le placer dans une position intenable, ou remettre en question sa loyauté. Il ferait un meilleur allié s'il n'était pas forcé de choisir entre son chef et son neveu tout juste ressuscité.

Le gladiateur détourna la conversation vers des sujets moins dangereux.

— Raconte-moi ce qu'il s'est passé depuis mon départ il y a tant d'années.

Ils chevauchèrent plusieurs heures à un rythme tranquille. Masad racontait les dix ans Pendant lesquels Azarion avait été esclave dans l'Empire : le statut toujours mouvant des clans savatars, les naissances et les morts, les mariages et les raids, la migration saisonnière des contreforts de Novgarin aux vastes pâtures de l'est et retour…

Toutes ces choses dont se souvenait Azarion, immuables, aussi prévisibles que le lever du soleil et le souffle du vent sur les herbes. Le récit de Masad, toutefois, sous-entendait aussi des changements moins bienvenus. D'autres que lui saisiraient l'occasion de combler les trous. Sa mère, Saruke, par exemple.

Son oncle les laissa à l'arrière pour rejoindre les archers. Le Ciel d'en Bas s'étendait devant eux, plate étendue d'herbes courbées sous les ombres mouvantes du voile nuageux.

— Tu es parti longtemps, dit Gilene. Ta famille sera extrêmement heureuse de te revoir.

Il l'espérait. Une image de sa mère surgit dans son esprit, ses traits plissés par un sourire aux dents écartées. Le souvenir de Tamura formait une image plus vague.

Jolie, farouche, et l'une des meilleures archères du clan. D'après Masad, elle ne s'était pas mariée, et Azarion était soulagée que Karsas ne l'ait pas prise pour femme. Un tel lien de parenté ne l'aurait pas empêché de tuer cet homme, mais il aurait regretté de blesser sa sœur.

— Karsas est le cousin qui t'a vendu ?

Gilene parlait à voix basse.

— Oui.

Elle prit un air pensif.

— Mais si tu es ici, vivant et reconnu par beaucoup comme le fils de l'*ataman*, pourquoi as-tu besoin de moi pour reconquérir ta place ? Elle t'appartient de naissance, non ?

Il aurait aimé que ce soit si simple.

— J'ai été absent trop longtemps. Arrive un moment où le mérite supplante la naissance. Face à l'expérience du pouvoir, mes prétentions au siège d'*ataman* ne reposent sur rien, hormis ma lignée. Pas de décision au conseil, pas d'enrichissement du clan par le commerce ou les raids. Je n'ai pas épousé la fille d'un autre clan pour renforcer les liens ou unir nos familles. Tu es désormais l'unique avantage dont je puisse me prévaloir. Étant ma femme, tu es une bénédiction directe d'Agna, preuve que j'ai son approbation.

Elle ferma les yeux.

— Je ne suis pas ta femme.

— Pour ton propre bien, fais comme si. Cela te place sous ma protection. Clame que je n'ai aucun droit sur toi, et je devrais me battre contre ceux qui te voudront pour eux. Tu risques de ne jamais revoir Beroe.

Cette menace était devenue une arme qu'il employait pour la forcer à coopérer, et il commençait à en avoir plus qu'assez de l'utiliser. Il aurait largement préféré la convaincre de rester plutôt que de l'intimider.

— Pourquoi me laisserais-tu partir si eux s'y refusent ?

Sans doute, ils allaient se disputer à ce sujet jusqu'à ce qu'il la dépose, libre, devant chez elle.

— Parce que, comme je te l'ai déjà dit, tu m'as sauvé la vie. Je te suis redevable, et je t'ai donné ma parole.

Le dédain s'effaça du visage de la jeune femme ; pas la méfiance.

— Est-ce que tous les Savatars tiennent parole ?

— Celui que tu as devant toi, oui.

— Ne risques-tu pas de perdre ta place d'*ataman* si je repars ?

Il jeta un coup d'œil aux hommes qui chevauchaient devant eux. La question de Gilene était dangereuse, car elle partait du principe qu'il retrouverait inévitablement son rang.

— Non, dit-il. Une fois la bénédiction d'Agna reconnue par les conseils, elle est permanente, même si l'*agacin* choisit de se marier au sein d'un autre clan ou, comme ce sera ton cas, de quitter les Savatars.

D'autant, songea-t-il, qu'il comptait tuer son cousin. Karsas ne vivrait pas assez longtemps pour ourdir une seconde trahison.

Gilene lui jeta un coup d'œil incrédule.

— Des *agacins* sont parties ?

— Pas de mémoire d'homme.

— C'est bien ce que je pensais.

Elle laissa échapper un soupir de frustration.

— Où vivrai-je, dans ton campement ? Avec toi ?

— Oui, et qui sait où je vais dormir. Probablement dans la *qara* de ma mère, bien qu'elle soit désormais soumise à la volonté de Karsas, et qu'il pourrait ne pas le permettre.

Son cousin n'avait aucune raison de l'interdire, sinon la mesquinerie, mais il était l'*ataman*. Les membres de son clan ne remettraient pas en question une décision aussi mineure.

— Il pourrait tenter de te tuer.

La voix de Gilene ne trahissait aucune joie à cette évocation et, pendant un instant, il s'imagina même y déceler une trace d'inquiétude.

Azarion sourit.

— Je n'en doute pas. Il a échoué la première fois. Le Karsas de mes souvenirs n'a jamais aimé l'échec.

Massad revenait vers eux au trot ; ils se turent.

— Veux-tu que j'envoie ces jeunes impétueux en avant pour qu'ils annoncent la nouvelle ? Ou préfères-tu faire la surprise au clan ?

Le regard astucieux de son oncle lui apprit qu'il connaissait déjà la réponse. Azarion ne parlait que pour les oreilles curieuses. Il se prêta au jeu de bonne grâce.

— Surprenons-les, dit-il, laissant le vent emporter sa voix. Je meurs d'envie de voir les visages de ma mère et ma sœur après tout ce temps.

Et d'empêcher un Karsas stupéfait d'orchestrer un malheureux accident.

Ils accélérèrent la cadence, filant au galop jusqu'à ce qu'Azarion aperçoive les drapeaux colorés qui claquaient en haut des *qaras*. Rondes et basses, les structures étaient disposées dans la steppe en groupes épars. Près de plusieurs d'entre elles se trouvaient des chariots, des chevaux et des moutons paissaient non loin.

Il voulut s'arrêter, rien qu'un instant, pour contempler le tableau devant lui. Se venger de son cousin n'était pas le seul rêve qui l'avait animé pendant ses longues années d'esclavage. Celui-ci l'avait aidé aussi : le clan du faucon crécerelle réuni, le camp dressé sur l'étendue d'herbes à plumet blanc du Ciel d'en Bas. Le sang, la souffrance, la dégradation… Rien n'avait brisé sa volonté de vivre ni son désir de s'échapper quand, le soir, la promesse de revenir ici se déployait encore sur ses paupières.

Quelques membres du camp vinrent les accueillir à cheval. Masad leur cria :

— Que quelqu'un trouve Saruke et Tamura et les amène ici. Tout de suite !

Ils furent submergés par les Savatars avant même d'avoir atteint le périmètre du camp. Des regards curieux scrutaient Azarion, les gens se rapprochaient jusqu'à ce que sa monture, et celle de Gilene, soient encerclées par la foule. Il saisit des bribes de conversation au vol.

— Qu'est-ce que Masad fabrique avec deux Kraeliens si loin en territoire savatar ?

— Gracieuse Agna, je le reconnais !

— Qui est cette femme ?

Il y avait tellement de gens autour d'eux qu'il avait du mal à distinguer les visages dans la foule. Tous se mêlaient en une marée humaine qui s'ouvrit lorsque deux femmes se frayèrent un chemin pour le rejoindre.

Il sauta de son cheval et, au milieu des Savatars, réprima le besoin écrasant de se précipiter pour serrer dans ses bras la vieille femme aux traits burinés qui fondait sur lui comme un corbeau et la femme bien plus grande aux yeux farouches de faucon.

Toutes deux s'immobilisèrent devant lui, l'air renfrogné, comme si elles ne souhaitaient rien d'autre que l'éviscérer. Une vie passée sous le chaud soleil et le vent violent avaient creusé le visage de la vieille. Elle n'avait plus le dos droit, désormais, et ses cheveux bruns striés de gris avaient pris ce blanc argenté. Des rides de chagrin avaient creusé des sillons sur son visage, mais son regard était aussi acéré qu'une lame, capable de découper une personne jusqu'à l'âme d'un simple coup d'œil. Pour le moment, ce regard scrutait son visage avec intensité. Des larmes lui montèrent aux yeux, et son menton se mit à trembler lorsqu'elle prit une inspiration tremblante.

— Azarion ?

Un chœur d'exclamations stupéfaites s'ensuivit, et la femme plus jeune qui l'accompagnait posa la main sur le pommeau de l'épée qui pendait à sa ceinture. Le visage durci par l'incrédulité, elle lança un regard noir à Azarion.

Il eut l'impression qu'un cheval lui marchait sur la poitrine. Il ne bougeait pas. Il souhaitait désespérément étreindre sa mère et sa sœur, mais il les connaissait assez pour savoir que c'était risqué.

— Tu m'as manqué, *Ani*, dit-il, se servant du terme savatar informel pour « mère ».

Il avisa sa sœur.

— Toi aussi, Mura. Est-ce que tu manges toujours tes cheveux quand tu es nerveuse ?

Tamura recula, comme pour se prémunir d'autres surprises. Saruke, en revanche, s'avança en chancelant, bras écartés, mains tremblantes pour l'embrasser.

— Mon fils, bredouilla-t-elle dans un sanglot. Mon fils.

Cette fois, il n'hésita pas et la serra dans ses bras, la soulevant de terre. Elle était aussi légère qu'un oiseau, et elle semblait aussi fragile. Azarion aurait voulu l'écraser contre lui et enfouir le visage dans son cou comme lorsqu'il était petit garçon, mais il n'osa pas – il craignait de lui rompre les os.

Tamura se rapprocha un peu, alors, aussi méfiante qu'un loup tournant autour d'une proie blessée, mais dangereuse. Aussi verts que les siens, et aussi perçants que ceux de leur mère, ses yeux se mirent à briller, et elle battit des cils.

— Tu es bien plus large que dans mon souvenir, dit-elle d'une voix enrouée.

Par-dessus la tête de Saruke, il lui sourit.

— Et toi, Mura, tu es toujours un moucheron, la taquina-t-il, se rappelant avec affection qu'elle s'efforçait de lui cogner le crâne chaque fois qu'il l'appelait ainsi.

Le mot lui arracha un sanglot, et elle en réprima un autre en se mangeant si fort les lèvres que celles-ci disparurent. Elle cligna des yeux à plusieurs reprises, puis mit la main sur la sienne, posée sur le dos de Saruke.

Un nouveau mouvement de foule empêcha Azarion de l'attirer dans la même étreinte que leur mère, suivi d'une voix qu'il détestait tant qu'il se souvenait de chaque nuance de son timbre.

— Azarion. Nous te croyions tous mort.

Il écarta Saruke avec douceur pour faire face à la personne qu'il détestait encore plus que l'impératrice, et s'inclina à peine.

— Pas encore, *ataman*.

Karsas, du clan du faucon crécerelle, était son ennemi depuis l'enfance. Plus vieux que lui de quelques années, il convoitait la place de chef de clan depuis qu'il était en âge de tirer à l'arc. Son père, Gastene, était le frère cadet d'Iruadis. Contrairement à son fils, l'oncle d'Azarion n'avait jamais convoité le rôle de dirigeant, et n'avait jamais défié son frère pour l'obtenir. Karsas n'appréciait pas le manque d'ambition paternel, et ce ressentiment s'était envenimé au fil du temps, nourri par la jalousie et la certitude d'être le meilleur candidat pour prendre la place d'Iruadis comme *ataman* à la mort de celui-ci.

Azarion ne reprochait pas son ambition à son cousin : seulement sa lâcheté. Sa traîtrise. Des années auparavant, il s'était juré que, quel qu'en soit le prix, il vivrait assez longtemps pour se venger de lui.

Contrairement à Saruke, qui avait vieilli et s'était voûtée, et à Tamura, jeune fille gauche qui était devenue une femme majestueuse, Karsas avait très peu changé. Aussi grand qu'Azarion, mais plus mince, il avait fière allure, son attitude altière et la richesse de sa vêture soulignant son statut de chef.

Mais si l'on y regardait de plus près, derrière les tissus de prix et l'or inestimable, on distinguait la dépravation autour de sa bouche et de ses yeux, la mâchoire aux bajoues qui s'affaissaient, et les petits vaisseaux sanguins éclatés qui mouchetaient ses joues et son nez.

Les deux hommes se dévisagèrent. Azarion dissimulait son mépris derrière un masque de neutralité prudente. Karsas arborait une expression similaire, mais avait du mal à cacher la stupeur et la méfiance que lui inspirait le retour de son ennemi.

La foule s'était tue. Le duel de regards commençait à devenir gênant, et dangereux. Des mains s'étaient posées sur la garde de couteaux passés à la taille et d'épées ceintes autour des hanches. Karsas rompit la tension lorsqu'il avisa Gilene, figée sur son cheval.

Il haussa un sourcil ; son léger sourire ressemblait plutôt à une grimace.

— Qui est-ce ?

Azarion jeta un coup d'œil à la jeune femme qui soutenait sans ciller le regard de l'*ataman*.

— Ma femme, Gilene.

Il se tut, se délectant de ce qui allait suivre.

— C'est une *agacin*.

De nouvelles exclamations de surprise retentirent dans la foule, et les gens se récrièrent à l'idée d'une *agacin* kraelienne. Qui avait déjà entendu parler d'une telle chose ? Leur cercle se resserra davantage lorsqu'ils se rapprochèrent pour mieux regarder cette servante qui n'était pas née et n'avait pas grandi derrière le Voile.

Si Azarion avait cligné des yeux ou détourné le regard, il aurait manqué la réaction de Karsas, mais les signes étaient présents : légers et subtils pour un observateur neutre, évidents pour lui. Son cousin avait sursauté, et l'une de ses paupières tressautait tandis qu'il examinait Gilene.

Sa voix avait gagné encore en froideur.

— Il n'y a pas d'*agacin* de l'autre côté du Voile, ni aucune qui ne soit savatare.

Masad intervint :

— Je l'ai vue de mes propres yeux traverser le feu indemne.

Karsas lui décocha un regard noir.

— Sorcellerie impériale.

Pour étayer son affirmation, et prouver qu'il avait des droits sur elle, Azarion posa la main sur le genou de sa compagne. Elle accepta ce contact, mais le muscle de sa cuisse était contracté et dur comme un roc sous ses jupes.

— Elle est bénie d'Agna, tout comme moi, puisqu'elle m'a choisi.

Karsas posa la main sur le pommeau de son épée.

— Que tu dis, rétorqua-t-il d'une voix méprisante.

La foule grommela, mal à l'aise. Sentant le vent tourner, Karsas changea brusquement d'attitude. Il écarta grand les bras.

— Un fils savatar depuis longtemps disparu nous est revenu. Nous allons fêter cela, puis réunir le conseil pour essayer de comprendre ce qui lui est arrivé durant ces longues années de son absence !

Des cris de joie fusèrent. Karsas adressa un sourire mauvais à son cousin.

— D'ici là, je pense que ta mère sera ravie de vous recevoir toi et ta… femme. Dans sa *qara*.

Il tourna les talons pour regagner le campement, fendant la foule, suivi par une clique de guerriers au visage sombre.

Gilene se pencha vers le gladiateur :

— Tous ne sont pas heureux de te revoir, en effet. Retire ta main de ma jambe.

Arizon eut un rire bref et s'écarta pour serrer Saruke contre lui.

— Descends de cheval, intima-t-il à Gilene. Nous marcherons pour nous rendre chez ma mère. Nous pourrons manger, nous reposer et dormir au chaud près du feu. Demain soir, il y aura une fête et, probablement, un conseil après-demain.

L'expression de sa compagne s'était rembrunie. Elle mit pied à terre et vint se placer devant Saruke et Tamura, qui la regardaient. Son salut fut respectueux sans être obséquieux.

— C'est un honneur de rencontrer la famille d'Azarion, annonça-t-elle en kraelien solennel.

Contrairement à lui, les deux femmes ne parlaient pas cette langue, et avisèrent l'intéressé pour qu'il traduise. Il obtempéra :

— Elle s'est adressée à vous en kraelien noble, en signe de respect. Parlez en langue commerciale pour vous comprendre.

Le visage de sa mère se détendit en un sourire prudent, mais pas celui de sa sœur. Celle-ci observait Gilene avec la concentration d'un prédateur, comme si elle tentait de détecter en elle la magie qui en faisait l'une des servantes d'Agna.

Saruke prit la main de la nouvelle venue.

— Viens, nous allons marcher ensemble pendant que mon fils retrouve ses amis.

D'un pas mesuré, elles partirent vers le campement, laissant Azarion à ses retrouvailles – on l'étreignait, on lui tapait dans le dos, des outres de lait de jument fermenté passaient de main en main pour célébrer à son retour.

Quand il se libéra de ses anciens amis et de ses nouvelles connaissances, la tête du gladiateur, déjà, bourdonnait, enivré qu'il était de boisson forte. Masad lui indiqua le chemin de l'un des torrents saisonniers, gonflé par la fonte des neiges et les pluies de printemps.

— Saruke ne te laissera pas entrer dans sa *qara* avec cette odeur.

Le nez plissé, son oncle promit de revenir avec des vêtements propres. Azarion en profita pour déterrer un bulbe de saponaire gros comme le poing, non loin du cours d'eau. Tout autour de lui, d'autres trous avaient été creusés, preuve que les femmes étaient venues plus tôt récolter les racines sauvages, soit pour les rôtir et les manger, soit pour les écraser et confectionner des cataplasmes.

Il dégagea les fibres dures du bulbe et en ôta les couches collantes. L'eau était si froide qu'elle lui brûlait la peau, et ses dents claquaient, tandis qu'il se lavait le corps et les cheveux, le courant rapide emportant des îlots de mousse. Quand il eut fini, il était tout engourdi. De ses doigts raidis par le froid, il enfila les vêtements que Masad lui avait apportés.

Sous le soleil déclinant de l'après-midi, il suivit son oncle jusqu'à la *qara* de sa mère. Celui-ci le guida dans le labyrinthe d'abris couverts de feutre, dont la disposition pouvait sembler chaotique aux yeux d'un étranger, mais qui, pour un Savatar, était parfaitement logique. La demeure de l'*ataman* occupait le centre du camp, et toutes les autres rayonnaient à partir d'elle. Les lieutenants et familles de haut rang dressaient leurs *qaras* au plus près, ceux d'un rang inférieur disposaient les leurs le long du pourtour.

Azarion fut surpris de découvrir que la tente de sa mère n'était pas très éloignée de celle de Karsas, à un endroit qui témoignait encore de son statut de veuve d'un *ataman*, mais au-dessous de celles des lieutenants du nouveau maître des lieux. Un jour, bientôt, elle prendrait sa place dans ou juste à côté de la *qara* de l'*ataman*… si Agna favorisait ses plans.

— Azarion ?

Masad lui tapotait l'épaule devant l'entrée.

— Passe du temps avec ta mère et ta sœur. Culbute ta prêtresse cette nuit, et viens me voir demain. Nous irons chasser et tu pourras me raconter tout ce qui s'est passé dans l'Empire.

Il quitta le gladiateur ; il reviendrait chercher Azarion avant l'aube. Ce dernier contempla l'ouverture basse qui, comme celles de certains tumulus, forçait l'entrant à se courber ou s'accroupir. Il avait grandi dans une *qara*, mais n'en avait pas vu l'intérieur depuis une décennie. Tant de souvenirs l'assaillaient : la lumière du soleil voilé descendant telle une colonne depuis la couronne de la *qara* ; la literie et les ustensiles de cuisine empilés contre les parois en treillis soutenues par une charpente arrondie à la vapeur ; des roues que son peuple troquait contre de l'argent et du bétail avec les clans gobans de l'est. L'odeur entêtante de cuisine lui monta aux narines, et les voix de femmes qui discutaient lui taquinèrent les oreilles. Il se pencha et entra.

La vision qui l'accueillit lui réjouit le cœur. Saruke était assise sur un tapis près du feu, et faisait tourner sa cuillère dans un chaudron dont il se souvenait – un cadeau de son père pour la naissance de son frère qui n'avait pas survécu à la petite enfance. Tamura était installée face à elle, adossée au mur de feutre et de bois, et s'occupait à tailler un arc. Elle interrompit son travail pour l'observer depuis la pénombre.

Gilene n'était pas très loin de sa mère, et tressait ses cheveux noirs. À un moment donné, pendant qu'il buvait dehors avec les hommes et prenait des nouvelles de leurs vies lors de ces dix dernières années, elle s'était baignée et lavée. La faible lueur du feu faisait briller des reflets rouges dans ses mèches. Elle ne portait plus les vêtements kraeliens qui avaient été les siens, et que leur périple avait presque réduits en lambeaux. À la place, elle avait revêtu la tenue typique des femmes savatares : une tunique de laine à manches longues qui lui arrivait aux mollets, par-dessus un ample pantalon glissé dans des bottines en cuir de chèvre.

Elle leva des yeux fatigués pour le regarder approcher de sa mère et s'asseoir à son côté. Cette dernière lui serra le bras tout en continuant à mélanger le contenu du récipient.

— Il y a du thé et du ragoût. Tu dois être affamé.

Il embrassa les doigts noueux.

— Parle en langue commerciale, *Ani*. L'*agacin* ne comprend pas encore notre verbiage.

— Peut-elle vraiment manier le feu ? demanda Tamura en savatar, ignorant ses instructions.

Il hocha la tête.

— Oui, même si elle en paie le prix quand elle s'en sert, contrairement à nos servantes.

Il accepta la tasse de thé brûlant et le bol de ragoût que lui tendit Saruke.

— Vous avez mangé ?

Elle opina.

— Oui. Ta femme est maigre. Une rafale de vent pourrait l'emporter.

Elle esquissa un sourire en direction de Gilene, qui le lui rendit.

— Nous avons pensé qu'il valait mieux lui remplir l'estomac avant qu'elle ne s'envole.

Azarion avait vidé l'essentiel de son bol lorsque sa mère reprit la parole, les yeux voilés de larmes.

— Que t'est-il arrivé ? Ils ont dit que tu avais été séparé des autres chasseurs. Nul n'a pu te retrouver. Tout ce qu'ils ont rapporté ici, c'est ton cheval et ton manteau, tous les deux couverts de sang. Ton père était inconsolable.

— C'est ce qu'ils vous ont raconté ?

Il serrait sa cuillère dans son poing.

— Ce sont les chasseurs qui m'ont attrapé. Ils m'ont roué de coups jusqu'à ce que je m'évanouisse, et je me suis réveillé à Uzatsii, à attendre mon tour lors de la vente aux enchères.

Tamura bondit sur ses pieds, tenant l'arc à moitié fini comme si elle était prête à tirer.

— Qui t'a fait ça ? Je vais leur arracher le cœur !

Elle n'avait toujours pas parlé en langue commerciale, mais le mouvement de recul de Gilene lui fit savoir qu'elle avait parfaitement compris la colère de sa sœur.

Il fit signe à sa sœur de se rasseoir.

— La paix, moucheron. J'aurai bientôt ma revanche.

Il pressa la main de leur mère dont les larmes coulaient à présent librement.

— Yerga, Zabandos et Gosan ont tous pris part à cette infamie. Ce sont eux qui m'ont battu et vendu aux Nunaris. Mais ils l'ont fait sur l'ordre de Karsas.

Tamura, qui faisait les cent pas, s'arrêta pour pointer un doigt vers leur mère.

— Je le savais.

Cette fois-ci, elle employa la langue commerciale.

— Ne t'avais-je pas dit que ces fumiers avaient quelque chose à voir avec sa mort ? Je savais qu'ils mentaient !

Elle avait les narines dilatées, tournant sans relâche sur le tapis. Mains sur les hanches, elle s'immobilisa une nouvelle fois pour lancer un regard plein de colère à Azarion, comme s'il était en partie responsable de son propre enlèvement.

— Morts tous les trois, au fait. Cet idiot de Yerga s'est rompu la nuque en tombant de sa selle : il a toujours été trop stupide pour apprendre à chevaucher correctement. Zabandos, lui, a reçu un coup de lance au ventre.

Le sourire sinistre de Tamura s'étira largement.

— Il a été surpris en train de culbuter l'épouse d'un *tirbodh* dans sa propre *qara*.

Azarion ne savait s'il devait se réjouir ou jurer. Il avait espéré punir les hommes de main de Karsas au même titre que celui-ci. Apparemment, le destin s'en était chargé pour lui.

— Et Gosan ?

— Noyé. Inondation de printemps.

Le sourire acerbe de sa sœur avait disparu.

— Peu l'ont pleuré, à mon avis. Mais nous avons compati avec sa femme. C'est quelqu'un de gentil, elle méritait mieux que lui.

Beaucoup de veuves et d'orphelins de père, dans les campements des plaines. Certaines femmes portaient le deuil de leurs hommes, d'autres non. Si Karsas était marié, Azarion ferait bientôt de son épouse une veuve et de ses enfants des orphelins.

— Quand Karsas est-il devenu *ataman* ?

— Juste après la mort de ton père, répondit Saruke. Cela faisait longtemps qu'il faisait sa petite cour au Conseil des Atamans. Étant donné qu'il était le parent mâle vivant le plus proche de ton père, ils ont considéré qu'il était son successeur naturel.

Azarion n'était pas surpris, mais entendre les mots de sa mère lui donna envie de hurler.

— Le Conseil du Feu a accepté ?

— Il n'y avait personne pour le défier, et aucune *agacin* ne s'est opposée au vote du Conseil des Atamans.

Azarion se tourna vers Gilene, qui écoutait d'un air perdu.

— Les *agacins* ont leur propre conseil, séparé de celui des *atamans*, et plus puissant encore. Lorsqu'un *ataman* est choisi par les autres chefs de clan, ceux-ci doivent tout de même obtenir l'approbation du Conseil du Feu. Dans le cas contraire, il faut choisir un autre candidat.

Elle haussa haut les sourcils.

— Vous avez un conseil de femmes plus puissant que celui de vos hommes ?

Le rire brusque de Tamura emplit la *qara*.

— Les Savatars accordent de l'importance à leurs femmes. Contrairement aux Kraeliens.

Sa voix perdit un peu de son âpreté.

— Mon frère affirme que tu es une *agacin*, même si tu n'es pas savatare.

Gilene hocha la tête.

— Je peux manipuler le feu, oui, et je ne subis pas sa brûlure.

— Montre-nous, la défia Tamura.

Elle indiqua le brasier de la cuisine.

— Renforce ces flammes.

Gilene secoua la tête, refusant de mordre à un hameçon aussi grossier. Azarion fut tenté de mettre un terme à la discussion, mais sentit que ce qui se jouait là devait se dérouler sans lui.

— Je ne peux pas, fit Gilene. Pas pour le moment, en tout cas. J'ignore ce qu'il en est pour *vos agacins*, mais je ne tire pas mon pouvoir d'un puits sans fond. Je l'ai vidé il y a des semaines. J'ai besoin de temps pour recouvrer mes forces.

Tamura souffla par le nez et lança un regard méprisant à son frère.

— Elle t'a dit qu'elle était *agacin* ?

— Non. Elle ne connaissait même pas le mot avant que je le lui apprenne. Je l'ai vue invoquer et contrôler le feu de mes propres yeux à plusieurs reprises.

Saruke remit de l'eau à bouillir pour le thé.

— Le Conseil du Feu voudra qu'elle le lui prouve.

Azarion plongea ses yeux dans celles de sa compagne. Ses prunelles étaient noires, inquiètes – il était fatigué.

— Elle en est capable. Le fait qu'elle ne brûle pas devrait suffire à satisfaire le Conseil jusqu'à ce que ses pouvoirs reviennent.

Même si elle avait vieilli de vingt ans pendant ses dix années d'absence, Saruke se leva avec agilité – sans se plaindre ni demander de l'aide. Elle fit un signe à Gilene et lui indiqua une paillasse faite de couvertures et de fourrures.

— Azarion et toi pouvez dormir là cette nuit, sauf si tu veux assister aux célébrations de ce soir.

La jeune femme secoua la tête avec force, et la mère sourit.

— C'est bien ce que je pensais. Installe-toi. L'un de nous te réveillera si on a besoin de toi.

Gilene accepta l'offre sans protester. Pour des raisons purement pratiques, elle et le gladiateur avaient toujours partagé leur couche depuis qu'ils avaient trouvé refuge chez les marchands d'Hamod. Intérieurement, Azarion se réjouit qu'elle ne résiste pas. Elle ne l'appréciait pas, mais elle avait commencé à lui faire un tout petit peu confiance.

Encore vêtue de pied en cap, la jeune femme se glissa sous la pile de couvertures, et se tourna vers le mur de la *qara*. En quelques instants, elle s'endormit, la courbe de ses épaules s'affaissant lorsque le sommeil s'empara d'elle.

Saruke revint à sa place et accorda toute son attention à son fils, usant de nouveau de la langue savatare.

— Maintenant, sois honnête avec moi. Qu'as-tu souffert aux mains de l'Empire ?

Il répugnait à le lui dire, à se rappeler ces choses qui, chaque fois, laissaient une cicatrice sur son âme.

— Tout le monde souffre aux mains de l'Empire.

Il s'était décidé à lui épargner les détails les plus douloureux.

— J'étais le Gladius Primus.

Tamura poussa une exclamation et Saruke plissa les yeux. Sa sœur se pencha en avant, le regard avisé.

— Un talent utile alors, si tu as l'intention de récupérer ce qui te revient, dit-elle dans un murmure qui n'était destiné qu'à leur mère et lui.

Il prit le thé que lui tendit Saruke.

— J'en ai bien l'intention. C'est même ce qui m'a maintenu en vie toutes ces années.

Tamura posa les mains sur ses genoux.

— Je veux t'aider. Karsas est un crapaud. Nous avons perdu en prestige face aux autres clans depuis qu'il est *ataman*.

La question qui rôdait dans un coin de son esprit depuis son arrivée au campement monta à ses lèvres.

— Pourquoi ne t'a-t-il pas épousée ?

Elle montra les dents.

— Parce qu'il savait que je le tuerais dans son sommeil.

Saruke leva les yeux au ciel.

— Elle refuse de se marier. Je n'ai aucun petit-enfant.

Tamura imita l'expression de sa mère.

— Nous vivons plutôt bien, sans mari dans les pattes. Je chasse, je guide les troupeaux et je me bats aussi bien qu'un homme.

Azarion s'esclaffa.

Tamura avait toujours été à la hauteur comparée à lui et aux autres garçons de son âge. Elle chevauchait, se battait et tirait à l'arc aussi bien que n'importe lequel d'entre eux, et mieux que la plupart.

— Un enfant venu de mon ventre ne vivrait pas jusqu'à son premier anniversaire, reprit-elle avant de remplir sa tasse de thé fumant. Karsas y veillerait. Il ne veut aucun concurrent au titre d'*ataman*, ni rien qui pourrait amoindrir les chances de son fils d'en hériter.

Azarion grogna. Pour le moment, le rôle d'*ataman* du clan du faucon crécerelle était détenu par Karsas et sa progéniture – à moins que la Conseil du Feu ne le révoque.

— J'ai beaucoup à apprendre, dirait-on. Mais davantage encore à venger.

Une partie de la férocité de sa sœur s'estompa. Pendant un moment, elle parut aussi rongée de soucis que leur mère, le dos courbé par l'inquiétude.

— Il s'est passé de nombreuses choses depuis que tu nous as été arraché. Néfastes, pour l'essentiel. Le commerce s'est raréfié sur le flanc oriental du Serpent, nos laines et nos chevaux ne se vendent qu'à la moitié de leur ancien prix. Seul l'argent conserve sa valeur, mais nos meilleures mines s'épuisent. Des pillards des monts Gamir dévastent les territoires des Gobans qui, dans la foulée, fuient sur nos terres et nous demandent notre aide contre leurs ennemis. Je crains que, si nous refusons de leur tendre la main, ils ne se tournent vers l'Empire pour obtenir son soutien. En dépit du fait que certains soupçonnent l'Empire d'armer les pillards et de les encourager à harceler les Gobans.

Les pensées d'Azarion se mirent à tourbillonner. Il avait eu tort de croire que la situation n'avait pas changé depuis qu'on l'avait vendu à l'Empire. Les Savatars n'étaient plus ce peuple puissant qu'ils étaient dix ans plus tôt.

— Si les Gobans ne peuvent retenir les pillards des Gamir, ou s'ils demandent de l'aide aux Impériaux, ces derniers s'en serviront pour envahir nos terres. Maintenir le Voile exige beaucoup de pouvoir de la part des *agacins*. Elles ne sont pas assez nombreuses pour en dresser un second.

Tamura renifla.

— Crois-moi, tout ce que tu viens de dire a été moult fois discuté aux réunions du conseil. Les *atamans* parlent et parlent encore, mais ne prennent aucune décision. Karsas n'est pas le seul responsable de cet échec.

Saruke raviva les braises du feu.

— Nous envoyons des guerriers pour aider les Gobans à repousser une ou deux attaques, surtout pendant les échanges commerciaux. Mais cela ne suffit pas.

— Le conseil du clan et le Conseil des Atamans te poseront la même question que nous, mon frère.

Tamura finit son thé avant de poursuivre.

— Ils voudront savoir tout ce qui t'est arrivé, ils essaieront de glaner des informations. Pour défier Karsas et récupérer la tête du clan, tu devras leur offrir quelque chose, t'attirer leurs faveurs. Ta connaissance de l'Empire pourrait t'y aider.

Elle ne lui apprenait rien de neuf. Il espérait seulement que le peu de savoir qu'il avait glané en tant que gladiateur de la Fosse suffirait.

— Je n'étais pas un homme d'État, là-bas. J'étais un esclave, je ne sais donc rien des projets de Krael. Je connais le plan de la capitale, en revanche, et je sais comment sont placés les régiments. Certains gladiateurs sont d'anciens soldats, parfois même des officiers qui ont déplu à l'empereur pour une raison ou une autre et qui, en représailles, ont été privés de leur liberté. Ils parlaient parfois de leurs exploits. Si on écoute bien, on peut en apprendre beaucoup dans l'arène d'entraînement.

Saruke posa une main sur son bras, et il se retourna. Les yeux de sa mère, d'un vert plus pâle que les siens, étaient assombris de chagrin et de compassion.

— Tu auras quelque chose d'utile à leur apprendre. Ils écouteront peut-être.

Il jeta un coup d'œil à Gilene endormie.

— J'ai une *agacin*. Ils m'écouteront.

Tamura émit un grognement sardonique.

— Une *agacin* incapable d'allumer une bougie, pour le moment. Il te faudra de la chance, mon frère. La bénédiction d'Agna ne suffira pas.

Il n'avait rien à répondre à cela.

DEUXIÈME PARTIE

LE CIEL D'EN BAS

CHAPITRE 11

Gilene se tourna vers le soleil, heureuse de sentir sa lumière et sa chaleur. Cinq jours, maintenant, qu'elle se trouvait dans la Stara Dragana, à se chercher au sein d'un peuple dont les mœurs et la langue lui étaient inconnues. Dans son dos, les toits de feutre noir des tentes que les Savatars appelaient des *qaras* tressautaient sous le vent.

Le campement du clan était devenu une vraie ruche. Le mariage d'un homme du clan du faucon crécerelle à une femme de celui de la marmotte devait avoir lieu dans trois jours, et plusieurs femmes s'étaient regroupées pour fabriquer des tapis de feutre que le marié offrirait à la famille de sa fiancée. C'était un travail éreintant, et Gilene y prit part, accueillant avec joie le dur labeur.

Lorsque les femmes avaient commencé le premier tapis, la sorcière avait proposé ses talents de teinturière pour colorer des paniers de laine cardée dans les tons demandés. Une fois séchées, les mèches seraient réparties dans d'autres paniers ; dans le même temps, des femmes travaillaient par équipes de quatre ou cinq pour feutrer la laine blanche et grise qui servait de base à chaque tapis.

L’une des matriarches du clan avait dardé sur Gilene un œil soupçonneux, comme si sa proposition de s’occuper de la teinture risquait de mettre en danger toutes celles qui travaillaient la laine. Avec l’aide de Saruke, qui traduisait ses paroles, la matriarche l’avait bombardée de questions.

— Que sais-tu des teintures ?

Gilene avait réprimé un sourire.

— Mon village est connu pour ses teintures. Nous extrayons le vert de l’ortie longue et vendons la poudre colorante dans tout l’Empire.

— Mais sais-tu comment teindre du tissu ? Fabriquer la teinture et s’en servir sont deux choses différentes.

La matriarche avait raison. Elle ne la contredit donc pas.

— Je teins du tissu depuis longtemps.

Un petit groupe de femmes s’était rapproché d’elles, curieuses de voir les soi-disant talents de cette étrangère. Toujours sceptique, l’ancienne avait indiqué les chaudrons de teinture tout proches.

— Montre-nous ce que tu sais faire.

Même si les Savatars se servaient de plantes pour obtenir des nuances de jaune et de rouge au lieu du vert auquel elle était habituée, le procédé pour teindre la laine était largement similaire : il s’agissait de la plonger dans plusieurs bains de couleur à l’aide d’un râteau à main et d’une spatule. Des périodes de séchage sur les étendoirs permettaient d’obtenir des mèches aux couleurs vibrantes espérées. Mais Gilene avait ajouté un petit quelque chose au procédé, et ses mèches ressemblaient à un coucher ou un lever de soleil, les teintes s’échelonnant du jaune pâle à l’écarlate. Des exclamations ravies et des hochements de tête approbateurs lui apprirent qu’elle s’était gagné la foule.

La matriarche contempla sans un mot les mèches avant de jeter un rapide coup d'œil à Gilene puis à Saruke.

— Elle peut teindre la laine, déclara-t-elle avant de s'en aller.

À présent, depuis son poste, elle observait tous les chaudrons pendant que les autres femmes fabriquaient et feutraient les tapis. Certaines des plus jeunes vinrent la trouver et lui demander, en langue commerciale, si elle voulait bien leur enseigner quelques-unes de ses techniques.

— C'est surtout de l'entraînement, répondit-elle. Mais je vous apprendrai ce que je sais.

Elle était coincée ici pour au moins un mois, et sans doute davantage. Partager ses connaissances avec ses hôtes réticents lui faciliterait peut-être un peu la vie. Elle ne cherchait pas à être acceptée, mais être au moins tolérée lui serait aussi précieux qu'utile.

Ce matin, elle avait plongé un écheveau de mèches dans un chaudron de teinture jaune vif et le remuait avec son râteau. Les feutrières cardaient et étalaient les fibres en se chamaillant sans cesse, probablement au sujet du dessin. Venus d'une extrémité du camp, des cris et des sifflements interrompirent les disputes.

Gilene n'osait pas laisser les chaudrons sans surveillance, mais elle tourna la tête pour voir ce qui avait causé une telle agitation. Bientôt, une file de chariots, semblables à ceux qui étaient disposés un peu partout dans le campement, se dirigea dans leur direction, accompagnée par une escorte de cavaliers.

Les feutrières se turent et se levèrent en hâte, essuyant leurs mains humides sur leurs tabliers. Elles murmuraient entre elles, certaines coulaient des regards à Gilene. Comme cette dernière ne parlait pas le savatar, leur excitation l'étonnait. Le fait que ses compagnes s'intéressent à elle la mettait mal à l'aise.

Saruke vint à son aide pendant qu'elle regardait les chariots approcher.

— Les nouvelles circulent vite, dit-elle en langue commerciale.

Gilene lui jeta un rapide coup d'œil.

— Que veux-tu dire ?

— C'est le Conseil du Feu. Elles ont entendu dire que le clan du faucon crécerelle avait une *agacin*. Elles vont vouloir te parler. Laisse les chaudrons et retourne à la *qara* pour te changer. Je te rejoins dans un instant.

À cette nouvelle, Gilene sentit son estomac se nouer. Elle obéit à Saruke et regagna la *qara* en hâte. Azarion croisa sa route, menant un cheval par sa longe. Il était vêtu à la savatare, avec des mèches tressées aux tempes, un bonnet de feutre disciplinant le reste de sa chevelure. Il portait un arc dans le dos, et un carquois à la taille. Hormis ses joues rasées de près, déjà ombrées d'une barbe, toute trace de Krael en lui avait disparu.

Il tenait un couple de marmottes dans l'autre main. Il se mit à marcher à son côté.

— Tu as vu arriver le Conseil du Feu ?

Elle hocha la tête.

— Ta mère m'a envoyée me changer, même si je ne sais pas ce que je peux enfiler d'autre.

Sa garde-robe se limitait à ses vêtements kraeliens – qui n'étaient guère plus que des chiffons à ce stade –, et à la tunique et au pantalon empruntés à Tamura. Ceux qu'elle portait pour l'heure et qui, malgré son tablier, étaient mouchetés et tachés.

— Elle t'apportera une tenue. Ou quelqu'un d'autre le fera.

Azarion laissa son cheval devant la *qara* et suivit Gilene à l'intérieur.

La chaleur apaisa la raideur de ses doigts gourds, mais elle claquait tout de même des dents. Elle était nerveuse, et elle avait froid. Se dirigeant vers sa paillasse, elle s'assit pour ôter ses chaussures et son pantalon. Sa longue tunique dissimulait l'essentiel de son anatomie, à l'exception de ses mollets et, même si Azarion l'avait déjà vue une fois totalement nue, elle n'avait pas envie de se déshabiller de nouveau devant lui.

Il était lui-même occupé à se dévêtir et ne portait plus qu'un pagne, qui laissait peu de place à l'imagination. Gilene savait à quoi il ressemblait nu. Elle avait vu les marques de fouet et les cicatrices qui, en diagonale, ornaient son dos, ses épaules et ses flancs. Son torse et son abdomen arboraient les mêmes… souvenirs de sa vie de gladiateur. Il les portait sans fierté ni honte, tout comme elle les siennes.

Ces années passées à s'entraîner et à se battre avaient modifié sa physionomie d'une autre façon. Azarion était grand, mais c'était le cas de nombre d'hommes de son clan. Minces et endurcis par la vie dans la steppe, qui se passait beaucoup à dos de cheval, ceux-ci, cependant, n'étaient pas aussi musclés que le gladiateur.

Quand il se pencha pour attraper une tunique, ses larges épaules se contractèrent et les muscles de chaque côté du creux qui soulignait sa colonne vertébrale et sa taille étroite ondulèrent. Les hommes qu'il avait affrontés ou aux côtés desquels il s'était battu dans la Fosse étaient tous modelés pour y survivre, pour plaire à la foule, pour se battre avec épée et bouclier pendant de longs moments sans se fatiguer. Azarion n'avait pas atteint le rang élevé de Gladius Primus par sa seule intelligence stratégique : la force brute avait aussi joué, et cela se voyait.

Elle avait beau répugner à se l'avouer, il était magnifique. Elle n'était d'ailleurs pas la seule à le penser. Un certain nombre de femmes savatares le regardaient d'un œil appréciateur, et Gilene supposait qu'une partie de leur inimitié envers elle tenait à la jalousie qu'elle leur inspirait. Si elles apprenaient la vérité, elle ne doutait pas un instant qu'il serait assailli par une armée de jeunes femmes célibataires et enthousiastes, se pressant devant la *qara* de sa mère.

Inconscient, ou insensible à l'examen silencieux auquel elle le soumettait, Azarion enfilait un pantalon et une tunique lorsque Saruke entra, les bras chargés d'une pile de vêtements. Elle les posa sur les genoux de Gilene.

— Habille-toi vite. Karsas vous a convoqués tous les deux dans sa *qara*. Le Conseil du Feu vous y attend.

Azarion attacha ses bottes.

— Je préférerais chasser des loups que manger avec sa clique.

— Mieux vaut qu'ils mangent avec toi plutôt qu'ils te mangent *toi*, rétorqua Saruke. En outre, je n'ai pas dit qu'ils allaient vous nourrir.

Elle fit signe à Gilene de se dépêcher.

La jeune femme jeta un coup d'œil au gladiateur. Il s'occupait de sa ceinture et de son couteau, et elle mit cet instant à profit pour se débarrasser de sa tunique tachée et enfiler celle qu'on venait de lui apporter. Le pantalon suivit, avant que Saruke lui tende une paire de chaussures propres.

Gilene s'observa et poussa une exclamation. La tenue qu'elle portait à présent était de toute évidence conçue pour les grandes occasions, et non pour la vie quotidienne. Couverte de broderies et de perles au niveau du cou et de la poitrine, la tunique était faite d'un feutre si doux que sur sa peau nue, la sensation rivalisait avec celle de la soie. De larges manches évasées, bordées de fourrure, lui couvraient les bras et tombaient presque sur ses mains. L'ourlet était également bordé de fourrure, et des broderies colorées décoraient le pantalon.

— C'est superbe, dit-elle dans un souffle.

Saruke sourit.

— Qui me prête un si beau vêtement ?

Elle tenta de ne pas céder à l'angoisse de renverser quelque chose dessus.

Le sourire de la Savatare s'élargit.

— Ce n'est pas un prêt ; c'est un cadeau. Il convient à une *agacin* sur le point de rencontrer ses sœurs du Feu.

Le cœur de Gilene se serra. Elle tira sur les bords de la tunique.

— Elle n'est pas conçue pour quelqu'un comme moi. Je ne suis pas savatare. Je ne pense même pas être une *agacin*.

Elle jeta un coup d'œil à Azarion, dont l'expression fermée ne trahissait rien.

— Je ne peux accepter une telle générosité. Je n'ai pas les moyens de la rendre.

Le sourire de Saruke disparut, et elle plissa les yeux.

— Un cadeau n'est qu'un cadeau. Donné avec joie, sans espoir de rétribution. Si tu le refuses, tu insulteras de la pire des façons celui qui te l'a fait.

Une chaleur embarrassée monta aux joues de la jeune femme. Elle résidait ici contre son gré, le temps d'aider Azarion à assouvir sa vengeance, à retrouver son héritage. Ce qu'elle portait aujourd'hui était destiné à quelqu'un qui *désirait* fermement être ici, qui *voulait* être savatare. Ce n'était pas son cas.

Et néanmoins, elle ne souhaitait offenser personne. Surtout pas ces gens qu'elle comprenait à peine et dont elle savait si peu.

— Me diras-tu son nom que je puisse le ou la remercier personnellement ?

Saruke fit « non » de la tête.

— Tu ne connais pas cette personne – pas vraiment. Que tu portes son cadeau exprimera ta reconnaissance.

Le bienfaiteur demeurerait mystérieux, et Gilene mit sa curiosité de côté pour se concentrer sur la situation présente. De nouveau, elle avisa Azarion tandis que Saruke refaisait sa tresse, prête à la nouer en chignon sur sa nuque.

— Que me demandera le Conseil du Feu lorsque je lui ferai face ? Y a-t-il des questions auxquelles je dois m'attendre ? Une épreuve à subir ?

Ses tripes se nouaient un peu.

— Tu sais que mes pouvoirs ne sont pas revenus, et qu'il faudra attendre pendant un mois ou deux encore.

Elle ne mentait pas. Ses capacités mettaient du temps à revenir, et il s'était écoulé moins d'un mois depuis les Rites du Printemps de Kraelag. Des traces de son talent à créer des illusions avaient refait leur apparition, mais pas le pouvoir d'invoquer ou de contrôler le feu. L'attente ne l'avait encore jamais dérangée. Désormais, elle devait faire preuve de patience. Ni le désir ardent ni la colère ne hâterait le processus.

Azarion l'observa de la tête aux pieds. Si son apparence l'impressionnait, il le cacha bien, et un étrange soupçon de déception se logea sous son sternum. Elle mit cette émotion malvenue sur le compte de son appréhension à rencontrer le Conseil du Feu.

— Tu seras interrogée et mise à l'épreuve par neuf prêtresses – la prêtresse en chef, notamment, que les Savatars appellent l'*ata-agacin*. Nous nous adressons à elle par le terme « Ata ».

Il sourcilla.

— Mieux vaudrait qu'elles te voient manier le feu, mais je leur dirai que tu l'as invoqué pour nous aider à fuir l'Empire, et que cela t'a vidée. Ce qui reste la vérité.

Elle eut un rire ironique.

— Tu ne raconteras pas toute l'histoire.

Il haussa un sourcil.

— Le ferais-tu, toi ?

— Pas à moins d'y être forcée. Tu te rends bien compte que les chances qu'elle me déclarent *agacin* sont, au mieux, minces – même si des témoins ont assisté à ma traversée du Voile.

Il eut un haussement d'épaules.

— Peut-être, mais tes arguments et ces témoins leur suffiront pour revenir vérifier tes dires dès que ton pouvoir se manifestera.

Gilene frissonna. Deux audiences devant le conseil. Elle redoutait la première, et ne voulait même pas imaginer devoir en affronter une seconde.

Azarion l'escorta jusqu'à la *qara* de l'*ataman*, et elle lui en fut reconnaissante. Sa réussite dans cette entreprise était aussi importante pour lui que pour elle. La foi inébranlable qu'il mettait dans sa capacité à retrouver sa magie la surprenait. Il y avait une ténacité chez cet homme qui, parfois, l'agaçait, mais qui, aujourd'hui, l'aidait à apaiser ses craintes. La pression de sa main au creux de son dos tandis qu'il la guidait dans les allées de fortune créées par les *qaras* la réconforta.

La tente de l'*ataman* était la plus vaste du campement et, pour le moment, la plus remplie. Quelqu'un avait ôté le feutre à son sommet, laissant une colonne de soleil se déverser à l'intérieur pour éclairer le sol recouvert de tapis décoratifs. Les braseros allumés disposés çà et là apportaient un supplément de lumière et de chaleur.

Karsas et ses lieutenants étaient assis par terre en un demi-cercle qui bordait le périmètre de la *qara*. Devant eux, neuf femmes vêtues de leurs plus beaux atours savatars et de coiffes complexes où scintillaient des perles, assises également. D'autres individus, dont Gilene ne pouvait que deviner le rang et le statut, se tenaient contre les parois de la *qara*. Tous les yeux se tournèrent vers Azarion et elle quand ils entrèrent, et le bourdonnement des conversations se tut.

Azarion s'inclina devant les femmes, ainsi que devant l'*ataman* et ses lieutenants.

— *Agacins*, dit-il d'une voix pleine d'admiration.

Son ton devint monocorde.

— *Ataman*, reprit-il en s'adressant ensuite à Karsas.

Même à la faible lueur des braseros, il était impossible de ne pas remarquer le sourire de Karsas lorsque son cousin s'adressa à lui par ce titre. Ses yeux, aussi verts que ceux d'Azarion, avisèrent Gilene. Elle lui offrit, ainsi qu'aux prêtresses, une rapide révérence.

— *Ataman*. *Agacins*, dit-elle dans un savatar fluide.

Deux mots qu'elle connaissait en langue des steppes : des mots importants. Elle en apprenait davantage chaque jour, mais se servait toujours de la langue commerciale pour communiquer, ainsi que des traductions assurées par Azarion, Saruke et, parfois, Tamura.

Elle ne souhaitait pas se mettre le chef du clan à dos, même s'il était certain, en considérant son statut, qu'il la verrait comme une menace, et plus encore si les prêtresses du feu déclaraient qu'elle était, comme elles, l'une des servantes d'Agna. Son regard hostile la détailla avec lenteur.

Il ne s'était pas encore adressé directement à elle depuis son arrivée au camp, mais elle le surprenait souvent à l'observer pendant qu'elle vaquait à ses occupations. Le regard aiguisé d'Azarion pouvait transpercer n'importe quelle armure et vous geler les os, et son attitude, sa stature imposaient le respect. Toutefois, il lui manquait une certaine qualité de furtivité que son cousin, lui, possédait. De même, la façon dont il l'observait ne la mettait pas mal à l'aise comme pouvait le faire celle de Karsas. En un sens, l'*ataman* lui rappelait l'abomination sans visage de Midrigar, et s'il avait sorti sa langue pour goûter l'air, elle n'en aurait pas été surprise.

Karsas s'exprimait en savatar. Azarion traduisit pour elle du même ton monocorde.

— Vous êtes tous les deux convoqués ici pour attester les affirmations d'Azarion selon lesquelles toi, femme kraelienne, tu serais en réalité une servante d'Agna.

Des rires étouffés résonnèrent dans la *qara*.

Gilene s'obligea à demeurer impassible. Il avait visé juste. Il s'était adressé à elle non par son nom, mais par son origine. Pour l'assistance, elle n'était plus Gilene, ni la concubine d'Azarion : elle était l'Empire, une ennemie des Savatars. Tout ce qu'elle dirait désormais serait frappé de ce sceau.

— Oui, *ataman*, répondit-elle en langue commerciale, sans rien ajouter.

Elle jeta un coup d'œil aux *agacins* qui lui faisaient face. Des jeunes femmes au teint frais côtoyaient des vieillardes tordues. Au centre, portant la coiffe la plus chargée, se trouvait une femme d'âge mûr – l'*ata-agacin*, à en juger par sa place et le respect qu'on lui témoignait. Comme les prêtresses qui la flanquaient, elle n'avait pas ri à la plaisanterie de Karsas. Elle tourna son attention vers Azarion.

— Dis-nous pourquoi tu crois que cette femme est bénie d'Agna.

Contrairement à l'*ataman*, elle était prête à parler en langue commerciale. Gilene saisit le bref sourire de triomphe du gladiateur. Il venait de remporter une petite victoire sur son adversaire.

Une fois de plus, il s'inclina et raconta sa première rencontre avec Gilene, quelques années plus tôt, et comment il avait découvert son don pour invoquer et contrôler le feu. Son récit contenait une grande part d'invention, lardé d'éclats d'authenticité pure. Quand il eut terminé, même Gilene était prête à croire que l'esclave gladiateur et la sorcière du feu kraelienne étaient unis par une affection mutuelle plutôt que par un chantage et des négociations ardues. Azarion n'était peut-être pas aussi ouvertement rusé que son cousin, mais il possédait un vrai talent pour la duperie.

Le silence retomba dans la *qara* après cela. Karsas voulut prendre la parole, mais l'*ata-agacin* leva la main – un ordre silencieux –, et il se ravisa. Elle se tourna vers Gilene.

— Il prétend que tu as traversé le Voile sans te brûler, et que des témoins ici présents peuvent le certifier. Je ne crois pas qu'on ait déjà vu cela chez une personne qui ne soit pas originaire du Ciel d'en Bas et, en dépit de l'histoire d'Azarion, j'hésite à te reconnaître comme servante d'Agna.

Karsas intervint :

— Il ment peut-être.

Cette fois-ci, il s'exprimait en langue commerciale.

La prêtresse plissa les yeux.

— Peut-être.

Elle lança un ordre en savatar, et l'assistance se leva, quittant la *qara* à contrecœur. Même Karsas et ses lieutenants durent sortir. Contrarié, l'*ataman* lança un regard noir aux deux jeunes gens sur son passage. Seules les prêtresses restaient assises.

Gilene se tourna vers Azarion ; la panique la gagnait. L'homme lui prit la main et leva ses doigts à sa bouche pour y déposer un baiser. Sa barbe naissante lui chatouilla les phalanges, ses lèvres étaient aussi légères que les ailes d'un papillon. Il lui serra brièvement la paume avant de la lâcher.

— Elles souhaitent te parler en privé. Rappelle-toi ce que tu affrontes chaque année, ce que tu es prête à affronter de nouveau au printemps prochain. Rien ne saurait être plus dur.

Elle opina avant de regarder de nouveau les *agacins*, tandis qu'Azarion quittait lui aussi les lieux. Dès qu'il fut parti, elle sentit son absence.

La prêtresse principale se leva du sol avec grâce et se mit à tourner autour d'elle. Concentrée, les yeux rivés sur les parois de la *qara*, Gilene resta immobile.

— Le fils d'Iruadis dit beaucoup de bien de toi. Il affirme que tu peux manier le feu, bien que le rôle que tu as joué lors de sa fuite t'ait privée de ton pouvoir.

— Tout cela est vrai.

Neuf regards étaient braqués sur elle.

La prêtresse reprit son interrogatoire.

— Il dit aussi que tu es sa concubine. Est-ce vrai également ?

Gilene avait noté un éclair de scepticisme dans les prunelles de cette femme quand Azarion avait parlé de son affection pour elle. En avait-il trop dit, ou pas assez ? Son ravisseur n'avait encore jamais exigé d'elle autre chose que de la patience et de la coopération, mais le fait était qu'elle vivait avec lui, dans son foyer, et partageait son lit – à défaut d'autre chose. C'était, en un sens, la définition du mot « concubine » et elle n'eut pas besoin de mentir à ce sujet.

— Oui. Je suis sa concubine.

Elle soutint sans ciller l'examen de la prêtresse, et ne fut pas la première à détourner le regard.

— Une servante d'Agna a beaucoup d'influence parmi les Savatars. Nous approuvons les alliances et les mariages, les batailles, et les nouveaux chefs de clan. Azarion sait tout ceci. Le fils d'un chef revenu d'entre les morts pourrait très bien vouloir réclamer ce qu'il a perdu. Le soutien d'une *agacin* lui serait très utile.

Gilene aurait pu ne pas répondre, mais elle en décida autrement. L'*ata-agacin* n'avait pas posé de question directe, mais il était clair qu'elle attendait une réponse. Gilene s'avançait en terrain mouvant. Les dieux seuls savaient quelles alliances se formaient au sein du pouvoir savatar. Qui servait les ambitions de qui ? Qui devait une faveur, et qui se pliait à une menace ? Elle cherchait une réponse qui, espérait-elle, ne compromettrait pas Azarion, et ne la placerait pas, elle, dans une position fâcheuse.

— Je ne peux pas parler à la place d'Azarion, mais serait-il déplacé de lui accorder mon soutien, si cela aidait le clan ?

Les prêtresses assises échangèrent des regards, l'*ata-agacin* haussa lentement un sourcil. L'espace d'un instant, un coin de sa bouche frémit.

— Non, ce ne serait pas déplacé.

D'un geste, elle demanda à l'une des prêtresses de lui apporter le panier.

— Tu racontes que tu n'as aucun pouvoir pour le moment, mais nous allons tout de même te mettre à l'épreuve. Voyons si tu es aussi douée avec la magie qu'avec les mots.

— Désirez-vous… me tester à l'intérieur de la *qara* ?

Gilene observa son environnement : de la laine, du feutre, des paniers. Du sommet jusqu'au sol, le foyer de Karsas, comme toutes les tentes du campement, représentait du carburant potentiel pour une flamme hors de contrôle.

L'*ata-agacin* lui décocha un nouveau regard interrogateur.

— Pour apaiser tes doutes…

Elle fit un geste en direction de l'un des braseros. Les charbons s'illuminèrent d'un éclat orange vif avant qu'un arc de flammes en jaillisse pour suivre le mouvement de la prêtresse. Il resta suspendu en l'air avant de s'enrouler sur lui-même, formant une figure intriquée, comme un serpent se mordant la queue. Une onde de chaleur parcourut Gilene lorsque la flamme l'enveloppa, s'enroulant autour d'elle sans jamais la toucher. Un geste encore, et le feu traversa la *qara* en trombe pour plonger dans un autre brasier, faisant crépiter et briller les charbons tandis que de petites flammes léchaient la grille en une danse joyeuse. Et pas le moindre effluve de tissu brûlé.

— À ton tour, étrangère, annonça la prêtresse.

Gilene ne savait pas si elle devait rire ou applaudir. D'abord parce qu'elle pressentait que ses efforts à elle seraient vains. Ensuite, parce que le contrôle de l'*ata-agacin* sur les flammes était tout à fait impressionnant.

Elle ne broncha pas lorsqu'elles sortirent des bougies du panier et les disposèrent autour d'elle avant de lui ordonner de les allumer – soit l'une après l'autre, soit toutes ensemble. Rien : les bougies demeurèrent éteintes. On lui apporta un brasero froid. Sous la paume de Gilene, il resta sombre et froid. Une lampe à huile. Une poignée de petits bois secs. Un carré d'amadou. Rien ne prit feu de sa main.

— Je l'ai dit dès le début. Je suis peut-être capable d'invoquer le feu et de le forcer à m'obéir, mais pas pour le moment, expliqua-t-elle aux prêtresses. J'ai épuisé le pouvoir que je possédais.

L'*ata-agacin* tendit le bras.

— Donne-moi ta main.

Gilene obtempéra, et une bulle de feu bleu éclata sur leurs doigts joints. La prêtresse raffermit sa prise tandis que les flammèches remontaient sur leurs bras, mais Gilene ne se débattit pas. Elle soutint le regard de la femme pendant que les flammes dansaient sur son épaule et dans son cou avant de descendre sur son torse – jusqu'à ce que toutes deux en soient enveloppées. Elle sentait la chaleur du feu, mais seulement sa chaleur. Elle plissa les yeux, à cause de la clarté trop vive. Bientôt celle-ci disparut, et le reste avec. Les flammes moururent, laissant les deux femmes indemnes.

L'*ata-agacin* la lâcha et recula d'un pas.

— Tu ne brûles pas, pas plus que nous. La main d'Agna est bel et bien à l'œuvre ici.

Elle rejoignit ses sœurs, et elles se mirent à chuchoter.

Gilene ne bougea pas, avec le vague espoir que, même qu'elle ait pu procéder à une invocation du feu, sa résistance aux brûlures constituerait une preuve suffisante pour qu'elles la déclarent servante d'Agna. Le cas échéant, son but – rejoindre Beroe – serait à sa portée.

Les *agacins* mirent un terme à leurs palabres et, ensemble, se tournèrent vers elle. Les paroles de l'*ata-agacin* lui nouèrent le ventre.

— Nous reconnaissons ta capacité à ne pas brûler et nous te croyons quand tu affirmes que ton pouvoir est pour le moment réduit. Néanmoins, cela n'est pas suffisant pour te déclarer prêtresse. Nous devons te voir invoquer et contrôler le don qu'Agna accorde à ses servantes. Lorsque ta magie se sera réveillée, dis à Azarion ou à l'*ataman* de nous appeler. Nous reviendrons pour une nouvelle mise à l'épreuve.

Les larmes montèrent aux yeux de Gilene, mais elle les refoula. Même si elle s'y était préparée, le refus de l'*ata-agacin* de la reconnaître la décevait brutalement. D'autres semaines pénibles s'annonçaient, à vivre parmi des inconnus, considérée comme une étrangère par les membres du clan, et comme une menace par leur *ataman*. Tout ce qu'elle voulait, c'était rentrer chez elle. Son ressentiment envers Azarion, en partie émoussé ces derniers jours, se raffermit. Elle ne voulait prendre aucune part à ses machinations. L'œil sec et l'air sombre, elle suivit les prêtresses qui sortaient de la *qara*.

Celles-ci furent accueillies par une foule de curieux, ainsi que par Azarion et Karsas qui patientaient chacun d'un côté de l'entrée. Lorsque l'*ata-agacin* secoua la tête, l'assistance perdit tout intérêt et se dispersa lentement. Karsas s'attarda, un sourire satisfait aux lèvres. Gilene tourna les talons et suivit un Azarion stoïque jusqu'à la tente de sa mère.

Ils furent reçus par une Tamura renfrognée et une Saruke plus compatissante, qui leur offrit des tasses de thé en guise de consolation. Leur *qara* était plongée dans le silence, silence seulement rompu par le discret tintement de la théière contre une tasse lorsque Saruke les resservait.

Le visage hostile, Azarion regardait au-delà du cadre en treillis et du feutre de la *qara* couvrant un horizon invisible. Le besoin inexplicable de lui présenter ses excuses démangeait Gilene, qui se mordit presque les lèvres au sang pour s'en empêcher. Elle n'avait aucune raison de s'excuser. C'était l'échec du gladiateur, pas le sien. Saruke lui avait dit plus tôt qu'à la mort d'Iruadis, les *agacins* avaient voté à l'unanimité pour faire de Karsas l'*ataman*. Jusqu'à ce que ce vote soit remis en cause par une autre *agacin*, il n'avait pas le droit à réclamer le statut de chef par un combat rituel.

Le moral de Gilene s'assombrit encore. Elle devait, songea-t-elle, arborer le même air que Tamura en face d'elle.

Azarion reposa sa tasse et se leva pour fouiller dans le garde-manger de sa mère. Il revint dans le cercle, autour du brasero, avec une flasque.

— C'est une situation qui exige une boisson plus forte que le thé.

Il déboucha le flacon du pouce et but une rasade avant de le passer à Gilene.

— Ce n'est pas surprenant, reprit-il. Mais ce n'est pas non plus une bonne journée.

— En effet, reconnut-elle avant d'avaler une gorgée aussi aigre que son humeur.

CHAPITRE 12

Azarion guida les deux chevaux vers les limites du camp pendant que les femmes et les enfants démontaient les *qaras* et chargeaient les couches de feutre et les cadres sur les chariots. Le clan du faucon crécerelle se préparait pour sa migration estivale vers l'est, plus loin dans le Ciel d'en Bas, où les attendaient les pâturages épargnés par les moutons. Tous les clans savatars faisaient de même, revendiquant les pâtures ancestrales et ressuscitant les marchés estivaux pour commercer avec les Gobans au pied des monts Gamir.

Il aperçut sa sœur non loin du camp, montée sur une jument grise, en train de discuter avec d'autres cavaliers. Plus tôt dans la journée, ils s'étaient gentiment chamaillés pour savoir qui aiderait les bergers à déplacer les troupeaux de moutons, et qui capturerait les juments et les poulains sauvages pour regarnir les réserves de lait avant de lever le camp.

En fin de compte, ils avaient eu recours à un jeu d'enfants, pierre-feuille-ciseaux, pour décider qui choisirait sa tâche en premier, et Azarion avait gagné. Tamura avait grogné, mais elle était allée retrouver les autres cavaliers pour rejoindre les bergers rassemblant les moutons. Azarion émit un sifflement lorsqu'il passa devant leur petit groupe avec les deux chevaux, et salua joyeusement sa sœur de la main. Elle lui répondit par un geste grossier avant d'enfoncer les talons dans les flancs de sa monture pour s'éloigner au galop avec ses compagnons.

La *qara* de l'*ataman* serait démontée en dernier, et remontée en premier une fois leur nouveau campement rallié. Karsas avait annoncé la migration trois jours plus tôt. Depuis, le camp était pris d'une frénésie d'activité et de bruit, tandis que l'on rangeait les chariots à la file et que l'on réduisait les *qaras* à des piles de treillis, de piquets et de feutre plié. Splendidement indolent, Karsas avait assisté à tout cela depuis son siège, sur un tapis placé devant sa tente.

Comme si ses pensées l'avaient invoqué, l'*ataman* émergea soudain de l'ombre d'une *qara* encore dressée et bloqua le chemin d'Azarion. Il portait une tunique qui avait besoin d'un sérieux lavage, et ses yeux vitreux témoignaient de son ébriété. Les puissants effluves de la fermentation qui s'échappaient de sa bouche poussèrent le gladiateur à détourner la tête pour tousser.

Dans le regard de Karsas, le manque de lucidité était largement compensé par la malveillance.

— Tu croyais vraiment que ta petite combine avec le Conseil du Feu marcherait ?

Azarion n'ignora pas la question de son cousin. Cette confrontation était inévitable, il le savait. Depuis que Gilene avait échoué à obtenir le statut d'*agacin*. Depuis qu'Azarion avait traversé le Voile pour revenir au Ciel d'en Bas, au sein de son clan de naissance.

— Gilene a traversé le Voile de Feu sans se brûler. Elle n'a peut-être pas réussi l'épreuve, mais Agna l'a remarquée et bénie.

Karsas émit un bruit de bouche méprisant.

— Un tour de sorcier renégat enseigné à une putain kraelienne en échange de ses faveurs. Agna ne bénit pas ceux qui ne la vénèrent pas.

Azarion posa la main sur le manche de son couteau, là où il sortait de son fourreau. Gilene n'était pas une putain, et quand bien même : il y avait plus de force de caractère et de bravoure dans un seul de ses doigts que dans tout le corps de ce déchet.

Le gladiateur conserva une expression neutre, reconnaissant l'insulte de son cousin pour ce qu'elle était : une volonté calculée de l'insulter gravement et d'inciter une réaction prévisible.

— En tant qu'*ataman*, tu parles pour le clan, mais tu n'es toujours qu'*ataman*. Ou bien te crois-tu désormais plus grand que cela pour t'exprimer aussi au nom de la déesse ?

Karsas blêmit à cette question, qui formulait une vague accusation de blasphème. Il jeta un coup d'œil vers le ciel, comme s'il attendait qu'un éclair surgisse pour le frapper. Il retroussa les lèvres.

— Tu aurais dû rester où tu étais. Tu n'appartiens plus au clan, tu devrais laisser ta place. Tu n'es pas chez toi ici, pas plus que ta concubine, même si elle a le pouvoir de faire flamber la steppe. Jamais le Conseil du Feu ne la nommera *agacin*, et je resterai le chef. Tu as abandonné ce statut il y a dix ans.

Il parlait si bas que seul Azarion pouvait l'entendre. Ils s'affrontèrent du regard dans l'ombre de la *qara*, coincés entre la charpente de la tente et les deux chevaux que guidait le gladiateur.

Son ton était semblable à celui de son cousin même si, en son for intérieur, il bouillonnait de l'envie d'étriper cet homme sur-le-champ et d'en payer les conséquences.

— Je n'ai rien abandonné. Tu as ordonné à trois hommes de me tendre une embuscade lors d'une chasse, de me tabasser jusqu'à ce que je sois inconscient et de me vendre à l'Empire. En refusant de me tuer toi-même, tu as choisi la lâcheté, cousin.

Il esquissa une moue méprisante.

— Tu fais honte à ton père ; tu fais honte à tes ancêtres et, un jour, tout le monde le saura.

Karsas se rua sur lui, mais Azarion était prêt. Ils se heurtèrent : le gladiateur pressa la lame de son couteau contre la gorge de son adversaire. Une vive douleur l'avertit que celui-ci avait dégainé son arme et menaçait de la lui glisser entre les côtes.

Les deux hommes s'agrippaient dans une étreinte mortelle, tandis que les habitants du camp allaient et venaient tout près, ignorant ce qui se jouait entre leur *ataman* actuel et l'homme auquel il avait volé ce titre.

— Enfin, tu fais preuve de détermination, siffla Azarion, presque nez à nez avec son cousin.

Il ne cilla pas lorsque la pointe du couteau perça sa tunique et sa chair, puis qu'une chaleur humide coula le long de son flanc. Sa propre lame appuya davantage, laissant une estafilade sur la gorge où le sang afflua.

Karsas rejeta brusquement la tête et repoussa Azarion.

— Nul ne te croira, et les hommes qui t'ont vendu sont morts.

Le gladiateur haussa les épaules. Si les pouvoirs de Gilene revenaient et qu'elle passait avec succès les épreuves du Conseil du Feu lors de son deuxième essai, nul besoin de croire ses accusations. Il défierait Karsas en combat rituel, et celui-ci n'aurait d'autre choix que d'accepter.

— Ne crois pas que je ne l'ai pas remarqué. Quelle récompense en échange de leur loyauté mal placée ! Au moins, à cet égard, tu t'es montré méticuleux et tu m'as épargné la peine de les tuer moi-même.

Cramoisi, Karsas lui décocha un regard meurtrier avant d'essuyer la coupure sur son cou avec sa manche. Une tache parmi d'autres sur son vêtement.

— Le clan est à moi, déclara-t-il d'un ton sans appel avant de tourner les talons et de disparaître de l'autre côté de la tente d'où il avait surgi.

Azarion s'attarda encore un moment, sa main sur le manche de son couteau au cas où l'un des laquais de son cousin serait venu le défier. Personne ne venant, il examina la blessure infligée par Karsas et pressa sa tunique dessus jusqu'à ce que le sang cesse de couler, puis il ramassa les rênes de ses patientes juments et les guida vers son but initial : le terrain où s'était dressée la *qara* de sa mère.

Il trouva cette dernière avec Gilene et deux autres femmes, occupées à charger tapis, couvertures, braseros et marmites sur l'un des deux chariots placés tout près. Dans l'autre, la tente démontée reposait déjà.

Saruke fut la première à l'apercevoir et lui fit signe d'approcher.

— Où vas-tu ?

Il sentit le regard de Gilene peser sur lui.

— Capturer quelques juments sauvages pour les traire. Il y a un troupeau non loin d'ici, avec de nombreux poulains. Bornon et sa sœur doivent m'y retrouver.

Sa mère hocha la tête et passa à Gilene un tapis roulé à placer dans le chariot.

— Pourquoi as-tu deux chevaux ?

— Un pour Gilene, si tu peux te passer d'elle, et si elle souhaite venir.

La jeune femme s'écarta lentement du chariot pour lui faire face. Le sourire ravi qui apparut brièvement sur son visage avant de disparaître le surprit, une onde de chaleur agréable lui parcourut la peau. Ce sourire laissait transparaître une femme qui n'était pas seulement dotée d'une forte volonté et d'aspérités, et il décida de lui en arracher un autre bientôt.

Le regard de Saruke glissa vers la jeune femme avant de revenir à lui. Elle se pencha pour ramasser un panier d'oignons et le poser sur le chariot.

— Bien. Elle pourra participer à la traite.

D'un geste du menton, elle indiqua les deux autres femmes.

— J'ai assez d'aide.

— Mais…

Gilene ne bougeait pas, visiblement hésitante.

Azarion lui tendit une paire de rênes.

— À toi de voir. Je t'ai choisi une jument à l'allure confortable et à l'humeur égale, et traire une jument sauvage ne présente aucune difficulté particulière.

Si on ne craignait pas quelques coups de sabot et morsures ajouta-t-il.

En dépit de la lueur d'intérêt qui s'était allumée dans ses prunelles, Gilene hésita, jusqu'à ce que Saruke la pousse doucement vers son fils.

— Vas-y. J'ai vu que tu te donnais du mal pour apprendre nos coutumes. Cela en fait partie.

La jeune femme saisit les rênes.

— Merci, dit-elle avant de se hisser sur la selle du cheval qu'il lui avait choisi.

Ils quittèrent le camp, rejoignant les vastes étendues de la steppe où l'herbe n'était pas aplatie par les *qaras* ni mangée par le bétail. Le vent soufflait un parfum de fleurs sauvages sur un courant d'air chaud, et Azarion admira le profil de sa compagne chevauchant à son côté, le visage levé vers le soleil, des mèches échappées de ses tresses voletant sur ses joues.

Ils trouvèrent le troupeau au pied d'une colline en pente douce. Quatre autres Savatars les attendaient, qui les saluèrent de la main quand ils se rejoignirent. Ils avaient déjà installé une ligne de traite avec des cordes, des seaux et des licols stockés sur un chariot voisin.

Bornon tenait deux minces piquets de bouleau, chacun haut comme deux hommes et terminé par une boucle de corde. Il tendit l'une des perches à Azarion, puis inclina brièvement la tête vers Gilene.

— Est-ce que l'*agacin* sait comment attraper les juments et les poulains ? demanda-t-il en savatar.

À son attention, le gladiateur répéta la question en langue commerciale.

— Je n'en ai pas la moindre idée, répondit-elle en jetant un coup d'œil embarrassé au troupeau qui les observait de loin. Je croyais que j'étais là pour aider à la traite.

Azarion sourit.

— Tout à fait, mais si tu veux t'essayer à autre chose, dis-le-moi. Bornon, sa sœur Juna, qui est juste ici, ou moi te montrerons quoi faire.

Gilene jeta un coup d'œil aux longues perches que les cavaliers tenaient calées sous leur bras, et dit :

— Je vais d'abord observer, puis nous verrons.

Il la laissa avec une femme savatare du nom de Lemey, qui était venue aider à traire les juments capturées et attachées à la ligne. Le soleil tapait fort sur sa tête pendant qu'ils faisaient avancer le troupeau de l'espace de traite et harnachaient les poulains, qui appelaient leurs mères en hennissant tandis que Gilene et Lemey les attachaient à la ligne.

Le véritable travail débuta avec les juments elles-mêmes. Rapides et nerveuses, elles évitaient les perches et les lassos avant de finir acculées par des cavaliers tout aussi rapides. Plus d'une fois, Azarion faillit se faire désarçonner par un animal frénétique qui luttait contre la corde.

À la mi-journée, ils avaient attaché les juments à la ligne de traite. Trempé de sueur et marbré de terre, Azarion rejoignit Gilene, accroupie sous une jument avec un seau. Un coup de sabot contre le récipient la fit bondir en arrière. Elle jura. Du lait se répandit lorsqu'elle reposa le seau par terre pour secouer une main, qu'elle serra ensuite dans son autre paume.

Le gladiateur contourna la jument énervée et évita un autre coup de pied.

— Est-ce qu'elle t'a touchée ?

Gilene lança un regard noir au cheval avant de lever la main pour lui montrer ses doigts rouges et l'éraflure en demi-cercle sur ses phalanges.

— C'est beaucoup plus dur que de traire une vache.

Non loin de là, Lemey s'esclaffa.

— Elles tolèrent à peine que leurs poulains leur volent une gorgée – alors nous…

Azarion fit signe à la jeune femme.

— Laisse-moi regarder.

Elle lui tendit la main, et siffla entre ses dents lorsqu'il effleura l'éraflure du pouce. En dépit des cals et des plaies, ses attaches restaient remarquablement fines. Le gladiateur avait vu ces mains brandir le feu, il avait senti leur poids sur son dos blessé, leur poigne sur son bras : capables et fortes, comme cette femme.

— Rien de sérieux, conclut-il. Mais tu devras traire plus vite, sans quoi tu auras un ou deux doigts cassés avant qu'on ait fini. Viens, je vais te montrer quelques astuces pour éviter les coups de sabot.

Il lui montra, et Gilene put finir de remplir son seau sans incident. Quand ils eurent terminé, le lait fut versé dans de hautes jarres à col étroit, chargées sur le chariot avec les perches à lasso. Après quoi, ils relâchèrent les juments et leurs poulains.

Gilene débarrassa de son harnais un jeune animal qui mordilla avec curiosité la manche de sa tunique.

— Et maintenant ? Que va-t-il leur arriver ?

Azarion libéra une jument et s'écarta d'un bond quand elle rua dans sa direction avant de détaler, son poulain à la silhouette dégingandée galopant à son côté.

— Nous les laissons tranquilles. Ces troupeaux sont nombreux, dans les steppes. Nous en croiserons un autre vers les nouveaux pâturages, et nous recommencerons. D'ici là, nous utiliserons les moutons pour le lait non fermenté et le caillé.

Une fois tous les chevaux relâchés et le chariot chargé, les bergers se rincèrent avec soin et comparèrent leurs hématomes. Azarion déclina l'invitation qu'ils lui firent de se joindre pour leur repas de l'après-midi. Il avait amené Gilene ici dans un but bien précis.

— J'aimerais te montrer un endroit qui, je pense, va t'intéresser. Nous pourrons y manger. J'ai apporté des provisions.

Il indiqua les fontes attachées à la selle de la jument que la jeune femme avait montée.

Celle-ci prit un air interrogateur.

— Ce n'est pas un tumulus, n'est-ce pas ?

Il éclata de rire.

— Si, mais je vais te jurer sur tout ce que tu veux qu'aucun esprit ne nous attende à l'intérieur. On pourra même rester dehors si tu le souhaites.

Elle se mordilla la lèvre inférieure un moment avant de se décider.

— Emmène-moi voir ce tumulus.

Ils saluèrent les autres bergers et se dirigèrent vers une portion plate de la steppe où un monticule saillait au milieu d'un champ de fleurs roses et violettes.

Une fois leurs montures dessellées et mises à paître, Azarion étala les tapis de selle pour qu'ils s'assoient à proximité du tumulus et de son entrée basse, tournée vers l'est. Gilene fouilla dans la besace qu'il lui tendit et sortit des gâteaux d'orge, du caillé séché et des gourdes de thé et d'infusion d'orge.

Elle s'assit en tailleur sur l'une des couvertures et lui passa un gâteau. Il s'étendit à côté d'elle, les jambes tendues – ses pieds disparaissaient dans l'épais tapis d'herbes estivales. Il ferma les yeux et grignota pensivement, savourant le silence, le soleil et la compagnie de cette femme.

— Tu es bon cavalier, dit-elle. Meilleur que je le pensais.

Il entrouvrit une paupière pour la regarder.

— J'étais encore meilleur autrefois, et sans égal dans la Fosse, mais nous étions rarement en selle pendant les combats. Je me souviens encore de cette sensation…

Elle désigna un point sur son flanc.

— Que t'est-il arrivé, ici ? Un coup de sabot ?

Azarion baissa les yeux et s'aperçut que la petite quantité de sang versée par le couteau de Karss avait imbibé les couches épaisses de sa tunique et laissé une tache.

— Rien d'aussi noble. Karsas et moi avons eu une… discussion, ce matin. Ma foi, ça ne s'est pas trop mal passé.

L'air inquiet de Gilene le fit sourire.

— Les bonnes discussions, en général, ne laissent pas de taches de sang.

— Nous sommes tous deux en vie. C'était amical.

Elle lui lança une miette de gâteau.

— Je ne crois pas qu'il soit capable « d'amitié ». Ta sœur le hait.

Azarion se raidit.

— Est-ce qu'il t'a menacée ?

Son cousin était paresseux, fourbe et meurtrier, mais il n'était pas stupide. Menacer une femme qui pouvait se révéler une *agacin* aurait été une folie. *Ataman* ou pas, tout son clan se retournerait contre lui s'il osait faire une chose pareille.

Gilene secoua la tête.

— Non, il m'a seulement considérée comme on considère un tas de crottin. Comme s'il souhaitait me voir morte. Mais je l'ai vu regarder beaucoup de gens de cette façon, y compris son épouse.

Azarion n'avait aucune intention de faire part à la jeune femme des détails de sa conversation avec son cousin. Cela n'avait aucune utilité. Il avait toujours envie d'éviscérer Karsas, mais, une fois de plus, il réprima sa colère – son désir de vengeance, lui, était intact.

Gilene lui tendit la gourde de thé.

— Puis-je te demander quelque chose ?

Il opina.

— Si Karsas était un bon *ataman*, si le clan était florissant, le défierais-tu ?

Sa question le poussa à réfléchir. C'était une chose qu'il n'avait jamais envisagée. Karsas mettait le clan du faucon crécerelle en danger. Fort et fourni lorsque Iruadis était à sa tête, il était désormais diminué. Nul besoin d'écouter les murmures et les plaintes pour constater à quel point le clan avait perdu en richesse, en statut et en influence : cela lui avait sauté aux yeux dès le premier jour de son retour. Et cela aurait pu suffire à nourrir son désir de chasser Karsas . Sauf qu'Azarion était poussé par autre chose.

— Qu'y a-t-il de bon chez un homme qui vend sa famille en esclavage ?

Elle secoua la tête.

— Je n'ai pas dit que c'était un homme bien. On peut être un bon chef et un être humain détestable.

C'était vrai. Par le passé, des hommes brutaux avaient élevé de puissants royaumes. Une femme brutale en co-dirigeait un à l'heure actuelle.

— Je veux récupérer ce qu'on m'a volé, dit Azarion et, par son attitude, Karsas me rend un grand service. Car si, comme tu le dis, il était un bon chef, préoccupé par le bien de son clan, j'abandonnerais peut-être. Ce serait, en tout cas, un choix difficile.

Il lui glissa un sourire en coin.

— Tu poses des questions délicates.

Elle lui rendit son sourire, et Azarion oublia de respirer.

— Mais tu t'en sors très bien.

Elle se tut un moment, avant de reprendre son interrogatoire.

— Si tu deviens *ataman*…

Le voyant se renfrogner, elle rectifia.

— Quand tu seras *ataman*… Que feras-tu pour ton clan ? Pour son statut au sein de la confédération ?

Dommage que le Conseil des Atamans n'ait pas soumis ces questions à Karsas des années plus tôt ou, si cela avait été le cas, qu'il ait cru à ses mensonges.

Cette fois-ci, Azarion avait une réponse toute prête, mais il savait qu'elle ne lui plairait pas.

— Je prévois d'entraîner toute la nation savatare dans une guerre contre l'Empire.

Gilene lâcha sa gourde, mais la rattrapa avant que le thé se répande sur la couverture. Son sourire avait disparu, remplacé par une sourde déception.

— Tu entraînerais ton peuple dans une guerre qu'il ne peut pas gagner ?

Il fronça les sourcils.

— Les Savatars sont désormais trop dépendants du Voile pour se protéger, répondit-il. Ils pensent que seuls les Nunaris sont leurs ennemis parce qu'ils sont les vassaux de l'Empire les plus proches du Voile. Nous sommes capables de les voir au travers des flammes quand ils en cherchent les faiblesses. Les clans ont oublié l'est et sa vulnérabilité.

» L'Empire mène une invasion de ce côté-là, non en chargeant tête baissée, mais en une lente progression. Ils établissent de plus en plus de garnisons le long du Serpent d'Or, ils investissent le territoire goban – une route après l'autre, une caserne après l'autre. S'ils traversent les monts Gamir et y placent une garnison, il deviendra impossible de les arrêter. Les Gobans tomberont en premier, puis les Savatars. L'Empire n'aura pas besoin de briser le Voile ni même de s'en approcher pour nous conquérir.

La consternation de Gilene se dissipait au fil de son discours, remplacée par une expression stupéfaite.

— L'Empire est vaste, rétorqua-t-elle. Vous n'êtes pas assez nombreux pour vaincre ses armées. Comment pourrais-tu l'emporter ? Comment convaincrais-tu les clans ?

Azarion n'était pas resté les bras croisés en attendant que la magie de sa compagne revienne. Karsas lui avait interdit d'assister aux réunions de son conseil avec ses lieutenants – une mesquinerie qui lui avait valu nombre de coups d'œil soupçonneux et de regards en coin. Mais cela ne l'avait pas empêché de s'informer sur le statut du clan, de la confédération, de la nation savatare, et sur les inquiétudes de leurs voisins gobans à l'est. Un plan avait pris forme dans son esprit, ambitieux, risqué et dangereux. La seule façon dont il pourrait commencer à le mettre en œuvre consistait à reprendre le pouvoir.

— Tu as raison. Attaquer tout l'Empire est impossible. Mais nous pouvons le toucher en plein cœur, et ce cœur s'appelle Kraelag.

— Attaquer la capitale ?

Gilene se tapota le menton, l'air songeur.

— Les Savatars devraient parcourir une grande distance pour en atteindre les portes. Chaque général appellera ses unités pour la défendre.

Azarion eut un petit sourire.

— J'y compte bien.

Elle demeurait silencieuse, réfléchissant à ce qu'il venait de dire, gardant ses pensées pour elle. Il s'allongea sur le flanc face à elle et posa la tête sur sa main.

— À mon tour de poser les questions, reprit-il. Pourquoi as-tu eu l'air si étonnée lorsque je t'ai proposé de venir avec moi pour cette sortie ?

Ces dernières semaines, il l'avait plusieurs fois surprise à l'observer d'un air songeur. La même expression se dessinait à présent sur ses traits.

— Parce que je crois bien que c'est la première fois depuis notre rencontre que tu ne donnes pas d'ordre pour que je fasse quelque chose, ou alors que tu n'utilises pas la menace ni la négociation.

Il en resta bouche bée. La jeune femme le considérait, amusée. Il songea à ce qu'elle disait. Elle n'exagérait pas. Il ne s'était jamais considéré comme un homme tyrannique : difficile de l'être lorsqu'on est esclave. Peut-être, cependant, avait-il adopté les habitudes de ses maîtres au cours de sa servitude. Aussi méprisables soient-elles.

Sa relation avec Gilene était porteuse de conflits depuis le début, et au vu des circonstances, ce n'était pas étonnant. Mais ils ne fuyaient plus les pisteurs kraeliens, les éclaireurs nunaris ou les démons de Midrigar ; à présent. Il n'était plus nécessaire de lui donner des ordres.

— Tu as raison, reconnut-il. Je te consulterai plus souvent.

Une étincelle passa dans les prunelles.

— Sage décision.

Elle lui offrit un autre sourire engageant. Ses doigts dansaient nerveusement sur le motif tissé du tapis de selle. Elle lui jeta un coup d'œil, détourna la tête, recommença.

— Vas-y, l'encouragea-t-il. Pose une autre question. Tu en meurs d'envie.

— Pourquoi n'as-tu dit à personne que tu pouvais voir par-delà les illusions ?

— Je ne voyais aucune raison de le faire. J'ai peut-être hérité de ma mère un soupçon de la magie.

Il eut un geste désinvolte.

— Et même si quelqu'un savait pourquoi je détecte les illusions qu'est-ce que cela changerait ? Les tours de magie de Saruke sont simples : cercles de protection, talismans pour la santé et pour se protéger des esprits malins.

C'est utile, ainsi que tu l'as constaté à Midrigar, mais ni elle ni les autres chamanes ne maîtrisent les pouvoirs des *agacins*, et les *agacins* ne produisent pas d'illusions. Pour ce que j'en sais, la moitié du clan pourrait voir au travers de tes enchantements.

Il regarda le vent entraîner une de ses mèches dans sa danse.

— Comme tu le sais si bien, garder un secret est source de pouvoir.

Elle opina d'un hochement de tête. Elle avait renoncé à tant de choses pour l'aider, même sous la contrainte. Lui laisser ce secret au sujet de sa magie était une récompense en soi.

— Comment une femme devient-elle *agacin* ? s'enquit-elle.

Au cours de son séjour au sein du clan, Gilene s'était coulée dans le quotidien du camp sans trop de gêne, grâce, en partie, à l'aide de la mère d'Azarion, mais aussi parce qu'elle savait écouter, et qu'elle était curieue.

Pour autant, bien qu'elles soient considérées avec respect et admiration par les Savatars, les *agacins* restaient des énigmes.

— Agna choisit de bénir une servante. À sa guise. Aucun clan n'est favorisé, aucune famille n'engendre de lignées d'*agacins*. Une fille bénie ne le sait même pas avant d'avoir eu ses premières menstrues, une fois que le feu s'est manifesté d'une façon ou d'une autre. Une famille a failli brûler vive dans sa *qara* lorsque leur cadette l'a incendiée dans son sommeil.

Gilene gardait les yeux rivés sur l'horizon, mais son regard, songea Azarion, était tourné vers l'intérieur.

— Il en va de même pour les sorcières nées à Beroe. La magie ne se transmet pas de génération en génération au sein d'une seule famille, et ne se manifeste jamais avant que la fille ait eu ses menstrues.

Elle sourcilla.

— Mais pourquoi Beroe seulement ? Pourquoi les autres villages n'ont-ils pas leur propre sorcière du feu ?

Il n'avait pas de réponse. Il pouvait très bien y avoir d'autres sorcières. Comme Beroe, les autres villages gardaient peut-être jalousement le secret. Avec la destruction de Midrigar par l'armée kraelienne et les sorciers les plus puissants de l'Empire, l'empereur avait implicitement reconnu la menace que représentaient ceux qui étaient nés avec la magie et avaient appris à s'en servir. Ces sorciers qui, sur ordre de l'empereur, avaient dévasté ce qui restait de Midrigar, avaient été exécutés pour toute récompense, exécution suivie du massacre de chaque individu, dans les limites de l'Empire, soupçonné de posséder même la plus petite parcelle de magie. Cela remontait à plus d'un siècle, et l'Empire ne tolérait toujours pas la magie. Le secret était une nécessité vitale.

— Ta magie est différente de celle des *agacins* savatares, reprit Azarion. Pas dans la façon dont tu manipules le feu, mais dans les conséquences de cette manipulation. Elles ne souffrent pas les mêmes blessures que toi lorsqu'elles utilisent leur magie.

La jeune femme soupira et leva les genoux pour refermer les bras autour de ses jambes et poser la joue sur ses rotules.

— Je les envie.

Ils demeurèrent un moment silencieux. Le troupeau de chevaux qu'ils avaient réuni auparavant, apparu au sommet d'une petite butte, dévalait maintenant la pente jusqu'à une pâture vallonnée.

— Pourquoi n'es-tu pas mariée ? interrogea Azarion.

Elle eut un rire étouffé.

— Qui te dit que je ne le suis pas ?

Il s'assit. Pendant un instant, son cœur s'arrêta, et il en fut surpris. Une émotion plus sombre l'envahit. La jalousie… Intérieurement, cette révélation le fit bondir. Mille questions lui venaient. Il n'en posa aucune.

Comment s'appelle-t-il ?

Quel piètre spécimen d'homme accepterait volontairement de soumettre son épouse aux Rites du Printemps, pas seulement une fois, mais de façon répétée ?

Pourquoi n'est-il pas en train de retourner tout l'Empire pour te retrouver ?

Est-ce que tu l'aimes ?

Le sang avait quitté son visage.

— Azarion ?

Gilene lui toucha le bras, l'amusement avait fait place à une légère inquiétude.

Il avait décidé de se montrer plus direct.

— Es-tu mariée ?

Sur les traits de la jeune femme, toute trace de bonne humeur avait disparu.

— Non. Je vais mourir jeune et défigurée, sans enfant pour me réconforter. Quel homme voudrait se lier à une femme condamnée à un sort tel que le mien ? Rendue stérile par sa magie ?

Elle avait prononcé ces mots d'une voix sans émotion, comme si elle s'était résignée à un avenir lugubre.

Moi. Azarion chassa aussitôt cette pensée

— Nos *agacins* ne sont pas stériles.

Elle sursauta, et il poursuivit.

— Certaines sont mariées. L'*ata-agacin* est veuve. Je crois que quatre ou cinq d'entre elles ont des enfants. Une ou deux ont même des petits-enfants. Pourquoi penses-tu que ta magie t'a rendue stérile ?

— Parce que je ne suis pas innocente, et que je devrais avoir conçu au moins un enfant à l'heure qu'il est.

Azarion ne répondit pas. Il avait compris, à ses yeux écarquillés, qu'elle-même doutait de son affirmation. Qu'elle espérait encore. Si elle était réellement stérile, songea-t-il, cela était dû à autre chose qu'à sa magie.

Une fois encore, le silence s'abattit et, cette fois, ce fut elle qui le brisa.

— Pourquoi n'as-tu pas abusé de moi ? Sans magie pour me défendre, je n'aurais pu t'en empêcher.

Des souvenirs douloureux l'accablèrent. Il y fit face un moment, avant de les écarter. Peut-être serait-il capable un jour de les affronter sans ciller, parce qu'ils n'auraient plus aucune valeur pour lui. Ce jour n'était pas venu.

Gilene l'observa, intriguée. Bien qu'elle n'ait pas été comme lui esclave de l'Empire, elle en avait été la victime, elle connaissait d'expérience ses cruautés et ses dégradations, elle les avait subies et en avait réchappé, amère, mais invaincue. Si quelqu'un pouvait comprendre son raisonnement, c'était elle.

Le gladiateur contemplait l'un des motifs du tapis de selle sur lequel il était assis.

— Parce que je sais ce que ça fait d'être utilisé. Par une personne ou par plusieurs. L'impératrice aime avoir un public lorsqu'elle s'amuse avec ses jouets et, parfois, elle aime que le public participe.

Quand, au juste, sa voix était-elle devenue si rauque ? Sa gorge si serrée ?

— Les pires blessures que j'ai reçues, reprit-il, celles qui ont failli me tuer, n'ont pas été celles de la Fosse. C'est dans la chambre de Dalvila que j'ai le plus souffert.

Je n'ai peut-être pas été en mesure d'aider une Fleur du Printemps à échapper au feu quand j'étais gladiateur, mais jamais je n'ai forcé aucune femme. Je ne le ferai jamais.

Il ignorait si ses mots l'avaient rassurée ou si sa révélation l'avait écœurée, mais il ne se sentait plus si tourmenté.

À genoux, elle vint s'asseoir en face de lui. La compassion, et non la pitié, adoucissait son regard et, quand elle le dévisagea, une chaleur y brillait, qui ne s'y trouvait pas avant. Derrière ces émotions douces, la fureur couvait. Elle ne le toucha pas, et il ne tendit pas la main vers elle, mais il se pencha davantage.

Elle parlait d'un ton aussi doux que son regard.

— Si je pouvais, je changerais Kraelag en trace de brûlure sur la carte.

Ils se dévisagèrent jusqu'à ce qu'Azarion lui offre un léger sourire.

— Je te crois.

Elle avisa un point derrière l'épaule du gladiateur.

— Pourquoi m'as-tu amenée ici ?

Il se mit debout et l'aida à se relever. Le tombeau était un simple monticule, dépourvu de stèle décorative. L'unique ornement était un disque sculpté inséré dans le linteau de l'entrée : un faucon crécerelle aux ailes déployées.

— Mes ancêtres sont enterrés ici. Mon père…

Du doigt, il suivit les contours de l'oiseau.

— Je suis né devant ce tumulus. Ma mère a insisté. Elle disait que le sang partagé par mère, père et enfant me lierait davantage à mes ancêtres. À mes grands-pères, aussi, qui ont dirigé avant mon père. Leurs esprits me guideraient quand je reprendrais le rôle d'*ataman*.

Il caressa la pierre rêche.

— Je voulais te montrer que tous les tumulus ne servent pas de cachette aux fuyards ni de nids aux esprits tourmentés. Si la fortune me sourit, à ma mort, je reposerai ici, aux côtés de mon père.

Ils longèrent la moitié du périmètre avant de grimper jusqu'au sommet. Leur position leur offrait une belle vue sur cette partie de la steppe. À leurs pieds, leurs chevaux flânaient dans les hautes herbes, paissant côte à côte. D'une main, Gilene se protégea les yeux puis tourna lentement sur elle-même pour observer les alentours.

— D'ici, un esprit peut contempler le monde des vivants à son aise.

Elle avait raison, et Azarion pria pour que son propre esprit profite de cette vue quand il serait temps pour lui de rejoindre ses ancêtres dans la chambre funéraire.

Ils descendirent du tumulus et en achevèrent le tour, s'arrêtant lorsqu'ils découvrirent un bouquet fané d'herbes et de fleurs noué d'un morceau de tissu jaune brodé d'un motif compliqué, à l'aide de perles et de crin de cheval. Gilene se pencha pour mieux observer, mais ne ramassa pas les fleurs.

— De quoi s'agit-il ?

Il crut reconnaître le tissu, ou du moins la broderie.

— Des offrandes, des reliques. Cela ressemble au travail de ma mère. Tamura a dû le déposer ici il y a peu.

Un soupçon de culpabilité s'insinua en lui. Il ne s'était rendu qu'une fois en ce lieu depuis son retour au Ciel d'en Bas, pour voir les ossements de son père disposés dans le tumulus, et pour y déposer sa propre offrande, en hommage à tous ses ancêtres, qui reposaient à présent dans cette tombe. Il aurait dû venir plus souvent, amener Saruke au lieu de compter sur Tamura pour le faire. Sa sœur avait trop longtemps endossé cette responsabilité seule – celle-ci et beaucoup d'autres.

Gilene lui toucha le bras.

— J'ai toujours cru que parler aux morts était plus facile que parler aux vivants.

Devant son regard interrogateur, elle haussa les épaules.

— Je veux dire, ils écoutent mieux.

Elle indiqua leurs couvertures et les reliefs de leur repas.

— Il faut qu'on retourne au camp. Je vais tout remballer et t'attendre.

Elle le laissa seul devant l'offrande et il l'entendit siffler les chevaux. Il s'agenouilla à côté du bouquet. Les ossements d'Iruadis reposaient dans ce tombeau, mais il aimait à croire que son esprit se trouvait dehors, à profiter, à côté de lui, du vent et de l'odeur de l'herbe nouvelle. Il ferma les yeux et convoqua l'image de son père la dernière fois qu'il l'avait vu, vieilli par les éléments et diminué par la maladie, mais toujours puissant – toujours l'*ataman* respecté d'un clan respecté.

Il garda cette image à l'esprit tandis qu'il priait, d'abord Iruadis, pour qu'il le guide dans son projet de reconquête du pouvoir, puis le panthéon des dieux savatars, en particulier Agna, pour leur miséricorde et leurs faveurs. Le vent lui caressa les oreilles pour lui murmurer ses propres supplications.

Quand il regagna l'endroit où Gilene et lui avaient partagé leur repas, il découvrit leurs affaires rangées dans la sacoche et la jeune femme allongée sur les deux couvertures, endormie dans une nappe de soleil. Il s'accroupit sans discrétion, pour ne pas l'effrayer lorsqu'elle ouvrirait les yeux et le découvrirait penché sur elle.

Elle glissa les doigts dans les cheveux d'Azarion. Il retint son souffle, stupéfait, osant à peine frémir.

— As-tu prié ? demanda-t-elle d'une voix ensommeillée.

Il hocha la tête. Dans ses cheveux, sa main était aussi légère qu'une aile de papillon de nuit.

— Et tes dieux ont-ils écouté ?

— Je l'espère.

Il se pencha encore, désespérément attiré par ses lèvres pâles. Elle ne s'éloignait pas.

Du bout des doigts, elle traça une ligne sur son visage, d'une pommette à l'autre. Il ferma les yeux lorsqu'elle recommença, cette fois-ci dans le sens inverse, avant de s'arrêter sur le point sensible qui palpitait près de sa tempe. Quand il rouvrit les yeux, elle l'observait avec intensité. Ils étaient si proches à présent qu'il sentait sa poitrine s'abaisser et se soulever.

— J'ai cru que je te haïrais toujours, gladiateur. Ce n'est plus vrai.

Ses mots firent s'envoler son cœur.

— Je ne te hais plus, ajouta-t-elle, et je ne t'oublierai jamais.

Il faillit l'embrasser alors, vibrant de désir, perclus de regrets. Elle ferma les yeux, ses cils noirs légers frissonnant, la peau fragile de ses paupières plus pâle encore que sa bouche.

Un chœur de sifflements le fit se figer. Gilene rouvrit brusquement les yeux et, en un éclair, s'écarta d'une roulade pour se remettre maladroitement debout. Azarion se leva plus lentement et la rejoignit, pour voir d'où provenait le bruit. Depuis le sud, un groupe de cavaliers galopait vers eux et il reconnut, à sa tête, la jument gris fumée de Tamura.

Gilene ramassa la sacoche à ses pieds.

— Nous nous sommes absentés longtemps. Ils ont sans doute cru qu'il nous était arrivé malheur.

Il lui saisit le bras.

— Gilene.

Elle se tourna alors vers lui, arborant cette expression de froideur qu'elle avait tandis qu'ils fuyaient l'Empire.

— S'il te plaît. Après tout ce que nous avons traversé, ensemble et séparément, ne crois-tu pas que nous méritons tous deux un peu de paix ?

Elle se dégagea et se dirigea vers sa monture, le laissant ramasser les couvertures. Ils sellèrent les juments en silence et rejoignirent le groupe de Tamura pour chevaucher tranquillement jusqu'au campement.

Gilene resta à l'écart toute la soirée, évoquant les effets d'un excès de soleil lorsque Saruke lui demanda pourquoi elle paraissait si apathique. Une fois qu'ils eurent mangé, et alors qu'ils commençaient à s'istaller pour la nuit, Azarion prit une couverture et un tapis de selle, et sortit.

— Où vas-tu ?

Gilene se tenait dans son dos, vêtue d'une fine chemise, pieds nus.

— Je me suis dit que tu voudrais peut-être avoir le lit pour toi seule cette nuit.

Elle s'enveloppa de ses bras comme si elle avait froid, alors que la *qara* conservait largement la chaleur des braseros désormais éteints.

— Non.

Elle n'ajouta rien d'autre, se contentant de se blottor sous les couvertures de leur paillasse et de les remonter jusqu'au menton.

Azarion l'observa un moment avant de poser ses affaires et de se déshabiller. Il se glissa sous la couverture, allongé sur le dos et se mit à compter le nombre de piquets qui soutenaient le toit de la *qara*. Gilene et lui étaient plus mal à l'aise qu'ils ne l'avaient jamais été, mais il ne trouvait pas la force de regretter cette journée et le temps passé avec elle. Si on lui en donnait l'occasion, il recommencerait, mais cette fois-ci, il ignorerait leurs visiteurs pour embrasser la bouche accueillante de la sorcière du feu.

C'était la troisième fois qu'il se mettait à compter les piquets, et il commençait à s'endormir, lorsque les deux bras minces de Gilene se refermèrent autour de ses épaules et le tirèrent, le forçant à rouler sur le flanc. Elle était couchée plus haut que lui sur la paillasse, si bien que sa joue reposait sur le sein de la jeune femme et que le menton de celle-ci lui frôlait le dessus de la tête. Elle glissa doucement ses doigts dans ses cheveux.

La mettre sur le dos, remonter sa chemise et lui écarter les cuisses ne lui demanderait aucun effort. Il la désirait tellement qu'il en avait le vertige. Mais il se concentra sur sa respiration, sur la sensation des mains dans ses cheveux plutôt que sur le corps tiède pressé contre le sien.

Elle accepterait ses caresses, elle accepterait qu'il la prenne. Il le devinait, à la mollesse de son corps, à sa respiration plus forte, à l'odeur changeante de sa peau. Mais il ne voulait pas son acceptation. Il voulait son enthousiasme, une passion au moins égale à la sienne. Cette étreinte, aussi séduisante soit-elle, ne trahissait pas son désir, mais son besoin de réconfort.

Alors il se serra contre elle, frotta son nez contre la courbe de son sein, et se satisfit pour le moment d'écouter son cœur battre, se réjouissant de savoir qu'elle ne le haïssait plus, et de regretter qu'un tel changement ne la fasse pas rester au Ciel d'en Bas.

CHAPITRE 13

L'été était désormais bien installé sur la steppe. Il avait chassé les pluies qui s'attardaient depuis des semaines et avaient transformé le territoire en un vaste bourbier. Les gens, les moutons, les *qaras*… L'humidité persistante avait réduit tout et tout le monde à une masse misérable et trempée de laine puante. Seuls les troupeaux de chevaux et les poules échappaient à cette odeur. C'était aujourd'hui le premier jour de beau temps, et le vent qui balayait les plaines charriait enfin un air sec.

Le nouveau campement se trouvait à quelques heures de cheval derrière Gilene, et la puanteur n'avait pas disparu malgré les rafales, mais l'agréable parfum de verdure était une nouveauté bienvenue.

Accompagné de quelques archers, un groupe de femmes et d'enfants était parti à l'aube pour gagner un coin de steppe où l'un des éclaireurs avait déniché des fraisiers sauvages que les troupeaux de chevaux n'avaient pas encore piétinés ou mangés. Gilene les accompagnait, chevauchant auprès de Saruke, qui lui avait annoncé qu'elles prépareraient un repas pour tout le monde pendant que les autres ramassaient les fruits.

Ils avaient parcouru plusieurs lieues. Bientôt, l'éclaireur qui se trouvait à l'avant siffla et agita le bras pour indiquer l'endroit où poussaient les fraises. Ils s'arrêtèrent. Vêtue d'un plastron, de brassards et de grèves en cuir, Tamura rejoignit sa mère. Gilene résidait avec leur famille depuis deux mois déjà, mais la sœur d'Azarion restait sur ses gardes en ce qui la concernait, et une lueur soupçonneuse brillait toujours dans son regard.

— Nous allons nous rendre aux quatre points cardinaux pour nous assurer qu'aucun voleur du clan Saiga ne rôde dans les hautes herbes, annonça Tamura en indiquant d'un geste large les cinq autres archers.

Elle partit, ses longues tresses battant contre son dos tandis que le cheval galopait vers les archers.

Le groupe de cueillette avait atteint sa destination. Chacun descendit de cheval et partit, le sac à l'épaule, récolter les dons de la steppe. Gilene resta en arrière pour aider Saruke à installer une cuisine de campagne. Bientôt, des flammes allumées par le briquet et l'amadou se mirent à danser sous un large chaudron rempli de graisse de mouton.

Elles s'assirent côte à côte sur un carré de cuir de cheval pour rester au sec et se relayèrent pour mettre à frire des gâteaux d'orge ronds et plats dans la graisse crépitante. Un pot de beurre était disposé à proximité, de même que d'autres, plus grands, de caillé et de thé chaud au lait salé, épaissi par de l'orge écrasée.

Gilene tendit l'un des gâteaux refroidis à Saruke.

— Est-ce que tu veux en préparer d'autres, ou est-ce que cela suffira ?

Des piles de gâteaux étaient disposées sur une plaque d'étain, luisants de graisse, dégoulinants de beurre. Quelques enfants rôdaient non loin, prêts à braver Saruke pour dérober une friandise.

— Ouste ! s'exclama la vieille femme.

Elle agita son bâton d'un air menaçant, et les jeunes s'éparpillèrent comme des lièvres.

— Rendez-vous utiles et ramassez-moi des oignons sauvages, leur cria Saruke. Je les ajouterai au chaudron.

Déjà, ils détalaient au loin.

La vieille femme adressa un clin d'œil à Gilene et reposa son bâton avant de prendre le gâteau qu'on lui tendait.

— C'est bon, déclara-t-elle après quelques bouchées. Ils ne se plaindront pas, surtout après avoir passé des heures pliés en deux.

Gilene n'en était pas si certaine. Bien que Saruke ait préparé et étalé la pâte pour en faire des gâteaux la veille au soir, c'était elle, la sorcière, qui en avait fait frire la majeure partie. Les femmes savatares ne manqueraient pas, au besoin, de critiquer ses efforts. Elle était peut-être une *agacin* et, comme telle, on la traitait avec beaucoup de politesse, on lui donnait à manger, un lit confortable où dormir et un abri pour la protéger des éléments. Mais cette civilité ne se muait pas en amitié, et jusqu'à présent seule Saruke s'était montrée assez chaleureuse pour prolonger une discussion au-delà de grognements, de quelques réponses monosyllabiques et d'un examen soupçonneux. Elle était peut-être une *agacin*, s'il fallait en croire les témoins qui l'avaient vue traverser le Voile, mais elle n'était pas savatare.

Saruke termina son gâteau et jeta un coup d'œil à la plaque où se trouvait le reste des en-cas.

— Encore quelques-uns, et cela devrait suffire. Ensuite nous les rappellerons. Vu leur nombre, ils devraient réussir à ramasser toutes les fraises en un rien de temps. Nous mangerons puis nous rentrerons.

Elle scruta le paysage de ses prunelles délavées.

— Nous nous sommes vraiment éloignés aujourd'hui, et nous sommes tout près du territoire du clan Saiga.

Gilene suivit son regard, mais ne distinguait rien d'autre que les groupes de cueilleurs de fruits et les herbes hautes qui s'étendaient à perte de vue.

— Comment le sais-tu ?

Sa compagne renifla bruyamment.

— La fumée de leur campement. Ils sont descendus tôt des montagnes, cette année. Il y aura des escarmouches pour récupérer les meilleures pâtures.

Depuis qu'elle était arrivée chez les Savatars, Gilene avait beaucoup appris sur le peuple de la Stara Dragana, et sur leur amour du combat en particulier.

— Je croyais les Savatars unis.

Saruke répartit le caillé dans de petites tasses et les disposa près du plateau de gâteaux.

— Dans leur haine de l'Empire, oui, mais ils se chamaillent toujours entre eux. Un clan contre l'autre – pour des droits de pâture, pour l'accès à l'eau. Ils marient leurs filles et leurs fils pour apaiser les tensions, mais cela ne dure jamais très longtemps. Dès l'instant où un membre du clan de la marmotte tuera et mangera un mouton qui appartient au clan du loup, ils recommenceront. Des vendettas, des combats rituels. Parfois, j'aimerais que les *agacins* éteignent le Voile. Bloqués derrière lui, nos guerriers sont comme en ébullition. Comme ils ne peuvent pas affronter l'Empire, ils se battent entre eux.

Si la mère d'Azarion avait été informée comme elle des projets d'Azarion pour l'Empire, elle s'y serait peut-être opposée. Mais Saruke pouvait tout aussi bien se porter volontaire pour l'accompagner sur le champ de bataille. Après tout, l'Empire avait réduit son fils en esclavage.

— Karsas ne fait que boire et culbuter les filles, marmonna Saruke. Un chef inutile, un guerrier inutile. Il vaut sans doute mieux que le Voile reste en place.

Sa remarque poussa Gilene à la questionner sur un sujet qui la travaillait depuis sa rencontre avec les *agacins*.

— Karsas a trahi Azarion. Il lui a dérobé le pouvoir par perfidie et non en le combattant. Pourtant, Azarion n'en a rien dit aux conseils. Pourquoi ? Ses revendications n'en seraient-elles pas fortifiées ? Il est le chef du clan par la naissance, et c'est pour récupérer ce droit qu'il m'a amenée ici. Pourquoi ne pas leur raconter ce qui s'est passé ?

Elles se trouvaient à bonne distance des cueilleurs, mais la jeune femme, qui ne voulait prendre aucun risque, continuait à parler à voix basse. L'épouse de Karsas, Arita, ainsi que leurs enfants, faisaient partie de l'expédition et, bien qu'elle ait noté que cette union paraissait fondée sur des intérêts politiques plutôt que sur une affection mutuelle, Gilene savait que la loyauté n'est pas toujours guidée par l'émotion. Elle-même était loyale à Azarion parce qu'il incarnait son retour à Beroe. Si elle apprenait quoi que ce soit qui puisse le mettre en danger, elle l'avertirait. Il paraissait probable qu'Arita fasse de même pour Karsas. Un souvenir du moment qu'elle avait passé avec le gladiateur devant le tumulus de sa famille lui revint à l'esprit.

Saruke finissait de remplir les tasses et se mit à servir le thé au lait.

— Azarion ne peut pas prouver que Karsas a orchestré sa capture et ce qui s'ensuit, et ceux qui auraient pu témoigner de la chose sont morts. Il saura à quel moment lancer ses accusations et se venger.

— Se faire justice, plutôt.

Décelait-elle une lueur approbatrice dans les yeux de la vieille femme ?

— Ou les deux ? fit Saruke avant de lui passer une tasse de thé. Tu le défends aussi farouchement que si tu étais son épouse, bien que cela ne soit pas le cas.

Partager une *qara* au quotidien rendait plus délicat le fait de mentir. Saruke était une femme observatrice, et il ne lui avait pas fallu longtemps pour comprendre que leur lien était construit sur autre chose. En leur demandant de garder pour elles ce qu'il leur disait, Azarion avait raconté la vérité à sa mère et sa sœur. Gilene était assise à côté de lui, à l'écouter, hochant la tête tandis qu'il narrait par le menu leur première rencontre – comment il avait extorqué son aide à la Fleur du Printemps, comme ils avaient échappé à l'Empire. Il avait simplement mis de côté les dons d'illusion de sa compagne et sa propre capacité à les discerner.

Tamura qui, jusqu'alors, avait traité Gilene avec un dédain à peine déguisé, l'avait considérée d'un œil neuf.

— Tu es courageuse, et tu as sauvé mon frère. Ma famille t'est redevable, *agacin*.

C'était la première fois qu'elle s'adressait ainsi à la Kraelienne. Elle demeurait méfiante, mais la pointe d'hostilité avait disparu.

Depuis lors, Gilene dormait seule, non loin d'Azarion. Au début, ce changement lui avait plu. Pas une fois, au cours des nombreuses nuits où ils avaient dormi ensemble, il n'avait pris la moindre liberté avec elle, bien qu'elle se soit souvent réveillée pour le découvrir endormi tout près d'elle, un bras passé autour de sa taille.

De même qu'il lui arrivait, au matin, de se retrouver blottie contre lui, la tête sur sa poitrine, les battements réguliers de son cœur comme une berceuse à son oreille. La première nuit dans son nouveau lit, elle s'était sentie seule, même si elle n'avouerait jamais à qui que ce soit, et surtout pas à elle-même, que la présence du guerrier lui manquait.

Elle comprenait mieux ce qui l'animait à présent, ces efforts continuels pour regagner ses terres et retrouver sa place parmi les siens. Elle n'était pas d'accord, et cela ne changeait rien à son désir de retourner à Beroe, mais elle ne le voyait plus comme un ennemi. Cette nuit-là, Gilene l'avait étreint, l'âme douloureuse, songeant à ce qu'il avait enduré des mains de l'Empire. Il reposait, lourd et apaisé, entre ses bras, un homme accablé par des souvenirs terribles et par le temps perdu.

Dans la journée, ses pensées se tournaient vers lui plus souvent qu'elle ne l'aurait pensé, mais elle ne pouvait pas toutes les chasser. Plus d'une fois, elle s'était surprise à rêvasser devant sa façon patiente de s'occuper des chevaux, ou la manière dont il inclinait légèrement la tête avant de rire, celle, aussi, dont ses doigts se repliaient autour de sa tasse de thé, ou dont le soleil matinal dorait ses pommettes lorsqu'il s'asseyait dehors pour se tailler la barbe.

— Plus vite il sera reconnu *ataman*, lâcha-t-elle, plus vite je pourrai rentrer chez moi.

Elle regarda sa tasse d'un œil noir, comme si celle-ci refusait de lui dévoiler un secret.

La vieille femme soupira.

— Il ne peut revendiquer le pouvoir tant que tu n'as pas prouvé au Conseil du Feu que tu étais une véritable *agacin*.

L'espoir se mua en frustration.

— Que je ne sois pas réduite en cendres lorsque ces femmes m'ont enflammée ne leur a-t-il pas suffi ?

Durant les semaines qui avaient suivi la décision du Conseil du Feu, Gilene s'était trouvée trop occupée pour s'attarder sur ce séjour prolongé dans la steppe. Elle pratiquait l'invocation du feu, sans résultat, et aidait Saruke à accomplir ses tâches, qui commençaient le plus souvent avant l'aube et ne prenaient fin qu'un peu avant le crépuscule. Certaines tâches étaient similaires à celles qu'elle effectuait à Beroe ; d'autres étaient très différentes. Elle allait à cheval autant qu'à pied, elle aidait à soigner les troupeaux de chevaux. Elle avait appris les bases du métier de bergère, avec ces chèvres amusantes, et ces moutons idiots comme des cailloux…

— Mieux vaut avoir un mouton idiot avec de la laine chaude, lui avait fait observer Saruke, qu'un animal intelligent qui n'aura rien à t'offrir.

Quand elles n'étaient pas en train de garder les moutons, de feutrer, tisser, cuisiner ou laver, les femmes allaient à la cueillette, parfois très loin du campement, comme aujourd'hui, là où les fraises, l'ail et l'oignon sauvages poussaient au milieu de l'herbe à plumet.

Gilene sortit le dernier gâteau d'orge de la graisse chaude et le déposa sur le plateau avec les autres pour qu'il refroidisse. Aidée de Saruke, elle écarta le chaudron de graisse du feu, et le remplaça par un autre rempli d'eau. Elle attisa le foyer avec un bâton de métal, remuant les braises jusqu'à ce qu'elles crépitent. Les flammes vacillèrent, et un léger frisson de pouvoir dansa au bout de ses doigts. Soudain, des langues de feu jaillirent pour envelopper le chaudron – avant de retomber.

Saruke bondit en arrière, les yeux écarquillés. Gilene lutta pour réprimer un cri de joie. Son pouvoir revenait !

C'était davantage un ruisselet qu'un fleuve, encore, mais au moins il était toujours là. Si elle avait été seule, elle aurait fermé les yeux pour plonger en elle-même et traquer ce fil rouge qu'elle voyait toujours en son esprit, celui qui la traversait, dans sa chair et dans son âme. La plupart du temps, elle était irritée par sa présence, mais désormais… Désormais, elle l'accueillait avec grâce.

Elle remua de nouveau les braises, adoptant une expression morne, ignorant le regard interrogateur la vieille dame.

— Est-ce que c'était… ta magie ?

Gilene secoua la tête.

— Je crois que j'ai seulement touché les braises qu'il fallait.

Le doute, dans les yeux de Saruke, se mêlait à l'excitation.

— En es-tu certaine ? Parce que si tu peux maintenant invoquer le feu, nous devons envoyer un message aux *agacins*, et Azarion peut défier Karsas.

Le cœur de Gilene s'emballa. La tanistrie du sang. L'obtention du pouvoir par le meurtre ou la guerre n'avait plus cours dans l'Empire, mais les clans de la steppe la pratiquaient encore. Karsas avait évité de s'en servir contre son cousin et avait choisi la lâcheté, en s'appuyant sur d'autres pour le débarrasser du fils de l'*ataman* et lui ouvrir la voie vers le rôle de chef de clan.

Elle prit les morceaux de navet sauvage que lui tendait Saruke, et les jeta dans la marmite d'eau bouillante.

— Ne crains-tu pas qu'il perde ce combat ?

Les épaules de la vieille femme se voûtèrent tandis qu'elle ajoutait une poignée de sel piochée dans une poche en peau de chèvre.

— Je viens de le retrouver. Après dix ans d'absence. Alors à ton avis ?

Les cueilleurs revenaient au compte-gouttes, leurs paniers remplis de fruits sauvages. Femmes et enfants avaient les doigts et les lèvres tachés. Gilene et Saruke firent passer les gâteaux d'orge, les pots de caillé et les tasses de thé au lait encore chaud. Une autre femme se chargea de faire bouillir les navets, et Gilene attrapa les fraises.

Ils se regroupèrent en cercle, firent passer la nourriture et les boissons. Des conversations joyeuses enveloppaient Gilene, qui ne pouvait en saisir que des bribes et demandait à Saruke de traduire pour avoir une idée de ce qui se racontait. C'était un babillage innocent – un mari difficile ou aimable, des enfants récalcitrants, des mariages et des naissances, la mort et la guerre, la santé du bétail, les effets du temps.

Ces moments lui manqueraient, réalisa-t-elle, une fois qu'Azarion aurait atteint son but et qu'elle aurait quitté le Ciel d'en Bas. Ces gens n'étaient pas son peuple, ils ne partageaient ni sa langue ni ses coutumes et pourtant, ici, elle pouvait oublier la Fleur du Printemps, et n'être que Gilene. Une étrangère, certes, dont la bénédiction par Agna était toujours sujette à caution, mais ici, au moins, nul n'avait pitié d'elle, ni ne faisait peser sur ses épaules le fardeau de la survie d'autrui. Ici, au cœur de la steppe venteuse, sous un dôme de ciel bleu, elle pouvait oublier qui elle était et ce qui l'attendait à l'ouest.

Les échos de la conversation s'amenuisèrent, puis cessèrent tout à fait lorsque résonna le grondement de sabots. Les six éclaireurs qui avaient accompagné leur groupe pour les protéger pendant la cueillette arrivaient au grand galop. À découvrit leurs expressions, tout le monde se leva à leur arrivée.

Tamura, arrivée la première, faisait tourner sa monture autour d'eux.

— En selle, s'écria-t-elle. Vite ! Des guerriers du clan Saiga arrivent par ici.

S'ils avaient eu des ailes, les femmes et les enfants auraient ressemblé à une nuée d'oiseaux en plein envol. Nul ne posa de questions ou ne réclama de détails. Les mères prirent leurs plus jeunes enfants, tandis que les plus âgés allaient chercher les chevaux regroupés non loin.

Gilene aida Saruke à éteindre le feu avec l'eau qui servait à faire bouillir les navets.

— Et nos affaires ?

— Laisse-les, fit Saruke. Si les Saiga attrapent l'un d'entre nous, il en coûtera au faucon crécerelle une rançon bien plus élevée qu'un panier de fraises ou quelques marmites.

Elles se hâtèrent de rejoindre les autres et de prendre leurs chevaux. Seule la moitié d'entre eux était déjà en selle lorsque le vent apporta un cri aigu de triomphe. La dépression basse dans laquelle le groupe avait fait sa cueillette était bordée, sur trois côtés, par une corniche. Ni haute ni difficile à gravir, elle créait néanmoins un angle mort pour ceux qui se trouvaient en contrebas.

Une rangée de cavaliers s'étirait lentement sur un côté, au moins trente, peut-être quarante… bien plus que la demi-douzaine d'hommes venus se placer entre les attaquants Saiga et les femmes et les enfants du clan.

Tamura cria par-dessus son épaule, et Saruke se dépêcha de traduire :

— Dépêche-toi ! On ne peut pas tous les affronter, mais ceux qui sont montés sur les juments rapides peuvent les distancer pendant que Tamura et les autres en retiennent quelques-uns.

Gilene bondit pour suivre l'ordre, puis s'arrêta. Elle n'était ni guerrière ni stratège, et encore moins meneuse d'hommes, mais elle savait que la tentative était futile. Les six braves chargés de protéger la fuite de leur clan allaient mourir en accomplissant leur tache. Elle jeta un coup d'œil à Saruke, qui hésitait aussi, le visage blême. Ce n'était pas pour elle-même, que la vieille femme avait peur. Mais pour sa fille, dont la posture et l'expression farouche montraient qu'elle était prête à se battre.

Les guerriers Saiga descendaient la pente à une allure tranquille, sûrs de leur fait. Gilene prit la main de Saruke.

— On ne peut pas les distancer. Ils sont trop nombreux, trop proches.

La vieille opina.

— Que peut-on faire d'autre ?

Gilene lui tira sur le bras pour l'entraîner vers les chevaux qui piaffaient et renâclaient.

Un plan avait pris forme dans son esprit. Un projet fou et hasardeux, mais qui, s'il fonctionnait, leur permettrait de rentrer tous au campement sains et saufs. En cas d'échec, les familles des morts ou des prisonniers auraient une coupable toute trouvée : elle. En cas d'échec, elle ne reverrait jamais Beroe, et cette idée la fit réfléchir un instant. Qu'il en soit ainsi.

Elle saisit Saruke par les épaules.

— Dis-leur de ne pas fuir. Dis-leur de rester ici : ensemble. De descendre de leurs chevaux et de leur bander les yeux avec ce qu'ils ont sous la main.

Saruke poussa un cri.

— Tu es folle ?

— Fais-le. Dis-leur que l'*agacin* l'ordonne.

Elle n'attendit pas de voir si Saruke suivait ses instructions, et revint au pas de course à l'endroit où elle avait noyé le feu de camp. Dans son dos, des éclats de voix retentissaient. Elle les ignora. Toute son attention était concentrée sur la pile de cendres, la minuscule étincelle rouge qui luisait encore. À peine plus grosse qu'une perle, elle avait échappé à l'eau de cuisson et brillait intensément au milieu de la cendre mouillée.

Gilene s'accroupit, main tendue, paume vers le sol. La steppe, les femmes paniquées, le martèlement des sabots qui se rapprochaient… tout cela disparut tandis qu'elle contemplait le joyau de braise chaude et se concentrait.

Le fil rouge, désormais, était un ruisseau, maigre toujours, mais d'un seul tenant. Il jaillissait du puits autrefois vide en elle et se déversait dans ses veines en un flot régulier. Impatient.

La magie du feu était un art difficile, imprévisible, il pouvait se retourner contre son utilisatrice à tout instant. Voilà que Gilene était une fois de plus mise à l'épreuve, non par les sorcières du feu savatares pétries de scepticisme, mais par les guerriers Saiga décidés à attaquer.

La braise brillait, plus chaude, plus vive, plus grande, elle montait à présent en une mince colonne de flamme, guère plus grosse que la branche d'un jeune saule. Contrairement au feu-dieu du Voile, ce feu-là ne devait rien aux Savatars, et il les ferait brûler sans pitié, à l'exception des *agacins* immunisées. Cette petite flamme n'obéissait qu'à sa maîtresse. Traversant l'espace entre ses doigts, elle crépitait désormais en une danse joyeuse. D'autres flammes dévalaient de sa main comme la caresse d'un amant, lui léchant le poignet et l'avant-bras, laissant chair et vêtement intacts.

Du bras, Gilene décrivit un arc gracieux et fouetta le sol de son feu, qui dévora les herbes mouillées dans une pluie d'étincelles et de fumée, formant un cercle autour des femmes et des enfants désormais silencieux. Ils l'observaient, les yeux écarquillés, ils la regardaient plier le feu à sa volonté, répondre à sa faim, contrôler son appétit vorace grâce à la magie qu'elle déroulait en mèches mesurées.

Les flammes crépitaient tout près du sol, et seuls les voiles de fumée montant dans l'air trahissaient leur présence auprès des cavaliers qui approchaient. Gilene détourna les yeux du feu juste assez longtemps pour trouver Saruke.

— Dis-leur que s'ils n'ont pas bandé les yeux de leurs chevaux, il faut le faire tout de suite, sans quoi ils les perdront.

D'autres bruissements et renâclements emplirent l'air tandis que l'on couvrait les yeux des derniers chevaux à l'aide de morceaux de couverture déchirée, de châles et d'ourlets de tunique.

Une goutte de sueur glissa dans le dos de Gilene alors que les cavaliers Saiga accéléraient la cadence, arrivant à présent au grand galop. Le sifflement d'une flèche transperça l'air, tirée par l'arc de l'un des éclaireurs du clan qui montait la garde à l'extérieur du cercle de feu. Les six archers levèrent leurs boucliers quand une mince volée de projectiles fusa autour d'eux, les flèches se fichant dans la terre et sur leurs boucliers.

— Un peu plus près, murmura Gilene. Juste un peu plus près.

Patience, se rappela-t-elle. Seule la patience pouvait commander au feu. Ni la force ni la vitesse, et certainement pas l'impulsivité.

Les cavaliers étaient presque là lorsque Gilene puisa à fond dans sa magie. Si son pouvoir était complètement revenu, les flammes jaillissant du cercle seraient montées presque aussi haut que le Voile. Mais elles créaient un mur qui n'arrivait qu'au genou. Sans se démonter, la jeune femme prononça une incantation d'illusion, et les flammes explosèrent avec un rugissement grave digne d'un ancien draga.

Des deux côtés, des gens se mirent à hurler et les chevaux à hennir, tandis qu'elle modelait le feu en une monstruosité colossale de griffes, de dents et d'yeux jaunes tout droit sortie d'un Livre des cauchemars kraelien. La chose se cambra avant de partir comme un boulet de canon, faisant claquer ses mâchoires monstrueuses dans un cri farouche. Terrifiés, les chevaux des Saiga détalèrent en hennissant et en ruant pendant que leurs cavaliers se débattaient pour en garder le contrôle.

Gilene eut pitié des archers du clan paniqués qui, eux aussi, luttaient pour contrôler leurs montures rendues folles. Elle ne pouvait rien faire pour eux. De l'autre côté du cercle, tous devaient penser qu'une *agacin* au pouvoir immense venait d'invoquer un démon de feu ou un monstre plus horrible encore, et l'avait lancé à leurs trousses.

Avec sa magie, elle attisa les flammes et l'illusion jusqu'à ce que les derniers cavaliers Saiga aient disparu de l'autre côté de la corniche, certains en croupe derrière un compagnon tandis que leurs chevaux sans cavalier partaient ventre à terre, leurs rênes ondulant derrière eux comme des vipères en colère.

Une fois les Saiga partis, une fois les montures des archers apaisées, Gilene éteignit le feu d'un geste, et l'illusion, d'une incantation murmurée. Ne restaient plus qu'un cercle d'herbe noircie, et l'odeur âcre de la fumée.

Un lourd silence s'abattit, seulement troublé par le hennissement isolé d'un cheval et le murmure du vent. Toujours juchée sur sa monture piaffante, son bouclier levé, Tamura arborait une expression de stupéfaction méfiante. Un sentiment similaire se reflétait sur les visages des autres archers. Gilene, qui sentait son dos la picoter, se retourna pour faire face à ceux qui se trouvaient dans le cercle d'herbe carbonisée.

Des femmes serraient contre elles leurs enfants en pleurs, ou tenaient les rênes des chevaux aveuglés, les jointures blanchies par l'épreuve. Leurs yeux étaient écarquillés, certaines avaient le visage mouillé de larmes, d'autres étaient pâles de terreur ou de stupéfaction.

Un frisson parcourut Gilene, suivi d'un élancement sous le bras. La magie qu'elle avait convoquée n'était que l'ombre de celle qu'elle libérait dans la Fosse chaque année, et le prix qu'elle paierait pour cela serait temporaire. Les cloques douloureuses disparaîtraient en quelques jours avec un onguent. En elle, le fil rouge coulait toujours. Elle aurait peut-être célébré le triomphe de son plan si des dizaines de regards savatars n'étaient pas braqués sur elle.

Elle se concentra sur Saruke.

— Est-ce que ça a marché ? Est-ce que ça nous donnera assez de temps pour rentrer au camp avant qu'ils reviennent ?

Le sourire de la vieille femme s'étira.

— Je crois que ça a marché, *agacin*.

Elle s'inclina profondément et, comme un seul homme, l'assistance l'imita. Gilene tendit les mains, comme pour les arrêter.

Lorsque les membres du clan se redressèrent, beaucoup souriaient comme la mère d'Azarion. Saruke se retourna, mains sur les hanches.

— Vous l'avez vu, clama-t-elle en langue commerciale. Nous l'avons tous vu. Elle a invoqué le feu.

Plusieurs opinèrent, et une femme prit la parole, toujours en langue commerciale.

— Nous devons prévenir le Conseil du Feu.

L'intéressée secoua la tête. Elle n'était pas prête à affronter de nouveau les *agacins*.

— Ce n'était… qu'un petit feu.

Saruke eut un rictus dubitatif.

— Ce n'était pas un petit feu.

— Si, crois-moi. Si je dois être encore mise à l'épreuve par le conseil, elles sauront que mon pouvoir n'est pas entièrement revenu.

— Mais il est là.

Saruke refusait de céder.

— Regarde combien d'entre nous t'ont vue l'invoquer !

Elle se remit à sourire.

— Tu nous as sauvés, *agacin*.

Un chœur de « oui » et de « bravo ! » monta de la foule, ainsi que des applaudissements, des acclamations. Gilene était mal à l'aise. Cette attention, elle n'en voulait pas. Un souffle puissant lui chauffa l'arrière du crâne. Elle se retourna et se retrouva face au cheval de Tamura.

La sœur d'Azarion la scrutait, une étincelle de défi dans le regard. Pendant un long moment, elle resta silencieuse. Puis elle glissa de sa selle et atterrit avec légèreté. Elle était de la même taille que Gilene, mais plus mince, plus robuste, bien plus dangereuse. Si les Savatars avaient autorisé les femmes à devenir *atamans*, songea la sorcière, elle aurait dirigé son propre clan.

Comme les autres, Tamura s'inclina profondément. Ses traits ne s'étaient pas éclaircis, elle ne souriait pas, mais son regard était un peu moins soupçonneux, et un peu plus admiratif.

— Mon frère sera content, *agacin*.

Un rire nerveux monta dans la gorge de Gilene. Le danger était passé pour le moment, laissant le contrecoup du soulagement la secouer.

— On peut dire ça.

Satisfaite, Tamura aboya des ordres, et l'assistance se mit en branle. On ôta leurs bandeaux aux chevaux, on mit les enfants en selle. La nourriture et les affaires furent rassemblées et chargées à leur tour.

Le retour au camp fut rapide. Tamura et les siens ne voulaient pas s'arrêter avant d'être parvenus à destination. Un contingent de guerriers vint à leur rencontre.

Des cris et des acclamations emplirent l'air. Gilene, qui chevauchait au milieu du groupe, auprès de Saruke, n'avait jamais été aussi heureuse de revoir les bannières familières flottant au sommet des *qaras* de l'*ataman* et de ses lieutenants, ni le bel et fier ex-esclave qui s'approchait d'eux à cheval.

Tamura avait pris la tête de la troupe. Azarion ralentit, stupéfait. Gilene n'entendit pas ce que sa sœur lui disait, mais elle pouvait deviner. Tamura ponctuait son discours de gestes extravagants. Azarion ne quittait plus Gilene des yeux. Tamura se retourna pour suivre son regard. Ils ressemblaient à deux aigles, intéressés par une souris. Azarion glissa quelque chose à sa sœur, qui opina, puis, d'un coup de talon, fit repartir son cheval.

Le clan déferlait, entourait les cavaliers. Ceux qui s'étaient trouvés avec Gilene racontaient leur fuite aux autres. Avec respect, des mains effleurèrent la tunique de la sorcière, les attaches de ses bottines, comme si, ce faisant, on pouvait s'approprier une partie de sa magie.

La jeune femme fut bénie par des maris et des pères reconnaissants ; certaines femmes ôtèrent leurs broches et leurs boucles d'oreilles pour les presser avec gratitude dans ses paumes. Du regard, Gilene cherchait Azarion qui, lentement, faisait avancer son cheval au milieu de la multitude. « Aide-moi », articula-t-elle en silence.

Il parvint à l'extraire de la foule, ainsi que Saruke, et les raccompagna à leur *qara*, ignorant les curieux qui les suivaient. Pour finir, il les fit entrer dans la tente silencieuse, et désigna le dehors.

— Ils vont rester là un petit moment. Puis ils retourneront à leurs affaires.

— Comme il se doit, soupira sa mère en s'accroupissant pour allumer le feu. La journée est presque finie et, comme toujours, il y a des gens à nourrir.

Elle offrit à Gilene un autre de ses sourires ridés.

— Ce soir, je prépare quelque chose de spécial.

Elle leur demanda de s'éloigner ; elle ne pouvait pas travailler, disait-elle, quand on regardait par-dessus son épaule. Se laissant tomber sur sa paillasse, Gilene retira son manteau et son chapeau d'emprunt. Azarion s'accroupit devant elle.

Ses yeux vert vif aux longs cils scrutèrent son visage.

— Bien joué, *agacin*.

La fierté et l'approbation brûlaient dans sa voix.

Elle prit l'un des chaussons de feutre qu'elle fabriquait pour Tamura. Elle pouvait mener cela à bien.

— Ce n'était pas grand-chose, franchement. Ta sœur et les autres archers méritent l'essentiel des éloges.

Ils ont tenu bon pour nous protéger, alors qu'ils étaient à un contre sept.

Elle les revoyait, alignés face aux guerriers Saiga. Parmi les six archers, quatre étaient des femmes.

— Les femmes savatares sont de farouches guerrières, fit Azarion en lui caressant la joue. Tout comme une certaine femme de Beroe. Tout le campement parle de l'attaque et de la façon dont tu as chassé les Saiga. Ton pouvoir est donc revenu ?

— Rien qu'un peu.

Elle se leva et lui fit signe de la suivre jusqu'au foyer. Curieux, Azarion et Saruke la regardèrent agiter la paume au-dessus des petites flammes.

— Pour l'heure, je ne peux pas faire plus.

La vieille femme était confuse ; elle le remarqua.

— Et voici, ajouta-t-elle, comment je peux rendre les flammes plus grandes.

Une brève incantation transforma le feu pétillant en un jet de flammes qui bondit jusqu'au sommet de la *qara*. Saruke recula avec un cri ; pas Azarion. Gilene le soupçonna de voir *au travers* de son sortilège aussi facilement que les fois précédentes.

— Vos *agacins* ne considéreront peut-être pas que cela suffit pour faire de moi l'une d'entre elles, ajouta-t-elle.

— Même si tu leur montrais *ça* ?

La confiance absolue qu'il plaçait en certaines choses ne manquait jamais de la surprendre. Elle enviait sa certitude, cette volonté tournée vers un but unique, cette stratégie patiemment élaborée. Il y avait beaucoup à dire sur ce genre d'assurance.

— Et si c'est le cas, reprit la jeune femme, lanceras-tu un défi à Karsas pour la place de chef ?

— Oui. Le temps est venu, largement. L'été va s'achever, et nous serons partis trop loin à l'est pour l'hiver. Je dois donc te ramener chez toi avant.

Une étrange intensité s'était gravée sur les traits du gladiateur, ce qui fit naître un papillonnement tout aussi étrange en Gilene.

— Enfin, si tu souhaites toujours partir.

Ils se dévisagèrent. Ils avaient oublié Saruke. Si Azarion lui avait posé cette question un mois plus tôt, elle l'aurait pensé stupide, et borné. Désormais, elle hésitait à répondre. Longtemps, « souhaiter » et « devoir » avaient été synonymes. Ce n'était plus le cas. Elle sourcilla, perturbée par cette découverte.

— Il faut que je parte. Ma famille a besoin de moi. J'ai un devoir envers elle et envers Beroe.

Azarion fronça les sourcils.

— Et quel est le devoir de Beroe envers toi, Gilene ? Tu donnes tout aux villageois, mais que te rendent-ils en échange ? Le silence ? Le secret ? Leur promesse de ne pas punir ta famille tant que tu te plieras à leurs règles ? En tant qu'*agacin*, tous les clans t'accueilleraient si tu choisissais de rester. Plus de Rites du Printemps à subir, plus de marche forcée jusqu'à la capitale, ni de nuit passée avec un gladiateur brutal. Tu as trouvé ta place parmi nous, maintenant

Saruke se leva, l'air perplexe.

— Gardez un œil sur le feu pendant que vous discutez. Je dois emprunter quelque chose à Odat. Je serai vite de retour.

Sa tentative transparente de leur accorder un peu d'intimité n'avait échappé ni à Gilene ni à Azarion.

— Elle veut que tu restes, dit le gladiateur. Ta compagnie lui plaît.

La jeune femme appréciait Saruke, elle aussi, avec ses bribes de sagesse, et elle trouvait l'austère Tamura tout aussi fascinante, quoique un peu intimidante. Ces deux femmes avaient rendu son séjour chez les Savatars non seulement tolérable, mais agréable. La vie de ce peuple dans la steppe était rude, plus rude qu'à Beroe, si elle mettait de côté son périple annuel jusqu'à l'arène, mais elle l'acceptait. Toutefois, son devoir était ailleurs.

— Je ne suis pas savatare.

Quelque chose dans l'expression d'Azarion lui coupa brièvement le souffle. En dépit de son affection, et de son attirance grandissante pour lui, en dépit de l'admiration évidente qu'elle lui inspirait, ils étaient toujours lui ravisseur, elle captive. Sa détermination à rentrer chez elle n'avait pas changé.

Elle ne bougea pas quand il souleva sa tresse de son épaule et la caressa lentement.

— Tu as le cœur solide d'une Savatare, et tu es la servante d'Agna.

— Pas encore. Le conseil doit toujours en décider, et il me faut en réussir les épreuves.

Il ricana.

— À l'heure qu'il est, la façon dont tu as mis les Saiga en déroute fait bourdonner tout le camp comme un nid de guêpes. Avec tous ceux qui t'ont vue invoquer le feu et ont répandu la nouvelle, je doute qu'une seule prêtresse du conseil te refuse ce statut.

Elle n'en était pas aussi sûre, mais, jusqu'à présent, les suppositions du gladiateur s'étaient révélées justes.

— Que penses-tu que Karsas soit en train de dire ?

Un sourire pincé incurva ses lèvres.

— Je suis surpris de ne pas avoir encore les oreilles en feu avec tous les jurons dont il doit être en train de m'accabler. Il était convaincu que tu ne retrouverais jamais tes pouvoirs.

— Vas-tu le défier au combat ?

Il effleurait sa tresse comme s'il s'agissait d'un chapelet de prière.

— Dès que l'*ata-agacin* aura reconnu ton statut.

Elle le regarda lui caresser les cheveux, fascinée par la chaleur de son regard.

— Ta mère s'inquiète pour ta sécurité. Je suis certaine que ta sœur aussi.

Sa voix était-elle enrouée ?

Azarion l'observait avec intensité.

— Est-ce que cela te trouble aussi ?

Elle voulait lui dire que non, mais cela aurait été un mensonge. Longtemps, son inquiétude avait été liée à sa peur de ne jamais revoir Beroe. Plus maintenant. Elle tressaillit en en prenant conscience.

— Gilene ?

Il avait murmuré son prénom comme une prière.

— Oui, répondit-elle avant de lui reprendre doucement sa tresse.

Il la laissa faire, la fixant toujours.

— Même si je dois te perdre, je veillerai à ce qu'on te ramène chez toi.

Gilene ne priait pas. Les dieux étaient sourds, et la vie était courte : elle avait mieux à faire que parler à ceux qui n'écoutaient pas. En cet instant, pourtant, elle se surprit à demander pour lui la protection d'une déesse qu'elle refusait de reconnaître. Assurément, la dévotion d'Azarion envers Agna lui avait valu un peu de protection divine.

Elle lui posa une question – celle qui la travaillait depuis des semaines, tandis qu'il retrouvait sa vie de guerrier savatar.

— Tu as vécu une vie d'esclave pendant dix ans, et tu viens de retrouver la liberté. Tu as souffert pour revenir auprès de ton peuple; beaucoup. Je me souviens de ce que tu m'as dit près du tombeau, l'autre jour. Je comprends que tu veuilles récupérer ce que tu as perdu, mais tout cela vaut-il la peine de risquer ta vie face à Karsas ?

Le regard du gladiateur devint flou, tourné vers l'intérieur.

— Si Karsas dirigeait de façon juste, je ne le défierais pas. Mais tout a changé pour mon clan depuis que l'on m'a vendu, et pas en bien. Je crois sincèrement que je ferais un meilleur *ataman* que lui.

Il disait vrai. Gilene le savait dans ses tripes.

— Non seulement tu serais meilleur que lui, mais que tu serais le meilleur de tous les *atamans*.

Il haussa les sourcils, et un sourire apparut sur ses lèvres.

— Telle est bien mon intention.

Il s'était remis à l'observer.

— Si tu restais, tu obtiendrais une place élevée au sein du clan du faucon crécerelle, un siège au Conseil du Feu, ainsi qu'une place dans le lit de l'*ataman* aussi longtemps que tu le souhaiterais.

Il y avait autre chose derrière ces mots : une supplique silencieuse. L'étrange papillonnement que Gilene avait ressenti plus tôt revint danser sous ses côtes et lui chatouiller le cœur.

Le destin de sa famille reposait entre ses mains et elle se savait incapable de les abandonner. Elle était la sorcière du feu de Beroe, la seule à pouvoir protéger son village de l'Empire. Il en avait, hélas, toujours été ainsi.

— Je ne peux pas, dit-elle, incapable de dissimuler le regret qui perçait dans sa voix.

— Gilene…

L'entrée de Tamura les interrompit. Les découvrant ainsi rapprochés, la nouvelle venue plissa un instant les yeux. Gilene recula d'un pas, heureuse de pouvoir mettre une distance physique entre elle et Azarion, ne serait-ce que pour retrouver ses esprits.

— La rumeur s'est répandue, annonça Tamura. Tout le camp est désormais au courant des hauts faits de l'*agacin*. Des cavaliers ont été envoyés vers les campements des autres clans pour prévenir les membres du Conseil du Feu.

Un large sourire adoucit son expression.

— Ce soir, nous ferons la fête.

— Et en quel honneur, cette fois ?

Même après toutes ces semaines passées avec les Savatars, Gilene était encore surprise par la quantité de célébrations organisées à tout propos, des premières menstrues d'une jeune fille à la naissance d'un enfant ou à la célébration d'un jour sacré.

Tamura la dévisagea comme si elle était stupide.

— Es-tu sortie de la *qara*, depuis ton retour ?

Quand Gilene répondit « non », elle eut un petit rire.

— Une montagne de cadeaux venus des familles reconnaissantes bloquera bientôt l'entrée.

— Non ! Renvoyez-les !

La Kraelienne agrippa Azarion par l'avant-bras.

— S'il te plaît, plaida-t-elle d'un ton plus doux. Pas de cadeau. Je n'ai rien fait pour les mériter.

La magie qu'elle avait invoquée n'était qu'un petit feu d'herbes, amélioré par un tour destiné à duper les cavaliers Saiga. Elle ne pouvait pas accepter ces offrandes. Derrière la générosité et la bienveillance se cachait l'espoir qu'elle les protégerait, désormais. Or elle ne pouvait drainer sa magie pour eux. Elle ne le ferait pas, le prix à payer était trop élevé. Si elle donnait davantage aux Savatars, elle serait incapable d'aider Beroe à son retour, et c'était avant tout à son village qu'elle était loyale.

— Pas de cadeaux, répéta-t-elle.

— Tu insulterais ces gens de la pire façon qui soit, *agacin*.

Gilene observa le visage de Tamura, aussi sombre qu'un orage, puis elle se tourna vers Azarion. Son expression à lui était bien plus énigmatique, comme s'il comprenait la raison de son refus.

— À moins que tu ne souhaites offenser tous les Savatars de ce camp, confirma-t-il, et même si cela part d'une bonne intention, tu ne peux refuser les cadeaux.

Il avait dû lire du désespoir dans ses yeux, car il lui couvrit la main.

— Crois-moi. Ils n'estimeront pas pour autant que ton pouvoir leur appartient.

Avait-elle le choix ? Avec réticence, elle accepta de recevoir les cadeaux et d'assister aux célébrations qui se tiendraient ce soir en son honneur.

Peu à peu, la *qara* de Saruke se retrouva encombrée d'une multitude d'objets : pots et paniers, tapis et chaussons de feutre, aiguilles en os finement sculptées, écheveaux de laine, et même de soie. Il y avait des gants doublés de fourrure, aussi, et des tuniques à l'ourlet et aux manches bordées de marmotte. Des brides en cuir ouvragé rejoignirent des tapis de selle rayés de couleurs vives. Encore ne s'agissait-il que des objets entreposables à l'intérieur.

Dehors, avec le bétail et les chevaux, plusieurs chèvres et moutons, ainsi que d'une demi-douzaine de juments étaient venus accroître la richesse de la famille d'Azarion.

Les Savatars avaient la reconnaissance plus que généreuse. Gilene espérait seulement qu'ils ne la traqueraient pas pour la punir de son ingratitude lorsqu'elle abandonnerait tout ceci, à la fin de la saison, pour regagner son village.

Dix jours après que la sorcière avait créé un monstre de flammes pour épouvanter les Saiga, le Conseil du Feu se réunit une fois de plus dans le camp du clan du faucon crécerelle. À l'arrivée des neuf *agacins* et de leur entourage, Gilene était partagée entre angoisse et soulagement. L'attente lui avait paru interminable, et elle craignait d'avoir brûlé le peu de magie qu'elle était parvenue à récupérer. Les regards venimeux que lui jetait Karsas chaque fois qu'il la croisait n'arrangeaient rien.

Ces coups d'œil étaient aussi destinés à Azarion qui, soit les ignorait allègrement, soit les soutenait – d'un air qui aurait fait geler des braises. La jeune femme, elle, était bien plus intimidée par l'antipathie manifeste de l'*ataman*, et s'efforçait de rester à distance.

Ce fut Tamura qui l'escorta jusqu'à la *qara* réservée pour la réunion du Conseil du Feu. Une nouvelle fois, elle allait se retrouver devant les *agacins*, sous le regard de centaines de Savatars. Azarion se tenait près de l'entrée, ses yeux brillant d'une lueur d'espoir et de foi. Gilene, elle, sentait la sueur glisser dans son dos.

Tamura et elle s'arrêtèrent sur le seuil. Le silence était total, menaçant. Une femme apparut pour les accueillir, l'une des neuf prêtresses – Gilene se rappelait l'avoir rencontrée la première fois.

— Le Conseil du Feu appelle Gilene de Krael, déclara-t-elle d'une voix forte et claire.

Elle s'écarta, lui offrant une demi-révérence.

Tamura poussa Gilene en avant.

— Bonne chance, *agacin*.

La jeune femme opina, et scruta la gueule noire de la tente. Elle n'osait pas regarder Azarion. Elle était bien assez nerveuse comme cela.

Les *agacins*, comme dans son souvenir, étaient installées en demi-cercle, vers le fond de la *qara* et face à la porte. L'*ata-agacin*, elle, se tenait au centre. Un brasero éteint attendait, auprès d'objets familiers : des bougies, une lampe à huile et de l'amadou.

Gilene ne connaissait pas le nom des prêtresses du feu. On ne les lui avait pas révélés lors de la première mise à l'épreuve de ses pouvoirs. Toutefois, elle reconnaissait leurs visages et leurs expressions, qui allaient de l'espérance prudente à la franche incrédulité.

Elle appréciait ce scepticisme. Elle avait échoué la première fois. Elle n'était pas savatare et ne vénérait pas la déesse Agna, ni ne croyait en elle.

L'*ata-agacin* la scruta de la tête aux pieds.

— Nous nous retrouvons, Gilene de Krael.

L'intéressée s'inclina.

— Pour une meilleure issue, j'espère.

La prêtresse hocha la tête.

— En effet.

Elle indiqua les bougies.

— Montre-nous comme la dernière fois. Les bougies t'attendent.

Elle avait tenté d'allumer les mèches, lors de la première épreuve : en vain. Mais, cette fois, le flot rouge de magie coula de son bras et de ses doigts. La mèche de chaque bougie s'alluma dans un crépitement.

Les *agacins* se redressèrent un peu, certaines se penchèrent en avant. Leurs doutes étaient partis en fumée aussi facilement que le suif qui couvrait les mèches des bougies.

L'*ata-agacin* partagea un regard lourd de sens avec ses compagnes, avant de revenir à Gilene.

— Maintenant, la lampe.

Malgré son premier succès, Gilene pensait pouvoir échouer encore. Elle poussa un soupir de soulagement lorsque la mèche de la lampe s'enflamma et se mit à lécher l'huile avec avidité. Les ombres projetées dansaient, joyeuses, sur la toile de feutre de la *qara*.

S'il était resté des réserves sur les pouvoirs de Gilene au sein des *agacins*, elles avaient à présent disparu. L'*ata-agacin*, pour finir, pointa du doigt le brasero.

— Allume-le.

Ceci exigeait davantage de force encore, mais Gilene sentait son pouvoir couler dans ses veines. Dans une explosion de feu, le brasero s'embrasa soudain… avant que le feu s'apaise, brûlant doucement le crottin séché empilé.

L'*ata-agacin* haussa un sourcil.

— Les autres prétendent que la flamme que tu as levée pour effrayer vos assaillants était bien plus haute que cela. Un mur de feu, qui s'est changé en draga.

Peut-être reconnaissait-elle l'*existence* du pouvoir de Gilene, mais, à en juger par son expression, elle n'était pas particulièrement impressionnée.

— Un soupçon de ruse, répondit la jeune femme. Le feu n'est pas mon seul pouvoir.

Cette fois, elle incanta un sort d'illusion, et des flammes plus impressionnantes s'élevèrent du brasero. Une vague de feu se déversa sur le sol, puis monta à l'assaut des parois et des poteaux de soutènement pour se répandre sur le toit.

Plusieurs prêtresses se levèrent d'un bond, affolées, prêtes à répondre à la menace avec leurs propres pouvoirs. Elles demeurèrent bouche bée lorsque Gilene, d'un seul mot, mit fin à l'illusion. La pénombre, de nouveau, se fit, où les flammes de la lampe, des bougies et du brasero ondulaient joyeusement.

— De quelle magie s'agit-il ? demanda l'une des prêtresses.

Gilene eut un geste désinvolte.

— Illusion. Le draga qui a épouvanté les attaquants Saiga était un sortilège de tromperie – pas de feu.

Elle ne mentionna évidemment pas la capacité étrange et inexpliquée d'Azarion à *reconnaître* les illusions.

Une autre *agacin* s'adressa à elle, l'air sombre.

— Ce n'est pas la bénédiction d'Agna.

— En effet.

Le regard scrutateur de l'*ata-agacin* détaillait Gilene une fois de plus. L'expression vaguement dédaigneuse, toutefois, avait laissé la place à un respect prudent.

— Aucune *agacin* n'a jamais contrôlé les illusions.

— Elle n'est peut-être pas vraiment bénie d'Agna.

La prêtresse recula lorsque l'*ata-agacin* se tourna vers elle.

— Nulle ne contrôle le feu sans la bénédiction de la déesse, s'écria-t-elle. Tu blasphèmes.

L'autre femme pâlit et leva les mains en signe de capitulation.

— Pardonne-moi, *ata*.

Les autres prêtresses s'écartèrent comme si elles craignaient que le châtiment que la déesse pourrait infliger à leur sœur les éclabousse.

Gilene, qui ne pouvait qu'assister à la scène, aurait préféré se trouver n'importe où plutôt qu'ici, devant ces juges guindées chargées de gloser sur sa valeur et, en conséquence, sur la possibilité pour Azarion de réclamer le commandement du clan du faucon crécerelle.

L'*ata-agacin* reporta son attention sur Gilene.

— L'illusion n'est pas une bénédiction d'Agna.

Son front se plissa tandis qu'elle réfléchissait.

— Mais il existe de vieilles fables – certaines transmises oralement, d'autres gravées sur les stèles des tumulus : les anciens dragas auraient usé d'illusions pour se promener parmi nous. On croyait jadis que le sang de draga répandu sur une terre sacrée accordait parfois sa magie à ceux qui vivaient non loin.

Le regard perçant se posa de nouveau sur elle.

— Où es-tu née ?

Gilene fouilla sa mémoire à la recherche de quelque chose d'unique à dire sur Beroe, mais finit par hausser les épaules.

— Dans un village sans importance – hormis pour ses exportations de teinture.

D'un côté, elle avait envie de hurler de rire à l'idée qu'elle et les sorcières de Beroe avaient, d'une façon ou d'une autre, hérité de la magie de créatures mortes depuis longtemps et dont, jusqu'à récemment, elle mettait l'existence même en cause. De l'autre, toutefois, elle s'interrogeait. Nul n'avait jamais pu expliquer pourquoi, à chaque génération, et au sein de familles chaque fois différentes naissait à Beroe une sorcière capable de contrôler le feu et de lancer des illusions. Et si son petit village insignifiant était autre chose que ce qu'il paraissait être ? Et si cela expliquait le talent unique d'Azarion pour discerner les illusions ? La question la fit réfléchir tandis qu'elle se remémorait ce qu'il lui avait révélé, lors de ce fameux jour où ils s'étaient assis devant le tombeau de sa famille.

« Je suis né devant ce tumulus : ma mère a insisté. »

Qu'y avait-il de caché, sous le sol, à cet endroit ?

— Sais-tu quelque chose des illusions des dragas, Gilene ?

Son expression avait piqué la curiosité de l'*ata-agacin*. Mais la jeune femme n'était pas prête à faire part de ce qu'elle savait du talent spécial d'Azarion.

— Non, *ata*. Je ne connais rien des dragas ni de leurs pouvoirs.

En cela, elle disait la vérité. Avec force, elle soutenait le dur regard de l'*ata-agacin*, qui la sondait sans doute en quête d'un mensonge.

La prêtresse finit par hocher la tête.

— Comment savons-nous que ce ne sont pas de simples flammes de bougie sur lesquelles on aurait lancé une illusion ?

Gilene indiqua les flammes, qui dansaient toujours.

— Passez les mains, et vous verrez que la chaleur est vraie. Nos assaillants ne sont pas restés assez longtemps pour s'interroger. S'ils s'étaient attardés, ils auraient peut-être compris que le feu qu'ils fuyaient était en réalité dérisoire.

Son interlocutrice plissa les yeux.

— Je ne comprends toujours pas pourquoi Agna te bénirait. Les Kraeliens la vénèrent-ils ?

Un frisson d'appréhension parcourut de Gilene. C'était un piège, elle le savait. L'*ata-agacin* n'était peut-être pas une fanatique, mais la ferveur de la foi ne souffrait sans doute nulle tiédeur.

— Je ne le comprends pas non plus, *ata*, admit-elle. Je ne vénère aucun dieu, kraelien ou autre, et, contrairement à vous, je paie un prix pour invoquer le feu.

Dans la *qara*, l'air s'était alourdi, tandis que les prêtresses se penchaient comme des corbeaux.

— Qu'entends-tu par « prix » ?

Le regard de l'*ata-agacin* restait prudent, et méfiant.

Gilene remonta la manche de sa tunique pour exhiber une cicatrice de brûlure. Tirant sur le col du vêtement, elle en dévoila une autre.

— Et il y en a encore, dit-elle. Sur mon dos ; sur mes jambes ; sur mes côtes. Une sur mon ventre, aussi. Elles apparaissent après chaque invocation. Guérissent vite, mais laissent des cicatrices. Plus l'invocation est puissante, pires sont la blessure et la cicatrice.

Sa révélation lui valut un froncement de sourcils. Les *agacins* étaient confuses.

— Pourtant, tu es bénie. Tu as traversé le Voile indemne.

L'*ata-agacin* inclina la tête pour l'observer d'un œil neuf.

— Tes brûlures sont-elles un paiement, ou un châtiment ?

Un châtiment ? Ce fut au tour de Gilene de sourciller. Un châtiment sous-entendait une faute. De quoi donc elle ou les sorcières du feu qui l'avaient précédée auraient-elles pu être punies ?

— Je ne comprends pas.

L'*ata-agacin* indiqua les autres prêtresses.

— Nous non plus. Mais j'ai mes hypothèses.

Gilene espéra qu'elle lui en ferait part et qu'elle ne se demanderait pas pourquoi elle recevait des blessures alors qu'elle était soi-disant bénie par la déesse savatare du feu.

— Agna n'accorde sa bénédiction qu'à un nombre restreint d'élues. C'est un fauve, dompté par la croyance et la foi en la mère qui l'a créé. Celles d'entre nous qui reçoivent la bénédiction *sont* les servantes d'Agna. Des adoratrices à son service, voilà ce que nous sommes. Nous croyons.

L'*ata-agacin* se tut, son regard disait tout.

Gilene se raidit. Elle ne reconnaissait pas Agna, elle ne la vénérait pas, elle n'était certainement pas l'une de ses adoratrices. Était-ce pour cela qu'elle était blessée après chaque invocation ? Parce qu'elle n'était pas… redevable ? Une bénédiction était une approbation, pas un présent, et il était difficile d'être reconnaissant envers quelqu'un en qui on ne croyait pas.

— La déesse ne te voit peut-être pas si *tu* ne la vois pas.

— Je ne puis vénérer ce en quoi je ne crois pas.

Gilene avait passé trop d'années à rejeter les divinités pour, brusquement, en accueillir une de tout son cœur.

L'*ata-agacin* secoua la tête.

— Non, en effet. C'est pourquoi, pour l'heure, cette bénédiction a pour toi un prix.

Elle indiqua l'entrée de la *qara*.

— Attends dehors. L'une d'entre nous t'appellera une fois notre décision prise.

Gilene ne protesta pas. Dehors, le soleil brillait dans le ciel sans nuages et, bien que la foule curieuse se soit amenuisée, Azarion et sa sœur, eux, attendaient toujours.

Tamura se pencha pour jeter un rapide coup d'œil dans la tente.

— Alors ?

Gilene croisa le regard d'Azarion.

— Elles sont en train de prendre leur décision. J'ai réussi les épreuves. Le reste ne dépend pas de moi.

Tamura tapota le bras de son frère.

— Qu'arrivera-t-il si elles choisissent de ne pas la reconnaître ?

Il haussa les épaules.

— Alors, je demeurerai tel que je suis. Le fils revenu de l'ancien *ataman* Iruadis. Rien de plus.

— Et Gilene ?

Celle-ci refusa de détourner les yeux. *Tu as promis*, disait son regard.

— Gilene regagnera l'Empire.

Les poumons de la jeune femme se vidèrent. De soulagement. De déception, aussi. Elle savait ce qu'elle abandonnerait : la beauté de la Stara Dragana, cette place au sein d'un peuple qui ne la considérait pas comme un objet de sacrifice pratique, et un homme, surtout, qui l'enchantait un peu plus chaque jour.

L'une des *agacins* parut à l'entrée.

— Entre, dit-elle. Notre décision est prise.

Gilene adressa un bref signe de tête au frère et à la sœur, et suivit la prêtresse dans la *qara*. Des papillons s'agitaient sous son sternum. Pourquoi cette angoisse ? Quoi qu'il arrive, elle retournerait chez elle. Elle avait rempli sa part du marché. Pourtant, elle se surprenait à *espérer*.

L'*ata-agacin* se leva. Les autres l'imitèrent.

— Gilene de Krael. Tu n'es pas savatare, mais tu manies le feu. Tu utilises la magie de la tromperie et tu ne vénères aucun dieu connu de ton peuple ou du nôtre. Et cependant, Agna t'a bénie, elle réside en toi. Tu n'es pas comme nous, et pourtant tu nous es semblable. Le Conseil du Feu reconnaît en toi une véritable *agacin*. Bienvenue au Foyer, sœur de la Flamme.

CHAPITRE 14

Saruke recula et examina son fils d'un œil critique. Elle avait du mal à cacher sa fierté.

— Tu ressembles à un *ataman*. Ils le remarqueront quand tu te présenteras à eux.

Même si certains *atamans* et lieutenants admiraient sa tenue, Azarion doutait fort que cela influence leur décision.

— Je crois qu'ils s'en moquent, *Ani*.

Sa mère émit un claquement de langue méprisante.

— Bien sûr que non. Ne va pas croire qu'ils n'ont pas remarqué à quel point le clan du faucon crécerelle s'est affaibli. Le clan du loup s'en réjouit : il a gagné en importance parce que nous sommes diminués, et ses membres n'appuieront pas ta revendication. Mais les autres… Les autres ont du bon sens. Tous les clans doivent être forts, en ce moment. L'Empire va trouver un moyen de contourner le Voile par l'ouest en soumettant les Gobans, ce n'est qu'une question de temps. Après quoi nous serons envahis par les Kraeliens et les Nunaris avant même d'avoir compris ce qui nous arrivait. Tous les

Savatars sont en danger. Nous ne pouvons nous permettre d'avoir quelqu'un d'aussi faible que Karsas à notre tête.

Elle ne lui apprenait rien. Sous la houlette d'un *ataman* inepte, son clan s'essoufflait. Karsas avait toujours désiré le pouvoir et le prestige, et il était assez ambitieux pour avoir organisé l'asservissement de son cousin. Mais de ce pouvoir, il ne savait que faire. Il était temps qu'Azarion reprenne ce qui lui revenait de droit et sauve les siens.

Gilene se tenait juste derrière la mère du jeune homme. Autour de sa taille mince était nouée la ceinture jaune des *agacins* : une brillante tache de couleur sur la tunique lourdement brodée qui lui avait été remise après que le Conseil du Feu l'avait adoubée. La jeune femme ignorait encore l'identité du généreux bienfaiteur. Azarion ne craignait plus qu'elle la rende si elle apprenait de qui il s'agissait, mais il voulait qu'elle profite du vêtement sans se demander comment le rembourser, ni supposer que c'était un moyen d'apaiser l'hostilité entre eux.

— Faut-il que je me présente avec toi ? demanda-t-elle.

— Non. Tu seras de toute façon présente en tant que membre du Conseil du Feu. Les *atamans* approuveront mon défi, ou le rejetteront ; les *agacins* s'assureront que l'issue soit juste.

Une semaine auparavant, le Conseil du Feu avait proclamé Gilene *agacin*. Tamura avait crié de joie à cette annonce, et s'était hâtée de répandre la nouvelle à travers tout le campement.

Elles s'attendaient à ce qu'Azarion se réjouisse aussi, et présente son défi immédiatement. Mais l'ex-gladiateur avait escorté en silence une Gilene stupéfaite jusqu'à la *qara* de sa mère et lui avait servi plusieurs tasses de thé avant qu'elle cesse de trembler. Puis il s'était agenouillé devant elle, et s'était incliné.

— Bien joué, *agacin*.

Une euphorie triomphante le disputait à une sourde mélancolie, qui l'empêchait de respirer. Il n'avait plus aucune raison de la garder au Ciel d'en Bas.

On avait beaucoup fait la fête au camp, ce soir-là. Le clan du faucon crécerelle pouvait désormais revendiquer une *agacin* – la concubine du fils réapparu d'un ancien chef. Les gens avaient dansé, chanté et levé leurs verres à Gilene et au Conseil du Feu.

Atamans et lieutenants de tous les clans avaient convergé vers le point de rendez-vous, un lieu revendiqué par aucun clan, considéré comme consacré à Agna. Ici, les clans maintenaient la paix entre eux suffisamment longtemps pour que les conseils se réunissent et prennent des décisions affectant la confédération savatare tout entière. Aujourd'hui, Azarion se présenterait aux chefs, annoncerait son défi, et prierait pour qu'ils acceptent.

Saruke lui pressa le bras une dernière fois.

— Je vais chercher ta sœur. Puissent Agna et tous les dieux te bénir en ce jour, mon fils.

Elle salua Gilene de la tête et sortit de la *qara*, les laissant seuls, dans la lumière du brasero.

Azarion observa la sorcière du feu tout juste reconnue comme telle. Elle n'était pas sienne, et ne le serait sans doute jamais. Elle appartenait corps et âme à Beroe. En cet instant, toutefois, il pouvait s'autoriser à rêver.

— Tu es à présent une *agacin*, Gilene. Un pas de plus vers ton retour à Beroe.

Elle inclina la tête. Ses yeux ne reflétaient que la lumière scintillante du brasero.

— Et s'ils rejettent ton défi ?

— Ils ne le feront pas. Impossible. S'ils essaient, la décision reviendra au Conseil du Feu. Les *agacins* s'en remettent les unes aux autres, et tu soutiens ma demande. C'est la bénédiction d'Agna. Rejeter mon défi, c'est rejeter la bénédiction.

Il se délecta du soudain éclat d'admiration apparu dans les prunelles de la jeune femme.

— Sacrilège, murmura-t-elle.

Il opina.

— Sacrilège.

Elle soupira.

— Très intelligent. Mais je n'ai jamais vu quelqu'un aussi désireux de se battre.

— Je n'ai connu que cela pendant dix ans. Je n'ai pas peur.

Ce n'était pas une fanfaronnade. Un affrontement à mort ? En réalité, il avait hâte. C'était la soif de vengeance qui l'avait maintenu en vie. Elle qui lui avait permis de surmonter d'innombrables batailles, et la lubricité dévorante d'une impératrice immensément cruelle.

Gilene n'avait pas ce genre de cruauté, elle. Elle était seulement loyale à des gens qui ne la méritaient pas. Une ombre de sourire passa sur ses lèvres.

— Je ne t'imagine pas craindre quoi que ce soit, Azarion.

Son sourire disparut en le regardant.

— Quoi ?

Il ne souhaitait rien garder de l'Empire, ni chez lui ni dans sa mémoire : rien excepté cette femme merveilleusement déterminée.

— Tu ne t'adresses pas souvent à moi par mon nom. J'aime l'entendre dans ta bouche.

Il se rapprocha, heureux qu'elle ne se dérobe pas.

— *Agacin* qui ne prie pas, je ne demanderai pas tes prières avant de rencontrer les *atamans*. Mais je te demanderai un baiser : pour me porter chance.

Du bout des doigts, il lui frôla le menton.

— Veux-tu me l'accorder ?

Il y avait, dans l'expression de son visage, une douceur qui le séduisait.

— Je suis une femme malchanceuse, dit-elle.

D'un doigt, il suivait la ligne de sa mâchoire.

— Pas pour moi.

Il baissa lentement la tête, et son cœur se mit à battre plus fort lorsqu'elle leva son visage vers lui. Sa joue était lisse, et souple, la peau de son nez osseux mince et fragile. Ses cils lui chatouillèrent la bouche quand il effleura ses paupières closes, une veine battait doucement à sa tempe. Elle était sublime, épargnée par le vent soufflant sans relâche sur la steppe.

Et cependant, eût-elle été burinée par des années passées sous le soleil et le souffle du Ciel d'en Bas qu'elle l'aurait toujours été attirée, qu'il l'aurait toujours trouvée belle. Il y avait une clarté en elle. Non pas celle du soleil ou du feu qu'elle maniait, seulement le genre de lumière qui se reflétait sur la lame d'une épée.

Ses lèvres étaient si douces, et sa bouche si accueillante tandis qu'elle s'ouvrait lentement à lui. Il lui mordilla la lèvre inférieure avant de la taquiner d'un coup de langue. En dépit de son évidente surprise, elle ne s'écarta pas, mais se pressa davantage contre lui et, par l'angle de son corps, l'encouragea à recommencer.

Azarion ne se fit pas prier. Posant ses mains sur les courbes de sa taille, il l'attira contre lui pour lui donner un baiser plus profond. Il se délectait de son goût, de son souffle, de la sensation de ses lèvres sur les siennes.

Les paumes qui déchaînaient le feu se pressaient doucement sur ses côtes, le ramenant dans le passé – dans cette lugubre cellule où elle lui avait offert son secours…

Son gémissement l'embrasa. Il glissa une main vers l'ourlet de sa tunique, faisant remonter l'autre dans son chignon de tresses si compliqué. Il oublia les conseils, le défi, il oublia jusqu'à Karsas. Ici, maintenant, il n'y avait qu'elle dans ses bras et la triste certitude que cette magie était aussi éphémère que l'éclat brillant sur l'acier.

Un claquement du rabat de la *qara* leur indiqua qu'ils n'étaient plus seuls. Azarion suçota une dernière fois la lèvre inférieure de Gilene avant de se redresser. Il la tenait embrassée, et elle ne s'écartait pas.

Saruke les observait, une expression insondable sur le visage.

— Il est l'heure, annonça-t-elle. Les *atamans* t'appellent à te présenter devant eux, mon fils, et à formuler ton défi.

La *qara* prévue pour abriter les deux conseils et leurs témoins était vaste, dressée à l'écart des autres. De nombreux braseros chauffaient l'intérieur, et des lampes projetaient une lueur chaude sur les occupants qui, assis sur des couvertures, des fourrures et des coussins, attendaient l'arrivée d'Azarion.

Il y avait là les *atamans* de tous les autres clans savatars, assis d'un côté, ainsi que les lieutenants du clan du faucon crécerelle, tandis que le Conseil du Feu, constitué des puissantes *agacins*, était installé à l'opposé.

Azarion s'inclina devant Gilene. Elle lui répondit d'un hochement de tête avant de se diriger vers la partie de la *qara* où attendaient les *agacins*, et prit place parmi elles. Elle avait l'air pâle et sereine. Seules ses lèvres, encore roses de ses baisers, témoignaient de l'étreinte passionnée qu'ils venaient de partager.

Karsas ne se trouvait pas avec les chefs : il émergea de la partie sombre de la tente pour se placer à côté de son cousin, et s'adressa à lui à voix basse :

— Lorsque je t'aurai tué au combat, je rendrai ton corps en morceaux à ta mère, puis je pendrai ta sorcière à la perche centrale de ma *qara*.

Un frisson sur une mare immobile. Azarion avait affronté ce genre de provocations bien des fois lorsqu'il se battait dans la Fosse : une tactique censée le pousser à réagir sans réfléchir. Il l'ignora, reportant son attention sur les *atamans*.

Il reconnaissait la plupart d'entre eux, déjà chefs quand son père dirigeait le clan. Certains arboraient quelques rides supplémentaires ; d'autres étaient ratatinés et frêles. Deux paraissaient avoir son âge, successeurs par la naissance ou le combat.

L'*ataman* du plus ancien clan, celui du loup, prit la parole en premier.

— Azarion, fils d'Iruadis, enfant du clan du faucon crécerelle, tu te tiens devant nous. Quelle est ta revendication ?

— Je revendique mon droit de naissance à être l'*ataman* du clan du faucon crécerelle.

À cette déclaration, Karsas redressa le menton.

— Le clan du faucon crécerelle a déjà un *ataman*. Choisi par le Conseil des Atamans.

Azarion ne trembla pas. En fin de compte, il ne s'agissait que d'une formalité : il demandait la permission aux autres *atamans* de défier Karsas en combat rituel pour prendre le pouvoir. Il s'adressa directement au conseil.

— Uniquement parce que j'ai été vendu à l'Empire par membres de mon propre clan sur ordre de mon cousin.

La foule se mit pousser à des cris, ponctués par les hurlements de déni de Karsas. Azarion attendit que le chaos s'apaise et que les conseils ramènent l'ordre. Une fois le calme rétabli, il poursuivit.

— C'est pour cette raison, et rien que pour cette raison, que Karsas est assis aujourd'hui à la place de mon père. Je suis revenu, avec la bénédiction d'Agna.

Il indiqua l'endroit où Gilene était assise parmi les autres *agacins*.

Karsas eut un geste méprisant envers la jeune femme.

— Elle n'est même pas savatare. C'est une fausse *agacin*.

Ce n'était pas la chose à dire. Toutes les *agacins* se raidirent ou sourcillèrent, offensées par l'accusation.

L'*ataman* du clan du loup prit un air incrédule.

— Pas d'après le Conseil du Feu. Elles l'ont reconnue comme l'une des leurs.

Son attention revint à Azarion.

— Nous reconnaissons ta revendication et la bénédiction, mais il suffit que Karsas accepte d'abdiquer et de laisser sa place d'*ataman*.

Il avisa Karsas.

— Abdiques-tu ?

L'intéressé croisa les bras.

— Non.

Azarion n'en attendait pas moins.

— En ce cas, dit-il, je demande le droit de reprendre ce rôle à Karsas, fils de Gastene.

Une vague de murmures balaya la *qara* tandis que les chefs et les témoins rassemblés penchaient la tête pour se parler entre eux.

L'*ataman* du clan du loup épingla Karsas d'un regard dur.

— Acceptes-tu ou déclines-tu, *ataman* du clan du faucon crécerelle ? Si tu déclines, tu abdiques.

Cette fois-ci, Karsas se montra ouvertement méprisant envers Azarion.

— J'accepte.

— Alors, puisque tu as été défié, tu peux choisir entre premier sang ou mort.

Un silence pesant emplit la tente. En dépit des options proposées, Karsas n'avait pas vraiment le choix. S'il choisissait le premier sang, il survivrait, mais les Savatars considéreraient ce choix comme un choix de lâcheté. Il perdrait la face aux yeux de son clan, et le prestige de ce dernier en pâtirait au sein de la confédération. Tôt ou tard, il aurait à affronter un autre adversaire, puis un autre encore, ou bien on le retrouverait mort, victime d'une mystérieuse maladie qui n'aurait touché personne d'autre dans sa famille.

Karsas était sournois et sans scrupules, mais il n'était pas idiot.

— Je choisis la mort.

L'*ataman* du clan du loup se tourna vers Azarion.

— Acceptes-tu les termes ?

Enfin. Après dix années d'âpre lutte et de patiente détermination…

— J'accepte.

Les *atamans* discutèrent encore quelques instants entre eux. Quand ils en eurent fini, ils se levèrent. Celui qui servait de porte-parole se tourna vers le Conseil du Feu.

— Le Conseil du Feu approuve-t-il le défi et les termes du combat ?

L'*ata-agacin* se leva à son tour.

— Nous approuvons ces deux points.

Azarion poussa un soupir de soulagement.

— Vous avez aujourd'hui et ce soir pour procéder à vos sacrifices et demander leur miséricorde aux dieux.

De la tête, l'*ataman* désigna les deux adversaires.

— Demain, à midi, vous vous affronterez.

Une foule immense s'était rassemblée devant la *qara*, curieuse de connaître l'issue de la rencontre. Karsas sortit en se frayant un chemin à coups d'épaule jusqu'à sa propre tente, le visage semblable à un ciel d'orage.

Azarion laissa les membres des différents clans l'entourer, répondant à leurs questions – sur ce qu'avaient dit les *atamans*, et quand aurait lieu le combat qui devait décider du chef. L'épreuve commençait maintenant. Ceux qui l'interrogeaient évaluaient aussi son comportement, sa capacité à diriger.

Quand il regagna la *qara* où sa mère, sa sœur et Gilene l'attendaient, la lumière du jour avait disparu.

Tamura ne perdit pas de temps avec les questions.

— Tu devrais t'entraîner après le repas. On peut quitter le campement à cheval pour gagner un endroit tranquille. Tu peux m'affronter. Si tu le lui demandes, je suis sûre que notre oncle acceptera de nous rejoindre. Cela fait longtemps que tu n'as pas affronté de Savatar, et tu n'es plus aussi doué en selle que Karsas.

Saruke la fit taire et passa à son fils une assiette en bois remplie.

— Le temps qu'il a passé comme gladiateur l'a largement préparé pour cette bataille, à cheval ou non.

— Elle a raison, *Ani*, dit Azarion, hochant la tête en signe de remerciement. J'ai chevauché autant que je l'ai pu depuis mon retour, mais dix ans sans monter en selle me désavantagent clairement.

Il adressa un clin d'œil à Tamura.

— Il faudra que je fasse descendre Karsas de sa monture.

— Nous allons nous y entraîner, déclara-t-elle. Je vais m'amuser à te jeter par terre. Une vengeance pour toutes les fois où tu as tiré mes tresses quand nous étions enfants.

Tous s'esclaffèrent, y compris Gilene, et Azarion fut reconnaissant à sa sœur qui, aussi austère soit-elle, s'efforçait de maintenir la conversation sur un registre léger. Il aurait fallu être aveugle pour ne pas déceler l'inquiétude dans ses prunelles ni la peur dans celles de Saruke. Elles avaient déjà pleuré sa mort une fois ; elles ne voulaient pas recommencer.

Après le dîner, Saruke les observa un moment, Gilene et lui, avant d'ordonner à Tamura de l'accompagner à la *qara* d'une amie pour une visite.

Tamura en resta bouche bée.

— Maintenant, *Ani* ?

Saruke s'enveloppa les épaules d'un châle et gagna le seuil de la tente, le visage plissé en une expression impatiente.

— N'as-tu rien d'autre à faire que te chauffer les pieds au coin du feu ?

La jeune femme grommela, mais obéit à sa mère. Azarion les entendit se chamailler tandis qu'elles s'éloignaient. Il se tourna vers Gilene, qui avait séché le dernier plat et le rangea.

— Tu m'as apporté la chance que je cherchais, dit-il. Je le savais.

Elle prit la petite théière qui bouillonnait sur le foyer et remplit sa tasse.

— Chance ? Demain, tu te battras à mort. Il aurait mieux valu que Karsas choisisse le premier sang, en vérité. Ta mère et ta sœur ont peur pour toi.

— Pour une chose aussi importante que la place de chef, le premier sang est le choix de la lâcheté. Karsas le sait. Il aurait perdu le peu de respect que lui porte encore le clan s'il s'y était risqué. Non, la mort est la seule option vraie. En outre, le premier sang est un choix trop risqué. Je peux perdre pas mal de sang et gagner quand même.

Un sinistre sourire incurva les lèvres de la jeune femme.

— Seul un gladiateur de la Fosse dirait une chose pareille.

Il se rapprocha de l'endroit où elle était assise. Elle s'adossa à un amas de coussins, tenant nonchalamment sa tasse. Elle était belle. Si grave, si posée.

— Alors cela ne fait pas assez longtemps que tu vis avec nous. Les Savatars sont de farouches guerriers.

Elle haussa un sourcil.

— Et ils ne craignent pas la mort ?

— Assez pour se montrer vicieux au combat.

Son adversaire, il le savait, serait exceptionnellement dur à tuer.

— Karsas est-il un bon guerrier ?

Azarion haussa les épaules.

— Je vais supposer qu'il est le meilleur et espérer le contraire.

Elle plissa le front.

— Il sera galvanisé.

— Tout comme moi.

Il glissa un doigt sur la manche de sa tunique. Du regard, elle suivit sa progression. Azarion voulait l'embrasser encore, mais quelque chose dans son attitude – un soupçon de désespoir ? –, le fit hésiter.

— Je prierai plus tard cette nuit, et j'offrirai un sacrifice à Agna pour qu'elle soit mon bras droit et mes pieds rapides. Son *agacin* me tiendra-t-elle compagnie ?

— Tu ne préfères pas plutôt ta mère et ta sœur ?

— Si les gens voient mon *agacin* prier avec moi, cela donnera plus de force encore à mon défi. C'est ainsi qu'ils te voient.

— Comme tienne… ou comme une *agacin* ?

Il caressa les phalanges de l'une de ses mains.

— Est-il impossible de rêver que tu sois les deux ?

Elle écarta les doigts puis les referma sur les siens. Ses yeux noirs étaient maussades.

— Oui. C'est impossible.

CHAPITRE 15

Tout le clan du faucon crécerelle s'était réuni pour le combat entre Azarion et Karsas. Arrivés à pied, ou à cheval, des curieux formaient un vaste cercle dans une partie de la steppe proche du campement. Plusieurs membres des clans en visite étaient également restés pour assister à la joute, en partie par curiosité, en partie parce qu'ils étaient curieux de savoir ce qu'allait devenir le clan du faucon crécerelle.

Au côté de Tamura, Gilene se tenait au premier rang de l'arène de fortune. Saruke se tenait auprès de sa fille, et toutes deux arboraient un air sombre. Azarion était parvenu à ses fins. Le fait de risquer sa vie dans l'entreprise ne semblait pas le préoccuper outre mesure. Mais cela effrayait son agacin, et à en juger par les expressions de sa mère et sa sœur, elles étaient tout aussi terrorisées.

De l'autre côté de l'étendue herbeuse, la femme et les enfants de Karsas avaient pris place, entourés d'un cortège de ses partisans. Arita, l'épouse, arborait une expression parfaitement neutre, comme si ce qui était sur le point d'avoir lieu n'avait pas plus d'intérêt pour elle que de regarder des moutons paître. Ses enfants, un garçon et une fille, cinq ou six ans tout au plus, étaient agrippés à ses jambes. Ils observaient le rassemblement avec de grands yeux effrayés. Du menton, Gilene désigna Arita.

— Qu'adviendra-t-il d'elle, si Karsas perd la vie ?

Tamura avait croisé les bras, ses ongles enfoncés dans ses biceps. Le temps passé au soleil avait foncé sa peau, lui donnant une teinte d'un brun doré, mais, pour l'heure, la couleur s'était enfuie de son visage, et ses yeux verts, si semblables à ceux de son frère, brûlaient d'un feu ardent.

— Cela dépend de nombreux facteurs. Elle peut retourner dans son clan avec ses enfants : elle appartenait à celui de l'aigle. Ils l'accueilleront, en tant qu'épouse d'un autre *ataman*.

Une profonde amertume transparaissait dans ses paroles.

— Elle peut aussi choisir de rester ici si Azarion, devenu *ataman*, le permet.

Tamura se tourna vers elle, son regard aussi perçant qu'une lance.

— Il pourrait aussi souhaiter la prendre comme épouse et reconnaître ses enfants comme les siens. C'est déjà arrivé.

Quelque chose chancela en Gilene, et une douleur inattendue se fit jour. Le souvenir du baiser d'Azarion s'attardait dans son esprit.

Elle n'avait pas à se soucier de qui il choisirait d'épouser ou non. La raison pour laquelle il l'avait amenée dans la Stara Dragana et le rôle qu'elle avait joué dans son ascension étaient clairs. Il n'était rien de plus à ses yeux qu'un moyen de regagner Beroe, tout comme elle n'était pour lui rien de plus que le moyen de trouver sa juste place parmi son clan. C'était, en tout cas, ce qu'elle se disait. Mais la douleur dans sa poitrine était toujours présente. Son esprit était raisonnable ; son cœur refusait d'écouter.

— Cela doit être difficile, pour elle, d'assister à ce combat.

Elle se félicita de son ton égal.

Tamura observait Arita. Elle haussa les épaules, songeuse.

— Qui sait ? Cette union avait été arrangée par leurs familles. Arita a toujours obéi à leurs ordres plutôt qu'à ses désirs.

Les mots tombaient comme des pierres. Gilene suivit le regard de Tamura. Une lueur étrange y brillait. Y avait-il quelque chose entre ces deux femmes ? Si tel était le cas, quelle tristesse de voir, impuissante, celle que l'on aime lier son existence à un autre et commencer sa vie à ses côtés !

Elle aurait aimé pouvoir offrir du réconfort à la jeune femme, ou même lui toucher le bras, pour qu'elle sache qu'elle comprenait, mais la sœur d'Azarion n'était pas femme à accueillir ce genre de démonstrations.

Le vacarme de la foule détourna leur attention. Azarion et Karsas remontaient un chemin, flanqué par deux rangées d'observateurs. Tous deux montaient une jument et ne portaient pas d'armure, à l'exception de brassards et de la maigre protection offerte par des tuniques en cuir rembourrées. Tous deux portaient une épée dans un fourreau attaché à la selle plutôt qu'au cavalier.

La voie s'ouvrait sur l'arène herbeuse où les deux hommes s'affronteraient à mort pour le titre d'*ataman*. Ils se séparèrent à l'entrée pour que Karsas tourne à gauche afin de passer devant sa femme et son entourage tandis qu'Azarion tournait à droite et guidait sa monture vers l'endroit où se tenait Gilene, avec Saruke et Tamura.

Une acclamation salua Karsas, qui avait hissé son fils sur son épaule. Il leva le poing, triomphant, faisant comprendre que non seulement il demeurerait *ataman*, mais que son fils hériterait du titre après lui.

Azarion ignora la mise en scène. Il se pencha sur sa selle pour saisir les mains de sa mère dans les siennes, et les serra fort. Elle hocha la tête, et l'expression farouche de son visage disait qu'elle croyait à sa victoire. Une ombre de sourire passa sur les lèvres du guerrier lorsqu'il la lâcha pour s'arrêter devant sa sœur.

Ses traits à lui s'adoucirent, alors que les siens devenaient plus sévères.

— Mura... dit-il doucement. Quand ce sera fini, va chercher Arita et offre-lui refuge, ainsi qu'à ses enfants. La *qara* sera à toi. Et à elle, si tu le souhaites.

Tamura en resta bouche bée. Elle ne pouvait que le regarder bêtement. Pour finir, elle lui prit les doigts et les serra si fort que leurs extrémités rougirent.

— Puisse Agna t'accorder toutes ses bénédictions, mon frère, susurra-t-elle avec ferveur.

Il lui pressa la main en retour avant de la lâcher, et s'arrêta devant Gilene.

— Une bénédiction de la servante d'Agna, Gilene ?

Elle n'hésita pas.

— Accordée volontiers.

Il écarquilla les yeux lorsqu'elle tendit les bras vers lui. Il la souleva pour qu'elle se trouve à la même hauteur que lui, ses mains autour de sa taille.

Cette fois, ce fut elle qui l'embrassa, et la foule poussa un cri d'approbation, tandis que la jument faisait un pas de côté, un peu effrayée par la cacophonie ambiante. C'était un baiser de peur, mais aussi d'espoir. Gilene y mit un terme rapide, et prit le visage de son compagnon entre ses mains :

— Ne meurs pas, gladiateur.

Il lui vola un autre baiser, avant de poser le front contre le sien.

— Cela n'arrivera pas, *agacin*.

Quand il reposa Gilene, le sourire suffisant de Saruke semblait autant destiné à elle qu'à l'assistance. La jeune femme fit mine de ne pas le voir. Elle se passa la langue sur les lèvres. Azarion continuait de longer le cercle, effleurant les mains tendues des Savatars réunis là.

Puis l'*ata-agacin* pénétra dans l'arène, et les spectateurs se turent – bientôt, on n'entendit plus que le vent et le renâclement occasionnel d'un cheval agité.

— Approchez, Karsas, fils de Gastene, et Azarion, fils d'Iruadis.

Sur leur monture, les deux hommes s'avancèrent pour se placer de part et d'autre de la prêtresse. Celle-ci leva les bras pour désigner les adversaires.

— Savatars, devant vous se tient l'*ataman* du clan du faucon crécerelle, et celui qui le défie pour ce titre de chef. Azarion, fils d'Iruadis, a lancé le défi, et Karsas, fils de Gastene, a accepté le combat à mort. Accepterez-vous le gagnant comme chef ?

Comme un seul homme, le clan cria son approbation. Karsas leva de nouveau le poing en signe de victoire. Azarion se contenta d'une petite courbette pour saluer la foule.

L'*ata-agacin* inclina la tête, et joignit les mains en signe de dévotion. Les autres *agacins* firent de même, et Gilene imita leurs gestes, mais sans prier. Elle se rapprocha de Tamura pour chuchoter :

— Il est si calme. Cela a dû lui être bien utile lorsqu'il se battait dans l'arène.

— C'était pareil quand il était enfant. Calme, mais déterminé.

— Et entêté, n'est-ce pas ?

Il fallait l'être pour ne pas finir brisé sur la roue de torture de l'Empire. Tamura réprima un rire et leva les yeux au ciel.

— Très. Mais il ne s'est jamais montré méchant, je crois. Ses années d'esclavage l'ont bien changé.

Gilene soupira.

— L'Empire est une souillure sur le monde. Un royaume maudit.

Concentrés sur l'*ata-agacin* et sur les deux hommes prêts à verser le sang sur le Ciel d'en Bas, les Savatars ne leur prêtaient, à Tamura et elle, aucune attention. Tamura retroussa la lèvre supérieure en un rictus.

— Karsas est responsable de l'asservissement de mon frère. J'espère qu'Azarion le tuera et prendra sa tête.

Gilene frémit à cette image.

— Kraelag entraîne durement ses gladiateurs pour qu'ils se battent bien dans la Fosse. Azarion était le Gladius Primus : le meilleur combattant. Celui sur lequel le peuple pariait le plus, celui qu'ils venaient tous voir. Le favori.

Ses propres paroles faisaient remonter de noirs souvenirs à la surface – ceux des Rites du Printemps dans la Fosse jonchée de cadavres, au sable trempé de sang. Désormais elle se tenait là, témoin d'un autre combat dans une autre arène, qui se solderait par une mort de plus. La consolation de savoir que ce combat n'avait pas pour seule finalité de divertir un public blasé et avide de carnage ne la consolait nullement.

Tamura, elle, n'avait pas ce genre de réserves.

— Espérons que cette expérience le servira. Notre peuple a besoin de lui. Ma mère a besoin de lui.

Gilene hocha la tête. *J'ai* besoin de lui. Elle se l'avouait à peine. Quand les choses avaient-elles changé à ce point ?

Sa prière terminée, l'*ata-agacin* rouvrit les yeux, et posa ses mains sur l'encolure des chevaux.

— Au vainqueur, le clan, annonça-t-elle avant de reculer jusqu'à l'extrémité du cercle.

Bien qu'elle s'efforçât de rester calme, la respiration de Gilene s'emballait. Les deux hommes s'écartèrent, gagnant chacun un point opposé du cercle avant d'effectuer un demi-tour pour se préparer à charger. Tous deux avaient dégainé leurs épées. Les lames minces et incurvées que préféraient les Savatars étaient parfaitement conçues pour des attaques de taille à cheval.

Gilene n'aurait pas dû être effrayée. Azarion était un gladiateur renommé, doué pour le combat, et pas seulement contre des hommes. L'Empire forçait aussi ses combattants à affronter des animaux – taureaux, ours, lions, loups… Parfois, les hommes gagnaient, parfois non. Affronter Karsas ne le ferait même pas transpirer. Gilene, en revanche, sentait la sueur couler le long de son échine et de ses flancs.

Elle sursauta quand, avec un hurlement, Karsas chargea le premier, son épée brillant sous le soleil. Azarion enfonça les talons dans les flancs de sa jument, qui se rua en avant. Le choc métallique des deux lames couvrit la clameur de l'assistance.

Comme tous les membres de son peuple, Karsas était un excellent cavalier. Agile et rapide, il évitait les coups d'Azarion en se laissant glisser de selle avant de remonter, et de faire pivoter sa monture pour se retrouver face à lui. Habituée à de telles acrobaties, sa jument ne bougeait pas une oreille lorsqu'il se laissait parfois tomber à côté d'elle, ses pieds effleurant à peine le sol tandis qu'il se servait d'elle comme d'un bouclier, et rebondissait sur son dos après une charge.

Azarion était un excellent cavalier, meilleur que la plupart des Kraeliens que Gilene avait pu voir en action, mais il ne possédait pas le talent de son cousin. Néanmoins, il compensait ce qui lui faisait défaut en la matière par une vitesse de réaction hors du commun, qui lui permettait de contrer avec précision les attaques de Karsas.

Les deux hommes se chargèrent plusieurs fois, aucun ne parvenant à toucher l'autre en dépit de leurs nombreuses tentatives. La foule encourageait ses favoris, certains hurlant des conseils, ou poussant leur champion à prendre plus de risques.

Une nouvelle charge rapprocha les deux hommes.

À la dernière seconde, Karsas changea son épée de main, décrivant avec sa lame un petit arc de cercle, qui traça une ligne sur le torse d'Azarion et fendit le rembourrage de sa tunique.

Pour éviter une entaille plus profonde, ce dernier recula avec vigueur… et bascula de sa monture. Il se remit debout instantanément, mais il était déjà trop tard : sa jument s'était enfuie au galop ; elle ne reviendrait pas.

Gilene plaqua une main sur sa bouche pour étouffer un cri de stupeur. À son côté, Tamura poussa un juron. Karsas, qui passait près d'elle, fit tourner sur son cheval avec une démarche triomphale, poussant un cri de victoire.

— Il est tombé exprès.

Ahurie, Gilene dévisageait Tamura.

— Comment ça ?

Les yeux rivés sur la scène, la sœur ne répondit pas. Karsas fit le tour du périmètre au trot, stimulant la foule au passage. Azarion courait au même rythme, gardant toujours une minimale distance avec son adversaire, et finit par se retrouver dos à Gilene. À l'autre bout du champ d'herbe piétinée, Karsas lui faisait face.

Revigoré par son évident avantage, l'*ataman* montrait sa dextérité à l'épée et à cheval en se mettant debout sur sa selle d'un bond et en faisant tournoyer rapidement sa lame, créant ainsi un bouclier qui le protégeait des attaques. C'était une manœuvre ostentatoire, efficace pour intimider un ennemi peu au fait des tactiques de combat savatares.

Azarion ne réagit pas ; il se contenta de tenir sa position et d'observer avec calme les manœuvres de son cousin. Aux yeux d'un spectateur peu avisé, il était clairement désavantagé : un homme armé à pied, face à un homme armé à cheval. Mais la remarque de Tamura continuait d'intriguer Gilene.

Elle n'eut pas le temps de se poser davantage de questions. Karsas se laissa retomber en selle et, poussant un nouveau ululement, éperonna son cheval, qui galopa droit sur Azarion.

Ce dernier se rapprocha du centre en courant, comme pour recevoir la charge puis, les genoux légèrement fléchis, il s'immobilisa, l'épée pendant au bout de sa main tandis que Karsas fonçait sur lui. Les Savatars criaient, hurlaient.

Écarte-toi. Écarte-toi !

Gilene hurlait elle aussi. À côté d'elle, tendue comme un arc, Tamura restait silencieuse.

Des mottes de terre jaillissaient sous les sabots de la jument lancée à pleine vitesse, et Karsas se pencha sur l'encolure, s'alignant avec son cheval jusqu'à ce que cavalier et monture ressemblent à une flèche lancée droit sur Azarion.

Gilene cria, et Tamura aussi, lorsque la jument arriva à la hauteur du gladiateur. Karsas, toujours penché, donna un coup d'épée vertical, geste qui lui aurait permis de fendre son adversaire en deux, de l'entrejambe à la gorge…

… si celui-ci était resté à sa place.

La foule poussa une exclamation de stupeur quand Azarion, lâchant son épée, roula sur lui-même *sous* le ventre de la jument lancée au galop. Elle hurla, ensuite, lorsque l'animal chancela et qu'un petit jet de sang éclaboussa le sol, tandis que le gladiateur émergeait de l'autre côté, les mains en coupe sous le pied gauche de son cousin, donnant une brusque poussée et envoyant dans les airs le cavalier stupéfait.

Karsas retomba violemment au sol. Son cheval continua sa course sur une bonne distance, avant qu'un spectateur attrape ses rênes et l'arrête. Désorienté, mais l'épée toujours en main, l'*ataman* se releva en titubant.

Azarion, qui avait récupéré sa lame, bondit en avant, du sang coulant dans son dos, du côté gauche. Gilene jeta un coup d'œil à Tamura.

— Pourquoi saigne-t-il ?

La sœur gardait les yeux plissés.

— Je pense que le sabot de la jument l'a accroché quand il a roulé sous elle.

Azarion se jeta sur Karsas et, d'un coup parfaitement asséné, lui arracha son épée de la main. Son cousin tomba sur le dos et le gladiateur le suivit, le plaquant au sol, un genou de chaque côté. L'ayant saisi par les oreilles, il lui cogna la tête contre la terre.

— Dix ans, grogna-t-il.

La gifle qu'il lui asséna sur la tempe fit grogner Karsas, qui cracha du sang. À cette vue, à ce bruit de rage animale dans la voix du gladiateur, le sang de Gilene se mit à palpiter sous son crâne.

— Esclave de l'Empire.

Encore un coup – de l'autre côté de la tête cette fois. Un autre jet de sang se mêla, dans l'herbe, à celui d'Azarion, qui coulait de sa blessure à l'épaule.

Avec un rugissement guttural, Karsas se redressa Se dégageant avec force, il donna un coup de poing dans le flanc de son cousin et lui heurta le menton d'un coup de tête. Azarion tomba en arrière… puis se redressa aussitôt. Karsas l'imita, et les deux hommes se ruèrent l'un sur l'autre.

Mince et rapide, Karsas décocha deux coups de pied à son adversaire : l'un au bras, l'autre à la hanche. Une clameur secouait l'assistance.

Jamais Azarion ne tomba, jamais il ne flancha, et Gilene remarqua quelque chose sa posture : il recevait les coups volontairement. Karsas avait visé les genoux et les côtes, des points vulnérables qui, une fois cassés, mettraient immanquablement un terme au combat. Le gladiateur encaissait les coups de pied, mais il les déviait, de façon à ce qu'ils tombent sur son bras, ou sur sa hanche. Le coup à l'entrejambe aurait pu faire chuter un homme normal, mais pas un gladiateur de la Fosse. Depuis sa cellule, la sorcière avait assisté à de nombreuses joutes lors des Rites du Printemps. Les coups aux côtes, au foie ou aux reins mettaient les combattants au tapis. Pas ceux à l'entrejambe.

Karsas avait beau être rapide, Azarion l'était tout autant, et il avait de l'entraînement. Il fallut un moment à son adversaire pour comprendre que son cousin se laissait toucher *à dessein*. Il recula d'un bond, mais pas assez vite.

Azarion fit pleuvoir des coups sur le visage et le torse de Karsas. Mesurées, précises, vouées à faire mal, ces attaques envoyaient rouler la victime d'un côté et de l'autre, le ramenant sans cesse vers l'endroit où son épée gisait dans l'herbe. Pour l'assistance, il devint bientôt évident que le gladiateur jouait avec son adversaire comme un chat avec une souris.

Le sang saturait la tunique d'Azarion de l'épaule à la hanche. Il avait l'air pâle, mais déterminé tandis qu'il frappait son cousin dans toute l'arène, le regard vide, une expression meurtrière sur le visage.

Karsas chancela, se passa une main sur la figure, y laissant une trace ensanglantée, puis se précipita vers son épée, qu'il rafla. Il titubait, agitant la lame devant lui en coups désordonnés.

— Je suis *ataman*, déclara-t-il avant de cracher du sang. Tu n'es qu'un esclave kraelien.

Azarion l'observa un moment avant de reculer jusqu'à l'endroit où sa propre épée avait atterri. Un sourire sinistre flotta sur ses lèvres lorsque Karsas le chargea.

Toujours aussi désinvolte, il repoussa aisément l'attaque.

Gilene joignit les doigts et les pressa contre sa bouche, osant à peine respirer.

— J'ai été réduit en esclavage à cause de toi, déclara Azarion.

De la pointe de sa lame, il toucha son cousin en travers de la poitrine – une coupure superficielle qui entailla la tunique en cuir sans faire couler le sang.

— Battu, violé, dégradé.

— Un, murmura Tamura.

Gilene lui accorda un coup d'œil étonné avant de reporter son attention sur le combat.

Les gestes de Karsas étaient maladroits, ses mouvements devenaient lents. L'épuisement, mêlé à la peur, lui tirait les traits.

Une nouvelle entaille, cette fois-ci à la jambe. Superficielle, elle aussi. Du sang apparut néanmoins sur le tissu.

— Qui d'autre as-tu piégé ou assassiné pour conserver tes secrets et garder le pouvoir ?

— Deux, dit Tamura.

Un autre coup, cette fois en travers de l'abdomen.

Gilene se joignit à Tamura.

— Trois.

Une entaille pour chaque année où Azarion était resté esclave, condamné par la lâcheté de son cousin.

— Quatre.

Karsas maudit Azarion, le traita de tous les noms, en savatar comme en langue commerciale, les lèvres brillantes de salive sanglante. Il avait les yeux écarquillés, son regard était affolé et plein de haine. Il ne semblait plus réagir lorsque son cousin le frappait, teintant ses vêtements d'écarlate.

— Cinq.

La foule joignit sa voix à celles de Tamura et de Gilene.

Un décompte exténuant, insoutenable, qui s'égrenait dans le sang, la sueur et la douleur.

— Six.

Gilene pria pour que cela s'achève bientôt. Karsas ne lui inspirait aucune pitié, mais ses enfants se tenaient à l'autre bout du champ clos, le visage enfoui dans la tunique de leur mère impassible. Justice et vengeance. La rapidité sans merci s'était muée en une lente sauvagerie.

Au septième coup, la sorcière cessa de compter. Au huitième, elle se surprit à prier, non les dieux, mais Azarion en personne.

— Finis-en, dit-elle à voix basse. Je t'en supplie.

Comme s'il avait entendu sa supplique, le gladiateur changea de posture et frappa d'un geste ample.

— Neuf, reprit la foule en chœur, sa voix réduite à un murmure funèbre.

Une goutte de sang glissa entre les doigts de Karsas, et il tomba à genoux. Gilene ferma les yeux pour ne pas voir ses entrailles jaillir de la blessure qui lui avait fendu le ventre. Azarion l'avait presque coupé en deux.

Elle les rouvrit juste à temps pour voir le gladiateur mettre un terme aux souffrances de son cousin d'un coup violent et sûr, qui lui trancha la tête. Celle-ci roula alors que le corps basculait sur le côté, tombant au sol dans un bruit sourd.

Le silence qui suivit était assourdissant. La voix d'Azarion retentit, comme brisée.

— Dix.

Des gémissements de désespoir montèrent de la foule, mais furent bientôt noyés par le rugissement triomphal de ceux qui s'étaient rangés du côté d'Azarion dans sa reconquête du pouvoir.

Gilene se tourna vers Saruke, qui observait son fils, les yeux pleins de larmes.

— Il est vivant, dit-elle, comme si elle essayait de se convaincre qu'il avait gagné.

À côté d'elle, Tamura criait le nom de son frère : « *Ataman* ! *Ataman* ! » scandait-elle avec le reste du clan, tandis qu'Azarion effectuait un tour d'honneur à pied, l'épée levée, le visage grisâtre. Du sang couvrait tout son flanc gauche, mais il n'y prêtait aucune attention. Le clan l'acceptait pour chef ! Devant Arita, tout juste veuve, devant ses enfants pressés contre elle, le gladiateur s'arrêta. Quand il se pencha pour lui dire quelque chose à l'oreille, elle arborait une expression insondable. Ses traits ne changèrent pas, mais son regard avisa rapidement Tamura et elle hocha la tête.

Lorsque Azarion acheva son tour d'honneur pour se placer auprès des trois femmes de sa maison, l'assistance s'était lancée dans des célébrations débridées. Des gourdes de lait de jument fermenté passaient de main en main et certains, déjà, improvisaient des gigues, alors que le cadavre de Karsas gisait non loin, sur l'herbe tachée de sang.

Avec Saruke et Tamura, Gilene se rapprocha du gladiateur. De près, il avait plus mauvaise mine encore, et sa sérénité de façade ne masquait plus son épuisement ; la douleur assombrissait ses prunelles.

Il saisit l'une des mains de sa sœur.

— Amène-moi à la *qara* avant que je m'écroule, dit-il d'une voix enrouée.

Gilene et Tamura se placèrent chacune d'un côté, se pressant contre lui pour le soutenir tandis que Saruke se frayait un chemin au milieu de la foule.

Ils atteignirent la tente juste à temps. Azarion n'avait pas fait trois pas à l'intérieur qu'il lâcha son épée et tomba à genoux, entraînant les deux femmes avec lui.

— Va chercher un guérisseur, ordonna Saruke une fois que sa fille se fut relevée.

Tamura sortit en trombe.

Saruke et Gilene parvinrent à redresser le guerrier assez longtemps pour qu'il titube jusqu'à sa paillasse, où il s'écroula sur le ventre.

Sa mère prit un couteau et entreprit de découper la tunique trempée de sang.

— Des linges propres, vite ! ordonna-t-elle à Gilene. Et il y a une petite boîte verte dans le coffre. Apporte-la.

La jeune femme se hâta, et revint avec les objets demandés.

Saruke retira précautionneusement le dernier morceau de tunique et en débarrassa son fils. Le gladiateur grogna, mais ne bougea pas. Les deux femmes poussèrent une exclamation en découvrant la blessure – une profonde entaille aux bords déchiquetés qui traçait une diagonale sur l'omoplate et le dos. Du sang s'échappait de la plaie, et coulait sur le flanc.

Aux yeux de Gilene, la vie du gladiateur était en péril.

— Est-ce que c'est très profond ?

— Il va falloir recoudre, je pense.

Saruke examinait attentivement la blessure.

— Je n'en saurai pas plus tant qu'on ne l'aura pas nettoyé.

Elle ouvrit la boîte que lui avait remise Gilene et en fit glisser le contenu dans sa paume. La jeune femme reconnut la poudre jaune : sa mère en conservait toujours dans ses placards pour contrôler les infestations de puces l'été.

— Comment l'achillée va-t-elle aider ?

Saruka versa la poudre directement sur la plaie. Azarion ne bougea pas.

— Cela arrête les saignements.

Elle lui fit signe de lui passer l'un des linges, qu'elle plia et pressa sur la chair. Le sang satura le morceau de tissu, et elle en appliqua d'autres jusqu'à former une compresse épaisse et tachée de rouge.

Gilene avait mis un chaudron d'eau à chauffer sur le brasero de cuisine lorsque Tamura revint avec la guérisseuse, une femme toute menue qui ressemblait plus à un oiseau qu'à une humaine, avec ses mains ratatinées comme des pattes, son nez en forme de bec et ses yeux noirs qui voyaient tout. Elle s'accroupit à côté de Saruke pour examiner la plaie d'Azarion.

Tamura rejoignit Gilene près du brasero.

— C'est grave ?

La jeune femme, qui attisait les braises, plongea un doigt dans l'eau. Encore trop froide.

— Ta mère a réussi à arrêter le gros de l'hémorragie, mais elle pense qu'il faut le recoudre.

L'idée d'une aiguille perçant la peau du gladiateur la fit frissonner. Son frère aîné avait subi un traitement identique à l'âge de onze ans. Jamais elle n'avait oublié ses cris.

— Je ne savais pas qu'un sabot pouvait entailler si gravement quelqu'un.

La manœuvre que le guerrier avait exécutée pour faire tomber Karsas de cheval était risquée, elle réclamait une agilité hors-norme. L'audace et la bravoure d'Azarion étaient grandes, mais il ne s'en était pas sorti indemne.

Tamura renifla d'un air inélégant.

— Le sabot d'un cheval peut causer beaucoup de dégâts, surtout l'arête. Il a eu de la chance que la jument le touche à l'épaule et non à la tête. Il n'aurait pas survécu.

Gilene et elle se dévisagèrent. Il était passé si près de la mort !

La sorcière quitta le brasero pour rejoindre Saruke et Vua, la guérisseuse, au chevet d'Azarion. La blessure, expliquait la guérisseuse, allait causer de la fièvre. Elle prescrivit de l'infusion d'écorce de saule pour la fièvre et du bouillon pour la perte de sang, puis ôta avec précaution les compresses placées par Saruke. Des croûtes avaient commencé à se former. Azarion tressaillit, mais demeura silencieux. Gilene avait mal pour lui.

— C'est assez profond, il va falloir recoudre, annonça Vua en écho à la déclaration de Saruke. Je vais revenir avec le nécessaire.

Elle replaça les compresses.

— Gardez de l'eau au chaud, et préparez d'autres linges.

Elle se leva et quitta les lieux, laissant les trois femmes réunies autour de leur patient silencieux. Gilene effleura le bras de Saruke.

— Que veux-tu que nous fassions ?

La mère caressait les cheveux de son fils.

— Veillez sur lui pendant que je prépare l'infusion.

Elle se tourna vers Tamura.

— Vois si tu trouves une famille prête à se séparer d'un os de mouton. J'ai utilisé mon dernier pour la soupe que nous avons mangée il y a deux jours. Il m'en faut d'autres pour préparer le bouillon.

Toutes trois sursautèrent quand la voix enrouée d'Azarion s'éleva.

— Tamura.

Sa sœur se pencha sur lui, son expression renfrognée contrastant avec l'inquiétude qui brillait dans ses yeux.

— Tes années à Kraelag t'ont pourri le cerveau, le réprimanda-t-elle. Je n'arrive pas à croire que tu sois assez fou pour rouler sous un cheval au galop. Je t'aurais tué de mes mains pour une idiotie pareille si tu n'y étais pas quasiment parvenu toi-même.

Sa critique ne portait pas. La pâleur d'Azarion était toujours cireuse, et ses lèvres pâles, mais il parvint à esquisser un sourire.

— Tu me flagelleras plus tard. Va voir Arita. Fais savoir à tous ceux qui t'écouteront que je lui offre ma protection.

Elle lui serra le poignet avec affection.

— Merci, mon frère, dit-elle, avant de partir, assurant à sa mère qu'elle reviendrait avec les os de mouton.

Saruke prit place près du brasero, triant différents sacs sur ses genoux et versant le contenu de certains d'entre eux dans le chaudron posé sur la grille. Gilene s'assit en tailleur à côté d'Azarion

— Je ne vais pas te demander si tu as mal.

Elle indiqua son dos.

— Je vais plutôt te demander comment je peux soulager ta douleur.

Il eut un mince sourire.

— Distrais-moi.

Il lui effleura les doigts, et elle s'en saisit, les portant à ses lèvres pour un baiser rapide.

— Tu n'as pas prié, dit-il, mais tu m'as apporté la chance dont j'avais besoin, je le savais.

Elle indiqua de nouveau son dos.

— Je n'appellerais pas ça de la chance.

— Mais j'ai gagné, non ?

— Oui, tu as gagné.

Elle avait assisté au combat le cœur au bord des lèvres. L'organe palpitant cognait toujours contre ses côtes. De soulagement – parce qu'il avait bel et bien survécu et vaincu Karsas –, et de terreur – parce qu'il était étendu sur une paillasse, une profonde entaille en travers du dos. Ce ne serait peut-être pas l'épée de Karsas qui allait le tuer, mais son cheval.

— Je vais tenir parole, Gilene.

Elle le dévisagea, stupéfaite. Quelle parole ? Il lui fallut un moment pour se rappeler sa promesse de la ramener à Beroe une fois devenu *ataman*. Elle lui serra les doigts.

— Chut. Nous en parlerons plus tard.

Il ferma les yeux. Contre sa main, ses doigts étaient sombres, brunis par les journées passées au soleil. Ceux de Gilene étaient plus pâles, avec des articulations osseuses et des ongles cassés.

Ils formaient un étrange couple, le gladiateur de la Fosse savatar et la sorcière du feu de Beroe.

Un couple. Un élancement lui vrilla la poitrine.

Ils ne formaient pas un couple et n'en seraient jamais un. Il avait sa place ici, c'était le nouvel *ataman* du clan du faucon crécerelle. La sienne était à l'ouest, dans un village plein de secrets, auprès de sa famille si vulnérable.

— Mais c'est bon de rêver, dit-elle à voix haute, caressant les cheveux de son compagnon comme sa mère l'avait fait.

— Qu'as-tu dit ?

Saruke s'agenouilla à côté d'elle, une tasse fumante à la main.

Gilene rougit.

— Rien d'important.

Une volute de fumée monta de la tasse et l'odeur amère de l'écorce de saule lui chatouilla les narines.

Saruke posa le récipient.

— Trop chaud pour qu'il le boive maintenant. Laissons-le dormir. La guérisseuse reviendra plus tard, pour laisser à la racine d'achillée une chance de faire effet. Il faut qu'il se repose.

Elle lui passa la main sur le dos, juste au-dessus des compresses.

— Les marques de l'Empire sont gravées sur sa peau.

L'Empire avait imprimé sa marque sur les âmes comme dans les chairs. Gilene se retint de répondre, sensible au chagrin dans la voix de la vieille femme. Azarion avait eu plus de chance que beaucoup d'autres.

Les esclaves kraeliens vivaient généralement des existences courtes et misérables, et les gladiateurs de la Fosse plus encore. Qu'Azarion ait non seulement survécu pendant dix ans dans la Fosse, mais qu'il soit aussi devenu célèbre au sein de cette sauvage arène constituait à tous points de vue une réussite remarquable. Qu'il s'en soit, en plus, échappé pour rentrer chez lui et reprendre un héritage dont on l'avait spolié constitué un triomphe authentique.

— Il est acharné, dit-elle à Saruke dans l'espoir de la rassurer. Fort, et intelligent. Pour un homme comme lui, ces cicatrices ne sont rien. Il s'est élevé au-dessus de ses semblables.

Une expression pensive passa dans les yeux de Saruke.

— Tu as fini par l'admirer.

Gilene détourna la tête, incapable de soutenir son regard. Ses émotions étaient sens dessus dessous. Elle éprouvait quelque chose de plus fort que de l'admiration, et cela lui donnait envie de pleurer.

Tandis qu'Azarion se reposait et laissait la racine d'achillée agir sur la plaie, Gilene montait la garde à l'entrée de la *qara*, où des lieutenants mécontents se massaient déjà, prêts à se disputer les positions d'influence auprès du nouvel *ataman*.

Tamura était revenue avec un sac d'os de mouton que Saruke mit aussitôt à bouillir. Gilene et elle aidèrent Azarion à rester assis assez longtemps pour avaler l'infusion désormais froide.

Son visage restait très pâle, à l'exception de taches roses sur ses pommettes. Par-dessus sa tasse, il regardait Gilene avec des yeux vitreux.

— Tu as de la fièvre, dit-elle. Je suis navrée que tu souffres.

Il haussa les épaules et, autour de la tasse, ses doigts blanchirent.

— J'ai connu pire.

Elle soupira, prit la tasse vide et la lui rapporta pleine au moment où Vua revint, portant un sac gonflé de toutes sortes de choses.

L'ayant posé, elle en déballa le contenu : d'autres linges, une boîte sculptée contenant trois aiguilles, plusieurs écheveaux de boyau, des pierres de prière ornées de runes mystérieuses – bénédictions des supplications, devinait-elle –, et une flasque pleine d'un liquide tout aussi énigmatique.

Tamura sourcilla.

— Faut-il vraiment le recoudre ?

— Aux dernières nouvelles, fit Vua, tu étais la guerrière et moi la guérisseuse.

Elle s'adressa à Azarion.

— T'a-t-on déjà recousu ?

— Deux fois, lâcha-t-il, et Gilene s'émerveilla de son calme.

Elle regarda les aiguilles et se remémora les hurlements de douleur de son frère.

— Alors tu sais à quoi t'attendre. Il va falloir que tu te mettes à genoux et que tu te tiennes aussi droit que possible pour que je puisse recoudre correctement la plaie et ressouder les chairs.

Azarion fit ce qu'on lui ordonnait : le dos droit, les épaules en arrière, tandis que Saruke retirait les compresses ensanglantées et se plaçait derrière lui, à côté de Vua. Il prit le petit bâton que lui tendit la guérisseuse et saisit la main de Gilene.

— Ne t'inquiète pas, *agacin*, dit-il. Distrais-moi, plutôt.

La jeune femme se leva et se plaça devant lui, assez près pour qu'il ait les yeux à la hauteur de sa poitrine et puisse y presser le front. Elle déglutit quand il cala le bâton entre ses dents et fit signe à Vua de commencer.

Azarion serra la tunique de Gilene tandis que la guérisseuse et Saruke commençaient à nettoyer la plaie. Un bourdonnement sourd monta de la gorge du gladiateur quand Vua perça le premier point et fit passer le boyau dans la chair. Il serra les dents sur le bâton, écrasa la tunique de sa compagne des deux mains, mais n'émit aucun cri.

Gilene prit sa tête entre ses paumes, laissant ses cheveux trempés de sueur glisser entre ses doigts. Il pressa son front contre son ventre, le bâton dans sa bouche formant une barrière rigide contre sa peau.

Hormis le tressaillement de son épaule blessée chaque fois que l'aiguille traversait la peau, il restait immobile. Gilene lui massait le crâne et lui parlait en langue commerciale – des choses triviales de peu de conséquence pour lui, mais qui, espérait-elle, lui fournissaient la distraction nécessaire.

— Mon frère Nylan est marié à la femme la plus ridicule de l'Empire, mais elle est gentille, elle a un grand cœur, et elle aime Nylan par-dessus tout, ce qui n'est pas peu dire parce qu'il peut parfois être pénible. Ils ont six enfants – presque que des filles, un seul garçon. Je crois que Nylan a découvert son premier cheveu gris après la naissance du troisième.

Azarion resserra sa prise sur ses vêtements. Gilene regardait les mains couvertes de sang de Vua, qui s'affairait au plus vite. Elle reprit :

— Mon autre frère, Luvis, est toujours célibataire, au grand désespoir de ma mère. Il lui a promis qu'il chercherait une femme une fois que notre sœur, Ilada, serait correctement mariée à un homme approuvé par ses soins.

Elle continuait à caresser les cheveux du gladiateur.

— Ilada et lui ont beau avoir des vues bien particulières sur de potentiels époux, je pense qu'il a trouvé un moyen d'éviter le piège du mariage sans susciter la colère de notre mère.

Le gladiateur tressaillit, et Gilene regarda le sommet de son crâne. Avait-il ri, ou crié, simplement ?

L'odeur cuivrée du sang emplissait l'air figé de la *qara*. La jeune femme poussa un lent soupir de soulagement lorsque Vua perça le dernier point et coupa ce qui restait de boyau avec un petit couteau.

Son soulagement fut de courte durée. Saruke passa à la guérisseuse un linge imbibé du liquide transparent contenu dans la flasque. L'odeur astringente fut le seul avertissement avant que Vua presse le tissu trempé sur la plaie tout juste refermée.

Azarion se pencha en avant avec un grognement, et faillit faire chanceler Gilene. Elle plia les genoux et reprit appui sur ses deux pieds pour ne pas tomber. Elle sentait son pouls jusque sur son cuir chevelu, un battement rapide, au même rythme que son souffle.

— C'est presque fini, Azarion, murmura-t-elle.

« Faites que ce soit vrai », implora-t-elle en silence.

Ensemble, Saruke et Vua lui essuyèrent le dos et l'épaule avant d'appliquer un onguent à base de miel et d'herbes sur les sutures. Elles bandèrent son flanc gauche de l'épaule aux côtes, enroulant des rubans de tissu autour de sa taille et sous son bras avant de les nouer en haut de son épaule, près du cou.

Sa posture n'était désormais plus si rigide, et il se recroquevillait contre la jeune femme, son poids menaçant de la renverser.

Tamura, qui avait barré l'entrée de la *qara* et lancé des regards meurtriers à Vua pendant toute l'épreuve, abandonna son poste pour les aider à coucher Azarion sur le ventre.

— Utilisez un linge imbibé pour lui faire avaler l'infusion et le bouillon tant qu'il est sur le ventre, indiqua-t-elle.

Elle remballa ses affaires, accepta un paiement en argent de la part de Saruke, et s'inclina devant Azarion.

— Il est juste que le fils d'Iruadis dirige le clan du faucon crécerelle. Qu'Agna te bénisse, *ataman*.

Après son départ, le nouveau chef de clan appela sa sœur, qui s'accroupit près de lui.

— Sois mes yeux et mes oreilles pendant ma guérison. Reste avec Arita dans la *qara* de l'*ataman* jusqu'à ce que je sois sur pied. Elle et ses enfants pourront ensuite venir ici.

Elle opina.

— Et les funérailles de Karsas ? Le clan s'attendra à ce que l'un de nous y soit.

— Tu y assisteras en mon nom si je n'en suis pas capable.

Gilene les observait avec un soupçon d'envie. Ils étaient proches, même après dix ans de séparation. Azarion lui faisait confiance, et elle croyait en lui avec une force qui confinait à dévotion.

Saruke quitta la *qara* peu après sa fille pour aller chercher de l'écorce de saule.

— Veille sur lui, recommanda-t-elle à Gilene. Et donne-lui le reste d'infusion quand il se sentira un peu mieux. Je vais chercher d'autres produits. Je dois aussi voir certains lieutenants et leur certifier que le nouvel *ataman* n'est pas mort.

Restée seule avec Azarion, Gilene se débarrassa de ses vêtements et se lava rapidement à l'éponge près du brasero. Un froissement de tissu la fit à se retourner. Azarion avait bougé et lui faisait à présent face, la tête sur les bras, ses yeux verts aussi brillants que des émeraudes. La rougeur de la fièvre sur ses pommettes s'était étendue au reste de son visage.

— Tu es très belle, *agacin*, dit-il d'une voix empâtée de fatigue.

Elle haussa un sourcil et renfila sa tunique avec désinvolture.

— La fièvre brouille ta vue, *ataman*.

Elle enfila son pantalon et glissa ses pieds dans une paire de bottines en feutre.

Il ne répondit pas. Quand elle s'approcha de lui avec une nouvelle tasse d'infusion, il était endormi. Elle s'assit à côté de lui. Il reposait sur sa paillasse, fourrures et couvertures poussées jusqu'à sa taille, son dos pareil à une friche blanche de bandages épais mouchetés de sang.

À l'intérieur de la *qara*, on n'entendait que le crépitement des braises et le souffle régulier du guerrier. Gilene somnolait aussi, prise dans des rêves confus où, sur un cheval volé, elle galopait avec Azarion dans le Ciel d'en Bas. Un Karsas sans tête les poursuivait. Des murmures la réveillèrent.

Comme elle, le gladiateur rêvait avec force. Il frissonnait et, quand Gilene lui tâta les joues et le front, elle le trouva brûlant. Elle se leva pour imbiber un linge d'eau fraîche et tamponna ses joues. Le contact du froid le fit sursauter, mais il ne se réveilla pas.

Gilene écarta les mèches emmêlées de son visage.

— Il faut te réveiller, Azarion. Tu dois boire.

Il se contenta de répondre par quelques marmonnements avant de retrouver sa voix :

— Il est temps de te ramener chez toi, *agacin*. Il est plus que temps.

Ses paroles lui nouèrent l'estomac. Pourquoi avait-elle envie de pleurer ?

Azarion n'avait toujours pas ouvert les yeux, et il se remit à marmonner. Gilene lui caressait la tête et le visage tout en observant le mur de la *qara*, comme si la paroi de feutre recelait toutes les réponses à ses questions, si toutefois elle parvenait à refouler les larmes qui lui brouillaient la vue.

— Je te l'ai promis, Gilene. Je tiens toujours parole.

Encore une déclaration parfaitement articulée au cœur de murmures délirants.

— Chut, fit-elle en suivant des doigts le contour de sa pommette. Chaque chose en son temps, *ataman*. Puis nous nous dirons adieu.

Elle n'ajouta rien, craignant de s'étouffer sous le coup de l'émotion.

CHAPITRE 16

Le Ciel d'en Bas s'étendait sous un voile de lumière dorée. L'été avait encore la mainmise sur la steppe et, aussi loin que le regard portait, l'herbe à plumet se balançait dans un murmure.

Azarion guidait son cheval dans les herbes. Hautes et luxuriantes, elles frôlaient le ventre de l'animal et caressaient les tibias du cavalier. Gilene chevauchait à leur côté, écartant des nuées de moucherons.

Ils se dirigeaient à l'ouest avec quelques membres du clan, vers le campement du clan de l'aigle, où d'autres chefs étaient réunis. La première décision d'Azarion en tant qu'*ataman* avait été de proposer une réunion des deux conseils et des lieutenants de tous les clans.

Le clan de l'aigle était le plus grand et le plus riche de la confédération, et son *ataman* avait autrefois été le meilleur ami du père d'Azarion. Convoquer une réunion de la confédération au campement de l'aigle était faire un grand honneur à Erakes, qui pouvait, pour un temps, se délecter du rôle d'hôte royal. Azarion espérait tirer parti de cette vanité et obtenir son soutien pour son grand projet – celui qui avait stupéfié Gilene, et aurait probablement le même effet sur tous les autres.

Il avait hâte d'arriver à destination, mais redoutait en même temps ce moment, qui marquerait la fin de son temps avec Gilene. Il aurait aimé la laisser derrière lui, au camp du faucon crécerelle – loin à l'est, au cœur du Ciel d'en Bas –, mais il lui fallait tenir parole. Elle s'était montrée patiente, mais sa volonté de regagner Beroe au plus vite demeurait intacte.

Sa jument renâcla, tourna la tête pour tenter d'éviter une caille qui s'envolait, surprise par le convoi. Son épaule encore meurtrie lui faisait mal, et il ravala un juron.

— Je serais surprise que cela n'ait pas rouvert un peu ta blessure, dit Gilene.

Azarion eut un geste désinvolte. Il espérait qu'elle se trompait. Il n'avait aucune envie de sentir de nouveau l'aiguille lui traverser la chair.

Onze jours s'étaient écoulés depuis son combat contre Karsas et sa reprise en main du clan du faucon crécerelle. Il avait bu assez d'infusion d'écorce de saule et de bouillon pour faire naviguer une flotte entière de navires marchands, et en sentait encore le goût amer sur sa langue.

Pour achever sa convalescence, il avait quitté la *qara* de sa mère et s'était installé dans celle de l'*ataman*, bien plus vaste. C'était un espace généreux, beaucoup trop vaste pour n'abriter que Gilene, Saruke et lui.

Concubine attitrée, la sorcière l'avait rejoint sans protester. Saruke était arrivée peu après, tirant un chariot rempli de babioles en tous genres. Sa *qara* à elle était désormais celle de Tamura et d'Arita, la veuve de Karsas, ainsi que des deux enfants de cette dernière.

Jamais Azarion n'oublierait la joie qui avait illuminé le visage de sa sœur lorsque Arita avait franchi le seuil, son fils et sa fille à sa suite. Les deux femmes s'étaient enlacées, blotties l'une contre l'autre comme si rien d'autre au monde n'existait.

Il avait fallu qu'Azarion se racle la gorge pour qu'elles se séparent enfin. Il avait salué Arita de la tête.

— Tu es chez toi aussi longtemps que Tamura et toi le souhaitez. J'ai donné la moitié du troupeau de Karsas à ta famille.

— Une dot ? demanda-t-elle, le visage obscurci par l'inquiétude.

Il n'était pas rare que la veuve d'un chef soit revendiquée par son parent mâle le plus proche après la mort de celui-ci, surtout si elle était encore jeune. Cela rehaussait son statut au sein du clan. La jolie Arita était un atout de valeur pour son clan et sa famille. Ceux-ci n'exigeraient pas moins de la moitié des chevaux de Karsas pour l'abandonner une fois de plus au clan du faucon crécerelle.

— Pas une dot, une adoption. Tu fais partie du clan crécerelle à présent, tout comme tes enfants – que tu te remaries ou non avec un homme du clan.

Il doutait que cela arrive prochainement.

Les larmes étaient montées aux yeux d'Arita, et elle les avait refoulées en reniflant.

— Je te remercie, Azarion Ataman, dit-elle en jetant un coup d'œil à une Tamura tout sourire. Pour tout.

Même si Saruke approuvait la décision de son fils de faire entrer Arita dans leur famille, elle avait choisi de ne pas vivre avec elle et sa fille. Elle les avait donc suivis, Gilene et lui, dans la tente de l'*ataman*, sous prétexte de prendre soin de lui pendant sa convalescence, et il n'avait pas été possible de lui faire changer d'avis.

— C'est en vérité une décision égoïste, avait-elle avoué au troisième jour passé dans leur nouveau foyer. Je suis habituée à plus de calme et de tranquillité. J'avais oublié à quel point les jeunes enfants peuvent être bruyants. Elle avait fait un clin d'œil à son fils.

— Mieux vaut que ce soit Tamura qui s'en charge.

La *qara* portait encore des traces de la présence de Karsas – une sorte d'opulence vulgaire qui rappelait à Azarion la chambre de l'impératrice Dalvila, quoique à une échelle bien plus modeste. Il demanda à Saruke de faire un ménage spirituel.

Rester dans la *qara* de sa mère avec Gilene lui aurait tout à fait convenu, mais la *qara* de l'*ataman* faisait aussi office de lieu de réunion – c'était là où lui et ses lieutenants tenaient conseil et administraient les affaires du clan. Il s'agissait aussi d'impressionner les autres *atamans* en visite.

— Le campement du clan de l'aigle est encore loin ?

La question de Gilene le tira de sa rêverie. Elle avait rejeté l'une de ses tresses par-dessus son épaule. Il aimait la façon dont le soleil tissait des fils d'or dans sa chevelure noire. Elle portait la tenue qu'il lui avait offerte : Tamura avait fini par parler.

— Quelle idiotie de garder un secret pareil, avait-elle commenté, avant de se pencher vers Gilene : Tu portes un cadeau d'Azarion. Tu devrais le remercier.

Sur quoi s'était éloignée.

— Pourquoi ne m'as-tu rien dit ?

Devant Azarion, Gilene avait caressé l'une de ses manches, sourcils froncés, l'air intrigué.

— Parce que nous étions encore adversaires à ce moment-là. Tu aurais choisi de porter tes haillons plutôt qu'un vêtement que j'aurais pu t'offrir. Dis-moi que j'ai tort.

Elle s'était esclaffée.

— Je ne te le dirai pas.

Aujourd'hui, autour de la taille, elle portait la ceinture jaune d'*agacin*, qui s'accordait à merveille à sa tunique.

— Alors, c'est encore loin ? répéta-t-elle.

D'un geste, il désigna les nuages qui s'amoncelaient à l'horizon.

— Si le temps se maintient, nous y serons demain après-midi. L'*ataman* nous fait déjà suivre par ses éclaireurs.

Elle écarquilla les yeux, puis se tourna de part et d'autre, scruta le vaste paysage. À l'exception d'un lointain bouquet d'arbres qui poussaient près d'un ruisseau, le territoire était dégagé.

— Tu en es sûr ? Où se cachent-ils ?

Azarion sourit.

— Tu pars du principe qu'ils sont en selle, comme nous. Mais ce sont les meilleurs coureurs d'Erakes Ataman. Ils rôdent dans les herbes : une bonne cachette, même pour un homme de grande taille. Tout ce que nous faisons en ce moment est rapporté à Erakes.

Un jour plus tard, à une demi-lieue du campement, une escorte d'une vingtaine de guerriers les accueillit et guida leur groupe jusqu'à un vaste terrain couvert, semblait-il, d'une infinité de *qaras* de feutre noir, leurs toits pointus surmontés de bannières colorées claquant au vent.

Azarion approcha son cheval de celui de Gilene.

— Erakes va t'offrir une *qara* rien que pour toi à l'occasion de notre visite.

Son front se plissa légèrement.

— Pourquoi ferait-il cela ? Ne suis-je pas ta concubine ?

Comme il aurait aimé que cela ne soit pas qu'un nom.

— Tu es d'abord une *agacin*. Tu pourras choisir où dormir.

Il était tenté de la convaincre de rester. Pas une fois elle n'avait dormi dans une autre tente, depuis son retour parmi les Savatars et, bien que le fait de partager la même paillasse lui manque, il s'était habitué à la savoir à proximité.

Il demeura silencieux, espérant qu'elle refuse l'offre d'Erakes pour partager une *qara* avec lui, ce qui accorderait davantage de crédit au soutien qu'elle lui apportait en tant que nouvel *ataman* du clan du faucon crécerelle. Mais le choix lui revenait.

— Avoir ma propre *qara* ne m'intéresse pas, dit-elle. J'en partage une avec toi, et c'est chez nous. Il n'y a aucune raison de changer cela.

Heureusement qu'il était bon cavalier, car, sous le choc, il serait tombé de son cheval. Gilene se sentait donc chez elle au sein du clan du faucon crécerelle. Azarion se força à prendre une expression neutre.

— Comme tu veux, dit-il.

Intérieurement, il se réjouissait. Un espoir qu'il n'osait pas nourrir se réveilla en lui. Changerait-elle d'avis ? Tournerait-elle le dos à Beroe pour rester avec les Savatars ? Rester avec lui, s'il le lui demandait ?

La population du clan de l'aigle était au moins cinq fois plus importante que celle du clan du faucon crécerelle. Bien que tous les *atamans* soient considérés comme égaux au sein du conseil, les autres chefs accordaient une déférence tacite à Erakes Ataman. En tant que chef du clan le plus grand et le plus riche, il jouissait d'une influence considérable. Sa parole ne faisait peut-être pas loi, mais elle avait un grand poids. Seul le Conseil du Feu l'égalait en influence – un fait que les *agacins* ne manquaient jamais de lui rappeler à chaque séance conjointe des conseils.

Le campement avait doublé de taille avec l'arrivée des autres *atamans* et de leur entourage. Azarion et son groupe circulaient à travers le camp, passant devant les badauds curieux qui s'étaient rassemblés pour accueillir le nouvel *ataman* et l'*agacin* étrangère qui l'accompagnait.

Erakes les attendait à l'entrée d'une énorme *qara*. Celle qu'Azarion avait héritée de Karsas aurait facilement tenu à l'intérieur.

Avec Gilene et sa suite de lieutenants et de guerriers, l'ex-gladiateur descendit de cheval et s'avança devant Erakes. Tous, hormis Gilene, le saluèrent les paumes plaquées sur le cœur.

Erakes les observa en silence avant de sourire brusquement et d'attirer Azarion, plus grand que lui, dans une virile étreinte.

L'épaule et le dos du nouvel *ataman* se crispèrent. Il devait se faire violence pour ne pas repousser son vis-à-vis.

— Arrêtez !

Tout le camp se tourna au cri de Gilene.

Erakes lâcha Arizaon, et se tourna vers la femme qui avait osé lui hurler dessus.

— L'ignorez-vous ? demanda-t-elle dans un savatar lent et prudent. Azarion Ataman a été blessé lors de son combat contre Karsas : il est encore convalescent.

L'expression orageuse d'Erakes se dissipa. Méfiant, il détailla Azarion des pieds à la tête.

— Tu as pourtant l'air en forme. Où as-tu été touché ?

— Au dos et à l'épaule.

Azarion désigna Gilene.

— Je suis honoré du souci que ma santé inspire à l'*agacin*.

Le geste d'Erakes, qui avait posé la main sur le pommeau de son épée quand Gilene avait protesté, ne lui avait pas échappé. Un bref rappel de son statut de servante d'Agna lui semblait plus prudent.

Le large sourire d'Erakes était revenu.

— L'affection d'une bénie d'Agna n'est pas facile à gagner. Tuer Karsas devait être bien plus aisé.

Il salua Gilene d'une courbette.

— Sois la bienvenue dans mon campement, *agacin*. Le clan de l'aigle est honoré de ta visite et de celle d'Azarion Ataman.

Elle s'inclina à son tour.

— Je suis honorée d'être ici, Erakes Ataman.

Erakes les fit tous dans sa *qara*. Des serviteurs leur indiquèrent où ils pouvaient s'asseoir et se reposer. De nombreuses lampes éclairaient l'abri, et une odeur de viande rôtie emplissait l'air, faisant saliver Azarion.

La *qara* était bondée, occupée qu'elle était par la famille et les serviteurs d'Erakes ainsi que par les *atamans* des autres clans. Chacun salua Azarion, et le félicita d'avoir repris le pouvoir sur son clan.

Une femme élégamment vêtue donnait des ordres aux serviteurs. Azarion reconnut l'épouse d'Erakes, bien que ce dernier ne l'ait pas présentée à ses invités.

D'une voix forte, le maître des lieux réclama du vin, du lait de jument et de la nourriture. Un long processus débutait, à base d'hospitalité généreuse et de négociations difficiles.

De nature sociable, hédoniste, doté d'un grand appétit pour la nourriture, la musique, la boisson et les femmes, Erakes était un négociateur avisé et un chef de clan ambitieux : exactement le genre d'homme que le plan d'Azarion pourrait intéresser si on le lui présentait dans les formes.

Il devrait se montrer prudent. Iruadis lui-même avait dit un jour qu'Erakes faisait un ami loyal et un ennemi dangereux. Il était Savatar jusqu'au bout des ongles, fier de son héritage et de la terre qui les avait engendrés, lui et les nombreuses générations de ses ancêtres. Son amour pour le Ciel d'en Bas n'était surpassé que par sa haine de l'Empire.

Azarion et lui échangèrent des histoires, des souvenirs de la jeunesse d'Erakes avec Iruadis et des égratignures récoltées lorsqu' ils étaient enfants. Azarion évoqua rapidement ses années de servitude, et vit l'humeur cordiale de son hôte s'assombrir. Il dévia donc la conversation vers un sujet plus léger. Pendant une heure, les deux *atamans* plaisantèrent avec les autres chefs de clan, se jaugeant, s'évaluant en vue des négociations futures. Non loin, Gilene, qui s'était installée avec six des neuf *agacins*, menait sa propre conversation, attentive, toutefois, à ce qui pouvait se passer du côté des *atamans*.

Une jeune servante s'approcha d'Erakes et lui chuchota quelques mots à l'oreille. Il opina puis la renvoya, avant d'aviser Azarion.

— Nous avons une *qara* pour toi et une pour l'*agacin*, si elle le souhaite. Tes lieutenants peuvent dormir avec d'autres familles.

Il tendit sa coupe afin qu'un serviteur la lui remplisse de vin.

— Le dernier *ataman*, Tulogan du clan du lynx, arrivera tard ce soir. À présent, nous allons nous coucher, et nous nous retrouverons ici demain, quand le soleil aura dissipé la brume. Alors, nous écouterons ce que tu as à dire. D'ici là, je vous souhaite à tous une bonne nuit.

Ils s'en allèrent, escortés par d'autres serviteurs zélés. Azarion et Gilene, qui avaient savoir qu'ils dormiraient dans la même *qara*, suivirent un serviteur jusqu'à une tente dressée près du centre du camp.

Une fois à l'intérieur, Azarion considéra leur environnement, les nombreux objets de luxe qui les entouraient.

— C'est loin d'être aussi grand que chez Erakes, nota Gilene en déambulant, s'arrêtant parfois pour admirer les tapis de soie savamment disposés et les tentures élaborées qui ornaient les murs. Mais c'est opulent.

— Cette *qara* appartient sans doute à l'un des lieutenants d'Erakes.

Des tabourets à dossiers confortables, joliment sculptés, attendaient ceux qui préféraient ne pas s'asseoir au sol. Des couvertures de velours aux couleurs vives couvraient les paillasses, et les bougies allumées sentaient la cire d'abeille.

— Est-ce que ça te plaît ?

Azarion songea que ses quelques possessions et ce qui lui était revenu à la mort de Karsas paraissaient chiches en comparaison. Même à son apogée, le clan du faucon crécerelle n'avait jamais été aussi grand ou riche que celui de l'aigle.

Gilene passa un doigt sur une carafe dont le verre délicat emprisonnait des filets de brume. Elle pencha la tête sur le côté.

— Tu ne trouves pas que c'est un peu oppressant ? Tout est… magnifique, en un sens, mais rien ne vaut un ciel étoilé, et j'ai l'impression que, demain matin, je serai noyée dans la soie et le velours.

Son expression se fit implorante.

— Je ne veux pas paraître ingrate devant la générosité d'Erakes ou de son lieutenant, mais cela t'ennuierait beaucoup que nous dormions dehors ? Il fait assez chaud, et le sol n'est pas boueux. Nous pouvons utiliser nos propres couvertures pour ne pas salir celles-ci.

Azarion fut tenté de la prendre dans ses bras, mais il choisit de s'incliner.

— Comme le souhaite l'*agacin*. Ce soir, nous dormirons sous les étoiles, et accueillerons demain le lever du soleil.

Son sourire était magnifique, elle le montrait bien trop rarement à son goût et, cette fois-ci, il n'était destiné qu'à lui. Ils quittèrent la *qara*, rassurant les membres du clan de l'aigle venus s'enquérir de ce qui se passait, inquiets à l'idée que la tente ne leur convienne pas.

Azarion leur assura qu'il ne faisait que céder au caprice de l'*agacin*, désireuse de contempler les étoiles et de profiter du temps chaud avant que l'été ne cède sa place à l'automne. Apaisés, leurs hôtes les laissèrent sortir du camp, loin des troupeaux de chevaux, là où les herbes poussaient plus dru, mais plus court, et où le sol n'était pas jonché de crottin. Ils s'arrêtèrent à un feu autour duquel ses soldats s'étaient rassemblés pour la nuit et prirent avec eux les tapis de selle et les couvertures pour se confectionner un lit.

Ils étaient assez près du camp et de sa lumière pour se prémunir de toute visite nocturne, mais assez loin pour jouir d'un semblant d'intimité. Au-dessus d'eux, la lune brillait dans le noir céleste, créant sur le Ciel d'en Bas des ombres aux bords tranchants.

Gilene aida Azarion à installer leur lit de fortune. Quand ce fut terminé, elle s'y laissa tomber, ôta ses chaussures et s'allongea sur les couvertures, le visage tourné vers le ciel et les étoiles.

Azarion la rejoignit, étendu sur le ventre. Il plia les bras pour y poser la tête, la joue sur l'avant-bras, heureux de contempler l'*agacin* qui contemplait le ciel.

Du coin de l'œil, elle lui accorda un regard.

— Je doute que tu puisses voir les étoiles ainsi.

Il s'en moquait. Pour lui, elle était plus belle que les étoiles, et brillait plus vivement encore. L'expression d'aigreur autrefois gravée sur son visage avait disparu, remplacée par la beauté du courage. C'était ainsi qu'il voulait se souvenir d'elle une fois qu'elle serait rentrée à Beroe – une fois que les Savatars et lui ne seraient plus, pour elle, qu'un souvenir évanescent.

— J'ai souvent vu les étoiles, répondit-il. Je me réjouis simplement d'être dehors.

Elle sourit.

— Moi aussi.

Ils restèrent allongés un long moment dans un silence complice avant qu'elle reprenne la parole.

— Crois-tu que les *atamans* accepteront ton plan ? Plus important : crois-tu qu'Erakes acceptera ?

— Je n'ai vraiment besoin que d'Erakes. S'il me soutient, les autres suivront. Plus que nous encore, il déteste l'Empire. Sa première épouse, prisonnière d'un bordel kraelien, est morte avant qu'il puisse la sauver.

Même dans le noir, il vit Gilene tressaillir.

— Par les dieux, je ne le blâme pas. Pauvre femme.

Ses yeux se mirent à briller.

— En matière de cruauté, l'Empire ne se connaît nulle limite.

— Et je compte bien sur cette haine pourgagner Erakes à ma cause. C'est le plus rusé des *atamans*, et il ne fuit pas l'affrontement.

Gilene roula sur le flanc, une expression inquiète sur le visage.

— Mettre à sac la capitale est risqué, Azarion. Comme cette roulade insensée que tu as effectuée sous le cheval de Karsas.

Ses lèvres frémirent.

— Si je ne te connaissais pas mieux, je dirais que tu es téméraire.

Il imita sa posture. La peau de son épaule endolorie le tiraillait.

— Mais tu me connais mieux à présent. Comment me qualifierais-tu ?

— Tu cherches les compliments.

— Je ne te demande que ta franchise. Il me semble que tu n'en as jamais été avare.

Elle le dévisageait sans parler, et Azarion se demanda ce qu'elle voyait, et si cela lui plaisait.

— Je dirais que tu es intelligent. Brave. Follement déterminé quand tu poursuis un but. J'ignore ce qui fait un bon *ataman*, mais il me semble que tu en seras un pour ton clan. Sous ta direction, il prospérera.

Elle se renfrogna.

— Si tu vis assez longtemps.

Azarion saisit une mèche de cheveux échappée.

— Je me suis trop battu pour mourir maintenant.

Comme amusé, le vent de la steppe souffla un rire léger.

— Quand nous quitterons ce campement, reprit l'*ataman*, il faudra chevaucher trois jours pour traverser la vallée de Siraces, puis six encore sur le territoire kraelien avant d'atteindre Beroe. Il ne faut quatre jours depuis ta ville pour retrouver le clan du faucon crécerelle. Ne vas-tu pas rentrer avec moi, Gilene ?

Il redoutait de la laisser partir, mais il avait juré de le faire. Ce serment ne l'empêchait pas de tenter de la convaincre.

Elle avait les yeux si noirs – rien qu'un jeu d'ombres et de secrets.

— Et à quel titre rentrerais-je, *ataman* ? En tant que concubine *agacin* ?

— Tu as vu le respect et l'estime que tous les Savatars portent aux *agacins*. Tu es une servante d'Agna.

— Je ne crois même pas à ton Agna.

— Pourtant, elle t'a choisie comme l'une des siennes. Tu n'es pas forcée de rester avec le clan du faucon crécerelle. N'importe quel clan t'accueillerait à bras ouverts.

Le visage de Gilene se changea en un masque inexpressif.

— Ce sont toujours des étrangers, des gens qui ne savent rien de moi, bien qu'ils honorent mon rôle de servante d'Agna. On est chez soi parmi ceux qui nous aiment.

Azarion roula en partie sur elle, lui arrachant une exclamation surprise. Du doigt, il suivit la ligne de son nez.

— Ma mère a beaucoup d'affection pour toi. De même que Tamura.

Elle émit un bruit moqueur. Il poursuivit.

— Et si je te disais que je t'aime, sorcière du feu ?

Sous lui, tout le corps de la jeune femme se tendit. Elle entrouvrit les lèvres.

— Cela ne suffirait-il pas à te convaincre de rester et à faire du Ciel d'en Bas ton foyer ?

Une larme unique coula de l'œil de Gilene, glissant jusqu'aux cheveux de sa tempe.

— Tu as exigé beaucoup de moi, *ataman*. Et maintenant, tu veux aussi mon cœur ? Me faire abandonner tout ce que je connais pour rester ici avec toi ?

Il se pencha pour baiser sa paupière droite, puis la gauche, le sel de ses larmes lui picotant les lèvres.

— Je suis un homme avide. Je veux tout de toi : cœur, âme et corps. Tu possèdes déjà tout ce que je suis. Cela me semble équitable.

Au fond de lui, il savait qu'elle refuserait. Même si les prémices de leur relation n'avaient pas été basées sur l'extorsion et l'affrontement, elle faisait preuve d'un dévouement aveugle envers les siens, aussi peu reconnaissants soient-ils. Si, comme elle l'affirmait, on n'était vraiment chez soi que parmi ceux qui vous aimaient, alors en quoi était-elle chez elle à Beroe ? Il ignorait s'il éprouvait de la compassion à son endroit, ou une intense frustration.

Il ne pouvait regretter de lui avoir demandé de rester. Bientôt, ils se sépareraient pour de bon, et il détesterait cela.

— La famille qui t'attend à Beroe, reprit-il, est celle qui te livre volontiers aux esclavagistes kraeliens chaque printemps pour que tu sois violée et brûlée.

Sa voix sonnait durement à ses oreilles. Elle aimait peut-être sa mère, ses frères et sa sœur, mais elle détestait de qui lui était infligé. Azarion n'avait aucun scrupule à la lui rappeler.

— Reste avec les Savatars, conclut-il. Si je peux convaincre Erakes que mon plan est solide, si nous nous unissons pour attaquer la capitale de l'Empire, alors les Rites prendront fin. Plus de Fleurs du Printemps à sacrifier. Plus de bûcher dans la Fosse. Plus de mères ou de filles livrées lâchement en tribut.

Ils se dévisagèrent jusqu'à ce que Gilene soupire et suive les sourcils d'Azarion du bout des doigts.

— C'est un rêve pour les nuits difficiles, mais c'est toujours un rêve. Jusqu'à ce que toi et les Savatars en fassiez une réalité, je *dois* rentrer. Je ne peux pas abandonner ma mère, ni ma sœur, ni les femmes qui comptent sur moi pour les protéger de l'Empire. *Je* survivrai. Pas elles. Leur tournerais-tu le dos, à ma place ?

Elle posait la question qu'il avait espéré ne jamais entendre. Il lui avait déjà assez menti.

— Non. Non, dit-il. Je rentrerais.

Le sourire plein de larmes de la jeune femme se reflétait dans son regard.

— Tu as tout risqué pour retourner auprès des tiens.

Il se déplaça de façon à ne pas l'écraser sous son poids, mais il sentait toujours son corps contre le sien.

— J'ai risqué ta vie aussi.

D'autres mots lui venaient. Il était si difficile de rester honnête, et de lui faire savoir qu'il regrettait.

— Si j'avais songé à un autre moyen de recouvrer ma liberté et de regagner le pouvoir, je l'aurais choisi. J'ai fait ce que j'ai fait sans songer à ta propre détresse. J'ai eu tort et, bien que je ne puisse légitimement regretter de t'avoir amenée au Ciel d'en Bas, je suis désolé que tu aies dû en souffrir.

Il lui caressait la joue, ému de sentir sa chair lisse sous ses doigts.

— Ce n'est pas ainsi que l'on remercie quelqu'un qui vous a aidé. Je n'implore pas ton pardon, Gilene. Je ne pense pas que je l'accorderais à ta place. Mais demande-moi ce que tu veux, et je ferai tout ce qui est en mon pouvoir pour te l'obtenir.

Les larmes de la jeune femme avaient séché, ne laissant sur ses joues que des traces argentées. Elle s'étira, entremêlant ses jambes aux siennes. Sur ses traits, les émotions se succédaient à toute allure. Azarion aurait aimé pouvoir interpréter chacune d'entre elles, mais elles disparaissaient aussi vite qu'elles étaient venues.

— Tu as promis de me renvoyer chez moi. Je sais désormais que tu es un homme honorable, et je te crois. J'aimerais te demander autre chose.

— Tout ce que tu veux.

— Les armées d'invasion ne réservent pas leur violence à leur cible principale. Les villages et les villes avoisinants souffrent aussi, même si leur seul tort est d'être proches de la cité que l'armée veut détruire. Si les Savatars parviennent à atteindre la capitale, je demande que tu te souviennes de Beroe et l'épargnes. Pour moi et, si ce n'est pas le cas, pour satisfaire les vœux d'une *agacin*.

C'était donc tout ? Rien pour elle, rien pour sa famille ? Azarion déposa un baiser léger sur son front.

— J'aurais dû me douter que tu ne réclamerais ni soie ni argent.

— Cela ne me servira de rien quand je me retrouverai dans la Fosse.

L'estomac de l'*ataman* se noua. Il détestait l'idée qu'elle subisse une telle épreuve une fois de plus, mais le choix lui appartenait. Il pouvait au moins lui accorder ce qu'elle demandait.

— Je veillerai à ce que les Savatars laissent Beroe en paix.

Elle ferma les yeux, visiblement soulagée.

— Est-ce tout, Gilene ? Rien d'autre ? Je te dois tant.

Il lui aurait promis tout l'Empire kraelien si elle le lui avait demandé. Tout, pour qu'elle reste parmi les Savatars.

— Encore une chose, répondit-elle, et son sourire se mua en une expression de pure sensualité, qui fit s'emballer son cœur. Montre-moi ce que veut dire être vraiment la concubine d'Azarion Ataman.

Elle attira son visage contre le sien, et Azarion fut perdu.

CHAPITRE 17

La dernière fois que Gilene avait couché avec un homme remontait aux Rites du Printemps de l'année précédant celle où Azarion lui avait révélé qu'il avait connaissance de ses illusions. Elle s'était résumée à un rapide accouplement contre le mur d'une cellule. Elle avait compté les va-et-vient – quatre en tout – avant que le gladiateur en finisse et titube jusqu'à sa paillasse, ivre de fatigue, de vin, ou des deux. Gilene avait passé le reste de la nuit assise dans un coin, un œil posé sur la masse ronflante.

Son compagnon de cellule ne s'était pas réveillé quand les gardes étaient venus la chercher le lendemain matin. Elle ne se rappelait pas son visage, et ne se souciait pas de son sort.

Et voilà qu'elle couchait de nouveau avec un gladiateur de la Fosse, mais sous le ciel de la Stara Dragana, cette fois, et non dans une cellule crasseuse. Qui plus est, elle était désormais consentante. Cet homme, qui avait été son adversaire, était désormais son amant. Elle se rappellerait son visage, assurément, longtemps après que le temps aurait effacé cet interlude.

Elle l'embrassa, savourant la sensation de ses lèvres pressées contre les siennes. Il pesait lourdement sur elle, tout en muscles.

Elle glissa les mains dans ses cheveux dénoués, refermant ses doigts sur son crâne tandis qu'elle lui caressait la lèvre inférieure de la langue. Avec un léger grognement, Azarion lui rendit son baiser. Il avait un goût de baies et de vin.

Le sang s'échauffa dans les veines de Gilene, aussi puissant que le feu qu'elle invoquait parfois lorsqu'elle sentit son érection contre elle, le léger mouvement des hanches s'accordant aux pénétrations profondes de sa langue dans sa bouche.

Ils mirent fin à leur baiser dans un halètement conjoint, et Gilene sourit de voir le désir briller dans les yeux d'Azarion. Elle écarta davantage les jambes pour le plaquer plus vivement entre ses cuisses. De la cheville et du mollet, elle lui caressa l'extérieur de la jambe, pliant le genou pour remonter son pied presque jusqu'à la fesse de son amant.

— Le Gladius Primus est-il aussi… doué… pour donner du plaisir à une femme qu'il l'est… pour affronter un homme ?

Le vent emporta sa question au loin, mais pas avant qu'Azarion l'entende. Son rire était à mi-chemin entre l'amusement et l'indignation.

— Cela dépend de la personne que tu interroges, *agacin*. La meilleure façon de le savoir est de le découvrir par toi-même.

Il ponctua sa remarque en déposant juste en dessous de son oreille un doux baiser qui lui donna la chair de poule.

Gilene pencha la tête, offrant son cou et le creux de sa gorge aux caresses de son compagnon. Elle s'occupa les mains en lui écartant ses vêtements, remontant sa tunique pour dévoiler son dos. Sous ses paumes, la peau de son amant était chaude, elle sentait ses musclées rouler.

Ils s'embrassaient avec passion. Gilene avait l'impression que son cœur allait jaillir de sa poitrine. Elle caressa ses bras, dessinant des arabesques sur son dos et ses épaules, glissant du creux de son échine à ses fesses. Quand elle l'empoigna, il réagit en poussant contre elle, et haleta à son oreille.

Elle émit un son identique lorsqu'il enfouit la paume sous ses jupes pour caresser chaque recoin de peau qu'il pouvait atteindre.

— Trop de vêtements, marmonna-t-il.

Gilene était tout à fait d'accord et se mit à dénouer les lacets qui fermaient la tunique du gladiateur au col. Azarion l'aida, se redressant pour ôter le vêtement avant de le jeter de côté. Torse nu, il s'agenouilla devant elle, éclairé par la lune.

— À ton tour, dit-il avec douceur.

Elle s'assit et retira sa propre tunique ainsi que son pantalon. Ses bas rejoignirent la pile croissante de vêtements. Il l'avait déjà vue nue, à deux reprises : une fois pendant son bain, une autre lorsqu'elle se changeait. Les cicatrices de brûlures qu'elle portait comme des souvenirs de ses invocations du feu ne lui étaient pas inconnues. Même si cela avait été le cas, Gilene refusait de se cacher derrière ses mains ou ses tresses. Ces cicatrices avaient été gagnées dans de terribles épreuves, et témoignaient de sa volonté de survivre, d'accorder sa pitié et, d'une façon presque dérisoire, de renvoyer à l'Empire sa cruauté. Elle n'était pas fière de ses marques, mais n'en avait pas honte. Celles-ci faisaient tout simplement partie d'elle.

Dans la pénombre, les yeux d'Azarion se mirent à briller, une dichotomie entre l'éclat et l'ombre qui obscurcissait la moindre émotion qui s'y révélait, mais qu'elle entendit dans sa voix.

— Agna ne t'a pas bénie qu'avec le feu. Jamais je n'ai contemplé plus belle femme.

La façon dont il la regardait le prouvait, car, en réalité elle n'était ni belle ni laide, rien qu'une femme ordinaire dotée d'un pouvoir extraordinaire. Azarion, pourtant, l'admirait comme si elle était le soleil.

Si quelqu'un avait été doué de beauté physique par Agna, c'était bien lui. Même lorsqu'elle le considérait comme son ennemi et lui souhaitait un destin horrible, une petite part d'elle-même reconnaissait son allure, bien que sa haine l'ait alors immunisée contre toute attirance.

Elle lui ouvrit les bras.

— J'ai froid.

Sans attendre, il l'enveloppa dans son étreinte, les faisant basculer sur la paillasse. Gilene rit, et l'embrassa de nouveau. En un rien de temps, il fut nu comme elle, blotti sous les couvertures, sa peau contre la sienne. Elle le touchait partout où elle pouvait, caressant chaque plein et chaque délié, ses muscles saillants, son membre raide contre sa cuisse.

Azarion lui caressait les seins, en aspirait les pointes dans sa bouche et traçait, de ses lèvres, un chemin qui suivait ses mains de sa gorge à son ventre, s'arrêtant sur chaque point sensible. Il s'attarda entre ses cuisses, et Gilene retint son souffle, à la fois curieuse et effrayée.

Il redressa la tête pour croiser son regard.

— Est-ce que tu as peur ?

Elle était inquiète, sans doute, parce que aucun homme ne lui avait fait cela. Mais elle n'avait pas peur : pas de cet homme ni de la façon exquise dont il jouait de son corps jusqu'à ce que chaque nerf vibre et s'enflamme.

Elle secoua la tête, et il sourit, ses iris aussi noirs que ses pupilles. Sa bouche et sa langue orchestraient de douces tortures

— Ce que je vais faire ne nécessite pas tes compétences, Gilene, seulement les miennes. C'est pour que tu y prennes plaisir et que j'y prenne plaisir avec toi.

Sur ce, il se mit à prouver ses affirmations, sa bouche et sa langue une douce torture qui poussait la jeune femme haletante à soulever les hanches et à agripper la tête de son amant tandis qu'elle haletait son nom, le suppliant tour à tour de s'arrêter et de reprendre. Le nœud de plaisir qui s'épanouissait, brûlant, dans son bas-ventre, se dévidait à chaque caresse. Gilene se cambra sous la force de la jouissance. Ces gémissements qu'elle laissait échapper, elle ne les connaissait pas. Elle referma ses genoux autour de ses épaules tandis qu'elle le chevauchait, emportée par une vague de sensations qui brouillait les étoiles.

Au-dessus d'elle, Azarion se redressa, ombre longue et large bloquant le ciel.

— Gilene.

Son prénom, lui seul, prononcé avec la ferveur d'un croyant au seuil d'un temple sacré. Elle noua les bras autour de son cou.

— Tu es mien, soupira-t-elle. Je suis tienne.

Il plongea en elle d'une profonde poussée. Elle hoqueta lorsqu'elle le sentit la combler lentement, son corps pesant contre le sien. Il frissonnait dans ses bras.

Cette fois-ci, Gilene ne compta pas le nombre de va-et-vient, et ne détourna pas son esprit un seul instant. Sous le vaste ciel de la Stara Dragana, elle se délectait de chaque instant.

Il jouit en elle dans un gémissement rauque, et un tremblement le secoua de la tête aux pieds. Elle le serra contre elle, savourant sa chaleur, les muscles de son dos, puis, quand il se fut blotti contre elle, sa peau moite de sueur, son souffle saccadé à son oreille.

Longtemps, ils demeurèrent ainsi enlacés, leurs couvertures emmêlées autour d'eux pour les attacher ensemble. Glissant un bras sous la hanche de sa compagne, Azarion les fit rouler sur le flanc. À la lueur de la lune, sa bouche était attirante, gonflée des baisers enthousiastes de la jeune femme et du plaisir qu'il avait donné à son corps. Dans son regard, une impatience nouvelle brûlait.

— Nous ne dormirons pas cette nuit, souffla-t-il.

Elle sourit, dessinant une ligne sinueuse sur sa clavicule, s'arrêtant un instant pour tracer un tourbillon invisible dans le creux de sa gorge.

— Est-ce une promesse ou une menace ?

— À toi de me le dire.

Gilene, taquine, fit mine de réfléchir.

— Tu tiens toujours tes promesses. Une promesse, donc.

Une ombre passa dans le regard de son amant.

— Il est des promesses que j'aimerais n'avoir jamais faites.

Sa voix était lugubre, comme l'était devenu son visage.

Elle savait à quoi il faisait allusion. Il avait promis de la ramener à Beroe, et elle savait désormais qu'il le ferait : sa foi en lui, lente à venir, ne vacillait plus désormais. Mais sa propre loyauté chancelait, et cela l'effrayait. Il lui avait offert son cœur, et Gilene le connaissait suffisamment, à présent, pour comprendre qu'il était sérieux. C'était un don inestimable, qu'elle chérirait quand elle retournerait à la capitale, au printemps. Un don, aussi, qui mettait sa propre détermination à l'épreuve.

La joue de son compagnon était chaude sous sa paume, mouillée de larmes, et sa gorge se nouait.

— Je ne peux pas le formuler, dit-elle. Peu importe que j'en aie envie. Si je le fais, j'hésiterai, et je ne peux pas hésiter.

Il lui prit la main pour y déposer un rapide baiser, puis pressa sa propre paume sur la poitrine de la jeune femme.

— Tout va bien, Gilene. Tu le dis ici.

Soulagée qu'il ne tente pas de la persuader encore de dévier du chemin qu'elle s'était choisi, elle l'étreignit, laissant quelques larmes couler sur son visage avant de chasser les autres d'un battement de cils. En peu de temps, sa tristesse fut oubliée tandis qu'Azarion tenait sa promesse, et lui montrait que les gladiateurs de la Fosse n'étaient pas tous de simples bouchers ou des fauves en rut.

Il lui fit l'amour pendant le reste de la nuit, ne s'arrêtant que brièvement pour se reposer sans jamais dormir. Ils discutèrent ou se contentèrent de se caresser en silence pendant qu'au-dessus d'eux la lune entamait sa lente descente. Lorsque le soleil apparut à l'horizon en une lame de lumière étincelante, et que le ciel passa peu à peu du noir à l'indigo puis au mauve, Gilene soupira et contempla l'expression paisible d'Azarion, dans l'espoir d'en mémoriser chaque trait.

— Fais-tu confiance à Masad pour me raccompagner à Beroe ?

C'était une question qu'elle avait envisagé de lui poser quand son compagnon s'était mis à ébaucher son plan pour la ramener à son village.

Il opina.

— Oui. Quelles que soient ses convictions, il sert l'*ataman* fidèlement. Il suivra mes instructions, même si cela revient à éloigner une *agacin* du Ciel d'en Bas.

Azarion le lui avait dit : Masad traverserait la steppe et le territoire nunari en son point le plus étroit pour l'escorter jusqu'à Beroe. Une fois que l'*ataman* et ses lieutenants auraient conclu leurs négociations avec le clan de l'aigle, ils reviendraient au campement du clan du faucon crécerelle. Et le fidèle capitaine s'éclipserait aux petites heures de la nuit avec l'*agacin* étrangère pour la raccompagner en territoire kraelien. Autour de son doigt, elle enroula une mèche de cheveux de son amant.

— Une partie de moi aimerait que ce soit toi qui me ramènes à Beroe. L'autre est soulagée que ce ne soit pas le cas.

Le soleil levant chamarrait la partie inférieure du corps d'Azarion, teintant les couvertures et les fourrures d'une nuance d'or profond. À cet instant, il était à la fois homme et statue. Il poussa un soupir désabusé.

— Mieux vaut que Masad s'en charge. Je risquerais de rompre ma promesse. Lui, non.

C'était l'une des nombreuses choses que Gilene respectait chez Azarion : la conscience de sa propre nature et sa volonté de l'accepter et d'agir en conséquence. La lumière du soleil remontait sur les couvertures. Le temps passait, impitoyable pour ceux qui tentaient de capturer l'instant et de l'immobiliser.

— Nous devons bientôt rencontrer Erakes, non ?

— Oui.

Azarion lui caressa le dos.

— Rien ne garantit qu'il acceptera mon plan.

Son regard devint perçant.

— Si c'est le cas, je ferai tout ce qui est en mon pouvoir pour que Beroe soit épargnée par les attaques des Savatars.

Le soleil avait dépassé l'horizon quand ils se levèrent pour se rhabiller et rouler leurs affaires, avant de regagner leur *qara* d'emprunt. Quelqu'un était venu, laissant un plateau de nourriture et une bassine d'eau encore tiède.

Azarion rassembla les lieutenants qui l'accompagnaient aux abords de la *qara* d'Erakes, et salua chaque homme d'un hochement de tête.

La *qara* de l'*ataman* était de nouveau pleine à craquer lorsqu'ils entrèrent. Erakes était assis sur un siège surélevé, dont le haut dossier drapé de fourrure blanche rappela à Gilene le trône d'un monarque. Une coterie de lieutenants et deux *agacins* s'étaient regroupés non loin. Elle fit un signe de tête à ses sœurs de la Flamme, qui lui répondirent, sans toutefois l'inviter à les rejoindre.

Azarion se campa devant Erakes, ses lieutenants en demi-cercle derrière lui. Gilene prit place en périphérie, assez proche pour entendre l'échange, mais assez loin pour rester à l'écart de la discussion.

Un bras sur son genou replié, Erakes avait l'air détendu. Les volutes parfumées de l'encens embaumaient l'air, ainsi que la vapeur du thé fraîchement préparé. Deux serviteurs présentèrent la boisson aux participants avant de disparaître dans l'ombre.

— Tu as convoqué un conseil de la confédération, Azarion Ataman.

Erakes avala une gorgée de thé avant de poursuivre.

— Karsas était un *ataman* paresseux, qui se contentait de s'engraisser grâce aux tributs de son clan. Je pense que tu es comme ton père. Iruadis ne s'est jamais satisfait de vieillir derrière le Voile de Feu.

Azarion s'inclina.

— Tu étais son ami, tu l'as mieux connu, et plus longtemps que moi, Erakes Ataman. C'était un homme d'ambitions et de rêves. Je lui ressemble sur ce premier point, mais je préfère le pragmatisme aux songes, et les Savatars sont restés assis derrière le Voile trop longtemps, à rêver de leur grandeur dans le Ciel d'en Bas.

Gilene perçut l'agitation des chefs qui chuchotaient entre eux à cette remarque.

Erakes haussa un sourcil.

— Je t'écoute.

C'était l'invite que désirait Azarion, et Gilene espéra qu'il se montrerait aussi bon orateur que combattant.

— J'ai été esclave de l'Empire pendant dix ans, commença le guerrier en s'adressant au groupe entier. Gladiateur de la Fosse – le Gladius Primus.

D'autres murmures se propagèrent dans la *qara*, ainsi que quelques sifflements approbateurs. S'il y avait une chose que les Savatars admiraient, c'était le don des armes. Azarion avait fait ses preuves, non seulement dans l'arène de Kraelag, mais aussi dans les steppes.

— Durant le temps qu'a duré ma servitude, j'ai entendu les vérités et les rumeurs de l'Empire, sa folle volonté d'expansion, sa façon d'utiliser les Nunaris pour évaluer la solidité du Voile et trouver son point faible afin qu'un jour, il puisse l'abattre et amener ses armées sur nos terres.

— Le Voile ne tombera jamais ! clama un *ataman*. Nos *agacins* ne laisseront pas cela arriver.

Azarion jeta un bref regard aux deux *agacins* installées près d'Erakes avant de se tourner vers Gilene.

— Les servantes d'Agna sont puissantes, oui, et le Voile est résistant, mais il ne protège le Ciel d'en Bas que d'un seul côté : il n'y a pas de Voile à l'est.

— Non, les monts Gamir sont là, intervint Erakes. Ils offrent une protection presque aussi bonne à l'est que le Voile à l'ouest.

— C'était peut-être le cas autrefois, Erakes Ataman. Mais plus maintenant.

Azarion se tut pour épingler chaque *ataman* d'un regard perçant. Gilene retint un sourire. Il était doué, *très* doué. Tous les yeux étaient rivés sur lui, tous les hommes penchés pour entendre la suite. Même Erakes s'était redressé contre son dossier, abandonnant sa posture à demi avachie.

— Les pillards des Gamir descendent sur les cultures des Gobans, détruisent les semences, tuent ou volent le bétail, brûlent les maisons. Ils ont fait s'écrouler certaines mines de fer et ont coupé l'accès à d'autres.

Erakes haussa les épaules.

— Nous savons tout cela. J'ai envoyé mes hommes, comme les autres *atamans*, pour aider les Gobans et repousser les pillards. Vivre là où ils vivent est un risque.

— Savais-tu que les pillards utilisent des armes kraeliennes et des chevaux kraeliens pour attaquer les Gobans ? Savais-tu que ces pillards sont souvent des soldats kraeliens déguisés pour ressembler à des hommes des Gamir ?

L'affirmation déclencha un tollé. À la soudaine consternation apparue sur le visage d'Erakes, Gilene devina que cette information était nouvelle pour lui.

— Comment sais-tu que c'est la vérité ?

— Parce que je me suis battu aux côtés et *contre* des gladiateurs de la Fosse qui avaient servi dans l'armée kraelienne. Des hommes haut placés tombés en disgrâce après s'être attiré la colère ou le mécontentement de leur commandant ou d'un noble plus puissant.

Azarion s'était mis à aller et venir devant Erakes, devant un public captivé.

— L'empire est convaincu que ses frontières sont sûres. Il ne s'embarrasse pas de secrets, et ces hommes étaient libres de partager leur savoir pendant l'entraînement ou en attendant de se battre dans l'arène.

» Nous savons tous que quatre garnisons kraeliennes sont postées le long du Serpent d'Or, chacune à environ neuf lieues des contreforts des monts Gamir, de l'autre côté des terres gobans. Trois d'entre elles abritent des bataillons, la quatrième – la plus grande – accueille une légion. Ensemble, elles peuvent mettre en branle jusqu'à huit mille hommes pour franchir les montagnes et arriver en territoire goban. Si elles ne l'ont pas encore fait, c'est parce qu'il est trop aisé de les piéger dans les cols étroits.

Erakes eut un geste indifférent.

— Mais dans quel but ? Les Gobans seraient assez nombreux pour tenir leur territoire si les Kraeliens tentaient une chose pareille, et l'Empire ne videra pas ses garnisons uniquement pour conquérir des champs.

— Non, mais il le fera pour arrêter un peuple capable de déployer une infanterie, et il prendra le contrôle du fer que les Gobans extraient de leurs mines. Il le fera si cela signifie qu'il peut conquérir les terres savatares sans rompre le Voile.

Un murmure plein d'expectative se propagea dans la *qara* tandis qu'Azarion poursuivait.

— L'Empire krael est pérenne parce qu'il pense à long terme. Il dévore ses voisins petit à petit au lieu de les attaquer immédiatement. C'est le prédateur qui attend dans sa tanière, l'araignée au centre de sa toile : toujours patient, jamais miséricordieux.

Gilene frissonna à cette évocation.

— L'Empire fait croire que ses garnisons protègent les commerçants du Serpent d'Or contre les bandits qui pullulent sur la route. Les marchands savent que ces bandits sont des soldats kraeliens qui volent pour se remplir les poches et les coffres de la garnison.

Un autre *ataman* intervint.

— Si c'est le cas, pourquoi les caravanes prennent-elles toujours la route commerciale ?

— Parce que leurs profits leurs permettent de récupérer ce qu'elles perdent lors de ces vols. Abandonner tout à fait le Serpent les couperait de la Guilde des marchands, également contrôlée par l'Empire, et leur richesse serait réduite aux restes laissés par les commerçants établis.

— Que voudrais-tu que fassent les Savatars ?

Erakes fit signe à un domestique de lui resservir du thé.

— L'Empire ne s'en tiendra pas à quatre garnisons. Il en installera quatre de plus, puis quatre autres encore, et construira des routes pour les relier les unes aux autres. Pendant que les pillards des Gamir détruisent les cultures gobans et s'emparent de leurs mines, les Gobans les affronteront farouchement, bien trop occupés à essayer de rester en vie pour se soucier que l'on construise sous leur nez un camp kraelien. Une fois que l'Empire aura pris pied dans les montagnes, nous serons en guerre, et nous perdrons.

Le ton d'Azarion se fit plus coupant encore.

— Ils nous surpassent au point de vue de l'effectif, à dix contre un, et peuvent déployer des fantassins et des cavaliers en grand nombre. Tout ce qu'il leur faut, c'est un point d'ancrage et du temps, et le Ciel d'en Bas tombera face à l'Empire à l'est, tout comme les plaines des Nunaris sont tombées à l'ouest.

Dans la *qara*, le silence était devenu pesant. Chacun retenait son souffle et attendait la réaction d'Erakes. Celui-ci dévisagea un long moment Azarion, qui lui rendit son regard. Gilene se demanda qui allait baisser les yeux le premier.

Erakes ne céda pas, mais prit la parole.

— Que proposes-tu ?

Un soupir collectif parcourut la *qara*. Tout le monde échangeait des commentaires à voix basse. Azarion ne détourna pas non plus le regard. Le plus difficile restait à venir : convaincre les siens qu'attaquer l'Empire en premier n'était pas l'idée d'un fou.

— Nous mettons Kraelag à sac, répondit-il.

Des cris outragés se joignirent à des rires incrédules, mais l'ex-gladiateur demeura stoïque, continuant de fixer Erakes, qui ne s'était pas joint aux moqueries. Le regard noir, l'*ataman* attendit que le tumulte s'apaise pour parler.

— Plus que quiconque, tu devrais comprendre à quel point ce serait téméraire. Tu n'es ni idiot ni fou, Azarion Ataman, cela, je le sais ; alors, pourquoi suggérer une chose qui n'aurait comme conséquence que la mort inutile de milliers des nôtres ?

Gilene lui avait posé exactement la même question.

Kraelag était une ville fortifiée dotée d'épaisses murailles, étayées par des tours de guet, des remparts et des fossés profonds. L'armée régulière qui la défendait comptait des milliers d'hommes et pouvait être mobilisée en quelques heures si nécessaire.

La sorcière avait vu les catapultes massives qui attendaient entre les courtines, les pierres géantes qui leur servaient de munitions. Les Savatars étaient une nation de soldats à cheval versés dans les tactiques de cavalerie. Piller Kraelag nécessitait des engins de siège.

— Parce que nous voulons que l'Empire *croie* que sa capitale est assiégée. Ils ne rappelleront pas seulement leurs légions les plus proches, mais aussi celles des garnisons du Serpent d'Or.

Erakes plissa les yeux, et se leva pour faire les cent pas, se caressant la barbe d'un air songeur.

— Ils ne laisseront que quelques hommes par garnison.

Dans la pénombre, ses yeux brillèrent.

— Vulnérables. Faciles à détruire.

Azarion opina.

— Nous divisons les forces de la confédération. Une moitié chevauche vers Kraelag à l'ouest. Il nous faudra traverser les plaines et, peut-être, affronter les Nunaris en chemin.

— Ou les rallier à notre cause, répondit Erakes. Ils n'ont jamais accepté aisément le joug de l'Empire.

— Espère le meilleur, mais prépare-toi au pire. Tout comme les Kraeliens nous sont supérieurs en nombre, les Savatars surpassent les Nunaris. Le fait qu'ils ne s'attendent pas à notre incursion sur leurs territoires jouera aussi en notre faveur.

Un sourire rusé remplaça l'air sombre d'Erakes.

— Pendant que l'Empire panique et envoie davantage de soldats défendre la capitale, nos forces orientales se joignent aux Gobans pour mettre à sac les garnisons les plus proches et prendre le contrôle de ces portions du Serpent.

Le sang afflua dans les veines de Gilene tandis qu'elle écoutait les deux hommes étoffer le plan conçu par Azarion. Pas étonnant qu'il se soit montré si patient pendant tout ce temps : il planifiait sa stratégie en détail, prêt à discuter sa validité. Dès l'instant où il était devenu *ataman*, il avait agi.

Leurs plans de bataille suscitaient son enthousiasme. Tout ce qui blessait l'Empire la faisait sourire, mais elle savait également que la voie qu'Azarion entendait faire emprunter aux Savatars impliquait un aller sans retour et une guerre ouverte contre l'empire le plus puissant et le plus cruel à avoir jamais contrôlé le monde connu.

— Nous n'avons ni les hommes, ni le temps, ni de quoi assiéger Kraelag, déclara brusquement Erakes.

Azarion secoua la tête.

— Non, en effet. Et pour être honnête, nous n'en avons pas besoin. Il faut seulement occuper les armées kraeliennes à défendre leur capitale assez longtemps pour que nos forces orientales puissent faire leur travail. Puis nous prenons la fuite et nous nous mettons à l'abri derrière le Voile.

— Coupez leurs approvisionnements en grain, suggéra Gilene dans le silence.

De nombreux regards se tournèrent soudain sur elle, mais elle les ignora pour se concentrer sur Erakes.

— Que veux-tu dire, *agacin* ?

Il se rapprocha d'elle.

— Kraelag entrepose ses réserves de grains dans des silos du port de Manoret, à l'embouchure du fleuve Oret.

Elle se tordait les doigts, mal à l'aise.

— Les teintures, le lin et la soie y sont également stockés. J'appartiens à une famille de teinturiers. Chaque mois, nous livrons nos produits à Manoret pour qu'ils soient expédiés de là-bas. Ces greniers représentent la principale ressource alimentaire de la capitale. Un siège pourrait durer peu de temps si la ville risquait la famine, quelle que soit la solidité de ses murailles.

Le sourire d'Azarion était froid et calculateur, et Gilene en frissonna.

— Les plus désespérés pourraient bien nous ouvrir les portes.

Dans le regard d'Erakes brillait une lueur soupçonneuse.

— Tu appartiens à l'Empire, *agacin*. Pourquoi le trahirais-tu ?

Elle se hérissa.

— Parce que l'Empire est un fléau, et sa capitale un cafard qui se nourrit d'un cadavre. J'ai vu de mes propres yeux sa sauvagerie, et la joie qu'il tire du malheur infligé à ses citoyens comme à ses esclaves. Demandez à Azarion Ataman, il sait de quoi je parle. Pour trahir, il faut être loyal. Je ne dois rien à l'Empire, et certainement pas ma loyauté.

Erakes la contempla encore un moment avant d'aviser Azarion.

— Si elle regagne l'Empire, elle pourrait dévoiler nos projets.

Azarion eut un geste désinvolte.

— Pour eux, ce n'est une villageoise sans relief. Ils ne la croiront pas.

Toujours dubitatif, Erakes continuait de scruter la jeune femme tout en s'adressant à son compagnon.

— As-tu vu ces greniers ?

— Oui. Quand les gladiateurs étaient envoyés se battre dans d'autres villes, nous partions de Manoret. Ils sont bien gardés, mais pas impénétrables. Les soldats qui les surveillent sont équipés pour repousser des voleurs, pas des armées.

Erakes pivota lentement, balayant du regard la *qara* et ses occupants, avant de revenir à Azarion.

— Je reconnais que l'Empire devient plus dangereux chaque jour et que le Voile ne protège plus les Savatars aussi sûrement que jadis. Mais ton plan est risqué. S'il porte ses fruits, nous nous battrons pour la souveraineté savatare, et sur deux fronts. S'il échoue, au contraire, nous lutterons pour nos vies. Ce sont des choix difficiles pour le Conseil des Atamans.

Gilene s'enveloppa de ses bras, coinçant ses mains pour que personne ne les voie trembler. Si les clans s'unissaient, ils formeraient un ennemi considérable. Si les Savatars s'alliaient aux Gobans et, qui sait, aux Nunaris, l'Empire vacillerait devant eux. Peut-être même serait-il alors bien trop occupé à repousser les attaques venues des steppes pour s'adonner aux rituels barbares associés aux Rites du Printemps. Une flammèche d'espoir s'alluma en elle.

— La guerre n'est jamais un choix aisé, répondit Azarion. Ai-je ton soutien ?

Le silence accueillit sa question, et le cœur de Gilene se serra jusqu'à ce qu'Erakes tende une main à Azarion et que les deux hommes se tiennent par l'avant-bras.

— Le conseil doit décider, mais je te prêterai ma voix. Le clan de l'aigle soutient le clan du faucon crécerelle.

Il avisa les autres *atamans*.

— Qu'en dites-vous ? Sommes-nous d'accord ?

Un chœur de « oui ! » enthousiastes lui répondit. Gilene éclata de rire lorsque Azarion l'attira dans ses bras, un large sourire aux lèvres, avant de l'embrasser longuement et avec force pour célébrer sa première victoire dans cette dangereuse entreprise. Elle espérait que ce ne serait pas la dernière.

Après des libations à base de thé et de lait de jument, elle quitta la réunion pour rattraper les quelques heures de sommeil qui lui manquaient dans la *qara* d'emprunt. Elle entendit à peine Azarion revenir la rejoindre, ne s'éveillant que brièvement pour le sentir se glisser sous les couvertures et se blottir contre elle.

— Reste avec moi, Gilene, lui chuchota-t-il à l'oreille.

— Je ne peux pas, murmura-t-elle, toujours à moitié endormie.

— Je conquerrai tout l'Empire pour te ramener.

Elle se cala contre la chaleur de son corps, prenant plaisir à le sentir à son côté.

— Survis, c'est tout, dit-elle, avant de serrer les doigts entrelacés aux siens. C'est tout ce que je te demande.

— Jure-moi que tu feras de même, la pressa-t-il.

— Je te le jure.

Elle replongea dans le sommeil. Plus tard, elle fut réveillée par ses caresses – ses mains sur son corps, ses lèvres sur sa peau. Cette fois-ci, Gilene l'enfourcha, les mains plaquées sur son torse. Les battements de son cœur faisaient palpiter sa paume à chaque coup.

Il demeura en elle, s'amollissant à chaque inspiration qu'il prenait. Comme la lumière du soleil, comme toute lumière, la lueur du feu flattait ses courbes, soulignant la beauté de ses traits et la couleur de ses yeux. Il l'observait, fasciné. Gilene lui passa un pouce sur les lèvres.

— Qu'est-ce qui te chagrine ?

— T'es-tu jamais demandé si ce que font les sorcières du feu de Beroe dans l'arène ne contribue pas à aggraver la situation pour elles et le village ?

Elle se crispa. Ce mouvement lui fit bouger assez le bassin pour qu'Azarion se retire. Il resserra les mains sur sa taille et son regard vert s'assombrit.

Quelque chose dans son intonation la rendait méfiante, et ses mots faisaient naître un malaise dans le creux de son estomac.

— Que veux-tu dire ?

— L'Empire organise les combats de gladiateurs pour amuser les foules. Les Rites du Printemps sont censés lui attirer les faveurs des dieux. Chaque Fleur du Printemps brûlée est un cadeau qui leur est destiné – le feu lui-même est comme du vin. Distraire le peuple est secondaire. Divertir les dieux est le plus important, si l'Empire entend maintenir son pouvoir et son contrôle.

Il ne lui apprenait rien de neuf, mais la façon dont il formulait les choses la hérissa. Elle imaginait des divinités portant des calices de feu à leur bouche tout en dévorant les mortes de l'arène comme des morceaux de fruits pourris.

— Continue.

Il détourna la tête, comme s'il réfléchissait à la meilleure façon de formuler les choses. Il lui caressait la taille, et son expression était à la fois méfiante et compatissante. Gilene était alarmée.

— Je t'ai vue manipuler le feu que les gardes allument sur le bûcher, dit-il. De quelle façon tu le fais croître, grandir, brûler plus fort. Je t'ai vue élaborer une illusion de flammes, créer des fleuves et des lacs de feu pour remplir le sol de l'arène. Tu te transformes même en l'une de ces flammes pour fuir la Fosse sans que personne ne s'en rende compte.

— Personne sauf toi.

Il ne sourit pas.

— Gilene, bien que toutes tes flammes et tes illusions empêchent les Fleurs de connaître une mort douloureuse et te permettent de rentrer chez toi, elles ne font qu'inciter l'Empire à rendre le rituel plus grandiose chaque année.

— Ce n'est pas vrai ! s'exclama-t-elle.

Il la maintint immobile lorsqu'elle tenta de s'écarter de lui, ses mots pareils à des coups de poing.

— Chut. Écoute-moi. Écoute.

Elle se figea, et le visage de son amant devint flou.

— Les gens adorent ce spectacle, parce qu'ils sont certains que les dieux sont parmi eux, et approuvent le sacrifice. Ton contrôle du feu et les illusions que tu crées à partir de lui font qu'il ne se comporte pas comme il le ferait seul.

Il se tut pour lui laisser le temps de prendre la mesure de ses paroles. La portée terrible de la révélation montait en elle.

— Les gens y voient une intervention divine… La présence des dieux parmi eux…

— Oui.

Elle plaqua une main sur sa bouche, gémissant derrière sa paume. Qu'avait-elle fait ? À quoi avait contribué Beroe, pendant toutes ces décennies ? En tentant de se sauver lui-même, le village n'avait fait qu'envenimer la situation : pour lui-même, pour les autres bourgades, pour chaque famille où une fille était née et qui, chaque année, redoutait l'arrivée du printemps, en se demandant si elle ne devrait pas l'abandonner…

Azarion la prit dans ses bras et la serra contre lui. Elle sanglota au creux de son étreinte, ses larmes lui mouillant la peau. Il lui caressait le dos, les cheveux et les bras, déposait de légers baisers sur sa tempe et sa pommette.

— Je suis désolé de t'avoir fait du mal, murmura-t-il à son oreille. Pardonne-moi.

Elle continua à pleurer un long moment, et il ne la lâcha pas. Pour finir, à court de larmes, elle se dégagea de ses bras pour attraper un linge sur la table, et se moucha jusqu'à ce que ses oreilles bourdonnent.

Azarion l'observait depuis leur nid de couvertures en désordre, le visage pâle, les yeux assombris d'angoisse. La jeune femme regagna le lit et s'agenouilla devant lui.

— Il n'y a rien à pardonner, dit-elle. Tes paroles étaient douloureuses, mais cela ne les rend pas moins vraies, et je devais les entendre. J'aimerais que tout Beroe puisse les entendre.

— Cela ferait une *qara* très encombrée.

Sa petite plaisanterie la fit sourire, et il replaça une mèche de ses cheveux derrière son oreille.

— Ce n'est qu'une supposition, Gilene, basée sur mes observations. Je peux me tromper.

Elle poussa un soupir fatigué et secoua la tête.

— J'aimerais te croire, mais la logique est implacable. L'Empire ne cesse d'exiger davantage de tributs. Les femmes qui se tiennent à mes côtés sont chaque année plus nombreuses.

Elle passa ses paumes sur ses joues humides pour les sécher, réfléchissant à toute allure.

— Que vais-je faire ? Je ne peux pas laisser ces femmes brûler à côté de moi, écouter leurs hurlements tandis que leur chair grille sur leurs os. Comment pourrais-je fuir la Fosse sans créer l'illusion d'un feu plus vaste ?

— N'y va pas, répondit Azarion. Reste ici avec moi, au Ciel d'en Bas.

— C'est un souhait : pas une solution.

Elle se leva pour se laver et s'habiller. L'envie de pleurer rendait sa respiration difficile, mais elle n'y céda pas. Le temps des larmes était révolu. Elle devait garder les idées claires pour élaborer un plan. Elle regarda Azarion, toujours allongé dans leur lit. Sa bouche était pincée, son visage sombre.

— Le printemps sera le meilleur moment pour attaquer Kraelag. L'Empire ne s'attendra pas à ce que nous fassions avancer nos troupes alors que le sol est enneigé et les rivières gelées.

Il lui saisit la main lorsqu'elle le rejoignit.

— Déplacer une armée sur un terrain gelé est lent et délicat. Gilene, je ne peux te garantir que nous atteindrons Kraelag à temps pour empêcher les Rites du Printemps. Même si nous nous tenons devant les portes, l'immolation aura peut-être lieu quand même.

Gilene le vit dans ses yeux : le désespoir. La peur. La peur pour elle et ce qu'elle allait affronter. Elle lui serra les doigts.

— Je n'ai pas peur, mentit-elle.

— Moi si.

Il se leva pour enfiler ses vêtements.

— Tu es résolue à y retourner.

Elle détourna la tête.

— Que puis-je faire d'autre ?

Il revint se placer devant elle.

— Tu peux rester ici ! Tu es une *agacin*, à présent.

Gilene eut un petit rire sans joie.

— Une concubine *agacin*.

Il était *ataman*, sans épouse et avec des alliances à nouer. Son peuple attendait de lui qu'il se marie.

— Sois mon épouse, argua-t-il. Précieuse et bien-aimée.

La bulle de larmes en elle menaçait d'éclater. Gilene ferma les yeux.

— Arrête, je t'en prie. Ne rends pas la situation plus difficile.

— Je ne veux pas que ce soit facile, Gilene !

Il lui saisit les bras et la secoua légèrement.

— Je veux que tu changes d'avis.

Il déposa un baiser sur l'arête de son nez.

— Je comprends ton dévouement à ta famille, mais je crois que les tiens sont des lâches. Ce qu'ils exigent que tu fasses pour eux, ce qu'ils attendent que tu fasses pour eux, c'est… c'est de la lâcheté, et je n'ai aucune compassion pour eux. Valent-ils vraiment ton sacrifice ? Ta souffrance ?

— Tu vas partir en guerre. Poseras-tu ces questions à chaque guerrier savatar qui te suivra ?

Il se rembrunit.

— Depuis combien de temps les aînés de ton village réduisent-ils leurs sorcières du feu en esclavage ?

— Ils l'ont toujours fait, répondit-elle d'une petite voix.

L'air sombre d'Azarion devint plus menaçant encore.

— Délie-moi de mon serment de faire épargner Beroe par les Savatars. Le village mérite d'être rasé autant que Kraelag.

— Non. Ces gens ne sont pas mauvais : ils ont seulement peur. Et ils ont des familles. Ne ferais-tu pas passer Tamura et Saruke avant les sœurs et les mères de ton peuple ?

Il se passa une main dans les cheveux.

— Comment répond-on à cette question avant d'y être forcé ?

— On n'y répond pas – pas si on peut l'éviter.

Comme elle aurait aimé ne pas devoir y répondre maintenant. Ni jamais.

Elle lui caressa la mâchoire.

— Épouse d'un chef de clan, murmura-t-elle d'un ton pensif. Je m'élèverais dans le monde.

Azarion pressa sa paume contre sa joue.

— Cette union me rendrait exceptionnel, *agacin.*

— Tu l'es déjà, Azarion Ataman : les ancêtres que révère tant ta mère seraient fiers de son fils.

— Pourtant, je ne peux toujours pas te faire changer d'avis.

Elle secoua la tête.

— Tu es une femme entêtée.

Cette accusation la fit sourire.

— C'est pourquoi je triompherai.

Il la dévisagea jusqu'à ce que le rouge lui monte aux joues.

— De cela, *agacin*, je ne doute pas.

Ils se rhabillèrent, et traversèrent le camp jusqu'à l'endroit où les hommes s'étaient rassemblés autour du Conseil des Atamans pour écouter Erakes leur exposer le plan d'Azarion.

Erakes était aussi bon orateur que le jeune *ataman* et, en un rien de temps, il avait insufflé à ses guerriers un tel désir de guerroyer qu'ils étaient prêts à monter en selle et à chevaucher jusqu'à Kraelag sur-le-champ pour attaquer l'Empire.

— Et maintenant ? demanda Gilene, appuyée contre le flanc d'Azarion alors qu'ils se tenaient en lisière de l'attroupement.

— Les *atamans* vont retourner auprès de leurs clans et faire la même chose qu'Erakes : les informer de la suite des opérations. Puis nous rencontrerons les Gobans pour leur offrir une alliance. Je serais surpris qu'ils refusent.

À l'heure actuelle, ce sont eux les plus vulnérables à l'Empire.

Il lui embrassa le sommet du crâne.

— Je te promets de faire tout ce qui est en mon pouvoir pour que nous ayons atteint Kraelag avant l'équinoxe.

Gilene s'agrippa à cette promesse de toutes ses forces. Coordonner une telle offensive était une tâche monumentale, sans garantie de succès. Même si les clans des deux peuples acceptaient de s'allier, leurs chances d'échec étaient égales, voire supérieures, à celles de victoire.

— Crois-tu vraiment que cela vaille tant de chaos et de morts ?

Elle connaissait sa réponse : il avait dû se poser tant de fois la question.

— Au plus profond de mon âme, *agacin*, répondit-il d'une voix ferme. J'ai été esclave de l'Empire. Je ne le serai jamais plus, ni mon peuple, pas si j'ai mon mot à dire.

Ce soir-là, tous se réunirent autour d'un grand feu pour célébrer la décision. Il y eut des combats, des jeux à boire, des danses, des chansons et des étreintes conclues dans les ombres de l'herbe à plumet. Gilene et Azarion se joignirent aux célébrations, bien décidés à profiter eux aussi de cette dernière nuit parmi les Savatars. La sorcière de feu était à la fois *agacin* et la concubine d'Azarion Ataman, un puissant mélange de pouvoir et d'influence. Avec du temps, les Savatars l'accepteraient tout à fait. Elle le savait. Néanmoins, il n'y avait plus de temps.

Plus tard cette nuit-là, ses ébats avec Azarion furent marqués du sceau du désespoir, qui la laissa accablée de chagrin. À l'aube, le gladiateur et son entourage remercièrent Erakes pour son hospitalité et repartirent pour le campement du clan du faucon crécerelle, avec la promesse d'y accueillir prochainement l'*ataman* du clan de l'aigle.

Cela faisait un jour et un soir qu'ils étaient en route quand Azarion, Masad et la jeune femme gagnèrent l'étroit passage qui menait les voyageurs au travers du Voile, dans la bande de territoire nunari allant jusqu'aux frontières propres de Krael.

— Ne traînez pas, ordonna l'*ataman* à Masad. Les Savatars respectent la règle qui veut que les *agacins* sont libres de choisir leur clan, mais certains pourraient interpréter cette règle différemment pour Gilene et vouloir la garder prisonnière ici.

Masad opina.

— Nous chevaucherons vite, voyagerons de nuit et dormirons pendant la journée.

Ses paroles éveillèrent un souvenir désagréable chez la jeune femme.

— On ne dort pas dans les tumulus, dit-elle. Plus jamais.

Le *tirbodh* la contempla d'un air intrigué, avant de hausser les épaules.

Azarion poussa son cheval pour se placer à sa hauteur. Son visage était fermé.

— Si tu as des remords, n'hésite pas. Masad te ramènera au Ciel d'en Bas sans poser de question.

Ils se dévisagèrent tandis que le *tirbodh* partait un peu plus loin pour leur accorder l'intimité qu'ils désiraient. Gilene tendit une main tremblante, mais Azarion s'écarta.

— Non, dit-il d'un ton dur. Si je te touche, je ne te lâcherai plus.

Elle ravala ses larmes, s'essuya les yeux.

— Au revoir, gladiateur. Voilà qui conclut notre marché. Bonne chance.

Si elle prononçait son nom, elle s'écroulerait.

Lui ne souffrait pas d'une telle faiblesse. Sur ses lèvres, son nom résonna comme une prière.

— Adieu, Gilene de Beroe.

Il fit tourner son cheval et galopa vers le camp dressé sous la lune déclinante. Gilene suivit son ombre jusqu'à ce qu'elle se confonde avec les autres et que les bruits de sa cavalcade s'éteignent, ne laissant dans son sillage que le chant triste du vent.

Elle guida sa propre monture là où l'attendait Masad, et lui adressa un sourire plein de larmes.

— Beroe attend, Masad. Mon absence n'a que trop duré.

Le soulagement des villageois quand ils la virent entrer dans la bourgade au côté de l'oncle d'Azarion fut de courte durée. La femme du meunier, qui l'avait aperçue en premier, dévala la pente jusqu'à la maison de l'aîné le plus respecté du village. Très vite, la rue s'emplit de villageois qui, tous, criaient son nom comme ils auraient crié celui d'une héroïne revenue de conquête. Ils observaient aussi Masad, les yeux écarquillés, méfiants envers ce guerrier à l'air farouche tandis que leurs montures progressaient lentement dans l'avenue principale vers la maison que la jeune femme partageait avec sa mère et sa sœur.

— Tu peux rester aussi longtemps que tu le souhaites, Masad. Nous pouvons t'offrir le gîte et le couvert. Le foyer garde toutes les pièces au chaud.

Il déclina son offre.

— On a besoin de moi ailleurs, *agacin*.

Il balaya du regard la foule rassemblée non loin, puis baissa d'un ton.

— Es-tu certaine de ne pas vouloir revenir au Ciel d'en Bas ?

Non, elle n'en était pas du tout certaine. Mais on avait besoin d'elle ailleurs aussi.

— Peut-être un jour, répondit-elle. Mais pas aujourd'hui.

Il s'inclina, lui souhaitant bonne chance, et quitta Beroe aussi vite qu'il y était apparu, avec une expression inquiète dans les yeux.

Son inquiétude n'était pas sans fondement. Une fois passées les célébrations du retour de Gilene, le soulagement des villageois le céda à une suspicion pleine de ressentiment. Elle semblait indemne après son séjour dans la Stara Dragana et, en peu de temps, les questions se muèrent en accusations à peine voilées. Sa propre famille lui jetait des regards en biais, même si personne n'osait lui poser les questions que tout le monde avait en tête. Avait-elle vraiment été enlevée ? Ou avait-elle fui pour, finalement, changer d'avis et rentrer à Beroe ? Et si oui, pourquoi ?

Ses frères, qui avaient vu Azarion la jeter en travers de sa selle tout en parcourant les rues de la capitale ventre à terre, pouvaient au moins assurer qu'elle avait été emmenée malgré elle…

Peu à peu, elle retrouva les tâches qui avaient toujours été les siennes : aider sa mère et sa sœur aux corvées ménagères, travailler à la teinturerie. Il ne fallut pas longtemps avant que ses mains redeviennent vertes. Le rythme du village lui était aussi familier que son propre reflet. Endormi et lent en hiver, poissé d'une sourde terreur tandis que s'approchait le printemps et que s'annonçait l'arrivée des esclavagistes kraeliens.

Gilene ne dit rien de ce qu'elle savait d'Azarion et de ses projets, et resta très évasive sur ce qui lui était arrivé chez les Savatars, même lorsque sa mère et Ilada la pressèrent de questions.

— Tu es devenue si secrète, Gilene, grommela sa mère en faisant claquer d'un air agacé son torchon pendant qu'elles lavaient et séchaient ensemble la vaisselle du repas un soir.

Gilene ne releva pas. L'irritation de sa mère ne la dérangeait guère, pas plus que les regards interrogateurs de ses frères et sœur ou ceux des villageois.

Des années auparavant, déjà, son rôle de sauveuse annuelle avait fait d'elle une étrangère au sein du village et de sa propre famille. Cette fois, c'était elle qui se tenait à l'écart.

Le Ciel d'en Bas lui manquait, avec ses grands espaces, ses hordes de chevaux, et ses *qaras* noires. Saruke lui manquait, avec ses conseils avisés. Même la sombre Tamura lui manquait, elle dont le dévouement à sa mère, à son frère et à Arita était si plaisant à voir. Mais, évidemment, c'était l'homme qu'elle avait autrefois juré de haïr et dont elle avait fini par tomber amoureuse dont elle ressentait le plus cruellement l'absence. Chaque nuit, quand elle fermait les yeux, Gilene imaginait son visage élégant et farouche, et un vide béant se creusait en elle.

Beroe était son village natal, l'endroit où elle avait grandi, mais elle n'avait plus sa place ici. Elle n'était revenue que parce qu'elle le *devait*. Le fossé entre elle et sa famille était plus large à présent, mais ici rien n'avait changé.

Azarion avait eu raison de traiter ces gens de lâches. Gilene priait pour que les Savatars et leurs alliés l'emportent, et mettent un terme aux Rites une bonne fois pour toutes. Plus de tribut, plus de devoir funeste, plus de culpabilité ou d'affection factice. Peut-être la prochaine fois qu'elle manierait le feu, le ferait-elle au profit d'autres sauveurs.

CHAPITRE 18

Azarion battit des paupières pour chasser la sueur qui lui coulait dans les yeux. Un blizzard aurait été bien venu, ou une bourrasque de flocons, au moins, pour rafraîchir l'air. La neige tenait encore au sol en ce tout début de printemps, et le givre de la nuit recouvrait tout avant que le soleil levant le fasse fondre. Peut-être aurait-il fait froid pour un homme en tenue de tous les jours, mais, équipé de l'armure complète de cavalier lourd, le gladiateur cuisait sous le pâle soleil.

Il chevauchait parmi quatre mille cavaliers savatars, descendant une colline en pente douce qui menait à la capitale fortifiée de Kraelag. Le terrain n'avait pas encore été labouré et s'étendait, plat et dégagé, sur au moins une lieue. De l'autre côté, l'armée kraelienne avait massé plusieurs légions. Un éclaireur savatar était revenu la nuit précédente d'une mission de reconnaissance pour le leur dire.

Il s'était incliné devant Erakes, Azarion et les quatre autres *atamans* réunis dans la *qara* de guerre d'Erakes, où se massaient les capitaines qui commanderaient les escadrons d'archers soutenant la cavalerie lourde.

— D'après ce que nous avons vu, les Kraeliens sont au moins trois fois plus nombreux que nous. Quatre mille cavaliers, quatre mille fantassins légers et vingt-cinq mille fantassins lourds. Un général du nom de Mal Vornak les commande.

Erakes se tourna vers Azarion.

— Tu le connais ?

— Seulement de nom. C'est un officier chevronné qui a mené les Kraeliens à la victoire contre les Prathics et les Oseks. Avec près de quarante mille hommes à sa disposition, il ne nous fera pas la vie facile.

Erakes avait haussé les épaules.

— Nous le savions quand nous avons planifié cette attaque.

Les Savatars étaient prêts. Ils avaient guidé leurs chevaux sur le terrain enneigé, franchissant des fleuves gelés puis, une fois le temps adouci, ils avaient parcouru vingt-cinq lieues par jour, une cadence éreintante qu'aucun cheval kraelien ne pouvait soutenir, mais que les poneys de la steppe avaient aisément endurée. Les bêtes s'étaient nourries d'une herbe cassante brunie par le froid et enfouie sous la neige, leurs maîtres se contentant de lait de jument fermenté et du gibier qu'ils pouvaient traquer pendant les rigueurs de l'hiver. Lorsque Krael avait pris conscience du danger qui menaçait sa capitale, les clans de la steppe étaient presque arrivés aux portes de Kraelag.

L'armée assignée à la protection de la ville provenait de garnisons disséminées sur les riches terres agricoles et les fleuves qui nourrissaient les citoyens de Kraelag ainsi que les villes et villages vassaux. Azarion soupçonnait Mal Vornak de les avoir toutes vidées. Pour le moment, Krael faisait exactement ce qu'Azarion et les autres *atamans* avaient espéré.

À trois lieues de là, le port vulnérable de Manoret et ses précieux greniers étaient tombés face à un escadron de Savatars, qui en avait désormais le contrôle. À n'en pas douter, un messager envoyé par un capitaine de port kraelien désespéré avait atteint la capitale pour annoncer la nouvelle. Azarion ne pensait pas que l'homme serait laissé en vie après son récit. La dernière chose que souhaitaient ceux qui détenaient le pouvoir dans la capitale était que sa populace apprenne qu'elle risquait de mourir de faim derrière ses remparts.

En ajoutant les clans nunaris qui s'étaient retournés contre leurs maîtres kraeliens, la horde savatare avait crû même si, comme l'avait prédit l'éclaireur, l'armée qu'ils s'apprêtaient à affronter les surpassait en nombre, à au moins trois contre un.

Les forces kraeliennes s'avançaient vers l'armée savatare. Aujourd'hui, Azarion s'attendait à ce que le sol soir arrosé de sang, et non de pluie.

Sur un signal d'Erakes, les Savatars se mirent à battre leurs tambours de guerre et à souffler dans les minces trompes à tête de chien dont le son tonitruant évoquait quelque chose entre un cri de femme enragée et un hurlement de loup.

L'armée ennemie poursuivait son avancée, avec l'infanterie en son centre et la cavalerie sur ses ailes. Après une succession d'ordres, elle s'arrêta, se reforma en un carré creux à douze rangs, avant de reprendre sa progression.

Erakes, plus expérimenté qu'Azarion dans le combat à grande échelle, eut un large sourire.

— Il est intelligent. Il a reformé son infanterie pour qu'elle ne soit pas débordée sur les flancs… au prix de la mobilité, toutefois.

Tout autour d'eux, les cavaliers lourds savatars attendaient, avides et impatients d'engager le combat. Derrière la ligne kraelienne, Kraelag scintillait sous le soleil printanier, joyau corrompu qui, bientôt peut-être, serait impitoyablement brisé.

Azarion observa le carré creux.

— Si nous envoyons la cavalerie lourde en premier, nous ne serons peut-être pas en mesure d'enfoncer leurs lignes ; ils sont trop nombreux.

Erakes opina et émit une série de sifflements, appelant les capitaines auprès de lui.

— Envoyez vos archers. Entourez le carré et faites pleuvoir des flèches jusqu'à ce que les Kraeliens ne puissent plus voir le ciel. Attirez leur cavalerie à l'écart des ailes.

Il se tourna vers Azarion.

— Prépare ta cavalerie lourde. Quand leurs cavaliers se rapprocheront, tu attaqueras.

Azarion quitta son commandant pour rassembler ses forces. Il vit sa sœur le dépasser au galop, la première flèche déjà encochée tandis qu'elle se ruait avec les autres cavaliers légers vers la ligne kraelienne.

En un rien de temps, le ciel se mit à noircir sous le déluge de flèches. Les archers savatars harcelaient le périmètre du carré, tirant droit sur la ligne ou en l'air. Les flèches retombaient comme une pluie acérée et mortelle.

Mal Vornak ordonna à ses escarmoucheurs d'attaquer les archers, mais les tirs savatars incessants les forçaient à rester derrière leurs boucliers. Ainsi qu'Erakes l'avait prédit, le général kraelien ordonna à sa cavalerie légère d'affronter les archers.

Azarion mesura le temps de la manœuvre, comptant intérieurement tandis que la cavalerie légère pourchassait les archers à cheval, battant en retraite vers la principale force savatare. Faisant tourner sa monture, le gladiateur hurla à ses capitaines :

— Préparez-vous !

Des cavaliers en armure montés sur des chevaux bardés formèrent leurs rangs, abaissant les longues et lourdes lances destinées à enfoncer les lignes ennemies.

Au moment où les archers à cheval dépassèrent la cavalerie lourde au galop, Azarion hurla encore :

— En avant !

Le tonnerre des sabots et des cris de guerre savatars le rendirent à moitié sourd quand, lances baissées, ils chargèrent les poursuivants de la cavalerie légère kraelienne. Allongé en arrière sur sa monture, il manqua glisser quand l'animal heurta un autre cheval, poitrail contre poitrail. Des hennissements se joignirent aux cris et aux hurlements des hommes qui se battaient et mouraient sur le champ de bataille.

Azarion fit de sa lance un bélier, s'en servant, ainsi que de son épée, pour entailler, enfoncer et fracasser à mesure qu'il se frayait un chemin dans la mêlée des combattants, jusqu'à ce que sa lame dégouline de sang et que son cheval et lui en soient couverts.

Il repoussa des gantelets qui tentaient de l'arracher de sa selle, et perdit sa dague préférée quand il l'enfonça dans le cou d'un soldat. La fontaine de sang qui jaillit de la blessure l'aveugla un temps, et il esquiva de justesse un coup de marteau sur le casque.

Au hurlement assourdissant des trompes, il comprit que la cavalerie lourde battait en retraite, et ses hommes se rassemblèrent pour rejoindre au galop le gros des troupes, dépassant une nouvelle vague d'archers à cheval qui retournaient harceler l'infanterie kraelienne.

Le carnage se poursuivit des heures, à mesure que le soleil traversait le ciel. Les champs sans semence étaient jonchés de cadavres de soldats et de chevaux kraeliens et savatars. Sous le pied, le sol craquait à cause du bois des milliers de flèches tirées.

Ce soir-là, dans le camp de guerre savatar, Azarion s'installa devant sa *qara* et ôta son armure couverte de sang, laissant tomber au sol une pièce après l'autre. Il se passa une main sur le visage, étalant davantage de sang encore sur sa peau. Il était trempé de sueur, éclaboussé d'entrailles et de crottin de cheval. Les Savatars avaient remporté un vrai succès et bien qu'il s'en réjouit, il savait qu'il était trop tôt pour crier victoire. Demain, ils devraient sans doute affronter les renforts des garnisons kraeliennes extérieures.

La lueur d'une torche voisine dévoila l'arrivée d'un visiteur. Une ombre haute se matérialisa : c'était sa sœur. Comme Azarion, elle était couverte de sang, et elle avait des cernes noirs sous les yeux. Elle ne lui en adressa pas moins un sourire triomphant, et lui présenta une gourde.

Azarion s'assit par terre et, d'un geste, l'invita à se joindre à lui. Elle s'installa à son côté et lui passa la gourde. Ses nattes s'étaient défaites, et sa longue chevelure noire cascadait sur ses épaules jusqu'à traîner dans la poussière.

— C'était une bonne journée, dit-elle.

Il avala une gorgée de lait de jument avant de lui rendre la gourde.

— Une journée sanglante, et nous sommes loin encore d'enfoncer les portes.

Elle haussa les épaules.

— Mais nous sommes toujours là, prêts à nous battre demain, et nombre de Kraeliens morts fertilisent déjà les champs.

Elle lui jeta un regard étonné.

— En outre, n'as-tu pas dit au conseil que nous n'avions pas réellement besoin d'entrer dans la ville ? Seulement d'occuper les garnisons assez longtemps pour que nos forces orientales prennent possession de la portion du Serpent d'Or dans les Gamir et détruisent leurs garnisons ?

Cela avait été son plan, en effet, celui qu'il avait exposé à de nombreuses reprises, d'abord à Erakes et aux autres *atamans*, puis au clan du faucon crécerelle, et enfin aux Gobans. Mettre la ville à sac n'était pas l'objectif premier, bien que l'idée de Gilene de s'emparer des greniers et de les réquisitionner pour éviter un long siège le séduise fortement.

Gilene. Azarion soupira et se pinça l'arête du nez pour tenter de juguler la migraine qui s'annonçait. Il ne se passait pas une journée sans qu'il pense à elle, pas une nuit sans qu'il brûle de l'avoir près de lui. Si l'automne et l'hiver n'avaient pas été pleinement consacrés à la planification de cette bataille, il aurait très bien pu succomber à la tentation de chevaucher jusqu'à Beroe et de la ramener.

Sans doute, il aurait été plus facile de la laisser tranquille sachant qu'elle retournait à une vie paisible, plutôt qu'à une existence pitoyable.

— Qu'est-ce qui te trouble, mon frère ?

Tamura l'observait de son regard vert assuré, si semblable au sien.

Il se tourna vers la ville, ses murs et ses tours dissimulés par les arbres et l'obscurité.

— L'équinoxe aura lieu demain. L'Empire la célèbre toujours avec les Rites du Printemps.

Une poigne ferme lui agrippa l'avant-bras, et il baissa les yeux pour regarder les doigts fins de Tamura, avec ses ongles cassés et crasseux, serrés sur le tissu. La compassion adoucissait ses traits.

— Crois-tu que l'*agacin* soit à Kraelag ?

Il haussa les épaules.

— Qui sait ? J'ai envoyé deux éclaireurs. J'espérais avoir des nouvelles ce soir.

À cet instant, comme si le destin l'avait entendu, un homme apparut dans la nappe de lumière et s'inclina devant lui.

— Azarion Ataman, j'ai des nouvelles.

Le gladiateur se mit debout, oubliant sa fatigue tandis que son estomac se nouait. Tamura se leva, elle aussi, une main posée dans son dos.

— Dis-moi.

— Les Rites du Printemps seront bien observés demain. Ces femmes livrées comme sacrifices seront brûlées à midi.

Tamura ferma le poing, tenant serrée la tunique de son frère lorsqu'il plongea en avant, prêt à traverser le camp et les champs ensanglantés à toute allure jusqu'au territoire ennemi pour escalader les murs ou abattre les portes à coups de poing et récupérer la femme qui avait capturé son âme.

— Son épreuve n'est pas la nôtre, mon frère, lui souffla-t-elle à l'oreille. Elle survivra. Toi, non, si tu te jettes dans les bras des Kraeliens.

L'éclaireur s'éloigna d'eux, impressionné par la réaction d'Azarion et les avertissements grondants de Tamura.

L'*ataman* se dégagea, soufflant par les narines. Gilene survivrait au bûcher demain, mais qu'en serait-il après, dans cette ville assiégée et sans aucun doute fermée à double tour ? Ses tripes se nouèrent à l'idée de ce qu'elle endurait peut-être en ce moment même, dans une cellule, aux mains d'un gladiateur rendu fou par une journée de combats dans l'arène.

Il ferma les yeux, les poings serrés si fort que ses articulations blanchirent.

— Elle a choisi, lui souffla sa sœur. Elle savait ce qui l'attendait.

Cela, évidemment, n'apaisa en rien sa fureur. Gilene était si proche. Et si loin de lui aussi.

Azarion ne revint pas s'asseoir près du maigre feu qu'il avait allumé. Il faisait les cent pas, sa fatigue n'existait plus.

Tamura, elle, reprit sa place et observa son frère tout en buvant.

— Contiens ta colère, nourris-la, entretiens-la… mais ne gâche pas tout en te lançant dans une entreprise vouée à l'échec. À moins que tu souhaites que ta tête finisse sur une pique ?

Son frère lui lança un regard furieux.

— Suivrais-tu ce conseil si Arita se trouvait là-bas, à la place de Gilene ?

Elle eut un rire sans joie.

— Je n'aurais pas le choix. Tu ne l'as pas non plus.

Azarion grommela quelque chose et reprit ses va-et-vient. Sa sœur, hélas !, avait raison. L'aube et la bataille arriveraient bien tard. Il se fraierait un chemin en exterminant chaque soldat kraelien se dressant devant lui et, au besoin, il enfoncerait seul les portes pour sortir Gilene vivante de Kraelag.

Le gladiateur passa le reste de la nuit avec les autres *atamans* et commandants, échafaudant des plans jusqu'à la dernière minute pour le lendemain. Là-haut, les étoiles se moquaient de lui, souvenir d'une meilleure nuit où la sorcière du feu de Beroe avait murmuré son nom d'une voix aimante, avant de l'accueillir en elle.

À l'aube, il se battrait ; à midi, elle brûlerait. Si les dieux étaient miséricordieux, ni l'un ni l'autre ne mourrait.

CHAPITRE 19

Les catacombes qui s'étendaient sous la ville n'avaient pas changé depuis la dernière fois que Gilene en avait foulé le sol. Toujours aussi fétides, elles accueillaient, les nouvelles Fleurs du Printemps en leurs profondeurs labyrinthiques avant l'immolation à laquelle la majorité de la capitale était venue assister.

Les rumeurs allaient bon train en ville et filtraient même jusqu'à ces profondeurs, à propos des nomades de la steppe sauvage qui menaçaient Kraelag et affrontaient l'armée kraelienne dans les vastes champs qui s'étendaient au nord de la porte principale. Nul, néanmoins, ne semblait s'en soucier. Personne ne cherchait à fuir ou à se cacher. L'empereur et l'impératrice eux-mêmes étaient restés, prévoyant d'assister aux Rites. Tous croyaient dur comme fer que les puissantes forces kraeliennes écraseraient les clans à cheval, et que l'affrontement ne perturberait en rien les populaires Rites du Printemps.

Ici, sous la ville, la guerre qui se déroulait derrière les murs de Kraelag n'était qu'une rumeur. Isolées dans la grande cellule humide, les Fleurs attendaient la mort et ne recevaient que par bribes le récit des événements extérieurs.

Gilene s'efforçait de ne pas trop tendre l'oreille, de ne pas penser au fait qu'Azarion se trouvait dans les rangs de ceux qui attaquaient les armées kraeliennes. Elle le croyait toujours en vie, et il avait tenu la deuxième promesse qu'il lui avait faite : épargner Beroe lorsque les Savatars s'étaient enfoncés au cœur de l'Empire. Le village était encore debout, et d'autres n'avaient pas eu cette chance.

Contrairement au printemps précédent, celui-ci était froid, et les femmes se blottissaient l'une contre l'autre par grappes pour se réchauffer et se réconforter. Si elles étaient plus nombreuses à remplir la cellule, aucune n'avait été l'objet de l'attention des gladiateurs la nuit précédente. Au cœur des catacombes régnait un silence inhabituel. Pas de cris vulgaires, pas de menaces, pas de commentaires des prisonniers asticotant les gardes ou les autres gladiateurs.

Gilene était accroupie seule dans un coin, les mains calées sous les aisselles pour les tenir au chaud. Elle observait les autres occupantes de la cellule. Cette année, les différences d'âge étaient plus importantes, de la vieillarde à la jeune fille tout juste sortie de l'enfance, et c'est ce dernier point qui lui retournait l'estomac. La culpabilité qui l'avait toujours tenaillée menaçait à présent de l'engloutir. Sa raison lui disait qu'elles étaient condamnées à mort, que le seul secours qu'elle pouvait leur offrir était une mort immédiate, toujours préférable à l'horrible torture que l'Empire avait prévue pour elles afin de divertir la foule.

Les propos d'Azarion, qui soutenait que la supercherie de Beroe avait accru la popularité des Rites, accablaient son âme.

La plupart des femmes ne lui prêtaient aucune attention, rebutées par son attitude lugubre, ou trop concentrées sur leur peur et leur malheur pour s'inquiéter d'une autre. Gilene voulait qu'il en soit ainsi. La distance signifiait que leurs morts ne la blesseraient pas autant. Elle regrettait encore la brève conversation qu'elle avait eue avec la prostituée Pell, l'année précédente.

Une femme, cependant, ne se comportait pas comme les autres. Une petite créature, pas plus âgée que Gilene et délicate comme un oiseau, dotée de grands yeux, d'une bouche charnue et d'une mâchoire marquée, qui la dévisageait et ne baissait pas les yeux, même lorsque la sorcière lui lançait un regard noir.

Gilene renversa la tête contre le mur humide et ferma les paupières, écoutant les conversations autour d'elle.

— Je devais me marier le mois prochain.

— Vous pensez que les clans du cheval vont franchir les portes ?

— S'ils le font, ce ne sera pas pour nous sauver.

— Les dieux entendront-ils nos prières ?

Gilene rouvrit les yeux un instant, et contempla les barreaux de la cellule. *Non*, songea-t-elle. *Ils sont aveugles et sourds, et sans pitié*. Mais elle n'en dit rien. Le désespoir régnait déjà en maître ici, inutile d'en rajouter. Elle referma les paupières et tendit de nouveau l'oreille.

— Ma famille me manque.

— À moi aussi.

La sienne ne lui manquait pas, du moins pas celle de Beroe. Ils lui avaient fait leurs adieux avec la même présomption que les années précédentes : c'était ici sa place, c'était là sa raison d'être. Quelques villageois avaient même paru heureux de la voir partir, comme si les mois passés dans la Stara Dragana n'avaient été pour elle qu'une plaisante escapade. Pour ces gens, manquer à ce point à ses devoirs méritait une punition, et la sienne consistait à retourner à Kraelag comme Fleur du Printemps.

Elle avait refusé l'offre de son frère de l'attendre après la fin des Rites. Elle ne voulait plus de leur aide, elle trouverait sa propre façon de quitter la ville, blessée ou non. Qu'ils n'aient pas insisté pour l'attendre avait accru son ressentiment envers eux.

— Tu attires les esprits comme une fleur attire les abeilles, murmura une voix toute proche.

Gilene rouvrit les yeux. La femme oiseau était accroupie près d'elle.

— De quoi parles-tu ?

L'autre indiqua l'espace qu'elles occupaient.

— Cette cellule est envahie de morts.

Vu que chaque femme ici, elle exceptée, brûlerait dans la Fosse d'ici quelques heures, la femme oiseau avait raison. Elle attendit de voir ce que son étrange compagne pouvait ajouter.

— Ils ont commencé à arriver dès l'instant où tu es entrée. Un ou deux, et puis un flot. Rien que des femmes. Hormis mon père, bien entendu.

Elle pencha la tête sur le côté.

— Tu ne les sens pas ?

Gilene s'écarta du mur. Elle ne sentait que le froid et cette couche de crasse sur sa peau qui la démangeait. Une idée soudaine lui vint.

— Tu es une diseuse d'ombre, c'est ça ?

Lorsque l'autre opina, elle s'écarta d'elle comme si une odeur pestilentielle s'était soudain répandue entre elles.

— Va-t'en.

Gilene croyait aux fantômes. Après une nuit passée dans Midrigar la maudite, il aurait fallu qu'elle soit aveugle pour ne pas y croire. Mais elle ne croyait pas aux diseurs d'ombres.

C'étaient des charlatans de la pire espèce, profitant du chagrin de ceux qui avaient perdu un être cher en leur offrant, soi-disant, de communiquer avec les morts. Elle doutait qu'un seul d'entre eux ait jamais vu une ombre, et encore moins lui ait parlé. Même l'Empire ne les reconnaissait pas comme de véritables sorciers et les laissait tranquilles.

Elle sursauta quand la femme oiseau lui saisit le bras avec force.

— Écoute-moi, siffla-t-elle entre ses dents avant de jeter un coup d'œil par-dessus son épaule pour voir si quelqu'un l'écoutait. L'une de ces femmes a un message pour toi.

Gilene se dégagea et recula sans se lever. Ses doigts la picotaient, sa magie s'échauffait dans ses veines.

— Va-t'en, grogna-t-elle.

La femme oiseau ne se laissa pas décourager.

— Je parle pour les morts, non pour les vivants. Que tu choisisses d'y croire ou pas ne me concerne pas. J'ai fait ce qu'ils ont demandé.

Elle se leva et lissa ses jupes.

— Pell souhaite te dire : « Sois courageuse. Tout est pardonné. »

Gilene poussa une exclamation et se leva d'un bond. C'était comme si une flèche venait de se ficher dans a poitrine.

— Qu'as-tu dit ?

La femme oiseau recula – ses yeux de voyante couleur d'acier terni.

— J'ai transmis mon message, dit-elle d'un ton radouci. Fais-en ce que tu veux.

Elle regagna sa place, et tourna les yeux vers la minuscule fenêtre très haute par où filtrait le soleil.

Les genoux tremblants, Gilene se rassit. Elle ne pleurerait pas, même si son souffle court et saccadé lui faisait mal. Elle refusait de croire la diseuse d'ombre, mais le fait qu'elle ait mentionné Pell la troublait au-delà des mots.

Les fantômes qui se mouvaient autour d'elle étaient-ils ceux des femmes qui avaient brûlé dans ses feux ? Elle ne leur avait jamais demandé pardon pour ça. Elle n'estimait pas le mériter. De quelque façon que le destin la juge après sa mort, il mesurerait ses intentions à l'aune de ses actes, et déciderait de sa punition. Elle n'en attendait pas moins, et n'en espérait pas plus.

Soudain, des hurlements remplirent la cellule.

— Je ne veux pas mourir ! Je ne veux pas mourir ! Je ne veux pas mourir !

Un chœur de « chut ! » et des injonctions insistantes au silence accueillirent l'exclamation, mais rien n'y fit. Gilene s'approcha de la braillarde, prête à la secouer. Elle n'en eut pas l'occasion.

Un garde des catacombes apparut, ses clés tintant contre sa hanche. Il se plaqua aux barreaux, et son rictus dévoila des dents pourries.

— Arrêtez votre raffut, bande de salopes débiles !

Il attrapa le trousseau pendu à sa ceinture et en tira une clé pour déverrouiller la porte.

À la dernière seconde, Gilene plaqua les deux femmes à côté d'elle contre le mur, leur évitant de peu la morsure du fouet quand il ouvrit le battant, le bras déjà levé. La lanière de cuir fendit l'air dans un claquement d'avertissement. Les cris cessèrent.

— Gardez la bouche fermée, sauf pour me sucer, ordonna-t-il. Si j'en entends une seule tousser, je la sors de là et la baise dans le couloir avant de lui arracher la peau du dos avec ce joujou. Compris ?

Personne ne répondit. Satisfait, l'homme enroula le fouet et quitta la cellule, claquant la porte derrière lui avant de la verrouiller.

Gilene le regarda partir, cachant dans ses jupes ses mains qui la picotaient. La haine bouillonnait en elle. Son feu aspirait à brûler les mauvaises personnes. Ce garde et ses semblables méritaient de se retrouver dans la Fosse et de supplier qu'on les épargne.

Le silence se prolongea après son départ, sa menace atroce planant encore parmi les Fleurs du Printemps, jusqu'à ce que la diseuse d'ombre prenne la parole.

— Avant de mourir, j'aimerais beaucoup voir cette fouine pendue à son fouet.

Des approbations enthousiastes accompagnèrent la déclaration, mêlées d'exclamations stupéfaites et de rires vite réprimés. Gilene regarda la femme oiseau avec un respect tout neuf.

Elle allait regagner sa place dans le coin lorsqu'une agitation se forma à l'extrémité du couloir où le garde avait disparu. Il revenait, suivi d'une multitude de silhouettes qui semblaient se bousculer et trébucher les unes contre les autres. Placés de chaque côté du groupe, deux autres gardiens les poussaient vers la cellule où attendaient les Fleurs.

Le garde ouvrit la porte et, à la grande horreur de Gilene, fit entrer une bonne vingtaine de prisonnières effrayées dans la pièce déjà bondée.

Des enfants, des vieillardes… Des mères serrant leur bébé contre leur sein, des adolescentes calant leur petite sœur contre leur hanche. Toutes des femmes, toutes terrifiées – toutes condamnées.

Certaines sanglotaient, d'autres observaient les lieux avec une terreur muette, les yeux écarquillés. Malade jusqu'à l'âme de voir cela, Gilene s'approcha de l'une des rares femmes qui ne pleurait pas. Elle serrait la main d'une petite fille cramponnée à ses jupes qui suçait son pouce.

— Vous ne faites pas partie du tribut, n'est-ce pas ? demanda-t-elle à la nouvelle venue – avec l'espoir d'avoir raison, et la certitude d'avoir tort.

La femme serra l'enfant contre elle.

— Ce n'était pas le cas. Pas au début. Puis les soldats sont venus et nous ont amenées ici.

Gilene sourcilla. Des soldats, et non des marchands d'esclaves. Quelque chose d'inhabituel se tramait. Elle craignait fort que l'attaque des Savatars en soit la cause.

— Que vous ont-ils dit ?

La femme prit une inspiration tremblante.

— Les armées ont besoin de la faveur des dieux, et une telle faveur exige plus de Fleurs pour les Rites.

La magie – brûlante, prête à jaillir – se déversa dans le sang de Gilene. La soif de mort de l'Empire était-elle donc insatiable ?

Elle repensa à Azarion, esclave de l'Empire, qui s'était servi de sa brutalité pour survivre. Son peuple affrontait l'armée kraelienne sous les murs de Kraelag, et mourait dans les champs devant ses portes.

Une autre voix s'éleva – celle de l'une des premières Fleurs emmenées à la capitale.

— L'Empire a plus peur qu'on le pense ! Il a peur des clans du cheval, c'est pourquoi il nous sacrifiera en plus grand nombre.

Dans l'esprit de Gilene, une idée, alors, prit forme, inspirée par une détermination aussi froide que la magie qui coulait en elle était brûlante. Assez ! Elle en avait assez.

Assez de duperies, assez de culpabilité, assez d'amertume. Elle ne protégerait plus Beroe de sa lâcheté, pas même pour la famille qui tenait son sacrifice pour acquis et avait accepté son destin bien avant elle. Elle scruta la cellule, désormais pleine à craquer de femmes et d'enfants terrifiées dont le seul crime était d'être nées citoyennes d'un empire qui leur assurerait une mort douloureuse.

« Chut ! » répéta-t-elle, jusqu'à ce que le murmure des conversations cesse et qu'elle puisse être entendue de toutes.

— Qui parmi vous sait quelque chose de ces catacombes ? Une sortie qui n'emprunterait pas le passage principal, par exemple ?

Gilene avait toujours quitté le labyrinthe par l'entrée, mais c'était son sortilège d'illusion qui le lui avait permis. Faire sortir un grand groupe de personnes sans être remarqué impliquait la mise en place d'un autre plan.

La femme oiseau leva la main.

— Moi. Il existe encore un niveau au-dessous de celui-ci, qu'on peut atteindre par un cellier. Il date des temps anciens, quand la capitale n'était encore qu'une forteresse. Trois tunnels mènent hors de ces murs. Deux d'entre eux sont infranchissables, emplis de gravats. Le troisième est fort étroit, et il faut parfois ramper, mais on peut quitter la ville en l'empruntant.

Une autre femme prit la parole, son ton et son expression pleins d'espoir et de soupçons.

— En es-tu certaine ? demanda une femme pleine de soupçons.

Le visage de la diseuse d'ombre se rembrunit.

— Mon père était un gladiateur de la Fosse, autrefois, il vivait dans les catacombes. C'est lui qui me l'a dit.

Gilene se demanda si l'homme lui avait parlé de son vivant, ou si elle avait parlé à son ombre comme elle avait elle-même parlé à celle de Pell.

— Si je parviens à nous sortir de cette cellule, peux-tu mener tout le monde jusqu'aux tunnels et hors de la ville ?

Quand l'intéressée opina, une étincelle d'espérance s'alluma parmi les femmes.

— Tu n'as pas de clé ! s'écria une voix.

— Non, mais je connais un moyen. Nous allons devoir travailler ensemble, et il faudra que l'une d'entre vous crie aussi fort que possible.

Son regard se posa sur celle dont les cris avaient fait accourir le garde. La femme baissa la tête et voûta les épaules, comme si elle avait voulu disparaître.

— Cela fera revenir le gardien, dit une autre.

Gilene hocha la tête.

— C'est bien le but.

Une grande femme aux cheveux roux flamboyants, de la même taille que Gilene, s'avança.

— Je vais le faire. Hélas ! Je me suis beaucoup entraînée avec mon bon à rien de mari.

Elle sourit. Celle qui les avait mises en garde contre le retour du garde observait Gilene, sourcils froncés.

— Pourquoi ce ne serait pas toi qui crierais ? C'est ton idée.

— Ma voix n'est pas assez puissante.

Et j'en aurai besoin pour invoquer mes illusions, songea-t-elle. Elle jeta un coup d'œil à la femme rousse.

— Crie aussi fort que tu peux. Lorsque le garde arrivera et voudra savoir qui a fait du raffût, je dirai que c'est moi.

— Et ensuite ? Que vas-tu faire ?

La femme oiseau se dressait devant elle.

— Ce que j'aurais dû faire il y a longtemps déjà.

Elle indiqua le couloir derrière les barreaux.

— Dans quelle direction, les tunnels ?

La femme oiseau indiqua le bout du couloir.

— Deux cellules plus loin, puis sur la droite. Un court passage mène à une rangée de celliers. Le dernier mène aux tunnels.

— Est-il gardé ?

— Non.

Quelqu'un, dans la foule, protesta.

— Nous mourrons si nous tentons de nous échapper !

Des femmes s'écartèrent pour que Gilene puisse voir celle qui s'était ainsi écriée : une jeune fille effrayée, qui ne devait pas avoir plus de quatorze ans. Elle dévisageait la sorcière, le visage pâle de terreur.

Cette dernière aurait aimé pouvoir lui offrir plus que des encouragements.

— Nous mourrons si nous n'essayons pas.

La jeune fille pâlit davantage et gémit.

— J'aimerais pouvoir te dire autre chose.

La rousse vint se placer à côté de la diseuse d'ombre.

— Que veux-tu que nous fassions ?

Dans sa poitrine, le cœur de Gilene tambourinait. Peur, soulagement, détermination – tout se mêlait. Ces femmes et ces enfants survivraient peut-être à cette journée. Elle, non, mais elle mourrait en sachant qu'à ces Rites du Printemps, elle avait fait ce qui était juste.

— Tenez-vous loin de la porte. Quoi qu'il arrive.

Elle feignit d'ignorer les expressions que ses paroles étranges inspiraient, et se tourna vers la femme oiseau et la rousse.

— Je vais récupérer la clé. Une fois que j'aurai ouvert la porte, guidez les autres jusqu'aux tunnels. Je serai derrière et je retiendrai les gardiens.

Elle avait peu d'espoir que les directives suivantes soient appliquées, mais elle devait essayer.

— Si vous vous retrouvez face à un garde, il faudra le tuer. Il ne doit pas s'échapper, vous ne pouvez pas vous contenter de le blesser. Il préviendrait les autres. Vous le tuez. Quoi qu'il en coûte.

La rousse la détailla des pieds à la tête.

— Et tu comptes donc protéger nos arrières. Toute seule. Tu n'as pas l'air d'une guerrière. Comment comptes-tu t'y prendre.

Sous ses paumes, la magie brûlait, impatiente et avide.

— Tu le sauras bien assez tôt.

Gilene jeta un coup d'œil au mouvement des ombres créé sur le mur par le soleil. Celui-ci s'avivait à chaque instant. Midi arriverait. Bientôt, un contingent de gardes apparaîtrait, pour les tributs sacrificiels. Elle fit un signe de tête à la rousse, dont le premier cri fit grimacer tout le monde. Effrayés par le bruit, les bébés et les petits enfants ajoutèrent leurs voix à la cacophonie.

La femme secouait les barreaux, hurlant à pleins poumons :

— Laissez-moi sortir ! Laissez-moi sortir ! Je vais mourir ici ! Laissez-moi sortir !

Comme l'avait espéré Gilene, le garde qui les avait menacées revint, apparaissant au coin du couloir, le fouet déjà à moitié déroulé. Elle fit signe à la rousse de reculer et prit sa place derrière les barreaux. Elle baissa la tête et murmura un sort avant de relever la tête pour croiser le regard du garde furieux. Des exclamations de stupeur retentirent dans son dos.

Ce qui n'avait été qu'une simple rage se mua en un désir féroce. Le sortilège d'illusion avait fait son œuvre, transformant son apparence banale en un visage à la beauté stupéfiante, même sous la couche de crasse qui la couvrait. Elle secoua les barreaux comme l'avait fait la femme rousse.

— S'il vous plaît, cria-t-elle de sa voix la plus plaintive, dans l'espoir de l'attirer plus près. Je ne peux pas rester ici. Rien qu'un instant dans le couloir. Je ferai n'importe quoi.

Le garde retira la clé de sa ceinture avec impatience, bataillant tout en maudissant sa maladresse.

— N'importe quoi, hein ! Tu vas voir. Tu vas te servir de ta bouche autrement.

Son fouet déroulé, il déverrouilla la porte de la cellule et l'ouvrit. De son regard trouble, il scruta la pénombre.

— Vous autres, restez ici et tenez votre langue.

Il saisit Gilene par le bras et la tira hors de la cellule, claquant le battant et le verrouillant derrière elle.

Un concert d'exclamations retentit, et la jeune femme pria pour que personne ne se trahisse. C'était précisément pour cette raison qu'elle ne leur avait rien dit de plus. Elle tituba tandis que le garde la traînait derrière lui. Enfin, il s'arrêta et se retourna.

Il lui fallut une grande maîtrise d'elle-même pour ne pas s'écarter de lui. Elle avait aidé à recouvrir des fosses d'aisances plus propres que cet homme. Il la tenait toujours par le bras, mais lâcha son fouet pour libérer son autre main et délacer sa braguette.

— Si ce n'est pas de la chance, ça… La plus stupide de la prison est aussi la plus mignonne. Dommage que tu brûles plus tard, hein.

Le couinement de surprise qu'il laissa échapper quand elle se rapprocha soudain de lui avait quelque chose d'inhumain Elle posa ses mains sur ses épaules et sourit en le regardant dans les yeux.

— Aujourd'hui, tu brûles avec moi.

Le feu cognait depuis si longtemps contre la cage de sa volonté qu'il n'était nul besoin de l'attirer à la surface. Elle se contenta de lâcher prise, et la magie de la flamme jaillit de chaque pore de sa peau, l'enveloppant avec le garde dans une conflagration vive, qui engloba le sol, le plafond et les murs autour d'eux avant de refluer vers sa source et sa victime.

L'homme mourut presque instantanément, et son couinement de surprise fut le dernier son qu'il émit avant que le feu de Gilene l'immole dans un éclair de lumière, ne laissant à ses pieds qu'une pile de cendres et d'os carbonisés. La sorcière se pencha pour ramasser le trousseau, qui luisait de chaleur, mais n'avait pas encore fondu. Chez une autre, le métal aurait fusionné avec sa peau.

La jeune femme souffla sur le trousseau pour le refroidir avant de disperser d'un coup de pied les restes calcinés du geôlier. Elle relança son sortilège d'illusion, reprenant une apparence banale. Les femmes se pressaient contre le mur du fond à mesure qu'elle se rapprochait.

Elle n'avait éprouvé qu'un vague sentiment de triomphe lorsqu'elle avait tué le gardien, mais voir la terreur de ses compagnes lui arracha une grimace.

— Je ne vous ferai aucun mal, assura-t-elle en montrant le trousseau fumant. Il faut vous dépêcher si vous voulez sortir d'ici.

Elle déverrouilla la porte et ouvrit largement le battant, puis s'écarta pour laisser passer les femmes apeurées. La diseuse d'ombre et la rouquine furent les premières à sortir, qui encouragèrent les autres à les suivre. Elles formaient un couple intéressant côte à côte, la femme oiseau à l'air fragile et aux grands yeux qui voyaient les morts, et la rousse sculpturale au regard farouche qui lui rappelait un peu Tamura.

La diseuse d'ombre leur fit signe de sortir, gratifia Gilene d'une profonde révérence, et se hâta vers le passage qui, d'après elle, conduisait aux tunnels. La rousse s'arrêta. À son tour, elle s'inclina devant Gilene.

— Puissent les dieux se montrer miséricordieux envers nous toutes aujourd'hui, sorcière du feu. Merci.

Il vint soudain une idée à Gilene, qui la rattrapa par le bras.

— Si… quand vous sortirez de la ville et que vous vous retrouverez face aux guerriers de la steppe, dis-leur que vous venez toutes de Beroe ; qu'Azarion Ataman tient ses promesses.

Devant l'expression stupéfaite de sa compagne, elle lui secoua le bras pour insister.

— Dis seulement ces mots. N'oublie pas.

La rousse plissa les yeux.

— Tu ne viens pas.

— Pas encore. Je dois rester en arrière et m'occuper des gardes.

Elle souriait d'un air penaud.

— Et tu sais à présent que j'en suis capable.

Elle poussa gentiment la femme en avant.

— Vas-y. Ne t'attarde pas.

Elle regarda les femmes passer devant elle jusqu'à ce que la dernière disparaisse dans les ombres du passage. Si le destin était miséricordieux, elles sortiraient de la ville indemnes et retrouveraient leurs familles. S'il ne l'était pas, elles périraient ici, ou sous une grêle de flèches savatares.

La pile de cendres et d'os qui avait été un homme n'était plus, désormais, qu'une trace de suie sur la pierre humide du sol, piétinée par les femmes en fuite. Elle prit un moment pour pousser les restes à coups de pied là où personne ne les verrait.

Le silence des catacombes bourdonnait à ses oreilles, rompu, parfois, par les acclamations de la foule qui se régalait du sang versé dans l'arène. Gilene s'aventura plus loin dans le couloir, passa devant les cellules vides des gladiateurs jusqu'à l'escalier qui donnait sur la rue, et un passage plus élégant surmonté d'arcades et de colonnes.

Les gardiens kraeliens l'appelaient le Dernier Trajet, ou la Dernière Marche. Les gladiateurs l'empruntaient lorsqu'ils partaient se battre jusqu'à la mort, et les Fleurs du Printemps y étaient transportées en cage par une charrette à cheval. Au bout, deux portes gigantesques se dressaient, fermées et barrées, gardées par des soldats kraeliens. De l'autre côté s'ouvrait la Fosse, cette arène à ciel ouvert, peuplée de spectateurs hurlants.

Des bruits de pas précipités retentirent au bout du couloir. Elle se réfugia dans une alcôve peu profonde, pelotonnée.

Deux gardes apparurent, leurs ombres s'étirant sur le mur où les torches projetaient des halos de lumière blafarde. Ils s'arrêtèrent et, depuis sa cachette, Gilene entendit nettement deux inspirations brusques.

— Tu vois ce que je vois ? Ces connasses ont réussi à sortir !

— Où est cet enfoiré de Molt ? Je vais le buter si je le retrouve encore ivre mort dans un coin !

Un bruit de course lui fit comprendre qu'ils se rapprochaient. Elle retint son souffle et sortit dans le couloir. Les deux gardiens manquèrent trébucher de surprise. Elle passa devant eux en vitesse, vers le passage emprunté plus tôt par les Fleurs.

— Attrape-moi cette salope !

Elle atteignit le bout du couloir avant que celui-ci se divise en deux, et attendit. Ses poursuivants apparurent, une expression de rage meurtrière sur le visage. La magie jaillit en elle – un fauve retenu par une laisse fragile.

Montées de chaque côté de l'entrée du couloir, les torches se mirent à briller follement, et leurs flammes s'étirèrent vers Gilene, irrésistiblement attirées. Un geste de sa main, et elles explosèrent, jaillissant sur leurs mèches tordues comme si on les avait trempées dans du sang de draga.

Leur feu dansait au gré des mouvements de la sorcière, emplissant le tunnel d'un rugissement bestial. Les gardes hurlèrent et tournèrent les talons pour fuir, une barricade de flammes se dressa devant eux. Un dernier coup du tranchant de la main, et le feu consuma les deux hommes d'un seul trait brûlant, ne laissant que de la suie.

Les torches vacillèrent puis moururent, plongeant le couloir dans une épaisse obscurité et l'emplissant d'une odeur de chair grillée. Gilene s'adossa à la paroi avec un frisson. L'envie de vomir faillit avoir raison d'elle. Elle serra les dents et tira le col de sa tunique sur son nez.

Elle frissonna un instant dans le noir avant de s'écarter du mur. La Fosse l'attendait.

Nul ne l'arrêta lorsqu'elle gravit l'escalier des catacombes jusqu'à la Dernière Marche. Elle avait revêtu l'illusion d'un vieux serviteur masculin, qui lui fut bien utile tandis qu'elle passait devant les gardiens en armure, un gladiateur éclaboussé de sang, et des dompteurs de fauves qui transportaient des loups et des grands félins à demi morts de faim vers les niveaux supérieurs. Là, les créatures condamnées étaient retenues jusqu'à ce qu'on les envoie dans l'arène. Son cœur était coincé dans sa gorge, certaine que quelqu'un comme Azarion verrait au travers de son sortilège et avertirait les autres qu'il se tramait quelque chose de bizarre.

Gilene apercevait maintenant les grandes portes donnant sur l'arène. Elle attendit que le passage soit moins fréquenté avant de filer derrière une pile de tonneaux. Depuis ce poste d'observation, elle pouvait surveiller les portes tout en restant cachée.

Un dompteur, ses apprentis et ses serviteurs entouraient une cage sur roues abritant un ours monstrueux. La créature allait et venait dans l'espace confiné, rugissant lorsqu'elle se jetait contre les barreaux. La pitié qu'elle éprouvait pour la malheureuse créature affermit la détermination de Gilene. Des animaux en cage, des humains en cage – tout cela pour satisfaire la soif de sang inextinguible de l'Empire.

Assez, se dit-elle. Assez.

Elle nota la tenue des apprentis : des robes couleur rouille, un insigne jaune cousu à l'épaule. L'insigne indiquait l'école du novice, et son rang parmi les élèves.

Gilene abandonna son déguisement de vieil homme pour celle d'un adolescent vêtu d'une robe d'apprenti. Elle attendit que le chariot de l'ours s'arrête devant les portes pour quitter l'abri de la pile de tonneaux.

Les gardiens débarrèrent les portes et les ouvrirent pour dévoiler l'arène colossale, avec sa foule hurlante et son sable gorgé de sang. Sur un cri du dompteur, le chariot s'ébranla. L'entourage se mit à marcher à côté et derrière le véhicule. Gilene courut pour les rattraper, jouant le rôle d'un apprenti attardé, mais gardant assez de distance pour que les vrais ne la remarquent pas. Les gardiens ne lui prêtèrent aucune attention et lui firent signe de passer avant de refermer les battants dans un grincement sourd.

Le rugissement de la foule lui blessa les oreilles, la puissante odeur de sang lui monta au nez. Un flot de spectateurs peuplait les étroits passages qui menaient aux sièges de l'amphithéâtre ainsi qu'aux couloirs extérieurs faisant le tour de la structure, où l'on pouvait acheter de la nourriture, des prostituées, ou n'importe quoi d'autre. Ici, au cœur du chaos, il était facile de disparaître. Gilene s'éloigna du dompteur et changea encore d'illusion.

Cette magie lui coûtait de plus en plus. Mais elle touchait au but.

Les spectateurs retinrent leur souffle, puis sifflets appréciateurs retentirent lorsqu'une femme solitaire, à la beauté stupéfiante, s'avança sur le sable taché de sang jusqu'à la plateforme constituée de bois sec et de cadavres. Vêtue d'une robe couleur de crépuscule, des fleurs dans ses cheveux noirs, elle scintillait au soleil, incarnation sublime du printemps.

Gilene ne faiblit pas sous le poids des regards avides, ni ne chancela lorsqu'elle gravit la montagne grotesque d'hommes et d'animaux morts pour atteindre le pilier d'immolation préparé pour les Fleurs du Printemps destinées à brûler devant le peuple.

Elle pivota lentement, afin que toute l'arène puisse la voir, et se figea face au pavillon où, dans une splendeur ombragée, l'empereur se prélassait devant le spectacle. Le siège à côté de lui était vide. Où était l'impératrice ?

Une voix retentit dans l'arène, s'élevant au-dessus du tumulte de l'assistance.

— Brûle ! Brûle pour nous, Fleur du Printemps !

Le public reprit l'appel, de plus en plus fort, jusqu'à hurler ce mot unique :

— Brûle ! Brûle ! Brûle !

Surpris, des gardes s'approchèrent de la plateforme, cherchant des yeux le chariot plein de femmes qu'ils s'attendaient à voir apparaître. Ils s'arrêtèrent et reculèrent lorsque Gilene leva les mains. Du feu brûlait dans ses paumes. La foule hurla son approbation, réclamant davantage.

La sorcière se concentra sur le flux et le reflux de la magie entre son corps et son esprit. Elle la dévida lentement, contenant les bouffées de puissance pour que les flammes dansant dans ses paumes se déversent entre ses doigts, dégoulinent sur la plateforme et allument le bois sec. Sous ses pieds, les planches vibraient des acclamations de l'assistance. Les gardes s'enfuirent au pas de course.

Cette immolation serait sa dernière, son ultime effort pour mettre un terme aux Rites une bonne fois pour toutes. Elle brûlerait, elle se consumerait, elle utiliserait jusqu'à la dernière goutte de magie en elle, la nourrissant de sa force vitale jusqu'au vide. Cela valait bien mieux que des années de souffrance et de lente défiguration. Jamais elle n'aurait à transmettre cet atroce fardeau à une autre sorcière du feu de Beroe.

Les flammes s'accrurent, jaillissant avec un grondement qui fit vaciller Gilene sur ses pieds en une bourrasque torride. Elle se trouvait au cœur d'un tourbillon de feu qui tournoyait et se contorsionnait, pareil à une danseuse frénétique. Le pouvoir coulait d'elle, empilant couche sur couche jusqu'à ce que tout le sol de l'arène se transforme en un lac flamboyant. Ce n'était plus une illusion, mais un feu véritable, qui montait vers le niveau inférieur de l'arène dans une vague de chaleur incandescente.

Les acclamations se muèrent en cris paniqués lorsque les spectateurs les plus proches du sol abandonnèrent leurs sièges et s'enfuirent vers les niveaux plus élevés.

La force coulait de Gilene comme du sang d'une blessure. Les années précédentes, elle aurait abandonné sa place sur le bûcher avant de fuir sous la forme factice d'une flamme, jusqu'à atteindre la sécurité douteuse des catacombes. Pas cette fois-ci. Cette fois-ci, elle resterait.

Le feu gravit le haut mur ceignant la piste et bondit par-dessus, léchant la foule qui s'enfuyait tandis que ses flammes remontaient les marches, consumant l'arène.

La vision de Gilene s'obscurcit. Les flammes se trouvaient à mi-hauteur ; elles parurent ralentir. Les spectateurs, qui avaient rejoint les rangs les plus élevés, commençaient à se bousculer avec rage, et des corps dégringolaient les marches, tombant dans les flammes, leurs cris immédiatement absorbés par la fournaise.

Taillés dans la pierre, les sièges noircissaient, et tout ce qui était fait de tissu ou de chair était réduit en cendres. Mais ce n'était pas assez. Gilene eut une grimace de frustration, et le feu bondit soudain, engloutissant un pan entier de l'arène à son point le plus élevé.

Des larmes lui montèrent aux yeux, s'évaporèrent instantanément. Pour la première fois depuis que sa magie s'était manifestée, elle priait sincèrement.

— Agna, écoute cette femme que tu nommes servante ! Tes enfants meurent devant les portes de Kraelag et, pour les vaincre, l'Empire brûlerait ses propres enfants. Je te demande ta force, non ta pitié, car je ne puis y arriver seule. Fais que ma mort ne soit pas vaine, ni le trépas de ces femmes qui sont mortes ici avant moi. Il y a la vengeance, et il y a la justice. Ceci *est* la justice.

Elle n'attendit pas de réponse. Elle n'espérait rien. Les dieux n'étaient pas sourds : ils n'existaient pas, tout simplement, pas même celle qu'Azarion vénérait avec tant de ferveur.

Gilene fit appel à ce qui lui restait de force pour attiser le feu encore. Ses poumons la brûlaient et sa poitrine la faisait souffrir, comme si son cœur luttait à présent pour envoyer le sang dans son corps.

Les sièges de l'arène étaient noyés dans les flammes, ses spectateurs enfuis ou carbonisés. Elle haïssait ceux qui assistaient aux Rites, elle les haïssait d'étancher leur soif de souffrance et de mort sous un prétexte de foi religieuse. Elle mourrait sans les regretter. Sans regretter leur disparition.

Une pensée traversa son esprit embrumé – une mer d'herbes à plumet murmurant dans le vent pendant qu'un *ataman* savatar glissait les doigts dans ses cheveux et embrassait ses lèvres.

Le feu mourait, et elle aussi, doucement… lorsque le sentiment d'être observée la submergea soudain. Elle scruta les flammes qui l'enveloppaient. Elle ne distinguait que le contour flou de l'arène en train de brûler. Ses paupières étaient lourdes, et un poids pesait sur sa poitrine, lui écrasant le sternum. Pourtant, ce sentiment d'être observée ne disparaissait pas. Gilene ferma les yeux et poussa une exclamation face à l'image qui emplissait son esprit.

Une femme, mais pas seulement une femme. C'était autre chose, quelque chose de si vaste et de si ancien que l'esprit de la sorcière recula en gémissant. Un visage toujours changeant dont les yeux évoquaient une constellation, et dont le corps était tissé de ciel et de prairie. Cet être était tout ce qui était surnaturel et terrestre à la fois, tout ce qui était jeune et vieux, frêle et vigoureux. Des éternités étaient passées entre ses doigts et sa chevelure ondulante lui rappelait la crinière d'un cheval.

— La Grande Jument, murmura-t-elle.

La déesse inclina la tête en un geste singulier. Les montagnes frissonnèrent.

— Tu m'as appelée, servante. Je t'ai entendue.

— Agna.

Gilene tenta de lever la main pour toucher le bas de la robe de la déesse, mais elle n'en avait pas la force.

— Aide-moi, grogna-t-elle dans un faible sanglot. Fais que tout s'arrête.

La déesse l'observa pendant ce qui aurait pu être un instant, une année ou un siècle. Gilene frémit au flot soudain d'altérité qui emplissait chaque cellule de son être. Elle tomba à genoux, soumise, tandis que chacune de ses pensées, chacun de ses souvenirs et de ses émotions était décortiqué, examiné et jugé.

Quand ce fut terminé, elle tomba en avant, avec un haut-le-cœur. Son estomac vide ne rendit rien, mais sa faiblesse avait disparu, de même que la douleur écrasante qui enserrait sa poitrine. Elle releva la tête, se demandant si elle avait les yeux vraiment ouverts ou si elle ne contemplait la déesse des Savatars que dans les affres d'un rêve mourant.

— Debout, Gilene de Beroe.

L'ordre de la déesse la priva de volonté. Elle ne se levait pas, en vérité : elle était remise sur pieds. Les traits mouvants d'Agna reflétaient une colère divine.

— Il y a la vengeance, et il y a la justice, dit-elle, répétant les paroles de Gilene. Et voici les deux.

Le pouvoir, qui n'avait rien à voir avec la faible magie que commandait la sorcière, la frappa avec la force d'un éclair, et son corps se mit à s'onduler en une danse convulsive, tandis que son esprit se fracturait au contact d'Agna.

Gilene, qui n'était plus Gilene, mais l'avatar croulant d'une déesse furieuse éveillée par la prière d'une incroyante, poussa un cri de triomphe et de désespoir.

CHAPITRE 20

Azarion arracha la lance du guerrier kraelien qu'il venait d'empaler juste à temps pour bloquer, de sa hampe, un autre coup d'épée.

Un craquement sonore, suivi du « attention ! » d'un guerrier tout proche leur fit, à son adversaire et lui, lever la tête pour accueillir la vision terrifiante d'une pierre de la taille d'un chariot qui leur tombait dessus.

Azarion s'écarta d'un bond. Un coup violent à la jambe lui engourdit un instant les orteils avant qu'une douleur fulgurante remonte de son tibia à sa cuisse. Un jet de boue monta vers le ciel avant de retomber sur lui en épaisses gouttelettes, et le sol trembla sous ses pieds.

Dans sa chute, la pierre l'avait frôlé, entaillant sa grève assez fort pour pincer la peau et le tissu au niveau du pli. Il avait eu de la chance, plus, en tout cas, que le Kraelien qu'il avait repoussé quelques instants plus tôt. Tout ce qu'Azarion distinguait de lui, c'était une botte et un morceau de jambe sous le rocher, tordu selon un angle bizarre.

Il jeta un coup d'œil aux remparts, où les squelettes à long bras des catapultes étaient soudain apparus au-dessus des murailles. Autour de lui, des hommes et des chevaux des deux camps fuyaient les lieux. Son escadron de cavaliers lourds, cependant, n'avait pas encore pris conscience du danger. Ses hommes étaient engagés dans une violente bataille contre l'infanterie kraelienne, l'éclat brillant de l'acier scintillant sous le soleil matinal tandis qu'ils s'affrontaient à l'épée et à la lance.

Azarion se remit debout difficilement, courant en boitillant jusqu'à sa monture et à ses hommes.

— Repliez-vous ! hurla-t-il. Repliez-vous tout de suite !

Trop tard. Un second claquement retentit, suivi d'un sifflement, qui annonçait une nouvelle grêle de mitraille – un mélange de pierres, de bois brisé et de clous, cette fois, qui déchiquetèrent les groupes d'hommes et de chevaux en train de se battre. Des cris humains se joignirent aux hennissements de douleur alors que la mort tombait du ciel.

Azarion se couvrit la tête et se précipita vers son cheval, ne s'arrêtant qu'une fois pour entraîner un guerrier savatar blessé avec lui. Lorsqu'il leva de nouveau les yeux vers sa monture, celle-ci gisait dans la boue, morte.

Depuis l'éminence qui dominait la ville, au sein de la horde, des trompettes retentirent. Bientôt, un essaim d'archers à cheval fondit sur le champ de bataille, en dépit du danger que faisaient peser sur eux les catapultes mortelles. Azarion poussa l'homme qu'il aidait vers la cavalière qui venait de le rejoindre. Elle tendit la main au passage, et le soldat s'en empara pour se hisser derrière elle, sans que le cheval ralentisse un instant.

La cavalerie légère piqua des deux éperons pour sauver les cavaliers lourds blessés ou privés de leurs montures. Azarion bondit sur le cheval de Tamura quand elle faillit le percuter pour le secourir. Ventre à terre, ils regagnèrent le campement savatar, hors de portée des catapultes.

Azarion retrouva Erakes à l'entrée de sa *qara*.

— Si nous voulons enfoncer les portes ou décimer le reste de l'infanterie, nous devons détruire ces catapultes.

Le fait que les Kraeliens aient eu recours à ces machines pour défendre la capitale n'était pas une surprise ; néanmoins, Azarion avait espéré qu'ils attendraient l'arrivée des vaisseaux kraeliens de l'est, et qu'il ne soit plus nécessaire d'affronter les troupes au sol.

Encore à demi harnaché après son incursion sur le champ de bataille plus tôt dans la journée, Erakes lui fit signe d'entrer dans la tente. Il l'observait d'un air sombre.

— Combien de morts ?

Azarion haussa les épaules.

— Impossible à dire. J'ai perdu, je crois, la moitié de mon escadron. Si on envoie les autres, ils subiront le même sort. Krael est prêt à écraser ses propres hommes pour nous arrêter. La cavalerie lourde est inutile contre des catapultes.

Erakes faisait les cent pas, tout en se caressant la barbe d'un air pensif.

— Les archers peuvent infliger beaucoup de dégâts et fixer les Kraeliens dans leur carré. Ils sont assez mobiles et rapides pour éviter la majeure partie des projectiles. Rappelle-toi : nous ne sommes pas obligés d'enfoncer les portes ; pas aujourd'hui, pas pendant cette bataille. Le trésor qui se trouve à l'intérieur vaut la peine de se battre, mais pas de perdre la bataille. Il faut seulement que nous nous battions assez longtemps pour que les vaisseaux kraeliens arrivent avec leurs garnisons orientales.

— Ou jusqu'à ce que nos réserves de flèches soient épuisées.

Ils avaient apporté un énorme train de bagages – des centaines de chevaux chargés de milliers de flèches. La meilleure défense d'une infanterie contre des archers à cheval consistait simplement à attendre que ceux-ci aient épuisé leurs réserves. Erakes s'était assuré qu'une telle chose n'arriverait pas.

L'arrivée d'un soldat les interrompit.

— *Atamans*, dit-il. Il faut que vous veniez voir ça.

Ils le suivirent hors de la tente, et chevauchèrent jusqu'à une partie de la corniche offrant une perspective dégagée sur le champ de bataille et la porte de la ville. Les forces kraeliennes hurlaient, leurs cris « Mort aux sauvages ! » surpassant le fracas des armes. Les commandants éperonnaient leurs montures le long des lignes, levant les bras en signe de victoire et faisant enfler les cris encore. Tandis qu'un certain nombre de Kraeliens gardaient un œil sur la corniche, la plupart observaient leurs chefs ou tournaient la tête vers les remparts de la ville.

Erakes observa le tableau un moment.

— Ils viennent de nous faire battre en retraite en nous balançant d'énormes rochers. Bien sûr, ils fêtent ça. Quel intérêt ?

Azarion entendit à peine la question. Il avait suivi les regards des soldats jusqu'au sommet des murailles. Une petite silhouette était apparue sur les remparts, qui brillait d'un vif éclat doré sous le soleil. Une fureur noire monta en lui, ainsi qu'une haine si profonde qu'elle faisait bouillir ses os.

Il désigna la silhouette.

— C'est l'impératrice Dalvila, dit-il d'une voix devenue gutturale. Là-bas, sur les remparts.

Il guida sa nouvelle monture sur la pente, sans attendre Erakes.

— Trouve-moi le meilleur archer et dis-lui de me rejoindre, cria-t-il au soldat qui les avait menés ici. Pas le plus rapide : le plus précis.

L'homme repartit en courant vers le campement. Erakes descendit la colline au trot pour rattraper son ami, avec une expression avide.

— Couper la tête, tuer le serpent ? demanda-t-il. Et l'empereur ?

Azarion se moquait de l'empereur. Un jour, l'impératrice se débarrasserait de lui de toute façon. Il gardait les yeux rivés sur elle tandis qu'elle haranguait ses commandants. Conquérante, flamboyante, elle galvanisait ses troupes, au mépris de sa propre sécurité.

— L'Araignée de l'Empire, cracha Erakes.

Il sourit devant le regard d'Azarion.

— Tu ignorais qu'on la surnommait ainsi ? Sa Grandeur a beaucoup de surnoms, hors de la capitale. Aucun n'est très flatteur.

Azarion s'efforça de contenir son impatience tandis qu'ils attendaient l'archer, et pria pour que Dalvila ne quitte pas les remparts d'ici là.

Le claquement rythmique des sabots annonça l'arrivée d'une archère. Elle salua Azarion et Erakes d'un signe de tête chacun.

— Tu as demandé le meilleur archer, Azarion Ataman. C'est moi.

Il lui fit signe de le suivre plus loin sur la corniche, derrière une concrétion rocheuse où les éclaireurs savatars observaient, avant de transmettre leur rapport aux commandants.

— Ils sont trop loin, Azarion, argua Erakes. Même pour la meilleure archère.

Ce dernier l'ignora. Il indiqua l'endroit où se tenait Dalvila.

— Peux-tu l'atteindre d'ici ?

La jeune femme descendit de sa monture et scruta les remparts, plissant les yeux, évaluant la distance. Elle encocha une flèche et tira sur la corde, un œil fermé. D'autres allées et venues et d'autres plissements de paupières firent serrer les mâchoires à d'Azarion pour s'empêcher de la presser. Enfin, elle baissa son arc et secoua la tête.

— Ils sont à bonne distance, et c'est une petite cible. Il faudrait que je me tienne juste à la lisière du champ de bataille pour être sûre de la toucher. Mais je mourrai avant d'avoir pu décocher une flèche.

— Alors c'est impossible ?

Elle secoua de nouveau la tête.

— Seulement improbable.

— Alors, essaie.

L'archère s'inclina.

— Comme tu veux, *ataman*.

— Azarion, elle ferait mieux de tirer tout de suite.

L'avertissement d'Erakes le poussa à se retourner. L'impératrice quittait les remparts.

— Merde ! s'écria-t-il avant d'enfoncer ses talons dans les flancs de son cheval.

L'animal bondit vers le champ ouvert. Azarion remarqua un bouclier abandonné par terre, se pencha sur sa selle et l'attrapa avant de mettre sa monture au pas. Il avait levé le bouclier devant lui.

Le chant de guerre ennemi s'interrompit. Les soldats ne comprenaient pas pourquoi un Savatar solitaire galopait vers le champ de bataille. L'impératrice s'arrêta, et regarda par-dessus les remparts.

— Allez, salope, murmura Azarion. Reviens.

Dans son dos, l'archère attendait. Il avait trouvé un moyen d'attirer l'attention de Dalvila. Désormais, il lui fallait la conserver.

Il ôta son casque. Lors de sa fuite de Kraelag un an plus tôt, il était glabre. La barbe qu'il arborait à présent était bien taillée, mais elle modifiait tout de même son apparence. La distance empêcherait Dalvila de distinguer nettement son visage, mais elle connaissait plus que son visage. Elle l'avait vu combattre dans l'arène. Elle l'avait vu sur lui, et sous lui.

Elle se précipita sur le rempart. De l'endroit où Azarion se trouvait, elle était trop loin pour qu'il distingue son expression, mais un unique mot, venimeux et bouillonnant de dégoût, retentit sur le champ de bataille.

— TOI !

Azarion fit faire demi-tour à son cheval et galopa vers l'affleurement rocheux. Les cris de l'impératrice montaient dans l'air.

— Tuez-le ! Tuez ce gladiateur !

Il s'aplatit sur le dos de sa monture, pour être aussi difficile à toucher que possible tandis qu'il regagnait les lignes savatares. Le craquement d'une corde d'arc et le bruit assourdi d'une flèche qu'on décochait retentirent non loin. Son archère avait tiré.

Les cris de Dalvila avaient cessé d'un coup. Azarion n'osa pas regarder en arrière ; d'autres sifflements se firent entendre. Cette fois, les flèches étaient pour lui.

Il passa les affleurements rocheux au galop avant de se retourner vers l'endroit où Erakes et l'archère attendaient.

— Est-ce que tu l'as touchée ?

L'archère souffla d'un coup.

— Oui, même si je ne suis pas certaine de l'avoir tuée. Poitrine ou épaule, je ne saurais dire. Le coup l'a projetée en arrière, hors de vue.

— C'est le chaos sur les remparts.

Erakes désignait la ville.

— Regarde.

Le long des fortifications, des soldats couraient dans tous les sens. Il y avait des cris, des gestes désordonnés. En contrebas, là où l'armée kraelienne restait en formation, les commandants réclamaient du calme.

— Tenez la ligne ! Tenez la ligne !

Erakes se pencha sur sa selle pour serrer l'épaule d'Azarion.

— C'était une bonne stratégie. Et une juste récompense pour nous.

Il se tourna vers l'archère.

— Ton tir était impressionnant. De quel clan es-tu ?

Elle sourit.

— Saiga, Erakes Ataman.

— Je chanterai tes louanges à Insaza Ataman dès que je le verrai.

Le sourire de l'archère s'élargit encore. Elle s'inclina devant Erakes et Azarion, lequel s'arrêta devant elle et attendit que leur compagnon soit hors de portée de voix pour s'adresser à elle :

— Je te suis redevable, archère.

— J'ignore si j'ai réussi, *ataman*.

— Tu *as* réussi. Et tu seras récompensée. Tu honores ta famille.

Il éperonnera son cheval pour rattraper Erakes.

Que la flèche ait tué Dalvila sur le coup était sans doute trop espérer. Azarion avait peine à croire que l'archère ait réussi à la toucher. Son désir de vengeance était intact.

Avec un peu de chance, la blessure infligée empoisonnerait et tuerait l'Araignée de l'Empire.

Ils regagnèrent le campement. Ils venaient à peine de descendre de selle qu'un autre éclaireur arriva, qui les salua rapidement.

— J'ai des nouvelles, *atamans*. Nous avons capturé un groupe de femmes et d'enfants qui fuyaient la ville. Nous les avons interceptées alors qu'elles tentaient de franchir le fleuve. Elles disent être de Beroe. Et qu'Azarion Ataman tient parole.

Azarion ne respirait plus. Gilene. C'étaient les paroles de Gilene ! L'éclaireur écarquilla les yeux quand il le vit s'approcher à grandes enjambées.

— Où sont-elles ?

— Dehors. Des cavaliers les ont amenées quand elles ont mentionné ton nom.

— C'est une journée… mouvementée, fit Erakes, qui suivit Azarion et l'éclaireur vers une petite foule de Savatars agglutinée autour d'un groupe de femmes et d'enfants dépenaillés.

Elles se cramponnaient les unes aux autres pour se soutenir, livides, les yeux écarquillés de terreur, osant à peine regarder les nomades farouches qui les entouraient. Aucune ne déployait d'illusion. Gilene ne se trouvait pas parmi elles. Le minuscule espoir qui s'était fait jour en Azarion à l'idée qu'elle puisse se trouver ici, dans son camp, s'évanouit.

Avec précaution, il s'approcha, les mains bien en évidence, détendu. Il n'aurait servi à rien de les effrayer davantage.

— Qui parle en votre nom ? demanda-t-il d'une voix douce.

Il y eut un long silence, au cours duquel nulle ne bougea, avant qu'une femme minuscule avec de grands yeux et une bouche généreuse s'avance. Elle joignit ses mains délicates devant elle et leva le menton vers lui.

— C'est moi.

Elle jeta un bref coup d'œil aux autres.

— Je crois.

— Qui vous a suggéré de dire que vous veniez de Beroe ?

Il savait. Il le savait dans ses tripes, mais il voulait entendre cette femme le dire. Il ne fut pas exaucé.

Une rousse grisonnante se joignit à la première.

— Elle ne nous a jamais donné son nom. C'était une Fleur du Printemps comme nous. Elle m'a transmis le message avant que nous fuyions les catacombes.

Gilene secrète – soupçonneuse. Cette méfiance lui avait bien servi, à de nombreuses reprises.

— Était-elle grande ? Avec des cheveux noirs ?

Et belle. La plus belle femme qui fût. Ces mots, Azarion les garda pour lui.

La minuscule Kraelienne répondit cette fois.

— Grande, oui, mais avec des cheveux clairs et des yeux bleus.

Son expression était teintée d'admiration.

— Elle sait manier le feu.

Il haussa les sourcils. Ses pouvoirs étaient donc revenus pendant les mois d'hiver. Il savait que ce serait le cas, mais qu'elle les ait révélés à celles qui raconteraient ce qu'elles avaient vu révélait soit un mouvement de désespoir, soit un acte de sombre détermination. Aucune des deux hypothèses ne lui plaisait.

— Elle n'est pas parmi vous.

— Elle est restée en arrière pour affronter les gardes qui nous suivaient. Si elle s'est échappée, nous ne l'avons pas vue.

Ce fut autour d'Erakes de parler.

— Comment vous êtes-vous enfuies ?

La Kraelienne se tut un moment, réticente à répondre.

— Il existe un tunnel oublié. Mon père m'en avait parlé. Il part d'un entrepôt dans les catacombes et mène aux courtines de la ville. On ne distingue pas l'entrée à cause des angles de la muraille et des buissons qui poussent. Il a été barricadé, mais cette protection s'est effondrée.

Une bouffée de rire amer monta dans la gorge d'Azarion, qui serra les lèvres. Que n'aurait-il pas donné, au cours de ses dix années de servitude, pour apprendre l'existence de ce tunnel.

Une voix s'insinua dans ses pensées. *Mais aurais-tu rencontré la farouche* agacin *?*

Le destin était un maître exigeant aux humeurs cruelles, mais, de temps à autre, à sa façon tordue, il accordait une récompense.

Azarion jeta un coup d'œil à Erakes, dont les yeux brillaient, avant de reporter son attention sur la Kraelienne.

— Vous êtes toutes passées par là ?

Elle opina.

— Oui, même si certaines portions sont étroites, et que le plafond est bas. Il nous a fallu ramper, parfois, l'une derrière l'autre.

Erakes saisit Azarion par le bras et l'entraîna à l'écart, hors de portée de voix des femmes.

— Six Savatars armés : c'est tout ce qu'il nous faut pour entrer. Trois pour tuer les soldats qui tiennent les catapultes, trois pour tuer les gardes de l'entrée principale et ouvrir les portes.

C'était la solution parfaite. Une victoire sans pertes. Que ce soit une Fleur du Printemps qui leur donne les moyens de mettre à sac Kraelag paraissait approprié.

Le gladiateur se serait sans doute davantage réjoui si Gilene s'était trouvée parmi les femmes échappées. Peut-être pouvait-il emprunter les tunnels, lui aussi…

Mais Erakes avait dû lire dans ses pensées.

— Tu es trop grand, et tu sais que c'est impossible. Ta place est ici, avec les guerriers que tu commandes.

Azarion soupira.

— Nos archers vont intensifier les tirs. Nous occuperons l'armée et les gardes sur les remparts pendant que les six s'introduisent dans la ville.

Erakes indiqua les Fleurs du Printemps.

— Et elles ?

Azarion les observa un moment. Des femmes trop jeunes, trop âgées. Des enfants, pour certaines. Désespérés, apeurés. L'Empire avait réclamé davantage de sacrifices dans l'espoir de s'attirer la miséricorde des dieux.

— Gardons-les ici pour le moment. Elles sont plus en sécurité avec nous, et il serait dommage que l'une d'elles, prise d'une bouffée de loyauté envers l'Empire, retourne dans la ville pour raconter une histoire.

— On pourrait simplement les tuer.

Azarion eut un regard noir.

— Je plaisante, *ataman*. Nous leur sommes redevables, elles ne méritent pas la mort, et ton *agacin* ne nous pardonnerait jamais une telle chose.

Erakes transmit des instructions pour que les femmes soient nourries, et qu'on leur donne des couvertures. Azarion et lui se réunirent avec leurs capitaines dans la *qara* pour peaufiner le nouveau plan, en s'appuyant sur les nouvelles informations fournies par les Fleurs. Ils avaient peu de temps. La première salve des catapultes avait pris tout le monde par surprise, et il ne faudrait pas longtemps avant que l'infanterie lourde kraelienne reprenne l'offensive, et regagne du terrain.

Quand la discussion fut terminée, Azarion partit de nouveau à la recherche de la Kraelienne qui avait servi de porte-parole aux échappées. Il la découvrit un peu à l'écart, tournant le dos aux autres, qui s'étaient blotties autour d'un feu ; elle scrutait le champ de bataille jonché de cadavres d'hommes et de chevaux. Elle ne bougea pas lorsqu'il vint se placer à son côté. Elle semblait absente, contemplative.

— Quand ta bataille sera finie, dit-elle, et que les champs seront réensemencés, ce qui poussera ici murmurera les noms des morts. La plupart ne restent pas, mais ceux qui le feront parleront aux vivants, avec le vent et la pluie.

En d'autres circonstances, Azarion aurait frémi à ses paroles. Aujourd'hui, il les remarquait à peine.

— La sorcière du feu : comment allait-elle, la dernière fois que tu l'as vue ?

Elle se tourna enfin vers lui.

— Es-tu Azarion Ataman ?

Il opina.

— Bien. Elle allait bien. Elle a brûlé un gardien pour récupérer les clés qui ouvraient la cellule.

Elle pencha la tête.

— Tu la connais mieux que les autres.

— Oui.

Ses yeux ronds s'éclairèrent un instant.

— Je prierai pour vous deux, pour qu'elle survive et te revienne.

— Elle ne croit pas aux dieux.

Le sourire de la Kraelienne suivait la ligne puissante de sa mâchoire.

— Ce n'est pas grave. La plupart d'entre nous n'y croient pas.

Il n'avait rien d'autre à lui demander, aussi la laissa-t-il avec ses idées étranges de semailles et d'esprits, et revint-il vers le centre du campement. Les six Savatars qui s'étaient portés volontaires pour s'introduire dans la ville attendaient devant la *qara* d'Erakes. Parmi eux, un visage familier et aimé.

— Pourquoi étais-je certain que tu serais l'une des six ?

Tamura attacha ses tresses en chignon, enfonçant une épingle dans la masse pour la maintenir en place. Elle souriait.

— Tu aurais été déçu que je ne le sois pas.

Elle et les cinq autres avaient retiré de leur tenue tout ce qui pouvait briller ou refléter la lumière du soleil. Leurs longues tuniques avaient disparu, remplacées par de courts doublets en cuir et des braies serrées. Ils avaient mis de côté arcs et carquois, et portaient une myriade de petits couteaux qui leur serviraient à tuer en toute discrétion lorsque l'occasion se présenterait.

Erakes les contemplait avec satisfaction.

— Vous comprenez bien ce que vous avez à faire ?

Ils hochèrent la tête.

— Puisse Agna vous accompagner et vous guider.

Indifférent à ses protestations, Azarion étreignit sa sœur à lui en faire craquer le dos.

— Sois prudente, chuchota-t-il à son oreille. Pour moi et pour notre mère.

Il l'écarta, et elle se secoua comme un chien mouillé avant de lui jeter une œillade noire. Une affection solennelle adoucissait son regard.

— Si je trouve Gilene, je la ramènerai ici. Je le jure.

Elle se mit au garde-à-vous avant de tourner les talons et suivit ses compagnons dans le campement jusqu'à l'endroit où leurs chevaux attendaient, pour les amener au point de rendez-vous. À partir de là, ils iraient à pied jusqu'à la brèche décrite par la Kraelienne.

L'armée ennemie, dont les lignes bien ordonnées avaient été un temps rompues, s'était rapidement reformée. Des boucliers, portés par les soldats du pourtour, formaient de nouveau un mur qui les protégeait des flèches. Ceux de l'intérieur levèrent leurs propres boucliers au-dessus de leurs têtes pour créer un toit qui les protégeait de l'orage de flèches que les Savatars tireraient vers le ciel pour qu'elles retombent en cloche sur le carré.

Le soleil n'était pas encore au zénith lorsque les catapultes des remparts claquèrent de nouveau, visant de leurs projectiles la limite des formations kraeliennes, au niveau où la cavalerie légère savatare les encerclait, avançant et reculant à toute vitesse pour se jouer du mur de boucliers.

L'escadron réduit de cavaliers lourds d'Azarion fut réparti dans les trois escadrons restants. Les hommes se tenaient à l'orée du campement, attendant le signal du désarmement des catapultes.

Le gladiateur scrutait les murailles de la ville avec avidité. Gilene. À quoi avait-elle pensé, en refusant de s'échapper avec les autres ? Elle aurait pu les suivre…

— Pourquoi ? dit-il à voix basse. Pourquoi es-tu restée ?

Au moment où Tamura et son groupe ouvriraient les portes, il serait le premier à charger. Piller, mettre à sac ou mettre le feu ne l'intéressait pas. Tout ce qu'il voulait, c'était son *agacin*.

Autour de lui, les chevaux et les guerriers s'agitaient dans l'attente, écrasés de chaleur.

Soudain, un gémissement inhumain fendit l'air, faisant hennir et ruer les chevaux. Au pied du campement savatar, la ligne kraelienne ondula comme sous l'effet d'un vaste frisson, et le mur de boucliers vacilla. Les archers à cheval s'agrippèrent aux crinières de leurs juments, s'efforçant de rester en selle tandis que leurs montures affolées se cabraient.

C'était un bruit surnaturel, perçant, absolu. Un autre suivit et, autour d'Azarion, tout le monde se couvrit les oreilles. Les chevaux devenaient fous, beaucoup jetant leurs cavaliers à bas avant de s'enfuir, soit dans les bois, soit vers les collines derrière le campement savatar.

D'instinct, Azarion leva les bras tandis qu'un colossal tourbillon de feu montait au cœur de la ville, accompagné d'une ahurissante onde de choc. Autour de lui, l'air en fut comme aspiré, couchant les arbres tout proches avant d'exploser vers l'extérieur, fracassant les barbacanes de Kraelag.

Les dommages infligés par les catapultes n'étaient rien comparés à cette destruction, à ce déluge de débris de maçonnerie et de mitraille de bois. Les formations kraeliennes s'effondrèrent, anéanties par un vent hurlant qui les projetait comme des feuilles dans une tempête d'automne.

La monstrueuse colonne de feu grossit et, dans les béances des murs écroulés, Azarion vit des gens qui couraient et criaient en fuyant de toutes parts.

Ce feu était… vivant. Ce feu avait un but. Rapide, destructeur, il dévorait tout sur son passage et se répandait à travers, laissant derrière lui un sillage de conflagrations. Des soldats kraeliens couraient vers les bois, ou cherchaient en vain à intercepter des chevaux passant à côté d'eux au galop. Les Savatars fuyaient aussi, leurs juments aplaties au sol, pour s'efforcer d'échapper à la monstruosité qui venait de jaillir du centre de Kraelag, laissant derrière elle un tas de ruines fumantes.

Son cheval ayant manqué le jeter au sol, Azarion mit pied à terre et dévala la pente qui menait au champ de bataille déserté, ignorant les cris d'alarme s'élevant dans son dos. Son regard affolé suivait le chemin que sa sœur et les autres Savatars avaient emprunté, priant pour qu'ils n'aient pas encore atteint la ville lorsque celle-ci avait littéralement explosé.

La chaleur qui irradiait de la ville en flammes l'empêchait de s'approcher davantage. Chaque arbre, chaque arbuste et chaque herbe à la périphérie de Kraelag flambaient.

Des flammes surgissaient du tourbillon en mouvement, aussi hideuses que gracieuses. Azarion plissa les yeux face à la lumière, tandis que les derniers archers savatars passaient devant lui à toute allure pour retrouver la sécurité incertaine du camp.

En dépit des brûlures, de la fumée, de la douleur, Azarion s'avança encore. Un visage se fondit dans les flammes, beau et terrible. Il s'écroula soudain dans la conflagration avant de reprendre forme – une femme différente, cette fois. Il se reforma, encore et encore, tandis que le maelstrom transformait Kraelag en fournaise.

Dans le dos du gladiateur, un chœur de voix s'éleva. Il se retourna pour écouter ce qu'elles disaient. Des Savatars étaient rangés sur la pente, appelant le tourbillon.

— Agna ! Agna !

Azarion se remit à contempler le flambeau éclatant et destructeur, ses visages changeants. La Grande Jument, créatrice de tous les Savatars, la déesse du feu. Elle s'était manifestée devant les Kraeliens et les Savatars et, en l'espace d'une inspiration, avait changé le monde.

Son émerveillement se mua en horreur. Il savait à présent pourquoi Gilene était restée. Seule une *agacin* pouvait appeler la déesse du feu. Qu'avait-elle fait pour attirer l'attention d'une divinité ? Qu'avait-elle sacrifié ?

Il hurla son nom, mais le vent brûlant venu de Kraelag l'empêchait de se faire entendre. Il l'appela encore et encore jusqu'à avoir la voix brisée, jusqu'à sentir le goût du sang dans le fond de sa gorge.

La colonne mouvante s'était arrêtée devant les vestiges des portes. Derrière lui, tous les Savatars étaient tombés à genoux en signe de supplication.

— Gilene, dit-il dans murmure et, cette fois-ci, la déesse l'entendit.

Un éclat de feu se sépara de la colonne principale et flotta au-dessus du champ de bataille jusqu'à l'endroit où Azarion était agenouillé dans la boue. Il resta à genoux, fasciné. L'entité s'arrêta à une courte distance, assez proche pour qu'il sente sa chaleur, pas assez pour qu'elle le brûle.

L'éclat changea, prenant le visage et la forme d'une femme, et Azarion émit un grondement.

Faite de flammes et non de chair, Gilene le dévisageait avec des yeux couleur de pièces d'or. Elle leva une main, dessinant les contours d'Azarion en une caresse aimante qui envoya une onde de chaleur sur l'herbe puis toucher ses bras et son visage.

Le chagrin menaça de le suffoquer. Il l'avait retrouvée, mais elle était désormais perdue à jamais pour lui. Elle n'était plus une servante d'Agna, mais une partie de la déesse elle-même.

— Gilene, répéta-t-il, et cette fois c'était une prière plutôt qu'un nom.

Son sourire, pensif et triste, dansa sur sa bouche.

— Je peux le dire à présent, dit-elle d'une voix qui crépitait comme du bois brûlant dans un foyer : je ne faiblirai pas.

De nouveau, sa main caressa l'air devant lui.

— Je t'aime, gladiateur. Pour toujours.

Elle recula un peu, laissant une marque de brûlure dans la terre. Il tendit la main vers elle et bondit en arrière, plus loin.

— Adieu.

Il se leva d'un bond, sa raison perdue quand il plongea pour l'attraper, mais il n'étreignit que le vide. Elle s'éloigna encore et, cette fois, la flamme vivante ne pulsait plus. Elle s'estompait, au contraire, s'effaçait peu à peu, jusqu'à n'être plus qu'une étincelle qui s'envola et, enfin, disparut.

Comme si la déesse avait patienté jusqu'à ce que sa servante ait fait ses adieux, la colonne de feu géante s'effondra brusquement, se muant en une nappe de feu qui s'alluma deux fois avant de s'éteindre complètement. C'était fini.

Les yeux secs, Azarion contempla les ruines fumantes de Kraelag, autrefois une grande cité, et de ses murs brisés, son champ de bataille devenu un cimetière de corps calcinés.

Les Savatars avaient gagné. Sa place d'*ataman* du clan était assurée. Erakes et lui rentreraient chez eux en héros.

Il y avait beaucoup à fêter. Et bien plus à pleurer. Il ferma les yeux, se rappelant l'*agacin* qu'il avait aimée et qui l'avait aimé en retour.

— Je ne faiblirai pas, dit-il avant de tourner le dos à la ville pour remonter vers le camp.

Il devait retrouver Tamura, vivante, avec un peu de chance, et indemne.

— Je ne faiblirai pas, répéta-t-il, gravissant la pente jusqu'à l'endroit où les Savatars l'attendaient avec des expressions d'émerveillement, de vénération et de compassion.

Ils s'écartèrent devant lui, quelques-uns tendirent la main comme pour le toucher – avant de se raviser.

— Je ne faiblirai pas.

S'il le répétait assez, peut-être ne s'effondrerait-il pas.

CHAPITRE 21

Gilene rêva de feu et s'éveilla sous la pluie. Des gouttes froides lui éclaboussaient le visage. Elle cligna des yeux et les ouvrit pour découvrir des taches aqueuses de gris et de vert. L'odeur puissante de la terre et des jeunes feuilles lui emplissait les narines, et une humidité déplaisante lui collait au flanc, la glaçant jusqu'à la moelle.

Elle frissonna et se recroquevilla, pantelante, chaque muscle hurlant de protestation. La pluie s'abattait sur elle, accompagnée d'un tonnerre lointain. Il était évident qu'elle se trouvait dehors, à la merci des éléments. Mais où était ce « dehors » ?

Sa vision s'éclaircit, le gris, au-dessus d'elle, devint un ciel d'orage, et le vert un bouquet d'arbustes et de petits arbres, aux feuilles couvertes de bijoux en gouttes de pluie. Elle gisait dans la boue, trempée jusqu'aux os, seul un escargot abrité sous une feuille lui tenait compagnie. D'autres frissons la parcoururent, et elle éternua. L'exhalaison la fit crier, et des larmes de douleur se joignirent à la pluie qui coulait sur ses joues.

Ses souvenirs n'étaient guère plus que des images floues et des vestiges d'émotions… de la peur, surtout. Mais deux d'entre eux émergeaient aussi nettement que les gouttelettes qui décoraient le feuillage : Azarion agenouillé devant le champ de bataille, le visage rouge et couvert de cloques ; et la déesse qu'il vénérait, vaste et puissante, son visage imprévisible à la fois terrible et magnifique à voir.

— Agna, chuchota-t-elle, et le tonnerre lui répondit d'un grondement distant.

Elle leva une main tremblante, surprise de découvrir qu'en dépit des traînées de boue et de quelques ongles cassés, elle n'avait pas changé. Agna s'était montrée miséricordieuse envers sa servante. Lorsqu'elle avait pénétré seule dans l'arène, Gilene avait eu la certitude qu'elle allait mourir, et plus encore quand elle était devenue l'avatar de la déesse. Après tout, elle n'était qu'une frêle humaine contenant en elle, accueillant en elle le pouvoir d'une divinité. Que son corps n'ait pas éclaté, que ses os n'aient pas explosé alors qu'elle avait été le vaisseau d'Agna était tout bonnement extraordinaire.

Certes, elle avait toujours l'impression d'avoir été piétinée par un attelage de bœufs puis de s'être fait rouler dessus par le chariot qu'ils tiraient, mais elle était en vie. Mouillée, transie, cachée sous un buisson.

Se lever fut exténuant. Elle se mit d'abord à quatre pattes, puis à genoux, et enfin debout, tangua d'un côté et de l'autre comme les bateaux amarrés à Manoret. Elle embrassa le tronc d'un jeune arbre avec le zèle d'une amante et observa les alentours.

Rien ne semblait familier, mais, avec le flou qui lui embrumait l'esprit et le voile de pluie qui recouvrait le paysage, elle aurait très bien pu se trouver dans le jardin de son frère sans le reconnaître. La façon dont elle était arrivée ici était un mystère.

Elle essuya la pluie qui lui coulait dans les yeux. Une route boueuse s'étirait non loin, menant à des bâtiments éloignés dont les toits étaient presque indiscernables sous le déluge incessant. Une ville ou un village. Un abri.

Elle s'observa. La robe qu'elle portait était tachée et en lambeaux – des trous au pourtour brûlé paraissaient sur la jupe et les manches. La boue recouvrait son dos et son flanc droit, et elle avait réussi à perdre une chaussure. Agna avait peut-être emporté sa servante loin des ruines de Kraelag, mais elle lui avait fait grâce du luxe.

Gilene remonta sa jupe souillée et fit un pas hésitant, puis un autre, et vacilla jusqu'à la route.

Elle ne tarda pas à tomber. Affaiblie, désorientée et nauséeuse, elle ne bougeait plus. Des heures, peut-être, s'écoulèrent, et elle restait étendue là, et la pluie tombait sur elle. Elle dormit, n'ouvrant les yeux qu'au braiement d'un âne et au fracas des roues d'un chariot.

Joli et solennel, un visage apparut au-dessus d'elle.

— Par les dieux, Gilene ?

La sorcière cligna des yeux. Elle connaissait ce visage. La nièce du marchand libre – Halani aux mains apaisantes et aux potions de magie, qui faisaient disparaître la douleur. Elle sourit, flottant dans une chaleur bienfaisante quand Halani lui souleva la tête hors de la boue.

— Mon oncle, viens vite ! Aide-moi !

Elle s'éveilla brièvement lorsque quelqu'un pressa une tasse contre ses lèvres.

— Bois, lui dit-on, faisant couler un filet d'eau froide dans sa bouche.

Elle fit la grimace et avala, elle aurait juré que des éclats de verre étaient fichés dans sa gorge. Elle retomba contre un oreiller, épuisée, et s'endormit.

Ses rêves étaient hantés. Un ours coincé dans une cage, Kraelag avalée par une fournaise de feu divin, le regard désolé d'Azarion lorsqu'elle lui avait dit adieu. Ces images et bien d'autres passaient dans son esprit – des spectres sans plus de substance que les fantômes de Midrigar, et tout aussi misérables.

Quand elle s'éveilla de nouveau, le ciel au-dessus d'elle avait la forme d'un dôme, peint et familier. Elle était déjà venue ici, en des circonstances similaires.

— Comment te sens-tu, Gilene ?

Elle chercha la source de la voix et découvrit Halani, assise en tailleur près de ses pieds.

— Halani ?

Le mot résonna comme un croassement, mais la jeune fille sourit, ravie.

— Tu te souviens de moi. C'est bien.

Elle rangea la pelote de laine qu'elle était en train d'enrouler et se leva.

— Ne parle pas. Cela fait bientôt une semaine que tu as de la fièvre et que tu tousses. J'ai du thé chaud, il n'attendait que ce moment. Je reviens tout de suite.

Elle revint avec une tasse presque pleine à ras bord d'un thé aromatisé aux herbes et au miel. Elle aida Gilene à s'asseoir et remonta les oreillers dans son dos pour qu'elle puisse boire.

— As-tu besoin d'aide pour tenir la tasse ?

Gilene secoua la tête, déterminée à affermir sa prise, à s'occuper seule de la tasse. Pourquoi le destin avait-il décidé que cette femme en particulier serait son infirmière, non pas une, mais deux fois, elle ne le comprenait pas.

— Je suis désolée que tu doives encore jouer les soignantes. Je te promets que je ne l'avais pas prévu.

Elle sirota son thé, fermant les yeux, se délectant de son goût.

Halani s'esclaffa.

— Je soigne tout le monde dans cette caravane, Gilene. Une de plus, ça ne fait aucune différence.

Elle lui effleura le bras.

— En outre, je suis si contente de te revoir, même en des circonstances aussi étranges.

C'était un euphémisme. Gilene but encore avant de répondre.

— Où m'avez-vous trouvée ?

— Sur la route commerciale, à l'extérieur de Wellspring Holt. Que t'est-il arrivé ?

C'était une réponse qui exigeait plus d'énergie que Gilene n'en avait pour le moment. Elle rendit la tasse à Halani.

— Je t'expliquerai, dit-elle en se glissant sous les couvertures.

Elle avait l'impression d'avoir les paupières lestées de pierres ; la marchande, peu à peu, s'estompait.

— Je te le promets.

C'était une promesse plus facile à faire qu'à tenir, et l'histoire qu'elle raconta était un conte autant que la vérité.

— J'ai fini comme Fleur du Printemps, emportée par les marchands d'esclaves et séparée de Valdan. J'ignore où il est à présent, et s'il est mort ou vif.

Des larmes lui montèrent aux yeux, des larmes sincères qui rendaient ce mensonge authentique.

Asil, la mère d'Halani lui tapota l'épaule avec compassion.

— Mais tu es sortie de la ville avant qu'elle brûle ! L'as-tu vue brûler ?

— Attends, maman, intervint Halani. Chaque chose en son temps.

Gilene sourit. L'enfantine Asil était toujours aussi douce et enthousiaste.

— Une autre femme connaissait un chemin pour sortir des catacombes. Nous avons réussi à maîtriser notre gardien et à nous enfuir.

Des applaudissements accueillirent cette déclaration.

— Je ne sais toujours pas comment j'ai fini près de Wellspring Holt.

C'était vrai, du moins en partie. Ses souvenirs après avoir fait ses adieux à Azarion ressemblaient à un mur blanc.

Hamod souffla un rond de fumée parfait. Celui-ci flotta jusqu'à l'un des enfants, qui se mit à rire et glissa sa main dedans, comme un bracelet. Il pointa le tuyau de sa pipe sur Gilene.

— Ton mari était un homme solide. Bon chasseur et, je le soupçonne, encore meilleur combattant. Tu le retrouveras. Ou lui te retrouvera.

Gilene espérait vraiment qu'il avait raison.

Le printemps s'écoula jusqu'aux premiers jours de l'été tandis qu'elle reprenait des forces. La caravane vendait ses marchandises sur les routes commerciales aussi bien que sur le Serpent d'Or. La jeune femme resta avec le groupe de marchands tout au long de sa convalescence et, sur l'invitation bourrue d'Hamod, après cela aussi.

— Tu es la bienvenue si tu veux rester. Tu fais ta part et tu aides les autres femmes, dit-il. Nous avons assez pour te nourrir.

Beroe n'était plus son foyer, et son obligation envers le village et sa famille était terminée. Gilene avait vécu toute sa vie à leur service. Elle avait accepté son destin et fait de son mieux pour remplir son rôle, alors même que le ressentiment la dévorait.

Elle n'avait plus aucune raison de rester, désormais, plus aucun devoir à accomplir. Kraelag avait été anéantie, changée en tas de cendres par une divinité qui avait rasé jusqu'au dernier bâtiment, et transformé le sable de l'arène en verre. Ces atroces Rites du Printemps n'existaient plus.

Bien qu'elle soit reconnaissante à Hamod de son offre, elle ne prévoyait pas de rester avec la caravane. Dès qu'elle aurait recouvré ses forces, elle repartirait et trouverait un moyen de retourner au Ciel d'en Bas.

Elle partageait la roulotte d'Halani et Asil même si, comme la plupart des membres de la caravane, elle dormait dehors par temps clair. Une nuit, alors que la douleur de l'absence d'Azarion la rongeait, elle fit un rêve particulièrement net. Agna aux multiples visages était penchée sur elle. Des éclairs dansaient de ses mains à ses doigts, éclairant la toile d'araignée de ses veines sous la peau. Gilene retint son souffle tandis que la déesse pressait sa paume juste au-dessus de son nombril.

— Plus de douleur en mon nom, servante. Plus de punition pour avoir invoqué le feu. Nous nous voyons à présent, toi et moi. Toi et les tiens avez ma protection.

Gilene s'éveilla en criant, et la moitié du camp fut tiré, du sommeil en sursaut. Elle s'excusa, prétextant un rêve. Sa main se posa sur son ventre. Un rêve ? Ou le souvenir d'un moment hors du temps ?

Mieux valait garder cela en elle. Les marchands l'accueillaient parmi eux, l'acceptaient comme une des leurs.

Elle ne voulait pas tout gâcher avec des histoires de visites divines.

Un soir de début d'été, Hamod fit une annonce.

— Les Gobans ont invité tous les marchands, ceux de la Guilde et les autres, à leur marché du solstice. Vu que la Guilde des marchands ne contrôle plus le Serpent d'Or, nous aurons accès aux tribus gobans et à leurs alliés des clans savatars, ce qui signifie aussi un accès… à leur argent.

Il sourit, tandis que les marchands poussaient des acclamations.

Occupée à laver la vaisselle, Gilene chancela, étourdie. Était-ce possible ? Le destin avait-il enfin décidé de lui faire une faveur et de la mettre sur le chemin d'Azarion ?

Rien ne disait que le clan du faucon crécerelle serait là, mais elle refusait d'abandonner cet espoir. Il serait plus long de gagner le Ciel d'en Bas en voyageant par la route commerciale, mais cela lui épargnait l'épreuve de voyager seule.

— Gilene, est-ce que ça va ? Tu es toute pâle. As-tu besoin de t'asseoir ?

Même après des semaines à lui répéter qu'elle allait bien, Halani ne cessait de la couver.

Elle était vivante, en un seul morceau, et n'arborait aucune cicatrice supplémentaire. Agna s'était montrée miséricordieuse envers sa servante apostate.

Gilene rangea la dernière assiette dans le coffre et jeta le torchon sur son épaule. Le sourire qu'elle fit à Halani lui parut s'étirer d'une oreille à l'autre.

— Je me sens bien. La nouvelle de ton oncle me rend heureuse, c'est tout. J'ai toujours voulu visiter les monts Gamir.

Halani opina.

— Moi aussi. Maintenant que la Guilde des marchands n'a plus le monopole du Serpent d'Or, nous pouvons commercer au-delà des routes habituelles.

Ses sourcils se levèrent.

— Et j'espère que les Savatars seront au marché. J'ai toujours voulu voir les nomades des steppes de mes propres yeux. J'ai entendu dire qu'ils étaient magnifiques à cheval.

Une image d'Azarion pourchassant les juments sauvages dans les pâtures d'herbe à plumet surgit dans l'esprit de Gilene. *Oui*, répondit-elle en silence. *Ils sont sublimes*.

L'été sur les terres des Gobans était une saison plus douce que dans la Stara Dragana. La barrière des monts Gamir bloquait les vents violents. Les températures étaient élevées sans être étouffantes.

Le jour très saint du solstice d'été avait attiré des marchands de toutes sortes, venus vendre leurs articles au grand marché établi sur les restes détruits d'une garnison kraelienne. De tous les villes et villages à dix lieues à la ronde, des acheteurs affluaient ; d'autres avaient voyagé des semaines depuis l'arrière-pays occidental. Une vaste ville de toile, entourée par les chariots des caravanes, avait surgi en une nuit.

C'était le premier marché de ce genre – la création d'un groupe de marchands opportunistes, qui voyaient là une occasion de réaliser un profit considérable, sans les restrictions de la Guilde ni la mainmise que l'Empire avait autrefois établie sur la route commerciale.

Hamod se tenait près de la boutique de fortune érigée par sa caravane, scrutant avec un sourire satisfait les acheteurs qui paradaient devant lui.

Il se tourna vers les deux femmes, occupées à regarnir leurs tables et à indiquer les prix aux badauds curieux. Il y avait du thé et des fourrures à vendre, des sculptures et des petits couteaux, des rubans de soie et des sacs, ainsi que des chapeaux ornés de plumes et de pierres.

— Qu'est-ce que tu en dis ? On n'a jamais gagné autant en une journée, quand on n'avait pas le droit de commercer sur le Serpent.

Halani hocha la tête.

— Je soupçonne nombre de marchands libres de penser la même chose, bien que tu ne te sois pas fait d'amis parmi les marchands de la Guilde.

Il renifla.

— Je n'en perdrai pas le sommeil.

Il avisa Gilene, qui se trouvait à côté d'Halani. Elle mesurait avec précaution du thé dans des sachets de lin avant de les marquer avec une plume trempée dans l'encre.

— L'est répond-il à toutes tes espérances, Gilene ?

Celle-ci ne détourna pas les yeux de sa tâche, mais sourit au chef de la caravane. *Pas encore*, pensa-t-elle. *Vraiment pas encore*. Depuis leur arrivée, elle n'avait cessé de scruter la foule à la recherche d'un ou d'une Savatare. Elle avait même parcouru le marché tout entier à deux reprises, sans résultat.

— Jusqu'à présent, c'est très prometteur, répondit-elle à voix haute.

La vue d'une connaissance attira l'attention d'Hamod et il s'éloigna, se frayant un chemin dans la foule pour se faire connaître.

— Je crois que tout l'Empire et toutes les terres au-delà sont venus ici, dit Halani. Je n'ai jamais vu autant de monde en un seul endroit.

Gilene remplit le dernier sachet de thé, inscrivit la marque et reposa sa plume. Elle saisit la main d'Halani dans les siennes et la serra.

— Ni autant de voleurs.

Elle reprit une boîte de feuilles de thé à un garçon aux doigts vifs. Il se dirigea vers sa cible suivante avec un haussement d'épaules.

L'Empire krael était pris de convulsions après la perte de sa capitale physique et spirituelle. Les Savatars qui l'avaient attaquée étaient repartis dans la steppe sans mener d'autres combats. Il n'y avait eu ni pillage ni mise à sac à Kraelag. Tout ce qui avait de la valeur avait brûlé ou fondu. L'Empire lui-même ne s'était pas effondré, mais les lézardes de son armure s'élargissaient à mesure que les territoires vassaux reprenaient leur autonomie, réalisant que leur maître n'était pas invulnérable.

Tout le monde supposait que l'empereur était mort dans la fournaise de Kraelag, mais beaucoup supposaient que son épouse avait pu saisir cette occasion pour se débarrasser de lui.

L'impératrice Dalvila avait été blessée par une flèche savatare mais elle avait survécu et se cachait derrière les murs de son palais d'été tandis que son empire s'effondrait. Gilene ne doutait pas un instant qu'une suite de nobles kraeliens charognards s'était constituée pour en prendre le contrôle.

Pendant que la caravane avançait vers Goban, Gilene avait songé constamment à Azarion et *prié* Agna qu'il soit présent au marché.

Halani interrompit ses réflexions d'une tape sur le bras.

— Peux-tu surveiller les tables ? J'ai commencé à négocier avec un marchand de Palizi pour un châle qui, je le sais, plaira à maman.

Gilene lui fit signe d'y aller.

— Bien sûr. Vas-y, et bonne chance !

Elle se trouvait au beau milieu d'une transaction avec un client lorsque Halani revint en courant à leur échoppe, les yeux brillants d'excitation.

— Je viens d'apprendre la nouvelle. Plusieurs clans savatars sont arrivés.

Le cœur de Gilene se mit à battre au rythme d'un tambour de guerre. Elle dévisagea Halani en clignant des yeux.

— En es-tu certaine ?

Cette dernière opina si fort que l'épingle qui retenait sa tresse sur sa nuque tomba, et que sa natte se déroula dans son dos.

— Ils parcourent le marché en ce moment même ! La rumeur dit que leurs chefs sont les invités d'honneur du chef goban qui contrôle ce territoire.

Elle se hissa sur la pointe des pieds et se tordit le cou pour regarder par-dessus la foule, comme si un Savatar risquait d'apparaître soudain au milieu de la presse, sur son cheval.

Un sifflement sonore poussa les deux jeunes femmes à se tourner vers Hamod, qui faisait signe à Halani de les rejoindre – lui et un groupe de marchands rassemblés autour d'un objet recouvert d'un carré de soie indigo.

Cette dernière grommela :

— Sans doute encore une statue que mon oncle veut que j'examine. Je suis plus douée que lui pour repérer les faux. Je vais devoir t'abandonner de nouveau.

— C'est bon. Va voir ton oncle. Nous échangerons nos places à ton retour.

À l'instant où Halani reviendrait, Gilene prévoyait de s'échapper de l'échoppe qu'elle tenait et de trouver le campement savatar. Azarion se trouvait-il ici ? Marchait-il dans ces rues bondées ? Sentirait-elle sa présence ? Son cœur s'emballa et ses mains tremblaient si fort qu'elle abandonna la pesée du thé.

Il la croyait morte, consumée par la possession d'Agna. L'avait-il pleurée ? Cette idée la fit grimacer.

Un étrange picotement dans son dos lui fit savoir qu'on l'observait. Elle rangea ostensiblement les tables, tout en jetant de rapides coups d'œil à la foule.

Son regard se posa sur une femme aux cheveux noirs, à l'expression austère. Celle-ci écarquilla les yeux quand Gilene croisa son regard et elle prononça son prénom comme si elle refusait d'y croire.

— Tamura, dit Gilene.

La sœur d'Azarion était trop loin pour l'entendre, mais, à en juger par sa réaction, elle avait lu sur ses lèvres.

— Azarion ! Viens vite !

Tamura cria si fort que les chiens se mirent à aboyer, les chèvres à bêler et les enfants à pleurer. Le flot continu de passants qui se frayaient un chemin dans le labyrinthe du marché s'arrêta, et les gens avisèrent Tamura, bouche bée.

Elle ignora tout cela et répéta le nom de son frère de la même voix tonitruante.

Un frisson parcourut la foule, et Azarion bondit dans la brèche qui s'était ouverte autour de sa sœur, l'épée au clair, prêt à se battre.

Gilene serra les dents pour retenir un cri. Il avait vieilli pendant ces mois où elle ne l'avait pas vu. Toujours beau, toujours imposant – mais il avait l'air exténué, épuisé. Abattu. Il portait une armure de cuir par-dessus une longue tunique sans manches qui soulignait ses bras musclés. Le soleil estival ne lui avait pas encore bruni la peau, mais ses yeux verts étaient toujours aussi vifs. Ses cheveux dépassaient ses épaules, et le soleil soulignait les fils argentés qui en parsemaient les longues mèches, ainsi que sa barbe.

Il balaya la foule d'un regard avant de se retourner vers sa sœur, l'air désorienté – exaspéré.

— Quoi ? Qu'y a-t-il ?

Tamura désigna l'endroit où se trouvait Gilene, derrière la rangée de tables. Azarion suivit la direction indiquée et se figea.

Un muscle de sa mâchoire se crispa. Gilene le dévorait des yeux comme une femme affamée à qui l'on venait de donner à manger.

Elle se remémora leur conversation dans la *qara* la veille de leur séparation.

Sois ma femme. Chérie et bien-aimée.

Cette fois-ci, s'il le lui demandait, elle pourrait dire oui.

Il tendit son épée à une Tamura désormais hilare. Les lentes enjambées hésitantes se muèrent bientôt en une course précipitée. Les gens s'écartaient de son chemin d'un bond.

Il s'arrêta juste devant elle, la table formant une fragile barricade entre eux. Gilene l'entendait respirer : des halètements saccadés, comme s'il venait de gravir une montagne. Ses poings étaient serrés, les articulations viraient au blanc.

Tant de douleur dans ce regard silencieux. Tant d'incrédulité. Gilene réprima un gémissement derrière ses dents.

— Je te croyais morte, chuchota-t-il, sa voix se brisant sur le dernier mot. Je t'ai vue disparaître dans le néant, consumée par Agna.

Il lui fallut deux tentatives, et un raclement de gorge, avant de pouvoir répondre.

— J'ai *été* consumée. Tant de pouvoir, Azarion. C'est indescriptible.

Elle le dévisagea. *Je suis là, Azarion. Je suis réelle.*

— Agna m'a ramenée. Je me suis réveillée sur la route de Wellspring Holt, malade et perdue. Les marchands d'Hamod m'ont trouvée et soignée. J'ai voyagé avec eux jusqu'ici, dans l'espoir de te retrouver.

Contempler son beau visage aux angles élégants et aux rides de tristesse était devenu aussi difficile que de regarder Agna dans toute sa majesté vengeresse. Gilene baissa les yeux pour dissimuler les larmes qui menaçaient de couler de ses cils.

— Épouse de mon âme, dit-il et, cette fois-ci, sa voix ne trembla pas – forte de toute l'autorité d'un *ataman* savatar qui avait mené une armée contre l'Empire et avait gagné. Regarde-moi.

Ses mots se figèrent en sa poitrine comme une flèche miraculeuse. Elle n'arrivait pas à lever la tête.

— Regarde-moi, répéta-t-il.

Il lui souleva le menton. Elle remonta lentement les yeux vers les siens, son cœur battant jusqu'à en lui faire mal. Il se pencha par-dessus la table, sa bouche juste au-dessus de la sienne, la joie étincelait dans ses prunelles.

Il écarta la table et l'attira dans ses bras, puis passa doucement un pouce sur sa lèvre inférieure avant que sa bouche suive le même chemin. Gilene se blottit dans son étreinte et lui rendit son baiser avec autant de force. Le marché qui les entourait était en train de disparaître. Elle fondait en lui. Elle avait tant espéré ce moment – depuis ce jour honni, un an auparavant, où ils s'étaient séparés à la frontière du Ciel d'en Bas.

Azarion l'embrassa jusqu'à ce qu'elle en ait le tournis. Quand ils s'écartèrent enfin, tous deux haletaient.

L'expression de ses yeux verts s'était adoucie, mais elle n'en était pas moins intense tandis qu'il scrutait son visage. Cela lui rappela leur première *vraie* rencontre, dans les ténèbres des catacombes, à la veille de l'immolation – quand elle avait évité son regard et prié pour qu'il ne la reconnaisse pas.

Il avait dû s'en souvenir, lui aussi. Ses lèvres esquissèrent un léger sourire.

— *Agacin*, dit-il d'un ton plein de respect. Je te reconnais.

REMERCIEMENTS

Écrire un livre est une tâche solitaire. Le peaufiner et y mettre un point final est un travail d'équipe. Mes remerciements les plus sincères vont aux personnes qui m'ont aidée à atteindre la ligne d'arrivée :

Anne Sowards, éditrice extraordinaire ; Mel Sterling, principale beta-lectrice et sauveuse de la onzième heure ; Aria Jones, principale beta-lectrice ; Julie Fine, beta-lectrice ; DeeAnn Fuchs, beta-lectrice ; Pilar Seacord, beta-lectrice ; Ilona Andrews, qui m'a enseigné le suspense du compte à rebours ; Sarah Younger, agente en or ; Arantza Sestayo, illustratrice de couverture ; Angelina Krahn, correctrice.

Dernières parutions

Aly Martinez
From the Embers

Caroline Coiraton
Rue Saint-Honoré
Tome 1 – *Alma*

Chloé Walsh
Boys of Tommen
Tome 1 – *Binding 13*

Cindy Van Wilder Zanetti
La Clé d'Obsidienne
Tome 1 – *Fleur fantôme*

J.L. Corolle
Malgré les épines

Kate Stewart
The Ravenhood
Tome 1 – *Flock*
Tome 2 – *Exodus*

Liz Tomforde
Windy City
Tome 1 – *Mile High*

Okéanos S.
Games
Tome 1 – *Le Croque-Mitaine*
Tome 2 – *La Faucheuse*

Composition et mise en pages
Nord Compo à Villeneuve-d'Ascq

Achevé d'imprimer en septembre 2024

#lisez! engagé
www.lisez.com
Pour plus d'information :
Imprimé sur du papier issu de forêts gérées durablement.

CHATTERLEY, 92, avenue de France 75013 Paris